古典文學研究輯刊

三十編

第20冊

明代佛教文學研究
（第四冊）

趙 偉 著

國家圖書館出版品預行編目資料

明代佛教文學研究（第四冊）／趙偉 著 -- 初版 -- 新北市：
花木蘭文化事業有限公司，2024〔民 113〕
目 2+214 面；19×26 公分
（古典文學研究輯刊 三十編；第 20 冊）
ISBN 978-626-344-919-0（精裝）
1.CST：佛教文學 2.CST：明代
820.8 113009670

古典文學研究輯刊
三十編 第二十冊 ISBN：978-626-344-919-0

明代佛教文學研究
（第四冊）

作　者 趙 偉
總 編 輯 杜潔祥
副總編輯 楊嘉樂
編輯主任 許郁翎
編　輯 潘玟靜、蔡正宣 美術編輯 陳逸婷
出　版 花木蘭文化事業有限公司
發 行 人 高小娟
聯絡地址 235 新北市中和區中安街七二號十三樓
電話：02-2923-1455／傳真：02-2923-1452
網　址 http://www.huamulan.tw 信箱 service@huamulans.com
印　刷 普羅文化出版廣告事業
初　版 2024 年 9 月
定　價 三十編 20 冊（精裝）新台幣 50,000 元

明代佛教文學研究

（第四冊）

趙偉 著

目次

第一冊

第二冊

第三冊

第四冊

第十九章 「穢土求淨邦」：蓮池的佛教與文學觀念

蓮池，被稱為明末四大高僧之一。俗姓沈氏，出家後號袾宏，字佛慧，別號蓮池。蓮池天性「世味澹如」，為諸生時讀書「以學行重一時」，卻志在出世，「每書『生死事大』四字於案頭，從遊講藝，必折歸佛理」；是其天生有出世之傾向，亦有受科舉考試不順的影響，「居常太息曰『人命過隙耳，浮生幾何，吾三十不售，定超然長往，何終身事齷齪哉』」。科舉之路十分不順暢造成心理壓抑，父母去世成為其出家的引線，憨山記其出家云：「年二十七父喪，三十一母喪，因涕泣曰『親恩罔極，正吾報答時也』，至是長往之志決矣。嘉靖乙丑除日，師命湯點茶，捧至案，盞裂，師笑曰『因緣無不散之理』。明年丙寅，訣湯曰『恩愛不常，生死莫代，吾往矣，汝自為計』，湯亦灑然曰『君先往，吾徐行耳』。師乃作《一筆勾》詞，竟投性天理和尚祝髮。」有人指責儒士出家入佛是背本，蓮池說孔子是「人中之聖人」，佛陀是「聖人中之聖人」〔註1〕，棄儒入佛並不是背本，成為蓮池看待儒釋兩家的根本觀念。出家後的蓮池沒有丟棄儒家倫理，即應該是基於這個出發點。出家後的蓮池頗為感念母親之恩，「以母服未闋，乃懷木主以遊，每食必供，居必奉」〔註2〕，蓮池著述中屢屢強調與闡述出家人之孝，應該也有對母親的感念有關。蓮池出家前頗有展示文字技巧之作，出家時做的《一筆勾》詞中有把「蓋世文章」一筆勾掉，蓮池的

〔註1〕《正訛集》，載《蓮池大師全集》第三冊，上海古籍出版社2011年版，第1538頁。

〔註2〕《憨山老人夢遊集》卷二十七《雲棲蓮池宏大師塔銘》，第1427頁。

著述基本上只是宣揚淨土一類了。本章敘述蓮池的淨土觀念、與晚明文人交往與「穢土求淨邦」的詩歌寫作。

一

對明代的淨土宗，學界有不同的看法。聖嚴法師在《明末佛教研究》中論述明末淨土云：「明末佛教，諸宗競盛，而淨土人才之多，僅次於禪，然其流行則較諸禪宗，更為普及。尤其雲棲袾宏，既是禪門的重鎮，更是淨土諸將中的元帥。他以禪的觀念及方法，用來弘揚淨土，使禪者歸向淨土，也使修行淨土者，得到禪修的實益。」陳永革著《晚明佛學的復興與困境》中則指出明末叢林對淨土信仰的全面皈依，是佛教的全面復興的重要表徵。陳揚炯著《中國淨土宗通史》中指出，隨著明末商品經濟的發展，西方科學的傳入，人們的思想發生了巨大的變動，淨土宗開始進入頹勢。這是兩種完全相反的看法。

陳揚炯提到明末西方科學的傳入，指的是明末進入中國的傳教士，利用教授西方科學知識的方式傳播天主教。早期進入中國最為著名的傳教士為利瑪竇，蓮池與利瑪竇等傳教士往來書信辯論《明末清初耶穌會文獻》中保存了他們之間往來辯論的資料。傳教士將西方科學知識與天主教傳來中國之後，引起了許多中國人的批駁，蓮池是佛教徒中批駁天主教最多者。蓮池與利瑪竇通過士人虞淳熙從中傳遞書信，相互辯論佛教與天主教之義。利瑪竇在給蓮池的信中闡述天主之說，蓮池在《答虞德園銓部》書中說利馬竇的《實義》《畸人》兩書「雷堆艱澀」，但其回信「條達明利」，表明是中國士大夫為之代筆，因稱其說「邪說入人」。對利瑪竇之所教授，蓮池稱之為「實淺陋可笑」，稱信仰天主教者「必非智人」〔註3〕。信中堅定地認為，韓愈、歐陽修、程朱等人都沒有摧垮佛教，利瑪竇所代表的天主教更不可能摧垮佛教。有人對蓮池說傳教士在中國欲以天主教移風易俗，「兼之毀佛謗法」，請予以辯之。蓮池因言傳教士「雖崇事天主，而天之說實所未諳」〔註4〕，遂援引佛經云天主乃忉利天王，完全是在復述佛經中對天的描述；在隨後的進一步闡釋中，又復述儒家典籍中對天的描述。從對傳教士、天主教與西方天文學的評述來看，蓮池並沒有去深入瞭解傳教士講授的內容，只是從佛教與儒家傳統的觀念去對外來的知識、文明與宗教進行批駁，因此涼菴居士在跋《利先生復蓮池大和尚〈竹窗天說〉四

〔註3〕《雲棲大師遺稿》卷二《答虞德園銓部書》，載《蓮池大師全集》第三冊，第1697頁。

〔註4〕《竹窗三筆》，載《蓮池大師全集》第三冊，第1515頁。

端》中說「蓮池棄儒歸釋，德圓潛心梵典，皆為東南學佛者所宗，與利公昭事之學尤尤乎不相入也」。就明末傳教士與傳播之西學在當時的情形來看，遠遠達不到陳揚炯說的西方科學的傳入引起中國人思想發生巨大變動的程度。陳揚炯指出明末淨土宗進入頹勢，但在該著第七章的開篇則說「明代的袾宏、智旭、袁宏道，清代的彭際清等大力弘揚，淨土宗繼續在佛門及民眾中廣泛流行，成為中國民眾宗教信仰的中心」〔註5〕，而且說沒有哪一種宗教信仰在普及性上能與淨土宗相提並論，著者實際上還是承認淨土宗在明代民眾中的流行，明末的淨土宗並沒有進入頹勢。

蓮池一生宣揚淨土不遺餘力，《畫像自贊》云以「瘦若枯柴，衰如落葉，呆比盲龜，拙同跛鱉」之形軀，趺坐一生「但念阿彌陀佛」〔註6〕，知其對於淨土所做出的努力。蓮池能一生「但念阿彌陀佛」，這是他認為一心念佛是最為「切近精實的工夫」。蓮池與利瑪竇等傳教士辯論中，有傳教士及天主教信徒言蓮池去世後葬於雲棲，故淨土並不存在。對於這樣的疑問，蓮池生前應該遇到不少，如有謂「臨終所見淨土皆是自心，故無淨土」，蓮池說大眾皆見念佛往生者臨終時有聖眾來迎，「有聞天樂隱隱向西而去者，有異香在室多日不散者」等，因此「淨土不可言無」〔註7〕。陳揚炯論述蓮池的淨土觀分為唯心淨土即西方淨土、念佛具萬行、報應信仰三個方面，從報應信仰來看，行善惡之因而有不同之果報，善行者方能進入西方淨土，如《歸戒圖說》云：「既受歸戒，諸惡莫作，眾善奉行，一心念佛求生淨土。諸惡謂不忠不孝不仁不義，如是諸惡不能盡舉，但瞞天昧心等事便不應作。眾善謂忠孝仁義，如是眾善不能盡舉，但上順天理下合人心等事便應力行。」〔註8〕念佛具萬行來看，《示閱藏要語》中說：「戒乃防非為義，若能一心念佛，諸惡不敢入，即戒也。定乃除散為義，若一心念佛，心不異緣，即定也。慧乃明照為義，若觀佛聲字字分明，亦觀能念所念皆不可得，即慧也。如是念佛，即是戒定慧也。」〔註9〕至於唯心淨土即西方淨土，蓮池沒有否認這一點，有謂唯心淨土之外「無復十萬億剎外更有極樂淨土」，唯心淨土之外別無西方極樂淨土，蓮池指出此語原出《阿彌陀經》「真實非謬」，但引而據之者錯會其旨，「夫即心即境，終無心外

〔註5〕《中國淨土宗通史》第七章，江蘇古籍出版社2000年版，第479頁。
〔註6〕《山房雜錄》卷二，載《蓮池大師全集》第三冊，第1630頁。
〔註7〕《竹窗二筆》，載《蓮池大師全集》第三冊，第1460頁。
〔註8〕《山房雜錄》卷二，載《蓮池大師全集》第三冊，第1615頁。
〔註9〕《竹窗二筆》，載《蓮池大師全集》第三冊，第1460頁。

之境，即境即心，亦無境外之心。既境全是心，何須定執心而斥境，撥境言心，未為達心者矣」〔註10〕。蓮池沒有說唯心淨土之外是否有西方淨土，此語似乎是在說明唯心淨土就是西方淨土，但言外之意似乎仍有西方淨土的存在，如有人對他說：「有謂吾非不信淨土，亦非薄淨土而不往，但吾所往與人異，東方有佛吾東往，西方有佛吾西往，四維上下、天堂地獄但有佛處，吾則隨往。非如天台永明諸求淨土者，必專往西方之極樂世界也。」蓮池承認「此說語甚高，旨甚深，義甚玄」，又引佛教典籍云「世尊示韋提希十六觀法必先之落日懸鼓以定志西方，而古德有坐臥不忘西向者」〔註11〕，即他是認為有西方淨土的存在，而非僅主張唯心淨土就是西方淨土。

信仰淨土的民眾，對淨土肯定有眾多的疑問，如「三難淨土」中蓮池陳述了三種主要的疑問。一難，「釋迦如來以足指按地，即成金色世界，佛俱如是神力，何不即變此娑婆土石諸山穢惡充滿之處，便成七寶莊嚴之極樂國，乃必令眾生馳驅於十萬億佛土之迢迢也」，這應該是大多數修淨土民眾的疑問，民眾這樣的疑問其實也是他們的期望，蓮池回答說「佛不能度無緣」，眾生根據自己的緣力業報往生淨土或地獄，「喻如十善生天，即變地獄為天堂，而彼十惡眾生，如來垂金色臂牽之，彼終不能一登其閾也」，這就將業報與淨土融合在一起。二難，《阿彌陀經》言「心念阿彌陀佛一聲滅八十億劫生死重罪」為言事言理，蓮池說：「今正不必論其事之與理，但於至心二字上著倒。惟患心之不至，勿患罪之不滅，事如是，理亦如是，理如是，事亦如是。」三難，「有人一生精勤念佛，臨終一念退悔，遂不得生；有人一生積惡，臨終發心念佛，遂得往生」，似乎是善者受虧惡者得利，這也是民眾普遍有的疑問，蓮池說：「積惡而臨終正念者，千萬人中之一人耳，苟非宿世善根，臨終痛苦逼迫昏迷瞀亂，何由而能發起正念乎。善人臨終退悔，亦千萬人中之一人耳，即有之，必其一生念佛悠悠之徒，非所謂精勤者。精則心無雜亂，勤則心無間歇，何由而生退悔乎。」〔註12〕這個解釋就有些牽強，仍不能很好地解答民眾對於這個問題的疑問，蓮池隨之說的「為惡者急宜修省，毋妄想臨終有此僥倖，真心求淨土者但益自精勤，勿憂臨終之退悔」，是對修淨土者心存僥倖而為惡的告誡。

〔註10〕《竹窗二筆》，載《蓮池大師全集》第三冊，第1461頁。
〔註11〕《竹窗二筆》，載《蓮池大師全集》第三冊，第1461頁。
〔註12〕《竹窗三筆》，載《蓮池大師全集》第三冊，第1508頁。

明代禪淨合流是佛教發展的主流之一，禪淨相互之間仍有爭論，蓮池列舉二者之間的一些爭論。首先，爭論阿彌陀佛之有無，參禪者謂本來無佛故無佛可念，修淨土者謂阿彌陀佛實在西方，念佛必定見佛。蓮池對此解釋道：「有是即無而有，無是即有而無，有無俱非真，而我則湛然常住」〔註13〕。其次，爭論禪淨之遲速。禪者謂見性便悟，比之念佛往生西方見阿彌陀佛後方悟要速。蓮池指出禪淨無遲速之分，在於「根有利鈍，力有勤惰」〔註14〕，未可是此而非彼。從這兩個方面來看，修禪者往往對念佛往生淨土心生輕視，指其乃粗淺之為。蓮池作了上述回應之外，又從兩個方面進行詳細闡述。一方面指出禪淨合一，禪淨互不相礙。聖嚴法師論袾宏以禪的觀念與方法弘揚淨土，實際上就是明代的禪淨合流；陳永革指出明代禪淨關係有攝禪歸淨，攝教歸淨、消禪歸淨三種，攝禪歸淨的代表者即是袾宏。對此，蓮池自言「念佛不礙參禪」云：「古謂參禪不礙念佛，念佛不礙參禪，又云不許互相兼帶，然亦有禪兼淨土者，如圓照本真歇了、永明壽、黃龍新、慈受深等諸師，皆禪門大宗匠，而留心淨土，不礙其禪。故知參禪人雖念念究自本心，而不妨發願，願命終時往生極樂。」因此，「念佛不惟不礙參禪，實有益於參禪」〔註15〕。《淨土疑辨》中，疑問者指只管贊說淨土是否執著事相而不明理性，蓮池指出禪宗與淨土殊途同歸，引前人之語辨明禪淨不礙，云：「如中峰大師道：『禪者，淨土之禪；淨土者，禪之淨土。而修之者必貴一門深入。』此數語，尤萬世不易之定論也。故大勢至菩薩得念佛三昧而曰：『以念佛心，入無生忍。』普賢菩薩入華嚴不思議解脫而曰：『願命終時，生安樂剎。』是二大士，一侍娑婆教主，一侍安養導師，宜應各立門戶，而乃和會圓融，兩不相礙。」既然禪淨殊途同歸，參禪者不能詆毀淨土，修淨土者也不能詆毀禪學，禪淨任何一門深入都可使人開悟。《淨土疑辨》是一篇幅短小之文，陳所蘊的序卻極力稱讚云：「蓮池禪師作《淨土疑辨》，摧慢幢，破癡網，如闇得燈，如貧得寶，真渡苦海之慈航哉。即天台永明之論，未有若此之精切而著明者也。修淨土者，最宜服膺。」〔註16〕

另一方面指出淺淨土者「以為愚夫愚婦所行道」的看法是錯誤的。將淨土認為是愚夫愚婦所行道，不是在鄙視愚夫愚婦，而是在鄙視馬鳴、龍樹、文

〔註13〕《竹窗隨筆》，載《蓮池大師全集》第三冊，第1404頁。
〔註14〕《竹窗三筆》，載《蓮池大師全集》第三冊，第1485頁。
〔註15〕《竹窗二筆》，載《蓮池大師全集》第三冊，第1454頁。
〔註16〕《淨土疑辨》，《大正藏》第47冊，第419～420頁。

殊、普賢。蓮池於是作《彌陀經疏鈔》「發其甚深旨趣」。質疑者認為《阿彌陀經》是面向「愚夫愚婦所行道」，本身即淺，不可「鑿之使深」，蓮池說「此經橫截生死，直登不退」，並不為淺；又說《華嚴經》行願品「廣陳不可說世界海、不可說佛菩薩功德，臨終乃不求生華藏而求生極樂」，所謂言「淨土淺」者，是「人自淺之」〔註 17〕，而非淨土、《阿彌陀經》淺。與淨土乃愚夫愚婦所行道看法相同的，還有「淨土往生接引在家二眾」、「淨土往生接引僧中鈍根」等之說，《往生集》卷之一「總論」中論三輩往生云：「其上輩者，曰捨家離俗，而作沙門，一向專念阿彌陀佛。捨家離俗，身出家也，一向專念，心出家也。身心俱淨，焉得不生淨土。」〔註 18〕即淨土接引者非愚夫愚婦、非在家二眾、非鈍根者，而是接引身心俱淨者。

清代為霖《掃雲棲師太塔》稱讚蓮池的淨土法門云：「雲棲師太蓮池老和尚樂邦化主，堪忍導師，推開火宅一門，直指歸元徑路。殺人刀活人劍，一句彌陀布慈雲灑甘露，三聚淨戒，名喧宇宙，道播古今。」〔註 19〕清人張師誠肯定蓮池《往生集》在淨土宗史中的地位云：「念佛往生之人，昔賢採集成編，莫不事蹟昭著，確有明徵，蓮池大師《往生集》，與本朝彭尺木居士所輯《淨土聖賢錄》尤為大備。」〔註 20〕印光法師稱讚其大振淨土宗風，《杭州彌陀寺啟建蓮社緣起疏》云：「明季蓮池大師，參禪大悟之後，力修淨業，重興雲棲。以契理契機，莫過淨土。遂著《彌陀經疏鈔》，發其甚深旨趣。淨土宗風，為之丕振。」〔註 21〕這些評論表明了蓮池淨土法門的巨大影響。雍正《御製總序》中對蓮池亦是倍加讚揚，云：「雲棲蓮池大師梵行清淨，乃曾參悟有得者。閱其《雲棲法彙》一書，見論雖未及數善知識之洞徹，然非不具正知正見，如著相執有者之可比擬。」〔註 22〕蓮池對晚明之後的淨土宗的影響卻是很大。

二

明末隨著商品經濟的發展，佛教的世俗化狀況非常嚴重，佛教戒律敗壞，如湛然圓澄歎惜「叢林之規掃地盡矣」，「佛日將沉，僧寶殆滅，吾懼三武之禍

〔註 17〕《竹窗二筆》，載《蓮池大師全集》第三冊，第 1454 頁。
〔註 18〕《山房雜錄》卷一，載《蓮池大師全集》第三冊，第 1586 頁。
〔註 19〕《鼓山為霖和尚餐香錄》卷下，《續藏經》第 72 冊，第 642 頁。
〔註 20〕《徑中徑又徑》卷二，《續藏經》第 62 冊，第 385 頁。
〔註 21〕《增廣印光法師文鈔》卷二，弘化社影印本，第 7 頁。
〔註 22〕《御選語錄》，《續藏經》第 68 冊，第 523 頁。

且起於今日」〔註23〕。編纂《淨土資糧全集》的莊光還，在《募刻淨土資糧全集疏》中提到明末佛教亂象云：「迨今末法，邪說橫行，或妄稱三教之祖，或偽造五部之書，或密授十六字經，或秘傳七個字佛，或身中運氣存神而號公案，或暗夜聞聲見物而作奇徵，或本無悟入而誑說禪宗，或撥無因果而誹謗正法。千科萬徑，莫可具陳。」面對佛教叢林的這種亂象，有志之士奮起而挽救，蓮池專注於傳播淨土就是挽救明末佛教之頹廢，莊光還繼續說：「師教雖共由於通邑大都，而或間隔於殊鄉僻地，雖流行於叢林蘭若，而或阻滯於閭巷村居，師蓋有不勝其憫者。」《淨土資糧全集》由莊光還編纂，蓮池予以校正，被視為「往生之捷法，出世之要典」；本書編撰之目的，在於「上可以隆出世之佛法，下可以遏邪說之橫流，遠可以續廬山之正傳，近可以廣雲棲之聲教」〔註24〕。

蓮池撰有《往生集》，云：「聞昔有傳往生者，歲久滅沒，不可復睹，而斷章遺跡班班互載於內外百家之書。予隨所見，輒附筆札，仍摘其因果昭灼者，日積之成編，殆存十一於千百而已。今甲申竊比中峰廛居掩關於上方，乃取而從其類後先之，又證之以諸聖同歸，足之以生存感應，計百六十有六條，而間為之贊以發其隱義。」撰寫本書的目的，同樣是為了挽救明末佛教之頹落，「今去佛日遠，情塵日滋，進之不能發神解超聖階，退之倀倀乎有淪墜之險」，希望依靠往生故例與淨土法門「疾脫生死」。蓮池希望讀此書者，能指而曰「某也以如是解脫而生，某也以如是純一而生，某也以如是精誠之極感格而生，某也以如是大悲大願而生，某也以如是改過不吝轉業於將墮也而生，某如是上生，某如是中生下生」〔註25〕，可見蓮池對於所著之書特別強調實際的效用。

出於以淨土挽救佛教之頹風的想法，蓮池一生以傳播淨土觀念與一心念佛為己任，上文已提到。蓮池有《勸修淨土代言》云「袾宏下劣凡夫，安分守愚，平生所務，惟是『南無阿彌陀佛』六字」，有問者亦「必以此答」〔註26〕。陸光祖《淨土資糧全集序》中說道：「吾友蓮池禪師得佛心印，弘法東南，所接學人，不論根器利鈍，俱孜孜以淨土為言。」〔註27〕蓮池為宣揚淨土付出一生之努力，是將淨土作為挽救末法之要津，《答四十八問序》云：「淨土之教，

〔註23〕《慨古錄》，《續藏經》第65冊，第366頁。
〔註24〕《淨土資糧全集》前集，《續藏經》第61冊，第530頁。
〔註25〕《山房雜錄》卷一，載《蓮池大師全集》第三冊，第1575～1576頁。
〔註26〕《雲棲淨土匯語》，《續藏經》第62冊，第11頁。
〔註27〕《淨土資糧全集》前集，《續藏經》第61冊，第529頁。

因地於法藏，肇端於韋提，開陳於靈鷲教主之金言，流衍於匡廬大士之蓮社。專一心而嚮往，歷三界以橫超，誠哉末法之要津矣。」上文提到有人質疑淨土是接引愚夫愚婦、鈍根者的法門，蓮池這裡繼續指出上根者「即事契理」與下根者「有聞斯從」「無因起惑」皆對淨土深信不疑，惟有不上不下的中流者「欲從欲違，志無定向」，蓮池的淨土之說主要是為這些中流者「隨繩解紛」，使之「越煩惱之河者直決其狐疑，出死生之穴者頓離於鼠怯，叨陪往哲，共翊先宗」〔註28〕。

將蓋世文章一筆勾掉的蓮池，由於對淨土的孜孜宣揚，卻相當重視與淨土有關詩作，對這些詩作大力加以褒揚。明初僧人道衍著有《諸上善人詠》，以詩偈的形式詠頌歷代禪宗祖師。《往生集》是為淨土諸祖作傳，屬於紀事，《諸上善人詠》是「淨土善人詠」，「奇其事而歎之賞之歌頌之」，蓮池解釋「善人」云：「夫所稱善人者，非對惡名善之善也，非十善生天之善也。心淨而土淨，在娑婆則蓮華比德，生極樂則蓮臺託身，超三界，悟無生，以至成等正覺、善中之善。故《經》云諸上善人也。」一般的佛教吟誦是以音聲為佛事，《諸上善人詠》「約而該，質而不俚，褒而核，溫厚和平，憂憂乎有風人之遺焉，誦之能使人興起也」，蓮池對此書的評價，主要是著眼於對於淨土諸祖的弘揚而言的，並非是因為詩偈撰寫水平之高。蓮池對此書極其重視，比之為陶淵明「歸去來之有辭」〔註29〕，一直放在書箱裏二十餘年，擔心其淪亡而重加刊刻。道衍即明初之姚廣孝，本書前章對其有論述。蓮池對姚廣孝非常尊崇，引其《幽居》詩「春燕雛成辭舊壘，午雞啼罷啄陰階」，稱之為「當代之留侯」。蓮池感歎「世未有知其深者」，因發之曰：「所取於少師者有三：一以其貴極人臣而不改僧相，二以其功成退隱而明哲保身，三以其讚歎佛乘而具正知見。」〔註30〕與此三種功業相比，及在靖難之役中請求朱棣勿殺方孝孺，姚廣孝輔佐朱棣造成的殺業，則不足論矣。

《重刊淨土善人詠序》提到「中峰西齋諸懷淨土者之有詩」，中峰明本是元代僧人，作有《勸修淨業偈》一百八首，與中峰關係極為密切的趙孟頫作贊云：「淨土偈者，中峰和尚之所作也。偈一百八首，按數珠之一周也。憫眾生之迷途，道佛境之極樂，或驅而納之，或誘而進之，及其至焉一也。」趙孟頫

〔註28〕《山房雜錄》卷一，載《蓮池大師全集》第三冊，第1577頁。
〔註29〕《山房雜錄》卷一，載《蓮池大師全集》第三冊，第1576頁。
〔註30〕《竹窗隨筆》二筆，載《蓮池大師全集》第三冊，第1467頁。

並作偈進一步宣明《勸修淨土偈》之義，讚揚中峰「慈悲憐憫諸眾生」〔註 31〕之弘願。蓮池對中峰一百零八首《懷淨土詩》非常重視，作《中峰禪師淨土詩序》云：「淨土之為教大矣，昭揭於經，恢弘於論，窮微極深於諸家之疏傳辯議。而羽翼其間者，又從而賦之辭之偈頌之詩之。詩也者，又偈頌之和聲協律，委婉遊揚，俾人樂而玩，感慨而悲歌，不覺其情謝塵寰而神棲寶域者也。」序中強調了「詩之為益於淨土亦大」，自古作淨土詩者眾多，中峰《懷淨土詩》百詠，「事理兼帶，性相圓通，息參禪念佛之曉諍，定即土即心之平準」〔註 32〕，給予了非常高的評價。序後並摘錄《懷淨土詩》中的九首，如「七重密覆真珠網，三級平鋪瑪瑙階，安養導師悲願切，遙伸金臂接人來」「世界何緣稱極樂，只因眾苦不能侵，道人若要尋歸路，但向塵中了自心」〔註 33〕，確實如蓮池「事理兼帶，性相圓通，息參禪念佛之曉諍」的評述。

明代作淨土詩之著者，有明初梵琦禪師，本書前章亦有論述。蓮池對梵琦的《懷淨土詩》同樣有極高的評價，《往生集》與《續武林西湖高僧事略》皆有梵琦傳。《往生集》中記梵琦「一意淨業，嘗見大蓮花充滿世界，彌陀在中，眾聖圍繞」〔註 34〕。莊光還編集、蓮池校正的《淨土資糧全集》中將中峰、梵琦的《懷淨土詩》稱為往生資糧之造端，云：「謹按：二師之詩雖多，不過稱讚、勸勉二義。今所述者雖七首，二義備矣。如中峰之前五首所以贊淨土之勝，第六首勉人以了自心。何以了自心，非念佛不能也，故第七首勸人以念佛。如西齋之前五首亦贊淨土之勝，第六首勉人以悟無生。何以悟無生，非念佛不能也，故第七首勸人以念佛。此還纂述二詩之意也，俾淨業之士，功課之餘，詠歎淫佚，意洽義融，有不手舞而足蹈者乎。」〔註 35〕

由於宣揚淨土、因果報應，蓮池特別強調戒殺與放生，如提到「天地生物以供人食」時，說天地之間生物如「種種穀，種種果，種種蔬菜，種種水陸珍味」與人「同有血氣，同有子母，同有知覺，覺痛覺癢覺生覺死」，卻被人「以智巧餅之、餌之、鹽之、酢之、烹之、炮之」，「戮其身而啖其肉」〔註 36〕，天下之言凶心慘心毒心嗯心無過於此者。《題殺生炯戒》中談到人殺禽、獸、鱗

〔註 31〕轉引自《佛法金湯編》卷十六，《續藏經》第 87 冊，第 444 頁。
〔註 32〕《山房雜錄》卷一，載《蓮池大師全集》第三冊，第 1577 頁。
〔註 33〕《天目明本禪師雜錄》，《續藏經》第 70 冊，第 744 頁。
〔註 34〕《往生集》卷之一，載《蓮池大師全集》第二冊，第 908 頁。
〔註 35〕《淨土資糧全集》前集，《續藏經》第 61 冊，第 528 頁。
〔註 36〕《竹窗隨筆》，載《蓮池大師全集》第三冊，第 1396 頁。

介、蟲等以為食物，批評人「食止一飽，何無厭一至於是」〔註 37〕。

蓮池的戒殺放生之念，似乎曾受到文人的影響，明末人張岱曾到雲棲拜訪蓮池，見「雞鵝豚羖，共牢飢餓，日夕挨擠，墮水死者不計其數」「兔鹿猢猻亦受禁鎖」，於是「向蓮池師再四疏說」，蓮池謂亦「未能免俗」。張岱對蓮池說「雞凫豚羖，皆藉食於人，若兔鹿猢猻，放之山林，皆能自食，何苦鎖禁，待以胥縻」，蓮池方「悉為撤禁，聽其所之」〔註 38〕。由張岱的這段記載來看，蓮池的戒殺放生的觀念，有可能受到明末文人的影響而逐漸強化起來的。蓮池隨後作《普勸誡殺放生》文云：「人人愛命，物物貪生，何得殺彼形軀充己口食。或利刃剖腹，或尖刀刺心，或剝皮刮鱗，或斷喉劈殼，或滾湯活煮鱉鱔，或鹽酒生醃蟹蝦，可憐大痛無伸，極苦難忍，造此彌天惡業，結成萬世深仇。一日無常，即墮地獄，鑊湯爐炭，劍樹刀山。受罪畢時，仍作畜類，冤冤對報，命命填還。還畢為人，多病壽夭，或死蛇虎，或死刀兵，或死官刑，或死毒藥，皆殺生所感也。」所謂的「冤冤對報，命命填還」，即為善惡之業報，蓮池舉「剛鬣報」例指出殺生者必將受到被殺之業報，云：「僧某素樸實，但愚而自用，凡見稱人之善，必微哂，示不足稱也。久之反道歸俗，與一老嫗俱。其死也，致夢報嫗曰『吾明日歸鄰菴矣，則有送一彘放生於菴者』。嫗知其某也，數往訊視，遂聞於人，遠近異其事，觀者絡繹。嫗醜之轉送雲棲，時雲棲放生所窄隘，一山寺願收養，俄而其徒賣與屠者，殺之田中。」〔註 39〕戒殺放生則會獲得生物之感應，玉清生《蜈蚣說》云：「物之獲益於人也，雖一時之靈蠢因殊，而累劫之真光平等，略栽一粒，便獲參天，無足怪也。蓮池，淨土中人也，出門見童子以竹篾弓蜈蚣之身，哀而贖其命。他日蓮池對客說法，蜈蚣能來聽之。」〔註 40〕蓮池因「泣血稽顙，哀告世人」，云：「不敢逼你吃齋，且先勸你戒殺。戒殺之家，善神守護，災橫消除，壽算綿長，子孫賢孝，吉祥種種，難可具陳。若更能隨力放生，加持念佛，不但增崇福德，必當隨願往生，永脫輪迴，入不退地。」〔註 41〕

憨山在《塔銘》中稱「《戒殺放生》之篇情文雙妙」，本文傳播廣泛，影響頗廣，陶望齡、黃輝等與之交往密切的文人皆接觸過此文。黃輝曾提到焦竑拿

〔註 37〕《山房雜錄》卷一，載《蓮池大師全集》第三冊，第 1587 頁。
〔註 38〕《西湖夢尋》卷三，上海古籍出版社 2001 年版，第 233 頁。
〔註 39〕《竹窗三筆》，載《蓮池大師全集》第三冊，第 1518 頁。
〔註 40〕雜圓偶集：《修西聞見錄》卷七，《續藏經》第 78 冊，第 419 頁。
〔註 41〕《雲棲大師遺稿》卷三，載《蓮池大師全集》第三冊，第 1756 頁。

著《戒殺放生》文見示，受到蓮池的影響，不僅「是日遂斷殺生，見生物即為贖放」，而且稍有餘力「即斥買生物放之」。陶望齡《放生池》詩云：「介盧曉牛鳴，冶長識雀噦。吾願天耳通，達此音聲類。群魚泣妻妾，雞鶩呼弟妹。不獨死可哀，生離亦可慨。閩語既嚶咿，吳聽了難會。寧聞閩人肉，忍作吳人膾。可憐登陸魚，喚喁向人誶。人曰魚口喑，魚言人耳背。何當破網羅，施之以無畏。昔有二勇者，操刀相與酤。曰子我肉也，奚更求食乎。互割還互啖，彼盡我亦屠。食彼同自食，舉世嗤其愚。還語血食人，有以異此無。」〔註42〕與蓮池之論完全一致，極有可能就是受到蓮池的影響。

由陶望齡、焦竑、黃輝等事例可知，戒殺放生之念在晚明文人中頗為流傳。晚明文人中對戒殺放生最為重視的，公安派中的袁宗道算是一個。有文獻記載到袁宗道曾與蓮池有交往，蓮池與袁宗道的著述中都提到陶望齡、黃輝等人，表明蓮池有可能對袁宗道的淨土觀念產生影響。袁宗道初學禪，隨著對佛教理解的深入，認識到「參話頭工夫，難得純一」〔註43〕，開始對佛教的參習慢慢向淨土轉變，厭恨自己講戒殺但仍吃肉之習，及讀《楞伽》至《斷食肉品》「見其字字痛切」，朝夕誦持「用自警策」〔註44〕，遂決定徹底戒殺。袁宗道最初可能是受到蘇東坡《戒殺詩》的感染，讀了蘇東坡詩中「我哀籃中蛤，閉口護殘汁，又哀網中魚，開口吐微濕」等句之後，作《東坡作戒殺詩遺陳季常，余和其韻》言有情世界的物類，不管是「胎卵」還是「化濕」，「共居佛土中，謀生各自得」，不能只顧自己的口腹之欲而無節制地戕殺其他物類，應該瞭解它們有與人類一樣的「楚痛」。袁宗道因此在《東坡作戒殺詩遺陳季常余和其韻》詩中說「口腹我所緩，性命彼甚急」〔註45〕。中國本有的典籍都不強調戒殺，袁宗道認為佛教典籍對戒殺的注重彌補了這方面的缺陷。

經過與蓮池的交往，袁宗道可能強化了對戒殺的認識。與蓮池戒殺能帶來福壽的認識一樣，袁宗道在《賀陽曲金令君父母榮封序》中說「金翁及孺人」的「壽且貴」就是因為戒殺「未嘗身踐血氣之類」帶來的，並以長篇舉例說明持不殺戒者能「壽其身，昌其嗣」，云：「今夫胎卵濕化，等一驅命。人實胎族之一，而日驅此四族者於刀砧湯火中，以甘其口。蓋一歲之間，怨懟何止千萬，其身之福，安得不就銷損乎？持戒殺者，一生所活，當盈百千萬億，不可

〔註42〕轉引自《西湖夢尋》卷三，第234頁。

〔註43〕《白蘇齋類集》卷之十六《寄三弟》，第230頁。

〔註44〕《白蘇齋類集》卷之二十二《雜說》，第320～321頁。

〔註45〕《白蘇齋類集》卷之二，第14頁。

稱量。寧有百千萬億不可稱量種種生命，銜德感恩，而不能資一身之福者。故於英以養鯉得仙，劉守以放魚延算。餧一雀而累世三公，濟群蟻而立取上第。由此推之，活尺鱗，全寸羽，俱得勝報，無唐捐者。況於終身尺不殺戒，所受福報豈有量哉。金翁伉儷偕壽，復以子貴，又何疑也。余又聞霜鐔君為宰，視四封人等一子想，笞樸輕刑，未嘗妄施。全活饑寠，不可勝紀。施於有政，大都封公不殺之教也。夫翁第能活物，而霜鐔移以活民。公仁行於一家，而霜鐔行之乎一邑。霜鐔自茲以往，位益通顯，所以濟民利生者，當益廣。由茲觀之，金氏之福，蓋為艾也。」〔註46〕以戒殺全萬物，到以重生、行仁政而活民，袁宗道將淨土與儒家結合起來，是以佛教詮釋儒學。

深入淨土的袁宗道，主張修禪者重悟的同時更要重戒殺，達摩「諄諄戒殺」，現今之學禪者「不重戒殺」乃「大悖少林之本旨」。禪學重悟，袁宗道認為「戒」便是「悟」，「種種戒行，總為悟設」，「未悟則藉戒資薰，已悟則藉長養」〔註47〕。袁宗道將放生視為想「更作小小功德」，云：「所分大官餐錢，即買魚蝦鱉蟮，放入金水池中。每入門，內侍都不問，但云此袁家放生人也。黃慎軒、蕭玄圃諸公，亦相仿傚。每月朔望，放生不可紀。吾非欲作此有為功德也，自念以口腹傷殘物命，欲用此少贖罪愆。且令好生一念，常時萌動，將來或至憫念有情，不復食噉。」〔註48〕放生這樣的「小小功德」又即為「非常功德」，能給人帶來福報。袁宗道的三弟袁中道是徹底的戒殺者，「予戒殺十五六年矣，又不喜食肉，間或山妻念予無食，令兒子輩送來佐酒，予輒止之」〔註49〕。

據上述，蓮池的淨土觀念、戒殺放生等主張，在晚明的文人之中應該產生著較大的影響，不少文人受其影響遵從了淨土觀念，更主動遵從戒殺放生的戒律。

三

淨土觀念與一心念佛法門，在明末的佛教界與文人中是相當流傳的，蓮池的淨土觀念只是當時眾多主張淨土者之一。同為晚明四大高僧的憨山雖非專修淨土，對淨土與念佛同樣極為重視。《示西印淨公專修淨土》中指出近世士大夫「多尚口耳，恣談柄」，尊參禪而薄淨土，好名之輩「多習古德現成語句，

〔註46〕《白蘇齋類集》卷之十，第134頁。
〔註47〕《白蘇齋類集》卷之二十二《雜說》，第321頁。
〔註48〕《白蘇齋類集》卷之十六《寄三弟》，第230頁。
〔註49〕《珂雪齋集》卷二十一《書戒殺文後》，第898頁。

以資口舌便利」以相尚，致使法門日衰，「不但實行全無，且謗大乘經典為文字，不許親近」。參禪重悟為上，悟心本意卻是要出生死，念佛則是最為方便的出生死法門。參禪與念佛相較，「參究難悟，念佛易成」，若「以參究心念佛」最易出離生死，憨山因此說「淨土法門，世人以權目之，殊不知最是真實法門」〔註 50〕。要注意的是，這裡強調了「以參究心念佛」的前提是要有緊切的斷生死之心，《示念佛切要》云「念佛求生淨土一門，元是要了生死大事」，憨山兩勸「今念佛的人」，一「先要知愛是生死根本」，二「第一要知為生死心切，要斷生死心切」。於生死根株上念念斬斷之後，「則念念是了生死之時」〔註 51〕。《示修淨土法門》再次指出「唯有念佛求生淨土最為捷要」，與蓮池淨土非僅為愚夫愚婦所設的說法一樣，憨山指出淨土法門「四眾齊收，非是權為下根設」。修淨土「必以淨心為本」，要淨自心「第一先要戒根清淨」、「第一要持戒為基本」，前提仍然是要有緊切的斷掉生死之心，然後「單提一念，以一句『阿彌陀佛』以為命根，念念不忘，心心不斷」〔註 52〕。

憨山的念念不忘、心心不斷的念佛法門，與修禪的工夫一致，即是「以參究心念佛」，以參禪心念佛，實際上就是唯心淨土，《示優婆塞結念佛社》云「所念之佛，即自性彌陀，所求淨土，即唯心極樂」。由於是念自性之彌陀，故「迷之而為眾生，悟之即名為佛」〔註 53〕。心若淨佛土淨，心穢則佛土亦穢，《示等愚侍者》云：「自心念佛，念佛念心。心佛無二，念念不住。能念不立，所念性空。性空寂滅，能所兩忘。是名即心，成自性佛。一念遺失，便墮魔業。」〔註 54〕陳永革《晚明佛學的復興與困境》中指出以參究工夫的念佛方法，是看話禪的一種變通形式。如《示劉存赤》云：「參禪看話頭一路，最為明心切要。但近世下手者稀，一以根鈍，又無古人死心；一以無真善知識決擇，多落邪見。是故念佛參禪兼修之行，極為穩當法門。若以念佛一聲，蘊在胸中，念念追求審實起處落處，定要見個的當下落，久久忽然垢淨明現，心地開通。此與看公案話頭無異。」〔註 55〕憨山不停地陳述到如何將念佛當作看話頭來參，《示念佛參禪切要》云：「念佛審實公案者，單提一聲『阿彌陀佛』作

〔註 50〕《憨山老人夢遊集》卷八，第 421～422 頁。
〔註 51〕《憨山老人夢遊集》卷七，第 340～341 頁。
〔註 52〕《憨山老人夢遊集》卷九，第 440～441 頁。
〔註 53〕《憨山老人夢遊集》卷一，第 114 頁。
〔註 54〕《憨山老人夢遊集》卷七，第 345～346 頁。
〔註 55〕《憨山老人夢遊集》卷五，第 232 頁。

話頭，就於提處，即下疑情，審問者念佛的是誰。再提再審，審之又審，見者念佛的畢竟是誰。如此靠定話頭，一切妄想雜念當下頓斷，如斬亂絲，更不容起，起處即消，唯有一念，歷歷孤明，如白日當空，妄念不生，昏迷自退，寂寂惺惺。」〔註 56〕《答湖州僧海印》云：「今云參究念佛意在妙悟者，乃是以一聲佛作話頭參究，所謂念佛參禪公案也……提起一聲佛來，即疑審是誰，深深覷究此佛向何處起，念的畢竟是誰。如此疑來疑去，參之又參，久久得力，忽然了悟，此為念佛審實公案，與參究話頭原無兩樣。」〔註 57〕《示董智光》云：「即將念佛審實公案，正當著力，提起一聲佛號，橫在胸中，即便審究這念佛的畢竟是誰，如是隨提隨審，並不放空，將此疑團，橫在胸中，如己命根，更不放捨。一切動靜閒忙去來坐立，唯此一事，更無餘事。如此用心，才見妄想起時，就將此話頭一拶，則當下粉碎，一切妄想，自然掃蹤滅跡矣。」〔註 58〕憨山以參究話頭的方式念佛，需要念佛者持之以恆，若能參透話頭，既能悟透自性，又能往生西方，體現了禪淨兼修的特徵，但似乎失去了念佛往生淨土的簡單直接。其實，究其實質來說，就是以禪學的方式念佛，禪淨合流中體現了憨山偏重禪學的一面。

蓮池之後的四大高僧之一的藕益智旭，非常推崇淨土法門，蓮池被稱作是蓮宗八祖，智旭被稱作是蓮宗九祖。智旭深受蓮池的影響，自傳中云：「十二歲就外傅，聞聖學，即千古自任，誓滅釋老，開葷酒，作論數十篇闢異端，夢與孔顏晤言。十七歲，閱《自知錄序》及《竹窗隨筆》，乃不謗佛，取所著闢佛論焚之。」二十四歲時「夢禮憨山大師」，因憨山在嶺南距離太遠，遂從憨山弟子雪嶺禪師剃度學禪；二十八歲時「以參禪工夫求生淨土」〔註 59〕。《刻淨土懺序》敘述歸心淨土的歷程說：「信釋迦之誠語，悟法藏之願輪，始知若律若教若禪，無不從淨土法門流出，無不還歸淨土法門。予初志宗乘，苦參力究者數年，雖不敢起增上慢，自謂到家，而下手工夫得力，便謂淨土可以不生。逮一病瀕死，平日得力處，分毫俱用不著，方乃一意西歸。然猶不舍本參，擬附有禪有淨之科，至見博山後，稔知末代禪病，索性棄禪修淨，雖受因噎廢飯之誚弗恤也。於今專事淨業，復逾三載，熾然捨穢取淨。」〔註 60〕《示象巖》

〔註 56〕《憨山老人夢遊集》卷九，第 444 頁。
〔註 57〕《憨山老人夢遊集》卷十一，第 524 頁。
〔註 58〕《憨山老人夢遊集》卷六，第 301 頁。
〔註 59〕《靈峰宗論》卷首，《嘉興藏》第 36 冊，第 253 頁。
〔註 60〕《靈峰宗論》卷六之一，第 352 頁。

說坐禪、讀誦、營眾福業三者中隨修一種「皆超生脫死，成就菩提」〔註61〕，但在禪教律「無不從淨土法門流出，無不還歸淨土法門」的前提下，《示陸喻蓮》云超生脫死「捨淨土一門，決無直捷橫超方便」，要生淨土「捨念佛一法，決無萬修萬去工夫」〔註62〕。據此可知其對於淨土的重視，《四十八願》的第一願中云「令我無始慈父，咸生淨土」、第二願中云「令我無始悲母，咸生淨土」〔註63〕顯示出重視的程度。

棄禪修淨的智旭，對明末禪學有很多的批評，稱明末禪學已成盲禪、狂禪，《與永覺禪師》中批評禪學之墮落云：「法運日譌，老成凋謝，獸蹄鳥跡，交於中國。乳臭小兒，競稱宗主。拈花微旨埽地，至此不惟可悲，亦可恥矣。」〔註64〕儘管對禪學進行了嚴厲的批評，經常夢到憨山（「一月中三夢憨師」）的智旭，在淨土上的看法與憨山一樣主張自性彌陀，《示宋養蓮》云世爭傳自性彌陀、惟心淨土二語，卻「不知以何為心性」，智旭解釋說：「夫性非道理，無所不統，故十劫久成之導師不在性外；心非緣影，無所不具，故十萬億剎之極樂實在心中。惟彌陀即自性彌陀，所以不可不念，淨土即惟心淨土，所以不可不生。」〔註65〕念佛方式上也與憨山一樣，主張以禪學參究的方式念佛，《答卓左車彌陀疏鈔三十二問》中說：「若信得及，以悟為則，以淨土為歸，真實不欺，不留退步，即此似處，即已全是。若信不及，死我偷心，而偷心轉甚，正好實念，而念反狐疑，只此似處，即全不是。故曰『學道須是鐵漢，著手心頭便判』。有疑則參，雖罷參而不能；無疑則念，欲起疑而何自。如是則直念苦參，亦無非往生正行也。」〔註66〕《參究念佛論》詳細論述云：「淨土正行，尤以念佛為首。顧念佛一行。乃有多塗，《小經》重持名，《楞嚴》但憶念，《觀經》主於觀境，《大集》觀佛實相。後世智徹禪師，復開參究一路，雲棲大師極力主張淨土，亦不廢其說。但法門雖異，同以淨土為歸。獨參究之說，既與禪宗相濫，不無淆譌可商。嘗試論之，心佛眾生，三無差別，果能諦信，斯直知歸。未了之人，不妨疑著。故誰字公案，曲被時機，有大利亦有大害。言大利者以念或疲緩，令彼深追力究，助發良多。又未明念性本空，能所不二，藉

〔註61〕《靈峰宗論》卷二之一，第277頁。
〔註62〕《靈峰宗論》卷二之三，第283頁。
〔註63〕《靈峰宗論》卷一之一，第258頁。
〔註64〕《靈峰宗論》卷四之三，第338頁。
〔註65〕《靈峰宗論》卷二之三，第283頁。
〔註66〕《靈峰宗論》卷三之一，第300頁。

此為敲門瓦子，皆有深益。必淨土為主，參究助之，徹與未徹，始不障往生。言大害者，既涉參究，便單恃己靈，不求佛力，但欲現世發明，不復願往。或因疑生障，謂不能生，甚則廢置萬行，棄捨經典。古人本意原欲攝禪歸淨，於禪宗開此權機，今人錯會，多至捨淨從禪。」以參究念佛有利有害，利則不礙往生，害則欲求現世之利，智旭仍將此稱作為「了義中最了義」「圓頓中極圓頓」「方便中第一方便」。〔註 67〕

智旭儘管將參究念佛視為「了義中最了義」等，在實際修行中似乎還是更重視一心執持名號的念佛方式，主張念佛法門「別無奇特，只深信力行為要」，《示念佛法門》說：「佛云『若人但念彌陀佛，是名無上深妙禪』，天台云『四種三昧，同名念佛，念佛三昧，三昧中王』，雲棲云『一句阿彌陀佛，該羅八教，圓攝五宗』。可惜今人，將念佛看做淺近勾當，謂愚夫愚婦工夫，所以信既不深，行亦不力，終日悠悠，淨功莫克。設有巧設方便，欲深明此三昧者，動以參究誰字為向上，殊不知現前一念能念之心，本自離過絕非，不消作意離絕，即現一句所念之佛，亦本自超情離計，何勞說妙譚玄。秖貴信得及，守得穩，直下念去，或晝夜十萬，或五萬三萬，以決定不缺為準，畢此一生，誓無變改。若不得往生者，三世諸佛，便為誑語，一得往生，永無退轉，種種法門，咸得現前。切忌今日張三，明日李四，遇教下人又思尋章摘句，遇宗門人又思參究問答，遇持律人又思搭衣用鉢。」智旭認為念佛只要一心誦念阿彌陀佛名號即可，他告訴信眾念佛的方式說「最初下手，須用數珠，記得分明，刻定課程，決定無缺，久久純熟，不念自念，然後記數亦得，不記亦得」，反之「若初心便要說好看話，要不著相，要學圓融自在」，則「饒你講得十二分教，不得千七百轉語」都是「生死岸邊事」〔註 68〕，與往生毫無關係。

蓮池也提到過參究念佛，云：「國朝洪永間，有空谷、天奇、毒峰三大老其論念佛。天、毒二師俱教人看念佛是誰，唯空谷謂『只直念去，亦有悟門』，此二各隨機宜，皆是也。而空谷但言直念亦可，不曰參究為非也，予於《疏鈔》已略陳之。而猶有疑者，謂參究主於見性，單持乃切往生，遂欲廢參究而事單持，言《經》中止云執持名號，曾無參究之說。此論亦甚有理，依而行之，決定往生。」由此來看，參究念佛早在明初之時就已經出現了，而且分為兩種看法，「看念佛是誰」是悟自性，「只直念去，亦有悟門」是執持名號而往生，二

〔註 67〕《靈峰宗論》卷五之三，第 344 頁。
〔註 68〕《靈峰宗論》卷四之一，第 321 頁。

者有很大的區別。蓮池對二者的態度是二家皆有可取之處，「存此廢彼則不可」，《阿彌陀經疏鈔》「兩存而待擇」〔註 69〕。據此可知蓮池對於參究念佛的看法，雖然如智旭說的「亦不廢其說」，但與憨山、智旭二人的主張還是不同，憨山與智旭主張以參究的方式念佛，蓮池則是主張參究與執持名號兩存而非合一。

智旭為闡述淨土，選「最契時機者九種，並自所著之《彌陀要解》」編成《淨土十要》，「欲學者由此具識如來度生之要，與一法普攝一切諸法之所以然」〔註 70〕。智旭與淨土有關的述論，基本搜集在《靈峰宗論》中，清和碩豫親王裕豐在《書重刻靈峰宗論後》評論云：「《宗論》剞劂工畢，因披覽一周，得未曾有。其教真為生死，發菩提心，開眼為急，持戒為本，痛呵流俗知見，力挽佛世芳規，融會諸宗歸極淨土，一書梗概略盡於斯。」〔註 71〕

明末四大高僧之一的紫柏大師對淨土同樣持認可與肯定的態度，《勸大川李善友求生淨土》勸解他人求生淨土：「熱惱清涼本不差，何妨荊棘與蓮花。相逢幾個知歸者，薄暮鐘聲送落霞。」紫柏所言的念淨土方式與智旭相似，云：「破身心之方，莫若毗舍浮佛傳心前半偈最為捷要，或先持千萬過，五百萬過，三百萬過，持數完滿，徐為持偈者開解之，自然身心橫計便大輕了。此計既輕，即以持偈之心，持阿彌陀佛專想西方，至捨命時，則娑婆欲念不待著力然後始空。」紫柏很強調平時持念「念佛求生淨土之義」，以籠中魚鳥來譬喻求生淨土之義云：「知娑婆是極苦之場，淨土是極樂之地，譬如魚鳥，身在籠檻之內，心飛籠檻之外。念佛人以娑婆為籠檻，以淨土為空水，厭慕純熟。故捨命時，心中娑婆之欲了無芥許。」〔註 72〕通曉求生淨土之義，至臨命終才能一心不亂。紫柏似乎贊同憨山的唯心淨土，《淨土偈》中「心淨佛土淨，心穢此土穢」，即是宣示唯心淨土。要注意的是，紫柏的唯心淨土，不僅是簡單的心淨佛土淨，而是要尋心淨佛土淨之理，通過觀心衛生知「淨穢在何處」；將淨穢之理觀透徹之後「眾罪自消滅，不待蓮花開」〔註 73〕。紫柏與蓮池、袁宗道一樣重視戒殺，認為殺機一動則「自斷命根」，云：「夫貴賤殊業，物我同靈。恃力殘生，滋蔓惡習。暢一時之口味，結萬劫之身殃。痛不免之酬償，截

〔註 69〕《竹窗二筆》，載《蓮池大師全集》第三冊，第 1452 頁。

〔註 70〕《印光法師文鈔續編》卷下《淨土十要序》，弘化社影印本。

〔註 71〕《靈峰宗論》卷末。

〔註 72〕《紫柏老人集》卷之二，《續藏經》第 73 冊，第 164 頁。

〔註 73〕《紫柏老人集》卷之十六，第 321 頁。

無始之苦本，莫若戒殺。殺若不戒，則我暢物結，物暢我結。結暢相乘，如汲井輪，循環不已，往復思之，甚可恐怖。恐怖既生，視物如人，視人如我。夫殺機一動，不惟殘賊同靈，實則自斷命根。」〔註 74〕殺生則自斷命根，袁宗道以畏怖生死學佛，將戒殺、放生看作是脫離生死、擺脫循環的輪迴的一種方式。

智旭《淨土十要》中收錄有袁宏道《西方合論》，本書在明末有著極大的影響。周之夔《重刻西方合論序》說：「楚公安袁石公先生諱宏道者，所著《西方合論》，會通異同，決釋疑滯，闡發玄奧，直指趣歸。佛經而祖緯之，兄舉而弟揚之，誠儒家之無著天親、論部之馬鳴龍樹。可謂現宰官居士身，而弘同居同事攝矣。念佛至此，方為圓教，淨土得此，方稱惟心。」〔註 75〕袁宏道編著此書，出於對禪學的批評而愚菴法師、黃輝與其相謀，袁宏道批評當日之禪學云：「五葉以來，單傳斯盛，迨於今日，狂濫遂極。謬引惟心，同無為之外道；執言皆是，趨五欲之魔城。」對於禪學的批評，一方面在於禪學的狂濫，一方面似乎是針對禪學對淨土的排斥，「至若《楞伽》傳自達磨，悟修並重；清規創始百丈，乘戒兼行。未聞一乘綱宗，呵叱淨戒」。袁宏道自述由禪入淨，云「余十年學道，墮此狂病，後因觸機，薄有省發，遂簡塵勞，歸心淨土」〔註 76〕。袁宏道曾拜訪蓮池，《雲棲小記》云：「雲棲在五雲山下，籃輿行竹樹中，七八里始到，奧僻非常，蓮池和尚棲止處也。蓮池戒律精嚴，於道雖不大徹，然不為無所見者。至於單提念佛一門，則尤為直捷簡要，六個字中，旋天轉地，何勞捏目更趨狂解，然則雖謂蓮池一無所悟可也。一無所悟，是真阿彌，請急著眼。」〔註 77〕黃輝與蓮池關係密切，袁宗道、袁宏道、黃輝與蓮池等人之間有可能就淨土之說相互交換意見與看法，他們之間對於淨土的討論與看法，對於晚明的淨土認識應該會發生較大的影響。

袁宏道不僅批評禪學之弊，同樣批評淨土之弊。《西方合論》中批評淨土有十墮，一斷滅墮、二怯劣墮、三隨語墮、四狂恣墮、五支離墮、六癡空墮、七隨緣墮、八唯心墮、九頓悟墮、十圓實墮，對於淨土法門的種種弊誤進行了詳細分析。《西方合論》的主旨，在袁宗道所作《敘》中有說明。首先目的為「箴諸狂禪而作」，敘中以禪人之口詰難說：「念佛一門，原用接引中下之根，至於吾輩，洞了本源，此心即是佛，更於何處覓佛？此心即是土，更於何處見

〔註 74〕《紫柏老人集》卷之十五《〈戒殺放生文〉跋》，第 274 頁。
〔註 75〕《西方合論》卷首，《大正藏》第 47 冊，第 385 頁。
〔註 76〕《西方合論》卷首，第 388 頁。
〔註 77〕《西湖夢尋》卷五，第 283 頁。

土？於實際理中，覓生佛、去來、生死三世之相，無一毛頭可得，纔說成佛，已是剩語，何得更有分淨分穢、捨此生彼之事。若於此處悟得是自在閒人，即淫怒癡皆是阿彌平等道場，如如不動。何乃捨卻已佛，拜彼金銅。」所謂禪人的這段詰難，實際上是當時宗禪學之士對於淨土的看法。袁宗道一方面論述歷代禪學祖師並沒有在一悟之後「不假修行」，所謂頓悟廢修是後世不識教意、「不達祖機」。淨土不僅接引下根鈍人，同樣是上品上生所證之果，「良以上品上生解第一義，還同禪門之悟，深信因果，還同禪門之修，止是念佛往生別耳」。對於禪學之士的回應，指出淨土法門「全攝一乘」，悟與未悟「皆宜修習」，這就是禪淨合一、禪淨皆修之論了，袁宏道說：「採金口之所宣揚，菩薩之所闡明，諸大善知識之所發揮，附以已意。千波競起，萬派橫流，詰其匯歸，皆同一源。其論以不思議第一義為宗，以悟為導，以十二時中持佛名號，一心不亂念念相續為行持，以六度萬行為助因，以深信因果為入門。」〔註78〕三袁之中的袁中道，曾在《珂雪齋紀夢》中描寫夢見袁宏道往生淨土云：

> 萬曆甲寅冬十月十五日，予晚課畢微倦，趺坐榻上，形體調適，心神靜爽；忽爾瞑去，如得定狀。俄魂與魄離，躍出屋上，時月色正明，予不覺飄然輕舉，疾於飛鳥。雲霄中見二童子，清美非常，其去甚駛，予不暇問，但遙呼予曰「快逐我來！蓋西行也」。予下視世界，高山大澤、平疇曠野、城邑村落，有若垤土杯水、蠭衙蟻穴。予飛少墜，即覺腥穢不可聞，極力上振乃否。俄至一處，二童子忽下至地，曰「住」。予亦隨之而下，見有坦道如繩，其平如掌，細視其地，非沙非石，光耀滑膩。逐路有渠，皆文石為砌，寬可十餘丈許；中種五色蓮花，芬香非常。渠上有樹，枝葉晃耀，好鳥和鳴；間有金橋界渠，欄楯交羅；樹內隱隱，朱樓畫閣，整麗無比。見樓中人，清美妍好，宛若仙人，皆睨予而笑。童子行疾，予常追之不及，乃大呼曰「卿可於前金橋邊少待，我當有所言」，童子如言，予始及之，共倚橋上寶欄少息。予揖二童子，問：「卿何人？此地何處？幸為我言。」二童子曰：「予靈和先生之侍者也。先生欲與卿有所晤言，特遣相迎耳。」予問曰：「靈和先生何人也？」二童子曰：「即令兄中郎先生是也。今生西方淨域，易今稱矣。相見自為卿言，可疾往。」予遂與二童子復取道，俄至一處，有樹十餘株，葉如翠

〔註78〕《白蘇齋類集》卷之二十二《西方合論敘》，第316～320頁。

羽，花作金瓣，樹下有池，泉水汩汩，池上有白玉扉，一童先入，如往報者，一童導予入內。所過樓閣，凡二十餘重，皆金色晃耀；靈花異草，拂於簷楹。至一樓下，俄見一人，下樓相迎，神情似中郎，而顏色如玉，衣若雲霞，可長丈餘。見予而喜曰「吾弟至矣」，因相攜至樓上，設拜共坐，有四五天人，亦來共坐。中郎謂予曰：「此西方之邊地也。凡信解未成，戒實未全者，多生此地，亦名懈慢國。其上方有化佛，樓臺前有大池，可百由旬，中有妙蓮，眾生皆託體於其中。時滿，則散居各處樓臺之上，與有緣清淨道友相聚。以無淫聲美色，故勝解易成，不久陞進為淨土中人耳。」予私念「如此美妙之處，尚是邊地耶」，仍問中郎曰「兄今生在何處」，中郎曰：「我初亦以淨願雖深，情染未除，生於此地少時，今已居淨域矣。然終以乘急戒緩，僅與西方眾生同一地居，不得與諸大士同陞於虛空寶閣，尚需進修耳。幸宿生智慧猛利，又曾作《西方論》，讚歎如來不可思議度生之力，感得飛行自在，遊諸剎土，凡諸佛說法之處，皆得往聽，此實為勝，非諸眾生所能及也。」拉予行，中郎冉冉上升，予亦不覺飄然輕舉。倏忽虛空千百萬里，至一處，隨中郎下，無有日月，亦無晝夜，光明照耀，無所障蔽。皆以琉璃為地，內外映徹；以黃金繩，雜廁間錯；界以七寶，分劑分明。地上有樹，皆旃檀吉祥，行行相值、莖莖相望，數萬千重；一一葉出眾妙花，作異寶色。下為寶池，波揚無量自然妙聲，其底沙純以金剛；其中生眾寶蓮葉，作五色光。池之隱隱，危樓迥帶，閣道傍出，棟宇相承，窓闥交映，階墀軒楹，種種滿足；皆有無量樂器，演諸法音。大約與大小《阿彌陀經》所載，覺十不得其一。抄一忽耳，予愛玩不捨。已仰而睇之，見空中樓閣，皆如雲氣上浮，中郎曰：「汝所見，淨土地行諸眾生光景也；過此以上，為法身大士住處，甚美妙千倍萬倍於此，其神通亦千倍百倍於此。吾以慧力能遊行其間，終不得住也。又過此以上為十地等覺所居，即吾亦不得而知也。又過此為妙覺所居，惟佛與佛乃能知之，即等覺諸聖亦莫能測度矣。」語罷，復引予至一處，無牆垣，而有欄楯，其中院宇，光耀非常，不知俱以何物為之，第覺世間之黃金白玉，皆如土色矣！共坐一樓下少談，中郎曰：「吾不圖樂之至此極也，然使吾生時嚴持戒律，則尚不止此。

> 大都乘戒俱急，則生品最高；其次戒急，則生最穩。若有乘無戒，多為業力所牽，流入八部鬼神眾去，予親見同學諸人矣。弟之般若氣分頗深，而戒定之力甚少；夫悟理不能生戒定，亦狂慧也。歸至五濁，趁此色力強健，實悟實修，兼之淨願，勤行方便，憐憫一切，不久自有良晤。一入他途，可怖可畏。如不能持戒，有龍殊六齋，遺法見存，遵而行之。諸戒之中，殺戒尤急，寄語同學，未有日啟鸞刀，口貪滋味，而能生於清泰者也。雖說法如雲如雨，何益於事？我與汝於空王劫時，世為兄弟，乃至六道輪迴，莫不皆然。幸我此生，已得善地，恐汝墮落，故以方便神力，攝汝至此。淨穢相隔，不得久留。」予更問伯修諸人生處，曰：「生處皆佳，汝後自知。」言已，忽凌空而逝，俄已不見。予起步池上，忽如墮者，一駭而醒，通身汗下。時殘燈在篝，明月照窗，更已四漏矣。〔註79〕

這段只是夢境描寫，卻是反映出袁宏道對淨土的深浸，同時反映出袁中道在兩位兄長的影響之下，亦是深入修行淨土法門。這段描寫，同時反映的是明末佛教界與文人界對淨土法門的浸潤，淨土法門深深影響到各階層人士，而非僅僅流行於下層民眾之中。

四

蓮池出家後「專事佛」，將佛教之外之說皆視為外學與雜術，云「僧又有作地理師者，作卜筮師者，作風鑒師者，作醫藥師者，作女科醫藥師者，作符水爐火燒煉師者」，此為「末法之弊極矣」，且「其業之深且重」〔註80〕。將佛教僧徒讀佛經之外之書、從事文學寫作等為佛教之衰相，云：「為僧亦然，乃不讀佛經而讀儒書，讀儒書猶未為不可，又至於讀《莊》《老》。稍明敏者，又從而注釋之，又從而學詩，學文，學字，學尺牘，種種皆法門之衰相也。」〔註81〕此論稍有偏頗，按照這個說法，同為晚明四大高僧的憨山德清，注《老》《莊》《中庸》、寫詩文，是法門衰相之表現了。

蓮池確實沒有如憨山一樣注釋《老》《莊》《中庸》等道家與儒家典籍，不過著述中對儒家的論述仍不少，從中能夠看出其對於儒家的態度。如有士人質

〔註79〕《西方合論》卷首，《大正藏》第47冊，第388頁。
〔註80〕《竹窗三筆》，載《蓮池大師全集》第三冊，第1483頁。
〔註81〕《竹窗三筆》，載《蓮池大師全集》第三冊，第1482頁。

疑「專格一物」能「辦得何事」，蓮池說論格物「只當依朱子豁然貫通去」〔註82〕則無事不可辦，顯示了對宋明道學的熟悉與尊重。

不僅尊重儒學，蓮池竭力消除儒家與佛教之間的誤會與不和諧，這些做法與努力，應該主要是為了減少佛教發展中來自儒家的阻力。佛教稱孔子為儒童菩薩，引起儒家士人的極度反感與討伐，蓮池解釋說：「童者，純一無偽之稱也，文殊為七佛師而曰文殊師利童子，善財一生得無上菩提而曰善財童子。乃至四十二位賢聖有童真住，皆歎德之極，非幼小之謂也，故曰大人者不失其赤子之心者也。」這個解釋可以看得到王陽明心學的色彩。又說若孔子生於印度「必演揚佛法以度眾生」，釋加牟尼生於中國「必闡明儒道以教萬世」，這是將孔子與釋加牟尼視為同樣的「大聖人」，因此「為儒者不可毀佛」「為佛者不可毀儒」〔註83〕。蓮池通過調和儒釋二家，既是晚明儒釋調和潮流的反映，又是減少了儒家對於佛教的反對力量。蓮池因此非常贊成儒釋調和之論，「有聰明人，以禪宗與儒典和會，此不惟慧解圓融，亦引進諸淺識者不復以儒謗釋」，但同時又強調儒釋調和不是從二家文義上去尋，「據粗言細語皆第一義，則誠然誠然；若按文析理，窮深極微，則翻成戲論」，即應該從二家本質上去尋，此是「已入門者又不可不知」〔註84〕的。對歷史上儒佛相非，蓮池一邊指明「佛法初入中國，崇佛者眾，儒者為世道計，非之未為過；儒既非佛，疑佛者眾，佛者為出世道計，反非之亦未為過」，一邊批評二家後人仿傚而非為過。蓮池認為二家「儒與佛不相病而相資」，故二家「不當兩相非，而當交相贊」，因由是：「凡人為惡，有逃憲典於生前，而恐墮地獄於身後，乃改惡修善，是陰助王化之所不及者佛也。僧之不可以清規約束者，畏刑罰而弗敢肆，是顯助佛法之所不及者儒也。」〔註85〕

儒者批評佛教徒的一個重要方面，是作為出家者的佛教徒棄掉忠孝等儒家倫理綱常，蓮池認為佛教徒同樣具有忠孝，「人倫莫重於君父」，只是忠孝的內涵與儒家有所區別，《緇門崇行錄》孝親之行第四十二條、忠君之行第五十一條皆為敘佛教僧徒孝親忠君之例，「前列僧之孝，後列僧之忠」以杜絕「釋氏無父無君之謗」。佛教僧徒之忠，主要表現在以善惡報應之說勸解帝王行善

〔註82〕《西湖夢尋》卷五，第282頁。
〔註83〕《竹窗二筆》，載《蓮池大師全集》第三冊，第1429頁。
〔註84〕《竹窗隨筆》，載《蓮池大師全集》第三冊，第1384頁。
〔註85〕《竹窗二筆》，載《蓮池大師全集》第三冊，第1441頁。

戒殺，如第一條引吳僧會以善惡報應回孫皓之問，云：「明主以孝慈治天下，則赤鳥翔，壽星見；以仁慈育萬民，則醴泉涌，嘉禾出。善既有應，惡亦如之。故為惡於隱，鬼得而誅之；為惡於顯，人得而誅之。《易》稱積善餘慶，《詩》美求福不回，雖周孔之格言，即佛教之明訓。」將儒家之言等同於佛教之義理，是以佛教徒對於統治者的勸引而明佛教僧徒之忠。法曠答簡文帝「景公修德，妖星移次，願陛下勤修德政以塞天譴，貧道必當盡誠」，浮圖澄勸石勒戒殺而以德化天下云「夫王者，德化洽於宇內則四靈表瑞，政敝道消則慧孛見於上；恒象著見，休咎隨行，斯古今之常徵，天人之明誡也」，皆為此意，故篇末總論說「士君子處江湖之遠，則憂其君，僧無官守也，僧無言責也，而盡忠如是」，是山林之下亦有「明良喜起之義」。李後主在牡丹盛開時向法眼禪師索詩，法眼禪師頌詩云：「擁毳對芳叢，繇來迥不同。發從今日白，花是去年紅。豔異隨朝露，馨香逐晚風。何須待零落，然後始知空。」聞法眼禪師之詩頌，李後主「歎悟諷意」，蓮池因贊法眼禪師之忠云「味詩意，忠愛油然，溢於言表，惜後主知而不用，終不免夢裏貪歡之悔」。與法眼禪師之忠相比，「品題風月，敝精推敲，而無裨於世」之詩僧，如「黃金與土之相去」〔註 86〕。

與敘佛教僧徒之忠行相比，蓮池對於孝的敘說更多。儒家對佛教僧徒捨棄家人出家為不孝的批評歷來很多，蓮池總結這些批評說：「安享十方之供養，而不念其親者，一也；高坐舟車，而俾其親牽挽如工僕者，二也；割愛出家，而別禮他男女以為父母者，三也。」〔註 87〕為了應對儒家的指責，蓮池明確指出「為僧宜孝父母」，對有為僧不孝父母者「深責之」，有人駁以「出家既已辭親割愛，責之則反動其恩愛心」，蓮池以佛教中的事例闡明佛教之孝云「大孝釋迦尊，累劫報親恩，積因成正覺，而《梵網》云『戒雖萬行，以孝為宗』，《觀經》云『孝養父母，淨業正因』」，受十方供養、飽暖安居的僧徒更不可「坐視父母之飢寒寥落」〔註 88〕。齊道紀習于鄴城東郊講演時「荷擔其母及經像」，母之「衣著飲食，大小便利」必「躬自經理，不煩他人」，語人曰「母必親供」〔註 89〕。梁法雲和尚「性誠孝，勞於色養，居母憂，毀瘠過禮，累日不食」，隋智聚「丁母憂，泣血悲哀，幾於毀滅」，隋敬脫聽學

〔註 86〕《緇門崇行錄》，載《蓮池大師全集》第二冊，第 832～835 頁。
〔註 87〕《緇門崇行錄》，載《蓮池大師全集》第二冊，第 832 頁。
〔註 88〕《竹窗三筆》，載《蓮池大師全集》第三冊，第 1493 頁。
〔註 89〕《緇門崇行錄》孝親之行第四，載《蓮池大師全集》第二冊，第 830 頁。

時「常施荷擔，母置一頭，經籍楮筆置一頭；若當食時，坐母樹下，入村乞食」，等等諸如這些事例，蓮池說儒家「釋氏棄其親」〔註 90〕的批評是不準確的。有儒士舉禪宗五祖「拒母不與食，至不能消一勺水」不養母，蓮池駁之云「黃梅有養母之堂，載諸方冊，為此粗言，寧非謗聖」。有儒者言「子出家，父母反拜其子」，此為不孝之舉，蓮池批評有些僧人「納父母之拜，或正座而父母趨傍，或中舲而父母操楫」之舉為「遠違佛旨，近逆人倫」，並辨「出家父母反拜」乃「子拜而親答拜」，反乃「答」、「還」之意，非「反常之反」〔註 91〕。出家要剃髮，儒家以髮膚受之父母不應損傷，因有「為人子，親有疾，刲股以進」不為孝之說，蓮池借李居士之友「為母刲股，母命獲延」為例說：「毀傷云者，謂不修其身而罹刑戮，與不慎重其身而折肢敗面之謂也，非刲股之謂也。不然，爪蕃而翦，背痛而捶，瘍生而針且艾也，皆名不孝矣。夫身既親之遺，不刑之戮之折之敗之以為親羞，而刲之以為親壽，不孝者固如是歟。雖然，知刲股為孝則可，必刲股然後孝則不可，執刲股為盡孝之道亦不可。」〔註 92〕

通過以上的辯護，蓮池否定了出家為不孝之論，然後進一步肯定了出家為大孝中之大孝。人子於父母，「服勞奉養以安之」是孝，「立身行道以顯之」是大孝，佛教徒「勸以念佛法門，俾得生淨土」〔註 93〕是大孝之大孝；「勸以念佛」包括勸父母念佛與父母去世後為父母念佛。蓮池解釋勸父母念佛是大孝中之大孝云：「世間之孝三，出世間之孝一。世間之孝，一者承歡侍彩而甘旨以養其親，二者登科入仕而爵祿以榮其親，三者修德勵行而成聖成賢以顯其親。是三則世間之所謂孝也。出世間之孝，則勸其親齋戒奉道，一心念佛，求願往生，永別四生，長辭六趣，蓮胎托質，親覲彌陀得不退轉。」〔註 94〕宋宗頤念佛度母，云：「少習儒業，年二十九，禮長蘆秀禪師出家，參通玄理。迎母於方丈東室，勸母剪髮。甘旨之外，勉進念佛，後無疾而終。」蓮池藉此說「沙門欲報其親不可不知此」：「頤公篤信淨土，不惟自利，而兼利其母，使果得往生，賢於度母生天者多矣。」蓮池最後說：「世人病釋氏無父，而釋氏之孝親

〔註 90〕《緇門崇行錄》孝親之行第四，載《蓮池大師全集》第二冊，第 830 頁。
〔註 91〕《正訛集》，載《蓮池大師全集》第三冊，第 1525 頁。
〔註 92〕《山房雜錄》卷二，載《蓮池大師全集》第三冊，第 1620 頁。
〔註 93〕《竹窗二筆》，載《蓮池大師全集》第三冊，第 1455 頁。
〔註 94〕《竹窗三筆》，載《蓮池大師全集》第三冊，第 1506 頁。

反過於世人，傳記所載蓋歷有明徵矣。」僧徒之中卻有非忠非孝者，「願諸世人毋以此三不才僧，而病一切」〔註 95〕。

《自知錄》分「善門」與「過門」，善門分「忠孝類」「仁慈類」「三寶功德類」「雜善類」，過門分「不忠孝類」「不仁慈類」「三寶罪業類」「雜不善類」。從這些內容來看，蓮池在持續關注著出家僧徒的倫理，對違背倫理者進行批評。蓮池對於佛教僧徒不違背儒家倫理的維護可謂是盡心盡力。在極力維護佛教不違背世俗倫理的同時，蓮池提出儒家對於佛教的一些批評並不合理，有些批評只是「跡相似而實不同」。蓮池將儒分為誠實之儒、偏僻之儒、超脫之儒，誠實之儒「於佛原無噁心，但其學以綱常倫理為主，所務在於格致誠正修齊治平」，蓮池將之視為「世間正道」，然與「佛談出世法自不相合」，不相合就會發生爭執，「爭則或至於謗者」，朱熹等理學家是誠實之儒的代表。偏僻之儒，「稟狂高之性，主先入之言，逞詭謬之談，窮毀極詆而不知其為非」，即宋人張商英說的「聞佛似寇讎，見僧如蛇蠍者」，是詆毀佛教的最主要力量。超脫之儒「識精而理明」，不僅不反對批評佛教「而且深信」「而且力行」，這類儒者是「真儒」〔註 96〕。深信佛教一類的儒者中，還有「遊戲法門而實無歸敬」者，外為歸敬而「中懷異心」，這一類儒者非真儒。就實際而言，儒者對於佛教的態度確實分為這幾類，蓮池對此的瞭解與分析極為清楚，看到了儒者陣營中對於佛教的阻力與支持所在。

五

對儒家與佛教的關係，蓮池亦如眾多儒家與佛教界的論者一樣，指出二者在義理上的一致與調和。蓮池頗贊成《中庸》中的「喜怒哀樂未發」，早年讀儒書、參加科舉考試的經歷，對於《中庸》自然是相當熟悉。蓮池在出家之初，就感覺「喜怒哀樂未發為中」一句之意「即空劫以前自己」，讀《楞嚴經》「縱滅一切見聞覺知，內守幽閒，猶為法塵分別影事」等語之後，認為見聞泯、覺知「絕似喜怒哀樂未發」。由此進一步解釋「法塵分別」云：「意，根也；法，塵也。根與塵對，順境感而喜與樂發，逆境感而怒與哀發，是意根分別法塵也。未發，則塵未交於外，根未起於內，寂然悄然，應是本體不知向緣動境。」這亦是指《中庸》與《楞嚴》相合，故云更當諦審精察「空劫以前自己」，要

〔註 95〕《緇門崇行錄》，載《蓮池大師全集》第二冊，第 832 頁。
〔註 96〕《竹窗三筆》，載《蓮池大師全集》第三冊，第 1498 頁。

「研之又研，窮之又窮，不可草草」〔註 97〕。南宋心學者楊簡曾病子思與孟子，蓮池指出子思闡明「空劫以前自己」的「喜怒哀樂未發時氣象」之說「妙得孔氏之心法」〔註 98〕。將《中庸》的「喜怒哀樂未發為中」一句解成「空劫以前自己」，是指二者的相合。

作為佛教徒，蓮池並沒有將儒家與佛教簡單相合，指出二者之相同，意在建立二者共存的基礎。儒家與佛教承擔著不同的功用，「儒主治世，佛主出世」，治世「自應如《大學》格致誠正修齊治平」，出世自應如佛教的「窮高極深」方成解脫，因此對儒佛二家「固不必歧而二之，亦不必強而合之」〔註 99〕。蓮池與明末三教論者一樣主三教一致之論，他對於三教的看法在出家前與出家後卻有變化。出家前作的《題三教圖》詩云：「髫鬟秀才書一卷，白頭老子丹一片。碧眼胡僧袒一肩，相看相聚還相戀。不知說甚的，萬古常不厭；想是同根生，血脈原無間。後代兒孫情漸離，各分門戶生仇怨。但請高明玩此圖，尋取當年宗祖面。」〔註 100〕後來亦說：「仲尼主世間法，釋迦主出世間法也。心雖無二，而門庭施設不同，學者不得不各從其門也。」〔註 101〕這是指三教本源相同，三教是同一本源（根、心）開出的三支，這一點與明末的左派王學的看法相同，如顏鈞接著說：「宇宙生人，原無三教多技之分別，亦非聖神初判為三教、為多技也。只緣聖神沒後，豪傑自擅，各揭其所知所能為趨向，是故天性肫肫，無為有就，就從自擅。人豪以為有，各隨自好知能以立教，教立精到各成道，是分三教頂乾坤，是以各教立宗旨分別。又流技習，習乎儒也，讀書作文獲名利；習乎仙也，符籙法界迷世俗；習乎佛也，念經咀符惑愚民，似此交尚以為各得受用，且沿襲百家技術，以遂衣食計也。誰知大道正學，中天下而立，立己立人，易天下同仁哉。」〔註 102〕儒釋道三教出自同一本源，三者之名均屬後起，皆是同一本源的不同名稱而已，如徐渭說：「道之名歧於此，與釋與儒而為三，而本非三也，二之三，嫡之庶，統之閏也。」〔註 103〕黃輝說「三者，教之名，皆名此心」〔註 104〕亦是同意。從這個意義上說，三

〔註 97〕《竹窗二筆》，載《蓮池大師全集》第三冊，第 1449 頁。
〔註 98〕《竹窗二筆》，載《蓮池大師全集》第三冊，第 1449 頁。
〔註 99〕《竹窗二筆》，載《蓮池大師全集》第三冊，第 1459 頁。
〔註 100〕《山房雜錄》卷二，載《蓮池大師全集》第三冊，第 1653 頁。
〔註 101〕《竹窗隨筆》，載《蓮池大師全集》第三冊，第 1397 頁。
〔註 102〕《顏鈞集》卷二，第 16 頁。
〔註 103〕《徐渭集》三集《論中七》，中華書局 1983 年版，第 493 頁。
〔註 104〕《黃太史怡春堂逸稿》卷二《正思菴記》，第 242～243 頁。

教不可「歧而二之」。

出家之後，蓮池的三教一致之說發生了改變。有人提出「釋言萬法歸一，道言抱元守一，儒言一以貫之，通一無別」時，蓮池說「此訛也」，佛教之說更在二家之上，云：「夫不守萬而惟守一，以吾一而貫彼萬，是萬與一猶二也。萬法歸一，止有一，更無萬，是萬與一不二也。又二教止說一，今更說一歸何處，是二教以一為極，而佛又超乎一之外也。」〔註 105〕《答桐城孫鏡吾居士廣宇》書以祖孫父子來譬如三家之關係，云：「三教一家，不可謂不同。雖云一家，然一家之中有祖孫父子，亦不可謂盡同。必欲約而同之，使無毫髮之異，則壞世相，為害不淺矣。如一株樹然，有根有枝有葉，終不可以枝葉而認作根也。」〔註 106〕言外之意是佛教與二家相比，是祖是根，二家是子是枝葉。從這個層面上說，三家又「不必強而合之」。蓮池由此指出若「定謂儒即是佛」，那麼「《六經》《論》《孟》諸典璨然備具，何俟釋迦降誕、達磨西來」；若「定謂佛即是儒」，那麼「何不以《楞嚴》《法華》理天下，而必假羲農堯舜創制於其上，孔孟諸賢明道於其下」。平心而論，蓮池的看法比較中肯，不是籠統地將二家混為一談，儒家與佛教有不同的作用，二家根據自己的學說發揮各自的作用，故「二之合之，其病均也」。蓮池也指出，有一類圓機之士，對儒家與佛教「二之亦得，合之亦得，兩無病焉」〔註 107〕，這大概指的是一些信仰佛教的居士，做到了出入無礙。

上文提到《中庸》與《楞嚴經》的相合，蓮池以佛教超出二家之論出發，指出以《中庸》解佛經，只是權宜之策，如論宋代大慧禪師「以《中庸》性道教配清淨法身、圓滿報身、千百億化身」之說，雖然「體貼和合，可謂巧妙」，不過「一時比擬之權辭」，「非萬世不易之定論」。蓮池解釋說：「彼以仁義禮智言性豈不清淨？然非法身纖塵不立之清淨也。彼以事物當然之理言道豈不圓滿？然非報身富有萬德之圓滿也。彼以創制立法、化民成俗為教豈無千百億妙用？然一身之妙用非分身千百億之妙用也。」二者看上去「大同而小異」〔註 108〕，細察之下卻並非完全相同。蓮池的看法，與宋代號中庸子的智圓禪師相同，智圓在《四十二章經注》中說：「佛教東傳，與仲尼、伯陽之說為三。然

〔註 105〕《正訛集》，載《蓮池大師全集》第三冊，第 1536 頁。
〔註 106〕《雲棲大師遺稿》卷二，載《蓮池大師全集》第三冊，第 1697 頁。
〔註 107〕《竹窗二筆》，載《蓮池大師全集》第三冊，第 1459 頁。
〔註 108〕《竹窗三筆》，載《蓮池大師全集》第三冊，第 1488 頁。

孔、老之訓，談性命未極於唯心，言報應未臻於三世；至於治天下安國家不可一日無也。至若釋氏之為教，指虛空界悉我自心，非止言太極生兩儀、玄牝為天地根而已；考善惡報應悉我自業，非止言上帝無常、天網恢恢而已。有以見仲尼、伯陽雖廣大悉備，其於齊神明研至理者略指其趣耳，大暢其妙者則存乎釋氏之教。」〔註 109〕

在這樣的前提下，蓮池有些說法如將孔子與莊子之說視為同質就容易理解了，《示省吾》中云：「曾子吾省吾，莊生吾喪我。莊若犯異端，夫子亦難躲。意必固我四皆無，無我喪我同一夥。」〔註 110〕有時候對於儒家趨於富貴提出批評，云：「宣聖儒之宗主，青衿之士所當朝夕禮拜而供養者也；乃捨之而事文昌，則盡其恭敬焉。事文昌非不善也，而其心則在富貴也。《六經》《論》《孟》，所當朝夕信受而奉持者也，乃捨之而持準提咒，則竭其虔誠焉；持準提非不善也，而其心則在富貴也。」〔註 111〕這樣的看法與批評，實際上並沒有貶低儒家之意，蓮池對於儒家是非常尊重的。當有人指責孟子在周衰時沒有如孔子一樣提出「吾從周」的明確支持時，蓮池對孟子進行辯護說：「此時勢使然，雖聖賢不能違時而逆勢也。夫子生於周衰，而孟子又當其衰之甚矣，列國之僭稱王者已幾過半，周僅寄空名於一線之未絕耳。孟子之意有二，一則闡揚自古王天下之大道，一則杜絕無道求王者之狂心也。文武成康之澤湮滅幾盡，如燈欲燼，如日欲沉，夫子而處此，亦無如之何也已矣，以是而咎孟子不可也。」〔註 112〕批評儒家之士的趨於富貴，是強調儒家之士應講道學，蓮池說：「宜察其真實處何如耳。口如是，心亦如是，身亦如是，是全體聖賢，日親之猶恐其或後也。口之所說與心之所存、身之所行，了不相似，是商賈之輩，遠之惟恐其不早也。」朱熹不因宋孝宗厭聞「正心誠意」之說而諱之，仍說「吾平生所學惟此四字」，蓮池評論說「是之謂真道學」〔註 113〕。

明代執道學最著者莫如方孝孺。方孝孺寧被誅十族而不為朱棣草即位詔書，蓮池論其忠烈大節「塞天地，貫日月，照今古」，然雖「愛之重之」卻「不願世人倣之」，「殺宗族親戚交遊數十百人之命而成此忠烈之名，仁者不忍也，智者不為也」。方孝孺若與同時的曾鳳韶、王叔英、周是修等人，沒有如此之

〔註 109〕轉引自《佛祖統紀》卷第十，《大正藏》第 49 冊，第 204 頁。
〔註 110〕《山房雜錄》卷二，載《蓮池大師全集》第三冊，第 1626 頁。
〔註 111〕《直道錄》，載《蓮池大師全集》第三冊，第 1553 頁。
〔註 112〕《直道錄》，載《蓮池大師全集》第三冊，第 1560 頁。
〔註 113〕《直道錄》，載《蓮池大師全集》第三冊，第 1557 頁。

慘烈，又「皆不失為建文之忠臣」，保存了「人臣大義」〔註 114〕。在蓮池的看來，方孝孺應該是真道學的典範。

值得注意的是，蓮池對忠的強調甚至超過一般儒家的範疇，認為臣子應該無條件忠於君主，即使對昏庸殘暴的君主也不能背之。宋儒胡媛曾說「亂臣賊子，人人得而誅之」，蓮池很憤慨地說「胡氏之迂也」；朱熹將這句話收入到《四書集注》中，蓮池亦十分不滿，言「為可惜也」。南宋岳飛遭受秦檜的陷害被殺掉，有人云此為岳飛之失策，因為「將在軍，君命有所不受，十二金牌不赴召可」〔註 115〕，蓮池不同意此說，而是贊同岳飛吾不從君命將士則不從吾命之論，指出岳飛聽詔而回是正確的。與此相應的，蘇軾曾論「武王非聖人」，蓮池論武王說「湯之於桀，放之而已，放之猶有慚德，武王以黃鉞斬紂頭而無慚也」，因此贊同蘇軾之論為「至言也」〔註 116〕。從這兩個事例來看，蓮池評定忠與否的標準與傳統的看法並不完全相同，這是更純粹的忠，按照這樣的看法，歷史上的暴君不應加以推翻，臣子應完全對君主保持順從。對於岳飛聽詔而回之忠，蓮池極力讚揚，「岳王廟」云：「岳武穆王墓前有銅鑄秦氏夫婦及万俟等三身，反縛長跪，以示戮辱，今忽不見。夫檜逆黨仇敵而主和，害忠良而誤國，千載猶有遺恨。而人顧有撤其醜像者，得非冥報盡而然歟。予童年時，見有裘姓者大言曰『當其時勢不得不和，檜無罪』。夫兀朮畏武穆如天神，正謀北遁以避其鋒，何謂不得不和？此實檜之流類耳。予雖年少。心大惡之。」〔註 117〕

由此來看，儘管認為佛教超出於儒家之上，蓮池並沒有貶低儒學，對儒家的倫理綱常與道學持肯定和褒揚的態度，因此才極力證明佛教徒並不廢棄儒家之倫理，以獲得儒學士人的支持。

蓮池對儒家與佛教的關係，表現出明顯的儒淨結合的特點，即以淨土之說闡釋儒家的倫理觀念。如解「義不可背」云：「兩情始相歡，結義重金石。一朝變故生，背棄已如擲。嗟哉禽獸心，鬼神瞰其側。不見漢曾孫，故劍殷勤覓。毋以新情牽，頓令舊情失。」蓮池作為一名佛教徒，展現出對於儒家「義」不同尋常的重視，對重義的肯定和對背義的批伐，接下來的「新舊總歸空，大

〔註 114〕《直道錄》，載《蓮池大師全集》第三冊，第 1549 頁。
〔註 115〕《直道錄》，載《蓮池大師全集》第三冊，第 1559 頁。
〔註 116〕《直道錄》，載《蓮池大師全集》第三冊，第 1551 頁。
〔註 117〕《直道錄》，載《蓮池大師全集》第三冊，第 1553 頁。

夢何時極」是對義從佛教的角度進行解釋，「義」亦是空幻；儘管如此，最後「願言盡此身，同生極樂國」〔註 118〕意為結義者同赴西方極樂世界，則又是對於「義」的高度肯定。《恩不可忘》詩宣講儒家的不忘恩之義，云：「壯士有烈心，不忘報一飯。況復知道者，忍作瞞心漢。顛危賴扶持，過眼不相看。試於靜夜思，寧不愧流汗。平生是男兒，方寸常自勘。」最後兩句「畢竟了此恩，同登極樂岸」，是從淨土的角度對儒家之恩的肯定。「情不可繫」宣揚男女恩愛之情，云：「古稱君子交，汪汪澹如水。非彼情獨疏，見道者如此。明皇得太真，漆膠誰能比。傷心馬嵬驛，一別千年矣。」詩中似乎對於唐明皇與楊玉環的恩愛對於國家造成的損害進行了批評，肯定君子之交的「汪汪澹如水」，這方面亦如儒家傳統之論；「恩愛竟何存，空華眼前美」是指男女恩愛為空，「痛哉無始來，四海別離淚」是指生死別離的苦痛，最後「大苦永棄捐，同歸極樂會」則是希望繫於男女之情者能夠擺脫別離之大苦，在西方淨土中得永會，這兩句詩似乎體現出作為佛教徒的蓮池內心中流露出的柔情。「怨不可藏」是要消解仇怨，云：「袁盎殺晁錯，遂成千古冤。脫令無盎計，錯豈終長年。大命非人為，冥冥使之然。四大自生死，於我何與焉。聖哉黃面叟，談笑錐刀前。」〔註 119〕詩中要人正視生死，最後的「冤親本平等，同遊極樂天」是要消解仇怨，使仇怨雙方都渡生西方極樂。以淨土之說解釋儒家之倫理，這是將儒學與淨土結合在一起，使修淨土者既明淨土又不背儒家之說。

六

對儒家的看法，除了重視忠孝等綱常倫理之外，蓮池重視對「心」的闡發。有對佛教不甚友好的儒士，質疑蓮池既然言天地為廬，又何棄天地之廬而構禪室，蓮池以儒家之說為喻對曰：「『浮雲富貴』仲尼之言也，『樂道畎畝』伊尹之言也，不觀其攝相於魯，佐時於殷乎。夫無恒者遇也，有主者心也，聖人不能易時，能不易心而已。相魯之心、佐殷之心，泗濱莘野之心也，彼其所以大過人者以此。」這段話顯示了蓮池對「心」的重視，孔子、伊尹深明心之義，故「獨宿孤峰以巖穴為廬非孑也，群居萬指以海眾為廬非混也，席不暇暖以雲水為廬非蕩也，足不逾閫以屏榻為廬非固也，尚友千古以曠劫為廬非高也，俯就今時以目前為廬非卑也」。以天地為廬，即是指心能任運隨緣而不執

〔註 118〕《山房雜錄》卷二，載《蓮池大師全集》第三冊，第 1633 頁。
〔註 119〕《山房雜錄》卷二，載《蓮池大師全集》第三冊，第 1634 頁。

泥，「至人洞萬遇之夢幻，等一心如虛空，以虛空心，應夢幻遇，其去不追，其來不拒，任運焉爾矣」。若能明心之意，知道者「患內省之疚而不患外論之侵，求合乎天而不必求人之不我議」，自信者「不以稱譏貳志」，正己者「不以安危動心」〔註120〕。以佛教之說釋「心」，頗與宋明心學之論相合。

對心的闡釋，體現了蓮池禪儒互釋的方式，如在評論宋代心學者楊堅的「寂感」之論時引孔子「操則存，舍則亡，出入無時，莫知其鄉」是「進於精神」。蓮池對於「精神」的評價不高，云「精神二字，分言之則各有旨，合而成文則精魂神識之謂也」，以佛教之言來說即「有言無量劫來生死本、癡人認作本來人者是也」。蓮池多次比較楊簡與王陽明之說，二者相比較，更讚賞王陽明的良知說，從佛教的角度來看精神與良知「均之水上波」，皆達不到「佛說之真知」的地步，但「精神更淺於良知」〔註121〕。由「精神」進而為「良知」，良知亦非「佛說之真知」，蓮池解釋說「真無存亡，真無出入也，莫知其鄉則庶幾矣，而猶未舉其全也」。解釋孔子「無思也，無為也，寂然不動，感而遂通天下之故」，云「夫泯思為而入寂是莫知其鄉也，無最後句則成斷滅，斷滅則無知矣。『通天下之故』無上三句則成亂想，亂想則妄知矣。」這些說法都是以佛教的角度對孔子之言、精神、良知等做出的解釋，下一句「寂而通，是之謂真知也」〔註122〕，是從儒學的說法對佛教真知的解釋。蓮池對於儒釋互釋方式的運用可謂是純熟。

禪儒互釋的方式，以及上文提到的以佛教的觀念闡釋忠孝、《中庸》與《楞嚴經》相合等就是明確地體現，這正是明後期王陽明心學及其後傳所使用的方式。

蓮池解釋王陽明的良知云「良知為宗，不慮而知為因，孩提之童無不知愛親敬長為喻，則知良者美也，自然知之而非造作者也」，很能把握住「良知」的內涵，儘管不認為良知即是佛教之真知，仍給予極高的評價，「新建創良知之說，是其識見學力深造所到，非強立標幟以張大其門庭者也」〔註123〕，體現了對於王陽明的高度重視。

蓮池與王門後學的關係非常密切，如其在杭州「先行《戒疏發隱》，後行

〔註120〕《山房雜錄》卷二，載《蓮池大師全集》第三冊，第1619頁。
〔註121〕《竹窗隨筆》，載《蓮池大師全集》第三冊，第1397頁。
〔註122〕《竹窗隨筆》，載《蓮池大師全集》第三冊，第1397頁。
〔註123〕《竹窗隨筆》，載《蓮池大師全集》第三冊，第1396頁。

《彌陀疏鈔》」時，「一時江左諸儒皆來就正」，這裡的「諸儒」主要的就是王門後學的心學學者，如被列入浙中王門的王宗沐。王宗沐少時為學從佛道二教入手，《明儒學案》論其學術云：「先生師事歐陽南野，少從二氏而入，已知『所謂良知者，在天為不已之命，在人為不息之體，即孔氏之仁也。學以求其不息而已』。其辨儒釋之分，謂『佛氏專於內，俗學馳於外，聖人則合內外而一之』。此亦非究竟之論。蓋儒釋同此不息之體，釋氏但見其流行，儒者獨見其真常爾。先生之所謂『不息』者，將無猶是釋氏之見乎。」〔註 124〕對於佛教以及儒釋之關係的看法，王宗沐與蓮池可謂極其一致。王宗沐問「夜來老鼠唧唧，說盡一部《華嚴經》」，蓮池答以「貓兒突出時如何」之後，答語完全是禪學之風。似乎意猶未盡或者感覺沒有說明清楚，蓮池又補充以「走卻法師，留下講案」，云：「老鼠唧唧，《華嚴》歷歷。奇哉王侍郎，卻被畜生惑。貓兒突出畫堂前，床頭說法無消息。大方廣佛《華嚴經》，世主妙嚴品第一。」〔註 125〕不厭其煩地講述，顯示蓮池在教化示悟中亦屬「老婆舌」的風格。

蓮池與王陽明重要弟子、被黃宗羲列入浙中王門的王龍溪有著頗多交往。《明儒學案》論其學術以及在王門後學中的之地位云：「夫良知既為知覺之流行，不落方所，不可典要，一著工夫，則未免有礙虛無之體，是不得不近於禪。流行即是主宰，懸崖撒手，茫無把柄，以心息相依為權法，是不得不近於老。雖云真性流行，自見天則，而於儒者之矩矱，未免有出入矣。然先生親承陽明末命，其微言往往而在。象山之後不能無慈湖，文成之後不能無龍溪。以為學術之盛衰因之，慈湖決象山之瀾，而先生疏河導源，於文成之學，固多所發明也。」王龍溪對其師王陽明可謂至重，王陽明卒於南安時，「先生方赴廷試，聞之，奔喪至廣信，斬衰以畢葬事，而後心喪」〔註 126〕。與王龍溪的交往，顯示了蓮池與王學關係的親密程度。《與紹興王龍溪進士》書云：「居士禹門早躍，破桃浪之千層，海藏今開，護竺墳之萬軸，說法則口施甘雨，咀玄則頷孕靈珠，蓋現頭角於吾宗久矣。」對於王龍溪在佛教上的修為給予高度讚揚，「昔日虎溪一笑，聲震寰區，今到龍溪，重堪絕倒」，將自己與王龍溪比之於慧遠與陶淵明，這個譬喻應該是比喻二人之關係的不一般。書末云「有一溪，朝遊猛虎，暮隱獰龍，且道喚作甚麼溪始得，老維摩不吝辯才，示一轉

〔註 124〕《明儒學案》卷十五，第 315 頁。
〔註 125〕轉引自《西湖夢尋》卷五，第 282 頁。
〔註 126〕《明儒學案》卷十二，第 238 頁。

語」〔註 127〕，是虛心向王龍溪請教的態度，可見王龍溪的觀念對蓮池有著極大的影響與衝擊。《興浦菴夜話用前韻寄王龍溪武部》詩偈中，蓮池對王龍溪有著極高的評價，云：「道學權衡正屬君，絳帷風動馬融門。三家古教隨緣說，二字良知極口論。靜力偏從忙裏得，壯懷不為老來昏。陽明洞水今方涸，霖雨蒼生莫負恩。」〔註 128〕

蓮池與當時士人王墨池有多封書信往來，王墨池在給蓮池的書信中多次提到陶望齡與焦竑，其思想與學術似乎深受王學影響。在給蓮池的信中，王墨池說「恨鄙人業重墮落富貴場中，無緣時時從丈席聆提誨」，蓮池鼓勵其「願加意不退為望」。蓮池在回信中評論當時修佛者「空談者多，實造者少」〔註 129〕，對當時佛教狀況頗為不滿，《答新安汪南明司馬書》亦提到對當時佛教狀況的不滿，云「蓋山野竊歎邇來若僧若俗以言談道者不無其人，而務親證者實寡，禪宗一脈如線欲絕，如風燈欲盡」〔註 130〕，可見二人在認識上應該頗有同感。王墨池信中提到陶望齡說「海內士友同志半就雕落，里中潛修密詣止得一石簣兄，而今又逝」〔註 131〕，陶望齡亦是王門後學，黃宗羲《明儒學案》有傳，將其列為泰州學派，論其學云：「先生之學，多得之海門，而泛濫於方外。以為明道、陽明之於佛氏，陽抑而陰扶，蓋得其彌近理者，而不究夫毫釐之辨也。」《明史》本傳云：「篤嗜王守仁說，所宗者周汝登，與弟奭齡皆以講學名。」〔註 132〕蓮池與陶望齡書信往來亦不少，陶望齡泛濫佛教是二人交往的基礎與主要因素，立身行事之正或許二人之交的另一因素，黃宗羲云：「妖書之役，四明欲以之陷歸德、江夏，先生自南中主試至境，造四明之第，責以大義，聲色俱厲。又謂朱山陰曰：『魚肉正人，負萬世惡名，我寧、紹將不得比於人數矣。苟委之不救，陶生願棄手板拜疏，與之同死。』」〔註 133〕陶望齡的立身行事，與蓮池上述言論頗為相合。蓮池在信中對陶望齡說：「既看萬法公案，歸何處，念是誰，更無二意，一透則雙透，幸專心焉。本寺碑文，虛左以待名筆久矣，倘允，則山門無盡光明也。」二人之間既有討論佛教修悟，又表現出對

〔註 127〕《雲棲大師遺稿》卷二，載《蓮池大師全集》第三冊，第 1711 頁。
〔註 128〕《山房雜錄》卷二，載《蓮池大師全集》第三冊，第 1642 頁。
〔註 129〕《雲棲大師遺稿》卷一，載《蓮池大師全集》第三冊，第 1683 頁。
〔註 130〕《雲棲大師遺稿》卷三，載《蓮池大師全集》第三冊，第 1777 頁。
〔註 131〕《雲棲大師遺稿》卷一，載《蓮池大師全集》第三冊，第 1683 頁。
〔註 132〕《明史》卷二百十六，第 5712～5713 頁。
〔註 133〕《明儒學案》卷三十六，第 869 頁。

陶望齡的尊重。給陶望齡的信中還提到「參一句死話頭甚善，非死不活」「願守定本參，以期正悟」「參話頭是古人已試成法，倘一時未得發明，幸堅持寧耐，毋以欲速之心乘之」等語，似乎蓮池一直在引導和鼓勵著陶望齡的佛教修行，並寄予厚望，「先佛王臣之託政在居士」。陶望齡與蓮池在佛教觀念上有很接近之處，如陶望齡《放生池》詩云：「介盧曉牛鳴，冶長識雀噦。吾願天耳通，達此音聲類。群魚泣妻妾，雞鶩呼弟妹。不獨死可哀，生離亦可慨。閩語既嚶咿，吳聽了難會。寧聞閩人肉，忍作吳人膾。可憐登陸魚，噞喁向人誶。人曰魚口喑，魚言人耳背。何當破網羅，施之以無畏。昔有二勇者，操刀相與酤。曰子我肉也，奚更求食乎。互割還互啖，彼盡我亦屠。食彼同自食，舉世嗤其愚。」〔註 134〕與蓮池一直倡導強調的戒殺、放生完全一致。信中有「令弟歸，已託道意，俄得專人再覆」〔註 135〕等語，可知蓮池與陶望齡之弟陶奭齡也有交往。

在學術與性格行事等方面與陶望齡情形非常相像、且與陶望齡「同發心」又為「法門畏友」的同年黃輝，與蓮池交往頗多。黃輝乃晚明思潮中的人物之一，「雅好禪學，多方外交」；立身行事同樣一身正氣，《明史》本傳云：「由編修遷右中允，充皇長子講官。時帝寵鄭貴妃，疏皇后長子，長子生母王恭妃幾殆。輝從內豎徵知其狀，謂同里給事中王德完曰『此國家大事，旦夕不測，書之史冊謂朝廷無人，吾輩為萬世僇矣』。德完奮然屬輝具草，上之，下獄，廷杖瀕死。輝周旋橐饘，不避險阻，人或危之，輝曰『吾陷人於禍可坐視乎』。」〔註 136〕黃輝在寫給蓮池的信中自稱「弟子黃輝」，稱蓮池為「稽首奉書蓮池和上大導師侍者」，說能在「便郵中幸惠法語一二則」已是無物可比之事。信中提到「《疏鈔》刻已將完，從此流通，盡法界成青蓮華」〔註 137〕，可知黃輝曾刊刻《阿彌陀經疏鈔》。黃輝敘述蓮池對他的影響說：「弟子宦情冷甚，徒以蜀土絕無師友，京師知遊多勝己者，時時提發，日有減省，暫紆章紱，實同寄棲。前年妻死，已不復娶，有子一人，已舉一孫，留之家中，令奉養家大夫。今隻身泊此，浮家泛宅，便同菴院，雖塵勞紛拏，不敢暫忘此一大事因緣。猶憶己丑秋，夢登一寶塔，同年友焦弱侯氏手持一卷見示，乃吾師戒殺放生文也。夢

〔註 134〕轉引自《西湖夢尋》卷五，第 234 頁。

〔註 135〕《雲棲大師遺稿》卷二，載《蓮池大師全集》第三冊，第 1698 頁。

〔註 136〕《明史》卷二百八十八，第 7394 頁。

〔註 137〕《雲棲大師遺稿》卷一，載《蓮池大師全集》第三冊，第 1678 頁。

中乞之，遂以見贈，是日遂斷殺生，見生物即為贖放；或稍有餘力，即斥買生物放之。」黃輝受蓮池影響最大的是在淨土，甚至於買生物放生，見到《菩薩戒義疏發隱》時如同「親奉教音」，「受居士五戒」後，又「受持菩薩大戒」。蓮池在給黃輝的回信中說：「願遙受菩薩大戒，此意甚正，無不可者，即不得好相亦無害，難在好心耳。末世好相難得，有心取相而求必得，反有發魔事者。但辦好心，勿生疑二，隨何月望日為期可也。又云塵勞雜亂，但隨緣且戰且守。居士善根深厚，當有大如意日在。」〔註 138〕

染被王陽明之風的文人王穉登與蓮池討論佛教甚為深入。王穉登撰有《吳郡丹青志》等著述多種，在當時頗有文名，《明史》本傳云：「吳中自文徵明後，風雅無定屬，穉登嘗及徵明門，遙接其風，主詞翰之席者三十餘年。嘉隆萬曆間，布衣山人以詩名者十數，俞允文、王叔承、沈明臣輩尤為世所稱，然聲華烜赫，穉登為最。」與陶望齡、黃輝一樣，王穉登的立身行事頗行高義，本傳云：「申時行以元老里居特相推重，王世貞與同郡友善，顧不甚推之。及世貞歿，其仲子士驌坐事繫獄，穉登為傾身救援，人以是重其風義。」〔註 139〕王穉登有《吳社編》一卷，《四庫全書總目》為之所撰提要云：「是書專紀吳中里社之事，其神名五方賢聖，乃淫祀之尤者，而謂本於《搜神記》，殊屬附會不經。所列『走會』『捨會』諸條，亦徵風俗之弊。末附顧文龍書，謂穉登是編有憫時之懷，先事之慮，然鋪張太過，不免諷一而勸百矣。」〔註 140〕四庫館臣「附會不經」的評論，實際上表明的是王穉登對於宗教的浸潤，利用宗教救世俗之弊，這是憫時之懷的具體體現。由陶望齡、黃輝、王穉登三人，見得出蓮池所交士人的範型，即既傾心熟通佛教，又行事高義。王穉登有詩予蓮池云：「六十高僧雪滿顛，泥塗老叟亦齊年。可容凡侶為禪侶，已罷塵緣結淨緣。施食每分香積飯，放生何惜鶴林錢。庭前一畝滄浪水，也學東林種白蓮。」詩中有對蓮池的吟頌，更是對其在淨土上的追隨。蓮池《次韻答王百穀居士》詩云：「人世真嗟事倒顛，彭殤徒自各論年。繁華冷淡燈前戲，會合分離夢裏緣。紫燕情多悲舊壘，青蚨恩重託飛錢。知君已釋琵琶恨，錦字新題七寶蓮。」〔註 141〕詩中強調世事夢幻無常，放下對世事無常的執著，追隨淨土之境獲得解脫之樂。

〔註 138〕《雲棲大師遺稿》卷一，載《蓮池大師全集》第三冊，第 1674～1678 頁。
〔註 139〕《明史》卷二百八十八，第 7389 頁。
〔註 140〕《四庫全書總目》卷一百七十三。
〔註 141〕《山房雜錄》卷二，載《蓮池大師全集》第三冊，第 1643 頁。

泰州學派耿天台的弟子管東溟，蓮池對其在佛教修行上寄予厚望，《答蘇州管東溟僉憲》中感歎當時「正法荒蕪」云：「祖燈欲燼，不度德，不量力，輒以蚊負山，顛蹶不振，左右顧視，復寥寥然鮮外護者。」管東溟能「銳然起而維之」,「反正於積弊之後」〔註 142〕，蓮池對管東溟的佛教修行極為讚賞。蓮池對管東溟的評價和讚揚並不過分，管東溟對於程朱的闢佛之說十分不滿，云「紫陽夫子之惡空字，不辨真空頑空，一切諱之也」〔註 143〕。自述為學經歷「未壯時純以程朱之見為見」，在以耿天台為師後，「獲友天下善士，因參二氏家言」，認為孔顏即心是佛，「益信孔、顏不離日用而見天則，真是即心是佛，即經世是出世，與文殊之智、普賢之行，兩不相違」〔註 144〕。管志道此類的言論頗多，如論《論語》「仁」與慧能的「悟」云「以至於三月不違仁，正合慧能燈下一悟，千了萬當，無適而非未發之中」〔註 145〕；講儒家之「一貫」說：「孔顏之一貫，無識亦無一。無識之謂真識，即釋氏之所謂轉識成智也；無一之謂真一，即禪祖之所謂覓心了不可得也。」〔註 146〕這些看法與蓮池都是一致的，蓮池對其評論也是符合實情的。

上文提到陶望齡之學得自海門，海門即周汝登，汝登傳羅汝芳之學，乃王陽明三傳弟子。周汝登從羅汝芳學，以佛書而悟入，《明儒學案》云：「已見近溪，七日無所啟請，偶問『如何是擇善固執』，近溪曰『擇了這善而固執之者也』，從此便有悟入。近溪嘗以《法苑珠林》示先生，先生覽一二頁，欲有所言，近溪止之，令且看去。先生竦然若鞭背。」黃宗羲評論周汝登之學術為釋氏之學，云：「陽明之必為是言者，因後世格物窮理之學，有先乎善者而立也。乃先生建立宗旨，竟以性為無善無惡，失卻陽明之意。而曰『無善無惡，斯為至善』，多費分疏，增此轉轍。善一也，有有善之善，有無善之善，求直截而反支離矣。先生《九解》，只解得人為一邊。善源於性，是有根者也，故雖戕賊之久，而忽然發露。惡生於染，是無根者也，故雖動勝之時，而忽然銷隕。若果無善，是堯不必存，桀亦可亡矣。儒釋之判，端在於此。先生之無善無惡，即釋氏之所謂空也。」周汝登教學如禪師之教弟子一樣注重「直下承當」，如與門人劉塙之間的對答云：「嘗忽然謂門人劉塙曰『信得當下否』，塙曰『信

〔註 142〕《雲棲大師遺稿》卷二，載《蓮池大師全集》第三冊，第 1699 頁。
〔註 143〕《問辨牘》卷之亨集，《四庫全書存目叢書》本。
〔註 144〕《問辨牘》卷之元集。
〔註 145〕《問辨牘》卷之亨集。
〔註 146〕《問辨牘》卷之貞集。

得』。先生曰『然則汝是聖人否』，塙曰『也是聖人』，先生喝之曰：『聖人便是聖人，又多一也字。』其指點如此甚多，皆宗門作略也。」〔註 147〕周汝登曾向蓮池問善惡，「明眼者便自瞥地，不明者分為兩截」，請其以講解鳥窠大師拈吹布毛的公案與諸惡莫作、眾善奉行的同別為例，明示「向上一則」。蓮池回答說：「諸惡莫作，眾善奉行，當下布毛滿地，何待拈吹，那更說同說別。直饒是同，早已成兩橛去也……只麼止惡行善，亦不誤人。若向古人道如來不斷性惡，及兀兀不修善等處錯會，為禍不小。」蓮池是主張性善的，周汝登又問善惡如月在川不分清濁、不作奉行亦是亦錯，蓮池答道：「月雖皎潔，水清濁而影別昏明，心本昭靈，事善惡而跡分升墮，豈得以月體本無清濁，而故云濁水為佳？心體本無善惡，而遂云惡事不礙？……識渠善惡雙亡，正好止惡行善……即今蒞政，豈不發政施仁，革奸去弊，依舊落在止惡行善，步步行有。口口談空，此今日聰明人參禪之大病也。」蓮池講性善，而且主張要將性善做在實處，善在有非在空。針對「當今士夫率多喜高玄之談，厭平實之論」，蓮池只是「不捨止惡行善之一語」，說：「正惟喜處欲其厭，厭處欲其喜耳。近世揮麈談禪者率多其人，實證實悟者希得一二，予矯此弊，不得不然。實則古人垂一則語，徹上徹下，只如諸惡不作、眾善奉行。淺言之，則僅僅避惡名行善，三家村裏守分良民亦如是。極言之，則纖惡淨盡，萬善周圓，天中天，聖中聖，如來世尊亦如是。若定執止惡行善為示鈍根，拈吹布毛為示利根，則誤矣。」〔註 148〕二人之間的這番對答，與禪師、弟子之間的對答一般無二，一方面顯示了周汝登入禪之深，一方面顯示了二人之間的親密關係。周汝登將心學的內容以禪學的方式發問，對於蓮池應該也是一種影響。

王墨池與黃輝在給蓮池的信中都提到焦竑，儘管在蓮池的著述中沒有提到焦竑的信息，二人之間通過彼此友人的交流應該是比較熟悉和瞭解的。焦竑被《明儒學案》列入泰州學案，云其學術是以「佛學即為聖學」，「先生師事耿天台、羅近溪，而又篤信卓吾之學，以為未必是聖人，可肩一狂字，坐聖門第二席，故以佛學即為聖學」。如將佛教「本來無物」之說同之為《中庸》「未發之中」，云：「佛氏所言『本來無物』者，即《中庸》『未發之中』之意也。未發云者，非撥去喜怒哀樂而後為未發，當喜怒無喜怒，當哀樂無哀樂之謂也。故孔子論『憧憧往來，朋從爾思』，而曰『天下何思何慮』，於憧憧往來之中，

〔註 147〕《明儒學案》卷三十六，第 854～855 頁。
〔註 148〕《雲棲大師遺稿》卷三，載《蓮池大師全集》第三冊，第 1732～1734 頁。

而直指何思何慮之本體也。」這一點與蓮池的看法極為一致，稍有不同的是如上所述，蓮池認為佛教仍在《中庸》之上。在佛學即聖學的前提下，焦竑對佛教極力維護，對程明道闢佛之語「皆一一絀之」〔註 149〕，這一點應該得到蓮池的認同。

最後，述一下蓮池對李贄的評論。李贄被陶望齡稱做是「世間奇特男子」〔註 150〕，在明末思想界與文學界影響極大，黃宗羲說「李卓吾鼓猖狂禪，學者靡然從風」〔註 151〕，沈瓚在《近世叢殘》中說李贄之學「以解脫直截為宗」「好為警世駭俗之論，務反宋儒道學之說」，引得「少年高曠豪舉之士多樂慕之，後學如狂」。陳明卿記李贄著述受歡迎之狀說：「卓吾書盛行，咳唾間非卓吾不歡，几案間非卓吾不適。」〔註 152〕沈德符評論說：「溫陵李卓吾，聰明蓋代，議論間有過奇，然快談雄辯，益人意智不少。秣陵焦弱侯、泌水劉晉川，皆推為聖人。流寓麻城，與余友邱長儒一見莫逆，因共彼中士女談道，刻有《觀音問》等書。忌者以幃箔疑之，然此老狷性如鐵，不足污也。」〔註 153〕李贄對儒學與思想家的衝擊，四庫館臣恨恨地評論道：「贄書皆狂悖乖謬，非聖無法，惟此書排擊孔子，別立褒貶，凡千古相傳之善惡無不顛倒易位，尤為罪不容誅。其書可毀，其名亦不足以污簡牘，特以贄大言欺世，同時若焦竑諸人幾推之以為聖人，至今鄉曲陋儒，震其虛名，猶有尊信不疑者，如置之不論，恐好異者轉矜刼獲，貽害人心，故特存其目，以深暴其罪焉。」又說「贄所著《藏書》為小人無忌憚之尤」〔註 154〕。針對李贄棄榮削髮、著述傳海內的狀況，蓮池似乎與四庫館臣有著相似的看法，指出李贄身上具有的超逸之才、豪雄之氣「可重在此，可惜亦在此」，舉李贄的言論進行說明云：「夫人俱如是才氣，而不以聖言為量，常道為憑，鎮之以厚德，持之以小心，則必好為驚世矯俗之論以自偷快。試舉一二。卓吾以『世界人物俱肇始於陰陽、而以太極生陰陽』為妄語，蓋據《易傳》有天地然後有萬物，而以天陰地陽男陰女陽為最初之元本，更無先之者，不思《易》有太極是生兩儀，同出夫子傳《易》之言，而一為至論一為妄語，何也？乃至以秦皇之暴虐為第一君，以馮道之失節為大豪

〔註 149〕《明儒學案》卷三十五，第 830 頁。
〔註 150〕《歇菴集》卷十二《辛丑入都寄君奭弟書》。
〔註 151〕《明儒學案》卷三十五，第 815 頁。
〔註 152〕黃節：《李氏焚書跋》，載《焚書》卷末，第 250 頁。
〔註 153〕《萬曆野獲編》卷二十七，第 691 頁。
〔註 154〕《四庫全書總目》卷五十。

傑，以荊軻聶政之殺身為最得死所，而古稱賢人君子者，往往反摘其瑕纇，甚而排場戲劇之說，亦復以《琵琶》《荊釵》守義持節為勉強，而《西廂》《拜月》為順天性之常。噫，《大學》言好人所惡惡人所好，災必逮夫身，卓吾之謂也。」蓮池這裡對於李贄的評論，看法、觀念與口氣與程朱理學學者極為相似。李贄最終繫獄而死，有人問對於李贄的評論是不是以成敗論之，蓮池回答說：「夫子記子路不得其死，非不賢子路也，非不愛子路也。行行兼人，有取死之道也。卓吾負子路之勇，又不持齋素而事宰殺，不處山林而遊朝市，不潛心內典而著述外書，即正首丘，吾必以為幸而免也。」這裡列舉的應該是蓮池批評李贄的原因，所列舉的這些事情不過是居士之所行為，蓮池以此批評李贄有些過於苛刻。

從蓮池對李贄的批評來看，似乎其思想更接近於程朱理學，實際並不然。蓮池對李贄的批評，有可能是因看到其說對佛教的破壞，如沈瓚《近世叢殘》「不但儒教防潰，而釋氏繩檢亦多所屑棄」之論。程朱理學士人對李贄的行為進行攻擊時，蓮池為之辯護。劉侗《帝京景物略》「李卓吾墓」條中載李卓吾的行為，云：「以孝廉為姚安太守，中燠外冷，強力任性。為守日，政令清簡，公座或與髡俱，簿書之間，時與參論。又輒至伽藍，判了公事，人怪之。逾年，入雞足山，閱藏不出。御史劉維奇其人，疏令致仕歸。初善楚黃安耿子庸，遂攜妻女客黃安。曰『吾老矣，得一二友以詠日，吾樂之，何必吾故鄉也』。性癖潔，惡近婦人，無子，亦不置妾。後妻女欲歸，趣歸之，稱流寓客子。自是參求乘理，剔膚見骨，少有酬其機者，人以為罵，又怪之。子庸死，遂至麻城龍潭，築芝佛院以居。龍潭，石址潭周遭，至必以舟，而河流沙淺，外舟莫至。以是隔遠緇素，日獨與僧深有、周司空思敬語，然對之竟日讀書，已復危坐，不甚交語也。其讀書也，不以目，使一人高誦，旁聽之，讀書外，有二嗜：掃地，湔浴也。日數人膺帚、具湯，不給焉。鼻畏客氣，客至，但一交手，即令遠坐。一日搔髮，自嫌蒸蒸作死人氣，適見侍者剃，遂去髮，獨存鬢鬚，禿而方巾。」〔註 155〕這段話對李贄有褒有貶，萬曆二十九年禮部給事中張問達的上疏參劾，對李贄進行了污蔑之能事：「李贄壯歲為官，晚年削髮，近又刻《藏書》、《焚書》、《卓吾大德》等書，流行海內，惑亂人心。以呂不韋、李園為智謀，以李斯為才力，以馮道為吏隱，以卓文君為善擇佳偶，以司馬光論桑弘羊欺武帝為可笑，以秦始皇為千古一帝，以孔子之是非為不足據。狂誕悖戾，未

〔註 155〕《帝京景物略》卷八，上海遠東出版社 1996 年版，第 483 頁。

易枚舉，大都刺謬不經，不可不毀者也。尤可恨者，寄居麻城，肆行不簡，與無良輩遊於菴院，挾妓女，白晝同浴。勾引士人妻女入菴講法，至遊攜衾枕而宿菴觀者，一境如狂。又作《觀音問》一書，所謂『觀音』者，皆士人妻女也。而後生小子，喜其猖狂放肆，相率煽惑，至於明劫人財，強摟人婦，同於禽獸而不之恤。」〔註 156〕針對這些對李贄行為上的污蔑，蓮池肯定李贄的行為說：「其所立遺約，訓誨徒眾者，皆教以苦行清修，深居而簡出，為僧者當法也。蘇子瞻譏評范增而許以人傑，予於卓吾亦云。」〔註 157〕有肯定有批評，這是蓮池對於李贄的態度。

蓮池與王學士人的交往，對其應該有一定的影響。一方面通過上文的敘述可看到蓮池對於良知的肯定與贊同，一方面有王學士人提出「若滅後即往生別處則吾儒正心誠意，存順沒寧，盡受用不盡，何必西方」之語時，蓮池肯定地說「此數語甚有見」〔註 158〕。蓮池與王學士人的交往，在增強王學士人對於佛教的認識外，增強了自己對於良知之說的認識。

七

蓮池大師的著述很多，文學作品卻並不多，主要的文學作品收錄在《山房雜錄》中，第一卷為序，第二卷收有偈頌與詩歌。蓮池在明末僧俗與文人中影響巨大，「海內名賢，望而心折」，皇太后亦曾賜其袈裟，「孝定皇太后繪像宮中禮焉，賜蟒袈裟，不敢服，被衲敝幃，終身無改」〔註 159〕。蓮池的詩歌中有為朝廷和皇太后祈福頌福之作，如《慈聖皇太后遣內侍問法要敬以偈對》云：「尊榮豪貴者，由宿植善因。因勝果必隆，今成大福聚。深達罪福相，果中更植因。喻如錦上花，重重美無盡。如是修福已，復應慎觀察。修福不修慧，終非解脫因。福慧二俱修，世出世第一。眾生真慧性，皆以雜念昏。修慧之要門，但一心念佛。念極心清淨，心淨土亦淨。蓮臺最上品，於中而受生。見佛悟無生，究竟成佛道。三界無倫匹，是名大尊貴。」〔註 160〕偈頌中告訴慈聖太后心淨則佛土淨，更重要之意是「尊榮豪貴者，由宿植善因」對慈聖太后的頌揚。本詩表明朝廷對蓮池等著名僧人的重視和籠絡，表明蓮池在當時僧界中

〔註 156〕《明神宗實錄》卷三九六。
〔註 157〕《竹窗三筆》，載《蓮池大師全集》第三冊，第 1487～1488 頁。
〔註 158〕《雲棲大師遺稿》卷三，載《蓮池大師全集》第三冊，第 1734 頁。
〔註 159〕《西湖夢尋》卷五，第 282 頁。
〔註 160〕《山房雜錄》卷二，載《蓮池大師全集》第三冊，第 1621～1622 頁。

有極高的地位。

《山房雜錄》中收錄詩作，分為兩部分，其中一部分是蓮池未出家時所作，共有十一題；其他應皆為出家後所作。蓮池出家前與出家後的詩作，既有連續性與一致性，又有比較大的差別。蓮池出家前讀儒書，詩歌中書寫到儒家倫理，如《田節婦歌》呈送節婦，以兒子的視角寫其母一生守節，「荻筆熊丸傳里尋」方能找到這樣的母親，守節一生的母親「換得芳名照千古」，蓮池卻知道母親「一生身世真辛苦」〔註 161〕。節婦在當時的社會是被高度褒揚的，是朝廷、官府和民間稱頌的對象，蓮池的詩歌中體現的是濃濃的悲憫之情，節婦用一生之苦換來清白的聲譽，所受之苦只有自己的內心中才有真切地體會。《和高瑞南詠時事（時嘉靖乙卯）》中展現出蓮池當時的士人平天下的豪氣和抱負，詩云：「海上妖氛萬里浮，年來閭巷盡戈矛。干城武士渾無策，投筆書生競覓侯。樂土嗟今民力憊，戰場何日淚痕收。窮簷固有匡時手，姓字憑誰達帝州。」〔註 162〕出家前的蓮池喜歡與忠義之士相交，《與黃慎軒太史王墨池主政諸居士》書中提到與杭州右衛楊志之父貴州都閫楊國柱相交，云「其人身雖武弁，而行出乎士君子，清廉慈惠，時輩罕及，而忠義憤激素所自期，故不肖與之交遊甚久，而敬之特深」，並戮力為楊國柱鳴冤。楊國柱受蓮池影響，「已斷葷兩月」〔註 163〕。

詩句中對情感的流露不加控制與隱藏，《藍田》詩云：「藹藹平畦瑞起煙，山翁懷玉正高眠。春深莫訝犁鋤靜，不是人間稻黍田。」詩句描寫山翁的日常生活，似乎是平靜無波，而下有注云：「此予為父執藍田陳先生作也。先生子名如玉者，乃於萬曆辛亥午日持此詩懇予重書追憶之，蓋四十八年於茲矣。夫先生以熟仁之田，種比德之玉，詩之作也，田尚腴，玉始立，今玉已從心，而頑石之壽復逾其七。田安在哉。時移物遷，惘然如夢中過耳，漫漫長夜，夢覺何期。因有感而識焉。」〔註 164〕濃重之情即包含於平靜之詩句中。

出家前就有多首詩歌寫到了佛教。如《題靈隱寺前老松》詩云：「北海蒼龍舊有愆，謫來塵世不知年。萬重雲裏遺蹤在，千仞溪邊舞爪懸。豪氣自能蟠宇宙，靈胎豈得老林泉。他朝吸取清流去，散作甘霖遍九天。」〔註 165〕本詩

〔註 161〕《山房雜錄》卷二，載《蓮池大師全集》第三冊，第 1653 頁。
〔註 162〕《山房雜錄》卷二，載《蓮池大師全集》第三冊，第 1652 頁。
〔註 163〕《雲棲大師遺稿》卷一，載《蓮池大師全集》第三冊，第 1678 頁。
〔註 164〕《山房雜錄》卷二，載《蓮池大師全集》第三冊，第 1653 頁。
〔註 165〕《山房雜錄》卷二，載《蓮池大師全集》第三冊，第 1653 頁。

是蓮池早期對於佛教的感受，靈隱寺前「散作甘霖遍九天」的老松，肯定給蓮池留下了不一樣的感受，或許蓮池感受到了佛教對於其內心的呼喚。《絲桐餘響》詩中聽道人鼓琴「平平淡淡信手彈，自覺心頭脫羈絆」「曲終展卷寫新詩，帶得餘音筆端散」〔註 166〕，寫出了對於佛教的欣然體會，表明蓮池在出家之前與佛教就有著內在的親切之感。《次高瑞南韻》之一：「肉身本傳舍，迷人自難曉。障緣苦縈牽，煩惱何時了。知君起大慧，心似木已槁。跳出醉夢關，西方孰云杳。借問何能然，燈花發枯草。」之二：「人生似春宵，繁華奈將曉。君從鬧裏逃，一笑大事了。煉形且多奇，朱顏詎能槁。我欲傳禁方，天機恐深杳。聊將願學心，殷勤付詩草。」〔註 167〕寫出了對於佛教之理的深刻啟悟，這些啟悟就是蓮池出家的契機。

蓮池出家前具有與一般文人一樣的天性，喜歡誇飾熟練的文字技巧，如《一字至七字與長兄三洲分詠風花雪月》中寫花與月云：「花，千枝，萬葩；紅燦錦，彩鋪霞；陪羅綺席，戀王孫家；曉露新妝濕，春風舞袖斜；青帝俄歸幻化，玉容已付塵沙；洛陽園上無顏色，西土池中有物華。」「月，時圓，時缺；玉鉤懸，銀鏡徹；然昏衢燈，生虛室白；斜穿鶴鸛巢，直透蛟龍穴；無端雲霧盤旋，頓把本來磨滅；掃開萬里黑朦朧，依舊一天光皎潔。」〔註 168〕詩中的「洛陽園上無顏色，西土池中有物華」「掃開萬里黑朦朧，依舊一天光皎潔」彷彿有所指，全詩似乎並不在於要表達何種思意與意境，純碎是通過描寫來表現寫作技巧。出家前的《西湖晚渡》詩，純粹描寫野外之景色，寫景明麗清淨，云：「買棹入平隍，翩翩萬柳傍。亂煙迷野色，殘照映湖光。駭鹿呼群切，寒鴉擇樹忙。詩成天欲暝，新月下前塘。」〔註 169〕由這兩首詩來看，蓮池出家前具有相當的文學描寫能力與技巧，出家時把「蓋世文章」的一筆勾掉，幾乎再沒有寫過純文學一類的作品，即使寫景的作品，亦是以闡揚佛理為主，如《雲棲六景》便是如此，即以之一「回耀峰」為例，云：「東方初出漸當陽，使得人間萬事忙。轉軸西來山欲暮，寶光依舊映紗窗。」詩題是寫回耀峰，詩意則是在寫佛教之寶光，故沈淮在《和雲棲六景》敘中云：「蓮池坐禪之暇，遊戲翰墨，即景有言，無非禪理。詩成可以歌矣，聞歌而善，能無和答，

〔註 166〕《山房雜錄》卷二，載《蓮池大師全集》第三冊，第 1653 頁。
〔註 167〕《山房雜錄》卷二，載《蓮池大師全集》第三冊，第 1652 頁。
〔註 168〕《山房雜錄》卷二，載《蓮池大師全集》第三冊，第 1654 頁。
〔註 169〕《山房雜錄》卷二，載《蓮池大師全集》第三冊，第 1652 頁。

載誦一記，恍若在山中與禪師晤譚也。」〔註 170〕坐禪之暇的筆墨遊戲「無非禪理」，即如《雲棲積雪》詩，是出家後罕見的寫景詩。蓮池感歎冬季雲棲山被雪覆蓋之後「真銀色世界」，因出韻成詩云：「萬山無人縱鷹狗，頑石高低盡遮醜。糝遍苔痕白似氈，壓翻莆葉青如韭。寒宵時煮竹爐茶，潔體不陪金帳酒。水晶城外一聲梆，玉關頓地開銀紐。」詩中描寫積雪之下的雲棲「頑石高低盡遮醜」，此即「穢土求淨邦」之意，禪者得詩大悅而言「誠然乎不越娑婆是名安養」〔註 171〕。

對佛教有了真切的領悟，蓮池終於下定了出家的決心，《出家別室人湯》是其出家時與家人的告別。蓮池在詩中陳述了對於佛教之意的深刻領悟，以及對於世界的認識，詩云：「君不見，東家婦，健如虎，腹孕常將年月數，昨宵猶自倚門閭，今朝命已歸黃土。又不見，西家子，猛如龍，黃昏飽飯睡正濃，遊魂一去不復返，五更命已屬閻翁。目前人，尚如此，遠地他方那可指。開將親友細推尋，年去月來多少死。方信得，紫陽詩，語的言真不可欺，昨日街頭猶走馬，今朝棺裏已眠屍。伶俐人，休瞌睡，別人與我同一類。狐兔相看不較多，見前放著傍州例。鑽馬腹，入牛胎，地獄心酸實可哀，若還要得人身復，東海撈針慢打挨。我作歌，真苦切，眼中滴滴流鮮血，一世交情數句言，從與不從君自決。」〔註 172〕《七筆勾》詩中，蓮池把「五色封章」「魚水夫妻」「桂子蘭孫」「富貴功名」「家捨田園」「蓋世文章」「風月情懷」等皆「一筆勾」，實際上就是勾掉了世俗間的一切牽絆。

把世間一切皆勾掉之後，可以看到蓮池之後的著述，基本上都是在闡揚佛教之道，宣揚淨土，寫作上亦不再書寫「蓋世文章」，著述僅僅成為宣揚佛教的媒介。《即事》詩之八：「昔人憫後學，注疏通蒙求。今人背古德，笑斥同謠謳。千賢盡成非，惟已與佛儔。嗟哉復嗟哉，妍醜曾無羞。」〔註 173〕本詩所指，似乎是在強調與佛陀同具的本性，而不在於執泥於文字與後天的學習。蓮池在「不歌舞倡伎不往觀聽」中指出，修行者不得自作歌樂，也不能去觀看他人歌樂，「歌者，口出歌曲，身為戲舞、倡伎者，謂琴瑟簫管之類是也，不得自作，亦不得他人作時，故往觀看」。作歌樂和觀看歌樂會擾亂道心，蓮池解

〔註 170〕《雲棲紀事》，載《蓮池大師全集》第三冊，第 1884 頁。
〔註 171〕《山房雜錄》卷二，載《蓮池大師全集》第三冊，第 1639 頁。
〔註 172〕《山房雜錄》卷二，載《蓮池大師全集》第三冊，第 1654 頁。
〔註 173〕《山房雜錄》卷二，載《蓮池大師全集》第三冊，第 1633。

釋說：「古有仙人因聽女歌音聲微妙，遽失神足，觀聽之害如是，況自作乎。今世愚人，因《法華》有琵琶鐃鈸之句，恣學音樂，然《法華》乃供養諸佛，非自娛也，應院作人間法事道場，猶可為之。今為生死，捨俗出家，豈宜不修正務而求工技樂，乃至圍棋陸博骰擲摴蒱等事，皆亂道心，增長過惡。」〔註 174〕

將「蓋世文章」勾掉，蓮池並不廢棄讀書，通過讀書淨心：「人處世各有所好，亦各隨所好以度日而終老，但清濁不同耳。至濁者好財，其次好色，其次好飲。稍清則或好古玩，或好琴棋，或好山水，或好吟詠。又進之則好讀書，開卷有益。諸好之中，讀書為勝矣，然此猶世間法。又進之則好讀內典，又進之則好淨其心，好至於淨其心，而世出世間之好最勝矣，漸入佳境，如食蔗喻。」〔註 175〕淨心是世間出世間最勝之事，淨心是通過讀書尤其是讀佛經而達到，這是蓮池對讀書功用的肯定。吟詠雖然在讀書、讀內典、淨心之後，畢竟被視為「清」的行列，非「濁」的類列中；這似乎與上面所說的歌樂會擾亂道心相悖，實際上蓮池之意是在說吟詠或者歌樂的功用，能清淨道心則可以吟詠，會擾亂道心則不要作與觀。

八

上面這段話，表明出家之後的蓮池對文學類的寫作不是很重視，與炫耀文字技巧、摹情寫思的作品相比，更重視的是本。《重刻西崖先生擬古樂府跋》中對李東陽的擬古樂府詩「且詠且歎」，稱之為「古今絕唱」，最終仍言其不足以「裨世道淑人心」，文云：「夫詩亡也而有樂府，樂府之漸變也而有歌曲。歌曲無論，即魏漢隋唐以來所稱樂府，乃至周、柳、秦、蘇諸名家詞調，雖各窮藻麗擅工巧，偉哉鳴當時而聲後世，然大都摹情寫思、緣物綴景，可以裨世道淑人心者千一而已。」〔註 176〕「裨世道淑人心」應該是蓮池對文學寫作的觀念。

「裨世道淑人心」觀念，表現於兩個方面。一是文章寫作要「有理有利於人」。蓮池指出時人將古文與時文「顛倒為稱而人莫覺」，與一般的看法不同，蓮池認為文無古與時之別。所謂的古文是「不悖於理有利於人」之文，「正大光明，莊重典雅，達之天下而無能議，傳之萬世而不可易」；所謂的時文是「讀

〔註 174〕《沙彌律儀要略》上篇，載《蓮池大師全集》第二冊，第 727 頁。
〔註 175〕《竹窗隨筆》，載《蓮池大師全集》第三冊，第 1390 頁。
〔註 176〕《山房雜錄》卷一，載《蓮池大師全集》第三冊，第 1589 頁。

之不可以句」之文，是「抽黃對白，競巧爭奇，於理不協，於人無益，艱險詭異」。具體到詩歌而言，並非是「合選詩之格而即謂之古體」「五言七言之律而便謂之近體」，這樣「必大不愜人意」的觀念，蓮池說「吾無恤」，這實際上反映出蓮池極其中肯的文學觀念。二是文章寫作在於心正。通常所言的唐詩晉字漢文章「近似而未確」，文章應不論工拙，最為關鍵的是心正，「心正則筆正」。蓮池說：「夫子曰『詩可以興』，今之詩去《三百篇》甚遠，安望其能興乎；王弇州之言曰『詩真無益於世哉』，置弗論。至於文，漢最近古，其文渾厚樸茂，則誠然矣。然文貴有大議論，馳騁上下，足以抗折百家、辨駁是非、暢快心目者，則唐為勝。文貴有大理致，崇正辟邪。可以繼往聖而開來學，則宋為勝。斯二者，漢所不及也，孰曰漢獨擅文章乎。子瞻贊退之曰『文起八代之衰』，確論也，通之百世而不易也。晦菴之贊《西銘》曰『某有此意，無子厚筆力』，確論也，質之先聖而不虛者也。」〔註 177〕這段話顯示蓮池對於歷代文學極為熟悉，並能以發展的眼光看待歷代文學；話語中更重要的是表示出蓮池對於文章的理、義理與有益於世的重視。

這樣的文學觀念，與道學家們一般無二，蓮池確實秉承文章以傳聖賢道學之論。《栗齋先生遺稿跋》云「張太史陽和公著《栗齋先生傳》，中所紀錄，率多稱先生孝友廉節，以古聖賢道學為己任，而文字其緒餘也」，即文章要以傳聖賢道學為己任，文字乃道學之緒餘。《跋》續云：「所論議歌詠，又率多理性之談，曾不馳妍競華，亦不徒放情於山水竹木而已。如《太極》《春秋》《河圖》等篇，歷孔子而下顏曾思孟至濂溪二程橫渠晦菴諸名儒，各有讚頌，闡發幽秘，間附一二題贈遊覽，亦罔弗會歸身心，終不為閒漫語。」孔子至朱熹等名儒所作，如古之「醇明篤實之君子」〔註 178〕。作詩要重本輕末，學詩則要學古人之道而非古人之詩，蓮池說：「永明、石屋、中峰諸大老皆有《山居詩》，發明自性，響振千古；而兼之乎氣格雄渾，句字精工，則楩堂《四十詠》尤為諸家絕唱。所以然者，以其皆自真參實悟，溢於中而揚於外，如微風過極樂之寶樹，帝心感乾闥之瑤琴，不搏而聲，不撫而鳴。是詩之極妙，而又不可以詩論也，不攻其本而擬其末，終世推敲，則何益矣。願居山者學古人之道，毋學古人之詩。」〔註 179〕道在則文章自然而成，蓮池在《與三文學論文》中論

〔註 177〕《直道錄》，載《蓮池大師全集》第三冊，第 1555 頁。
〔註 178〕《山房雜錄》卷一，載《蓮池大師全集》第三冊，第 1590 頁。
〔註 179〕《竹窗隨筆》，載《蓮池大師全集》第三冊，第 1412 頁。

述道：「三君佳作大略俱是用意精深，而措語尚滯，未得語意圓融，使閱之者不費思量、一經眼便擊節歎賞耳……愚以為不必故起心迎合時好，但貴潛心看書，使見地了了，而多讀以輔之，多作以熟之，一旦豁然貫通，則落筆時橫傾豎瀉，滾滾不窮，自然成章，無艱難勞苦之態。」〔註 180〕讀書明道，胸地豁然貫通而文章自成，這樣的觀念與宋明以來的道學家們的看法完全一致。

作者的文章觀念，往往愈到晚年愈純熟，蓮池因此主張著述宜在晚年，尤其是道人著述「上闡先佛之心法，下開後學之悟門」「非世間詞章傳記之比」，更應該在晚年方可著述出來。「學未精見未定」時便草率著述，便會「脫有謬解」而誤後學，如同「仲尼三絕韋編而十翼始成，晦菴臨終尚改定《大學》誠意之旨」〔註 181〕。

蓮池所重之道自然更多的是佛教，對文的看法往往與佛教觀念進行比較。如針對有人提出「莊子義則劣矣，其文玄曠疏逸，可喜可愕，佛經所未有也」的看法，蓮池對比孔子與莊子之文說：「孔子之文正大而光明，日月也；彼《南華》佳者如繁星掣電，劣者如野燒也。孔子之文渟蓄而汪洋，河海也；彼《南華》佳者如瀑泉驚濤，劣者如亂流也。孔子之文融粹而溫潤，良玉也；彼《南華》佳者如水晶琉璃，劣者如玟珂碔砆也。孔子之文切近而精實，五穀也；彼《南華》佳者如安南之荔、大宛之葡萄，劣者如未熟之梨與柿也。」這段比較，顯然是將孔子之文置於莊子之文之上。佛經則是「至辭無文者」，與世人較文是「陽春與百卉爭顏色」〔註 182〕，隱喻之意是「至辭無文」的佛經又在儒者之文之上。

在蓮池的觀念裏，佛教與佛經在一切文字與作品之上。評論歷史上著名的文學家時，看到的不是他們的文學作品，而是進行佛教上的說教，如洪覺範謂「東坡文章德行炳煥千古，又深入佛法，而不能忘情於長生之術」而「反坐此病卒」，蓮池順勢以「東坡尚爾」進行說教云：「今有口談無生而心慕長生者，有始學無生俄而改業長生者，蓋知之不真，見之不定耳。故道人不可剎那失正知見。」〔註 183〕又以元禪師《與東坡書》云「時人忌子瞻作宰相耳，三十年功名富貴過眼成空，何不猛與一刀割斷」「胸中有萬卷書，筆下無一點塵，為何於自己性命便不知下落」等語，蓮池告誡「今之縉紳與衲子交者」，一定「宜

〔註 180〕《雲棲大師遺稿》卷二，載《蓮池大師全集》第三冊，第 1723 頁。
〔註 181〕《竹窗二筆》，載《蓮池大師全集》第三冊，第 1444 頁。
〔註 182〕《竹窗隨筆》，載《蓮池大師全集》第三冊，第 1388 頁。
〔註 183〕《竹窗隨筆》，載《蓮池大師全集》第三冊，第 1391 頁。

講此誼」〔註184〕。以蘇軾之例似乎是要說明對文學的執著會成為修行佛教的障礙，蓮池說「今時僧有學老莊者，有學舉子業經書者，有學毛詩楚騷及古詞賦者，彼以禪為務，但外學未絕，尚緣此累道」〔註185〕。在這個意義上，蓮池要求求道者放棄所長，云：「凡人資性所長，必著之不能捨，如長於詩文者、長於政事者、長於貨殖者、長於戰陣者、乃至長於書者畫者琴者棋者，皆弊精竭神殫智盡巧以從事，而多有鉤深窮玄。成一家之名，以垂世不朽。」發揚與執著所長，從修道的角度來說就是沉溺於枝葉末節，「若能棄捨不用，轉此一回精神智巧抵在般若上」〔註186〕，則不患道業之無成。對於讀者來說，蓮池期望閱讀者能夠不執著於文字，讀出文字之後的意味，在敘《碧巖集》時說：「圓悟作《碧巖集》，妙喜欲入閩碎其板，淺智者遂病圓悟，不知妙喜特一時遣著語耳。夫雪竇百則頌古，先德謂是頌古之聖，而圓悟始為評唱，又評唱之聖也。而不免為文字般若，愚者執之，故妙喜為此說碎學人之情識也，非碎《碧巖集》也。其言碎者，彷佛雲門一棒打殺之意也。神而明之，《碧巖》寸寸栴檀；執而泥之，一大藏板皆可碎也。」〔註187〕義理在文字之外，知道者能讀出文字之外的意味，否則便會執著於文字而與悟修無益。若執著於文字，其流弊將妨礙修道者「不復知有向上事」，云：「溫公作《解禪偈》，真學佛不明理者之龜鏡也。但其以言行可法為不壞身，仁義不虧為光明藏，特一時救病語，非核實不易之論。夫謹言行、修仁義，在世間誠可貴重，然豈便是金剛不壞之身？神通大光明藏，何言之易也。又以君子坦蕩蕩為天堂，小人長戚戚為地獄，理則良然，而亦有執理失事之病，豈得謂愚癡即牛羊、兇暴即虎豹，此外更無真實披毛帶角之牛羊。利牙鋸爪之虎豹乎？吾恐世人見溫公辭致警妙必大悅而深信，其流之弊撥無因果，乃至世善自足，不復知有向上事，則此偈本以覺人，反以誤人，不可不闡。」〔註188〕

出於這樣的觀念，蓮池更多的精力放在對佛教典籍的闡釋以及佛教事例的闡揚上，文學作品並不多。《山房雜錄》中保存的詩歌，亦幾乎都是闡揚佛教義理之作，其中最多的是對佛教之意的闡述以及對佛教之理與世事的洞悟，如《五十初度自詠》悟解人生「卻是空中論鳥跡」，趁時作樂乃是愚癡行為，

〔註184〕《竹窗隨筆》，載《蓮池大師全集》第三冊，第1391頁。
〔註185〕《竹窗隨筆》，載《蓮池大師全集》第三冊，第1409頁。
〔註186〕《竹窗隨筆》，載《蓮池大師全集》第三冊，第1398頁。
〔註187〕《竹窗隨筆》，載《蓮池大師全集》第三冊，第1399頁。
〔註188〕《竹窗二筆》，載《蓮池大師全集》第三冊，第1452頁。

應該「努力悟無生」「降魔高豎太平旗」〔註189〕。寫到中國傳統節日的詩作，同樣是在宣講佛教之理，如《新春日示眾》寫賀新春云「昨日作麼生，十二月廿八」〔註190〕是禪學之語，《七夕》詩中要人「一拳打破死生關，露出堂堂師子貌」〔註191〕，悟透人生對情的執著。《警悟》四首是對人世、儒家與佛教之說的洞徹體會，之一是慈受深禪原作《屋可蔽風雨》一首，詩云：「屋可蔽風雨，何苦鬥華麗。堯舜古聖君，光宅天下被。茅茨未嘗翦，土階亦不砌。不知爾何人，鱗鱗居大第。」本詩闡述的儒家大庇天下之胸懷，末句的「不知爾何人，鱗鱗居大第」是對人世的洞悟。蓮池擬作三首，之一云：「食可充饑腸，何苦尚腴靡。孔顏古聖師，悅心飽義理。一簞復一瓢，飯蔬食飲水。不知爾何人，肥甘滿砧幾。」本首詩意與慈受深禪師原作完全一致，不過是將室廬改換成了飯食。之二云：「器可足使令，何苦作淫巧。釋迦三界師，萬德備天藻。一持缽多羅，四綴猶未了。不知爾何人，杯箸嚴七寶。」之三云：「衣可蓋形體，何苦競文飾。迦葉首傳燈，聞譽千古溢。頭陀百結鶉，老死終弗易。不知爾何人，遍身皆綺縠。」〔註192〕後兩首從佛教的角度進行的言說，修行不在於外物的莊嚴和華麗，真正的修行和參悟不需要「杯箸嚴七寶」與「遍身皆綺縠」；對「杯箸嚴七寶」與「遍身皆綺縠」者來說，修行和參悟只是作為可以向人誇耀的媒介，其用意不在於真修實悟，這是「心惟戀塵寰」〔註193〕的表現。

九

文章以道為本文辭為末、文學作品是宣揚道尤其是佛教義理的觀念，並不表示蓮池就輕視文學作品。如上文中對唐詩晉字漢文的論述，表明歷代文學作品在蓮池腦海中留下深刻的烙印。又如對李東陽「非經律論非尊宿注疏語錄文字」的擬古樂府這樣的「世諦中言」，蓮池論其「見力、筆力、斷案力、擒縱殺活神奇變幻不思議力」〔註194〕與雪竇之頌古馳騁上下，表示了對文學作品的尊重。蓮池還以文學作品之語用於譬喻禪學修行，如引用宋人陳師道「學詩

〔註189〕《山房雜錄》卷二，載《蓮池大師全集》第三冊，第1623。
〔註190〕《山房雜錄》卷二，載《蓮池大師全集》第三冊，第1624。
〔註191〕《山房雜錄》卷二，載《蓮池大師全集》第三冊，第1625。
〔註192〕《山房雜錄》卷二，載《蓮池大師全集》第三冊，第1631。
〔註193〕《山房雜錄》卷二，載《蓮池大師全集》第三冊，第1632。
〔註194〕《山房雜錄》卷一，載《蓮池大師全集》第三冊，第1589頁。

如學仙，時至骨自換」喻修行云：「陳後山云『學詩如學仙，時至骨自換』，予亦云『學禪如學仙，時至骨自換』。故學者不患禪之不成，但患時之不至；不患時之不至，但患學之不勤。」〔註 195〕這些都表明蓮池對歷代文學作品的純熟程度。

文章重「道」的蓮池，純文學作品雖然不多，卻亦有一些。這些少數詩作中，蓮池與文人一樣表達著自己的情感、感慨和胸懷。如《驅烏歎》云：「萬樹喧啼烏，好鳥絕音響。毒啄所殘害，慘酷甚羅網。身在袈裟下，能無慈悲想。嗟此濁惡林，我願生安養。」〔註 196〕為遭受悲慘命運的生命歌詠，展現出蓮池悲憫心懷，這應該是從慈悲胸懷與戒殺生之意中生發出來的。這樣的作品在蓮池的詩作中，只是偶而出現，出家勾掉「蓋世文章」之後，蓮池極好地克制住了對純文學作品的寫作。

與表達情懷的純文學作品相比較，蓮池抒發曠達心境的詩作比較多一些。如讀到陶淵明《責子詩》有感而擬作新詩，詩中云：「達哉陶彭澤，忘憂且銜杯。我亦巧作喻，如病寧廢醫。膏肓不可治，強治徒勞疲。何以代杯酒，高歌聊自怡。」〔註 197〕陶淵明吸引蓮池的是「達」，擬作詩主要針對陶詩中的「天運苟如此，且進杯中物」展開，這句詩展示了陶淵明的曠達，擬詩展示了蓮池的曠達。《跛腳法師歌自嘲》中的「閉門無事且高枕，欲學翠色煙嵐眠」〔註 198〕，雖言仿傚跛腳法師的透脫，又似在仿傚陶淵明之行狀。蓮池《懷古》詩之六「淵明」寫道，「塵網依依三十春，昨非今是不須論，息交豈獨忘知己，為愛吾廬夏木陰」〔註 199〕，陶淵明的曠達是有逃避塵網的用意，以及不願意受羈絆的性格有很大的關係，蓮池的曠達主要與其佛教觀念有著密切的關係，如《示牙蟲》詩中，有人告訴他多種祛除、消滅蟲子的方式，蓮池卻覺得「彼害奚足戚」；對蟲子造成的破壞，蓮池云：「佛尚捨全身，吾何吝纖骨。吾骨及爾躬，二俱是幻色。」〔註 200〕出於對世界認識的通透，詩句表現出對蟲子實際上是對萬物的欣然會意，此即《擬古》之四中「人生解知足，煩惱一時除」〔註 201〕

〔註 195〕《竹窗隨筆》，載《蓮池大師全集》第三冊，第 1386 頁。
〔註 196〕《山房雜錄》卷二，載《蓮池大師全集》第三冊，第 1635 頁。
〔註 197〕《山房雜錄》卷二，載《蓮池大師全集》第三冊，第 1635 頁。
〔註 198〕《山房雜錄》卷二，載《蓮池大師全集》第三冊，第 1636 頁。
〔註 199〕《山房雜錄》卷二，載《蓮池大師全集》第三冊，第 1646 頁。
〔註 200〕《山房雜錄》卷二，載《蓮池大師全集》第三冊，第 1635 頁。
〔註 201〕《山房雜錄》卷二，載《蓮池大師全集》第三冊，第 1645 頁。

所表達之意。《偶成》詩之二「素履難欺自反尋，死生禍福等浮塵」〔註 202〕「了知心與天心合，笑聽干戈逼耳根」，對人世與歷史的洞悉到與天心相合、對煩惱的不有一絲之掛礙的地步。

對煩惱的不有一絲之掛礙，表現在對人生的灑脫上，《行腳歌》詩寫旅途中遇雨，云：「挑包頂笠辭鄉曲，才出門時又愁宿。長伸兩腳旅邪眠，夢醒惟思一甌粥。粥罷抽單問路行，午齋念念生饑腹。從朝至暮只如斯，不知身是沙門屬。」〔註 203〕這是詩歌的前半段，詩風與文人的羈旅行役之作相似，卻無文人羈旅行役之作中的悲歎。對待愚癡者的態度也表現了蓮池的曠達，如《客有造謗者憐其愚示偈》，之一云：「皮毛脫盡肉消磨，體露堂堂白似珂。枯槁已非塵世相，從他稱譽與譏呵。」之二云：「枯骨群銜莫笑癡，淡中滋味少人知。一回咬徹金剛髓，何必肥甘始療饑。」之三云：「王宮太子雪山僧，尊貴由來習自成。千二百人隨左右，也應都是為虛名。」〔註 204〕三首詩從看透事物本質的高度對待造謗者，題目言為「憐其愚」，實際之意是對其之寬解。

蓮池是明末宣揚淨土的重要人物，也是中國淨土宗史上的重要人物，其對淨土的宣揚在明末有著重要的影響，既引起了佛教界的響應，又引起了眾多文人的共鳴。與蓮池共鳴的文人中，有不少是王門後學中的重要人物和極有影響者。與王門後學的交往，使得蓮池的佛教觀念中滲入了心學色彩。以道為本文辭為末的文學觀念，顯然是受到道學家們的文學觀念的影響；詩歌成為蓮池闡發義理的媒介，儘管勾掉了「蓋世文章」，蓮池仍然在一定程度上通過詩歌表達了他的悲憫與曠達胸懷。

〔註 202〕《山房雜錄》卷二，載《蓮池大師全集》第三冊，第 1649 頁。
〔註 203〕《山房雜錄》卷二，載《蓮池大師全集》第三冊，第 1636 頁。
〔註 204〕《山房雜錄》卷二，載《蓮池大師全集》第三冊，第 1651 頁。

第二十章　以文字為般若：紫柏達觀的文學觀念

明末四大高僧之一的紫柏尊者，號達觀真可，在明末的佛教界有著巨大的影響。紫柏對宗教的解悟，得益於唐張拙「至斷除妄想重增病，趣向真如亦是邪句」之句。初疑此句錯，後忽醒悟「渠本不錯，乃我錯耳」，於是設問答，「如何是斷除妄想重增病，曰披蓑衣救火；如何是趣向真如亦是邪，曰罪不重科」，從此於「禪家機緣語句，頗究心焉」〔註 1〕。由於是從文人詩偈獲得感悟，與主張不立語言文字的禪者相比，紫柏對文字相當重視，如說「凡佛弟子，不通文字般若，即不得觀照般若，不通觀照般若，必不能契會實相般若」〔註 2〕。出於這樣的觀念，紫柏對文學詩歌持開放的態度，並不反對文學寫作，體現出以文字為般若的佛教觀念。

因其在明末的重要影響以及在整個佛教史上的地位，紫柏受到研究者的眾多的關注，專門的研究專書如釋果祥《紫柏大師研究》（東初出版社 1990 年版）、范佳玲《紫柏大師生平及其思想研究》（法鼓文化事業股份有限公司 2001 年版）及專文《紫柏真可禪學思想之研究》（《中華佛學研究》第三輯，1999 年）等，以及高峰的博士論文《紫柏大師與萬曆社會研究》（吉林大學 2016 年）、戴繼誠博士論文《紫柏真可與晚明佛教復興》（中國人民大學 2005 年）從整體上對紫柏進行了細緻研討。其他涉及到明代佛教史及晚明佛教研究著述中，紫

〔註 1〕《紫柏老人集》卷之十四《祭法通寺遍融老師文》，《續藏經》第 73 冊，第 269 頁。

〔註 2〕《紫柏老人集》卷之一，第 148 頁。

柏都要被提及，如聖嚴《明末佛教研究》（法鼓文化事業股份有限公司 1999 年版）、《明末中國佛教之研究》（法鼓文化事業股份有限公司 2009 年版），陳永革《晚明佛學的復興與困境》（佛光山法藏文庫 2001 年版），釋見曄《明末佛教發展之研究：以晚明四大師為中心》（法鼓文化事業股份有限公司 2007 年版），任宜敏《中國佛教史・明代》（人民出版社 2009 年版），周齊《明代佛教與政治文化》（人民出版社 2005 年版），張曼濤主編《明清佛教史篇》（北京圖書館出版社 2005 年版），杜長順博士論文《明宮廷與佛教關係研究》等等。對紫柏文學創作研究的論著則不多見，鄭培凱《湯顯祖與晚明文化》（允晨文化視野公司 1995 年版）中，設《湯顯祖與達觀和尚》一章專門論述達觀對湯顯祖思想中情與理的影響，算是與文學領域有所關聯。

紫柏的著述被收錄為《紫柏尊者全集》，錢謙益《紫柏尊者別集序》載其著述云：「金壇刻《紫柏尊者全集》已行叢林。此外有錢啟忠《集鈔》四卷、陸符《心要》四卷。按，指禪師攜吳江周氏藏本乃尊者中年之作，白衣弟子繆仲淳、周季華、周子介執侍左右，手自繕寫者。餘為會萃諸本，取《全集》所未載者，排為四卷，名為《紫柏別集》。」〔註 3〕本章敘紫柏以文字為般若的佛教觀念與文學觀念。

一

紫柏的出家，初與誦念觀世音名號有關聯，自言少時「似與觀世音有大因緣」。受觀世音慈悲感染而出家之刻，又忽生變心，自思不須「頭光然後能修」「不祝髮亦可修行」〔註 4〕，表明紫柏最初只是想成為居士。及夢中見一老僧指示念南無阿彌陀佛，遂堅定出家決心而剃髮。堅定出家信念的，或許還有受到佛教慈悲胸懷的感化。有浣禪人患病，其母怨而祝曰「這廝何不早死」，而言「知母慈不及佛慈多矣」，紫柏因言「眾生觸腦如來遠經塵劫，猶且委曲方便，慈護之不暇，不至成佛終不已」〔註 5〕。紫柏後來自言出家是其最好的計度，在寫給馮夢禎的信中坦言說：「貧道未出家時，智勇不在人下，凡世間之計度，無不計度過者。以千計度萬計度，莫若出家為僧是最上計度。」〔註 6〕佛教終成為紫柏最為堅定的立場，「必以無生為宗，久視為

〔註 3〕《紫柏老人集》卷首，第 401 頁。
〔註 4〕《紫柏老人集》卷之二，第 164 頁。
〔註 5〕《紫柏老人集》卷之四，第 177 頁。
〔註 6〕《紫柏尊者別集》卷之三，《續藏經》第 73 冊，第 419 頁。

資」〔註7〕，即《長松茹退序》中言「應物之際多出入乎孔老之藩，然終以釋氏為歇心之地」〔註8〕。對於佛陀，紫柏竭力讚歎，如《佛手崖》詩云：「茫茫三界總成迷，孔老雖能力尚微。不是瞿曇舒大手，眾生淪墜孰提攜。」〔註9〕佛教被紫柏認可為「終天下之道術者」，云：「釋氏遠窮六合之外，判然有歸；近徹六合之內，畫然無混。使高明者有超世之舉，安常者無過望之爭。是故析三界而為九地，會四聖而共一乘。六合之外，唯不受後有者居之；六合之內，皆有情之窟宅也。能依者名之正報，所依者謂之依報。聖也凡也，非無因而感，皆因其最初發心為之地，有以緣生為歸宿者，有以無生為歸宿者。唯佛一人，即緣生而能無生，即無生而不昧緣生，遮之照之，存之泯之。譬如夜珠在盤，宛轉橫斜，衝突自在，不可得而思議焉。故其遠窮近徹，如見掌心文理，鏡中眉目也。」〔註10〕

《祭法通寺遍融老師文》自言其性格豪放，「習亦粗獷，一言不合，不覺眥裂火迸」〔註11〕，《自贊》中「或言汝廓落，吾笑汝褊窄，見善便歡喜，見惡即不樂」〔註12〕、《舫粟偈》中「達觀道人窮伎倆，喜怒無常招譽謗，順則歡喜逆則惱，從來自狹而至廣」〔註13〕等語可以互相驗證，這樣的性格特別容易給自己招謗。紫柏遇到法通寺遍融法師之後，不僅稍改其「眥裂火迸」「褊窄」之舊習，且「棄書劍從剃染」。紫柏對世間之艱辛，有著切膚的體味，《山居歌》云：「達觀顛，達觀顛，眾人所愛渠弗憐，鬧裏抽身委躁君，疏狂一味樂林泉，撩起行，未甚錯，鼻孔孤危不受索，世路崎嶇行道難，算來肥遁是高著。」〔註14〕詩中透露出自己一生的艱辛，人世之艱辛應該更增加了他對佛教的體悟，或許是其出家的因緣之一；詩中所述的艱辛，不全然是出家前對人世的感悟，而是對自己一生的體味，可見儘管紫柏出家了斷世緣，一生仍然不平靜。剃染後的紫柏，斬斷了世間情緣，《雙劍峰》詩云：「雌雄誰把插丹霄，時有光芒拂斗梢。若使老僧拈起用，世情斬斷沒絲毫。」〔註15〕《題金沙寺岳武

〔註7〕《紫柏老人集》卷之八，第211頁。
〔註8〕《紫柏老人集》卷之九，第216頁。
〔註9〕《紫柏老人集》卷之二十七，第378頁。
〔註10〕《紫柏老人集》卷之九，第221頁。
〔註11〕《紫柏老人集》卷之十四，第269頁。
〔註12〕《紫柏老人集》卷之十八，第299頁。
〔註13〕《紫柏老人集》卷之十九，第312頁。
〔註14〕《紫柏老人集》卷之二十八，第387頁。
〔註15〕《紫柏老人集》卷之二十七，第372頁。

穆王碑陰（碑中有陪僧僚謁金仙之句）》詩云：「將軍何事謁金仙，弘忍精忠本一源。不具殺人真手段，安能截斷世間纏。」〔註16〕這兩首詩表露的是紫柏以「殺人真手段」斬斷了自己世間的情緣。《詠懷》詩顯露紫柏出家之後進行的是真修，云：「少年屠狗混春秋，誰料披緇作比邱。俠習自慚忘未盡，真修方喜進無休。」〔註17〕

能以「殺人真手段」斬斷世間情緣，亦與看慣世間之無常有關。世間無常之遷變，使得紫柏將精力轉向全力修佛上，《盱江舟中望從姑山》詩云：「學得長生固是奇，身存影逐有誰知。何如只學無生好，我既無生死自離。」〔註18〕《觀放花炮歌》在敘述世間無常後，描述自己「學無生」云：「學無生，即無死，生死從來互相起。生若無生死亦無，孤明歷歷照千古。要會得，須豪傑，一切情頭都斷絕。」學得無生就能擺脫無常的牽羈，「譬如香象脫羈鎖，縱橫不受人牽拽」〔註19〕。《子房山漫歌》再次用相同的格式表達相同的心思，歌開始述無常之不停止云「彭城山上雲，彭城山下水，聚散及浮沉，廢興不可數」，接下來述人生之無常：「人生天地能幾何，黃河東逝無回波。豪華過眼曉天霜，誰能百戰爭山河。楚漢雄雌一夢勞，其餘蹄涔安足多。」張良「見機蚤」，「侯印棄之如腐草」，與仙人赤松結伴相遊於天地間而無絲毫「韓彭惱」〔註20〕。這是紫柏的心聲，紫柏在《登天目徑山作》通過對「滄海桑田幾變遷」的慨歎中，表露自己作為看透世間之達道人云：「天上富貴人閒慕，人閒富貴天上唾。從來惟有達道人，天上人閒都覷破。」〔註21〕《奴歌》由歷史典故揭示無常之意，引出道教仙人之自由無羈「超然且託赤松遊，流水青山天地寬」，再由仙人之無羈引出「既悟此身為大患，忘身事佛豈凡民」，即要從解悟世間大患、追求自由心境上修佛，而非「蕭梁求為佛家奴，五體投地拜泥塗」成為佛之奴，梁武帝信佛修佛而身死，就是因為他成為了佛奴，「至今天下聚口笑」〔註22〕。體悟無常方能超越無常，《詠懷》詩云「蓋世功名豈足談，時人所貴我如閒」，「誰知別有登科處」中的登科處「不在文章紙墨間」〔註23〕，

〔註16〕《紫柏老人集》卷之二十七，第375頁。
〔註17〕《紫柏老人集》卷之二十六，第367頁。
〔註18〕《紫柏老人集》卷之二十八，第385頁。
〔註19〕《紫柏老人集》卷之二十九，第391頁。
〔註20〕《紫柏老人集》卷之二十九，第392頁。
〔註21〕《紫柏老人集》卷之二十九，第395頁。
〔註22〕《紫柏老人集》卷之二十九，第396頁。
〔註23〕《紫柏老人集》卷之二十七，第380頁。

即非以科舉追求功名，而是以修道體悟對功名的超越。紫柏不停地以詩歌表達自己對世間的超脫，《詠懷》詩云：「年來心事隨流水，一到滄溟不復還。剩得靈臺無所著，境風順逆鎮常閒。」〔註 24〕《避暑蕭岡》詩云：「利名不識有何親，累殺世間多少人。在處松泉堪避暑，肯將白足走風塵。」〔註 25〕

出家後，紫柏一邊修行一邊弘法。紫柏「乞食足跡遍天下」，凡名山福地、佛老道場「靡不歷至」，所作《述懷》詩中曾以「江湖浪跡幾經霜」「白髮有讎催我老」「杖屨飄然隨所住」〔註 26〕等詩句來感歎一生遍佈天下的足跡；遍歷天下，既是修行又是弘法。勤奮讀書不輟，雖對兩家之書「亦頗涉獵」〔註 27〕，主要所讀還是佛教典籍，如《紺圃即事》詩之二中云「晝讀天竺書」〔註 28〕，表明紫柏在出家之後勤奮地閱讀佛教典籍。山居修行，是紫柏的日常生活形態之一，紫柏作有多首《山居》詩，言明其對山居生活以及在山居中修行悟道的重視，如其中一首《山居》描寫自己的山居之景云：「鳥道曲復直，迢遞通幽寂。枯松學龍舞，怪石疑僧立。香雲襯足柔，清磬聲歷歷。老衲笑相迎，有意非言說。」這首山居詩相對來說主要是描述山居的環境，《山居即懷》描述山居中的生活，云：「峰泉本嚴好，何必修飾之。蔬食飲水外，白雲可悅怡。放言慙末德，危行竊與期。麋鹿散還聚，詩書忘復思。相知嫌地遠，誰共嚼紫芝。」《山居》詩在山景中帶有對佛教的體悟，云：「潭柘溪山深，那聞空谷音。凍雲雷忽鳴，日月其誰心。塔前解放光，此照無古今。老人不負渠，影響渠有餘。渠能不負老，在處皆迢如。」另一首《山居》詩將山景、體悟與悲憫之心結合起來，「住在萬峰深，遊人何處尋」「斷崖能障路，流水自成吟」是其居住的環境，「白發生空想，青山冷世心」是對佛理的深刻解悟，「那知城市裏，正晝攫黃金」〔註 29〕是與自己居住環境與所悟真實之理的比較，同時體現出對世人之執迷的悲憫之情。這些詩歌表露出紫柏時刻處在修行之中，山居帶給紫柏超脫的心境，《山居》云：「莫謂雲林是化城，相逢幾個世緣輕。青山不解隨人老，白髮偏知逐歲生。萬境本空心作障，一真無待道方成。長安若問開先勝，飯罷閒聽瀑布聲。」《山居詠懷》之一云：「補衲閒中拾斷麻，肯將泉石易浮華。

〔註 24〕《紫柏老人集》卷之二十七，第 379 頁。
〔註 25〕《紫柏老人集》卷之二十八，第 382 頁。
〔註 26〕《紫柏老人集》卷之二十五，第 366 頁。
〔註 27〕《紫柏老人集》卷之八，第 211 頁。
〔註 28〕《紫柏老人集》卷之二十五，第 357 頁。
〔註 29〕《紫柏老人集》卷之二十五，第 357、358、361 頁。

光生甕牖東山月，香散經壇上界花。夢裏英雄勞白起，古來驕主笑夫差。隆冬富貴欺高國，自鑿池冰自煮茶。」有清麗之景又能帶來超脫的佛教體悟，紫柏非常喜愛這樣的山居生活，《山居》云：「相逢多勸罷仙遊，行脚終難可到頭。片月在天光不斷，千峰當戶翠常浮。消閒石上題黃葉，解渴雲邊飲碧流。潦倒那堪聞此語，感懷方且暫淹留。」〔註30〕

對佛教真諦的追求，紫柏被憨山在《紫栢老人集序》中稱為「真末法一大雄猛丈夫」，云：「今去楚石二百餘年，有達觀禪師出。當禪宗已墜之時，蹶起而力振之，得無師智，秉金剛心，其荷負法門之志，如李陵之血戰，縱張空拳，猶揮駐日。雖未犁庭掃穴，而一念孤忠，與齧雪呑氈者，未可以死生優劣議也。」〔註31〕稱其為「末法一大雄猛丈夫」並不為過，紫柏曾以梁元帝與朱詹為例，告誡學佛者應勤奮修行。梁元帝在會稽時，年始十二，便能好學，紫柏記述云：「時又患疥，手不得拳，膝不得屈，閉齋張葛幃，避蠅獨坐。銀甌貯山陰甜酒，時復進之以自寬。率意自讀史書，一日二十卷，既未師受，或不識一字，或不解一語，要自重之，不知厭倦。」朱詹家貧而好學，紫柏描述云：「家貧無貲，累日不爨，乃時呑紙以實腹。寒無氈被，抱犬而臥。犬亦饑虛，起行盜食。詹呼之不至，哀號動鄰。猶不廢業，卒成學士。」梁元帝「帝胄之尊，童稚之逸」，朱詹「貧困到骨，猶呑紙實腹，竟不廢業」，二人「精勤克勵，置形骸於度外」而「寶學問」〔註32〕之精神令人敬佩。紫柏以梁元帝與朱詹之例，實際是形容自己對佛教學習與修行的精勤，在《長松茹退》中稱「身非我有，有之者愚也，破愚莫若智，智不徒生，必生於好學」〔註33〕，是其好學勤修的表現，如此真稱得上是「末法一大雄猛丈夫」。

「末法一大雄猛丈夫」更重要的表現是在於對當時佛教之弊的糾正與對佛法的弘揚。《跋〈證道歌〉》中對佛教之弊批評云：「余浪跡江海三十餘年，足跡遍天下。在在處處，所見緇流黃冠，率飽食橫眠，遊談無根，靡醜不作，污佛污老退人信心。」〔註34〕又說：「昔有指鹿為馬，證龜成鱉者，天下不平之，今則指鹿為麟，證龜為龍，天下皆然之。」〔註35〕面對這樣的狀況，《弘法偈》描

〔註30〕《紫柏老人集》卷之二十六，第364、368、366頁。
〔註31〕《憨山老人夢遊集》卷十九《紫栢老人集序》，第1035頁。
〔註32〕《紫柏老人集》卷之五，第182頁。
〔註33〕《紫柏老人集》卷之九，第217頁。
〔註34〕《紫柏老人集》卷之十五，第273頁。
〔註35〕《紫柏老人集》卷之十，第232頁。

述自己的弘法心路，之一云「夢中見海不能度，孤立海岸日將暮。退則還家路已遠，進之無地足難措。萬種彷徨進退難，正難之時誰打鼓。鼓聲未歇夢早醒，開眼何曾有惱苦。」〔註 36〕偈中透露出，紫柏在弘法過程中也有迷茫和猶豫，這種猶豫和迷茫或許就是與這些佛教弊病有關。紫柏終究沒有猶豫與迷茫下去，而是以雄猛丈夫的姿態弘揚佛教，自贊中云「汝這漢，閒多管，見人便勸學菩提，解談長與說短」〔註 37〕。紫柏曾在大年三十除夕夜時，勸誡信徒能以勇猛之志修佛，解說要擺脫富貴之癡：「大凡人生死不切，只被個富貴貧賤，忙迫閒散障了他。富貴最極，人中不過輪王，天上不過摩醯首羅。及至福盡，五衰相現，眷屬厭離，威德不振，死魔現前，他豈不要強作個主宰，多享幾日癡福？其如無常沒情，直下請行，到此時際，與庸人何異？慈雲見眼前齊頭整腦，伶牙利齒，談吐便便的漢子，專心致志，莫不以功名富貴為極則。眠思夢想，必欲滿願方休。他輪王摩醯首羅，到頭也只是這等榜樣，何苦並盡精神、波波逐逐、斷送了一生？」又解說消解追求閒散之想：「又有一等，富貴籠罩他不得的，以閒散為懷、陶情高尚，殊不知天上人閒，最閒散者莫過神仙。乘風往返，瞬息萬里，意有所向，莫不遂心。一旦報謝淪墜生死，從前神通變幻，種種逍遙，一無所仗。隨業受苦，與豬狗同倫，償他業債。」〔註 38〕又指神仙之闕云：「世謂神仙之術，可以長生久視，嘩而嗜之。殊不知神仙固奇矣，而最上品者不過享地居之祿耳，如中下品者不過浮遊深山海島之閒。」〔註 39〕只有擺脫這些癡想，「不離此臭穢之軀，即就煩惱業窟裏，發一段堅固信心，勇猛精進，利害毀譽略不顧著」〔註 40〕，方能成就佛業。「發一段堅固信心，勇猛精進」是紫柏對信徒的鞭策，也是自己修行的寫照。在寫給《示胡德修居士》信中，紫柏表述自己修學的「決定心志」云：「大丈夫真心學道。何不猛著精彩。拍胸自判。發一片決定心志。直下以四大推身。四蘊推心。逢緣觸境。崇朝至暮。綿然無間。歡喜也如是推。煩惱也如是推。推來推去。工夫純熟。一旦身心廓落。蕩然虛明。」〔註 41〕《與塗毒居士》表示「拼卻身命」、不計「一切利害毀譽」〔註 42〕

〔註 36〕《紫柏老人集》卷之十九，第 321 頁。
〔註 37〕《紫柏老人集》卷之十八，第 300 頁。
〔註 38〕《紫柏老人集》卷之七，第 205 頁。
〔註 39〕《紫柏老人集》卷之八，第 215 頁。
〔註 40〕《紫柏老人集》卷之七，第 205 頁。
〔註 41〕《紫柏尊者別集》卷之三，第 421 頁。
〔註 42〕《紫柏老人集》卷之二十三，第 344 頁；又見《紫柏尊者別集》卷之四，第 425 頁。

報佛恩，皆為「雄猛丈夫」之表現。

「雄猛丈夫」亦表現在弘法上，紫柏曾論馮夢禎「心真而才智疏，終非金湯料」，金湯之料「非雄深堅猛者卒難為之」〔註43〕。紫柏弘傳佛法，「足跡所至半天下」，在明末有著極大的影響，「無論宰官居士，望影歸心，見形折節者，不可億計」〔註44〕。李日華《紫栢老人集序》云：「士大夫得晉接者，不言而意已消；學徒瞻依者，未施棒喝而魂慮已懾。」〔註45〕憨山提到的宰官、李日華提到的士大夫，最具代表性的是陸光祖。陸光祖官至吏部尚書，虔誠信仰佛教，受朱元璋與朱棣對佛教態度與政策的影響而讀內典，至一日不可缺的程度，《宗統編年》記云：「余世業儒，誦孔子之言甚謹，嘗檢國朝故事，竊見太祖高皇、太宗文皇所以尊崇佛典特異，既刻大藏經板貯兩京，又數出內帑金，印造數千部，頒天下郡邑名藍，延高僧講演，而屬四民共聽焉。余始諰諰然疑，豈佛氏之教，有出吾儒上哉。不然，聰明聖智莫如我二祖，何信之之篤。如是，試取內典觀之，則廣大無際，如望溟渤，而莫得其涯涘也。久之稍窺端緒，則如昏衢之睹日月，而仰其燭照也。又久之會文歸己，稍獲其用，則如布帛菽粟，不可一日闕也。然後知二祖之見，淵哉遠矣。夫自儒道而下，九流百氏之奧，禮樂德藝之微，性命之精，事物之粗，方內方外，世出世間之法，大藏靡不具焉。凡至理密義，諸家累千萬言而不能發者，以一言發之瞭如也，佛法之淺淺，勝他教之深深，詎不信夫。」《宗統編年》援引其關於佛教的言論云：「佛道廣大，不獨尊而敬之者，生大福。即輕之詆之侮之讎之者，亦終將得益焉。如入栴檀之林，或躪蹴焉，或斬伐焉，皆染香氣以出也。」〔註46〕陸光祖與紫柏、蓮池、黃檗無念等僧人關係極為密切，憨山《達觀大師塔銘》中說「至嘉禾，見太宰陸五臺翁，心大相契」〔註47〕，達觀稱讚陸光祖對佛教的支持云：「大法丁艱，殘燈幾滅，僅憑牆塹，保障緇林。是以安禪無狼虎之驚，集講有龍象之慶……檀越位高爵厚，任重心勞，雖則帝渥靡涯，懸恐精神有限，事繁食簡，德茂年尊，莫教眼下蹉跎，直向胸前便判。鳥未倦而知返，雲將歸而始閒，不失早見之明，全收自知之譽。功留三寶，蔭庇諸方。」〔註48〕

〔註43〕《紫柏尊者別集》卷之三，第419頁。
〔註44〕《憨山老人夢遊集》卷十九《紫栢老人集序》，第1035頁。
〔註45〕《紫柏老人集》卷首，第135頁。
〔註46〕《宗統編年》卷之二，《續藏經》第86冊，第84頁。
〔註47〕《紫柏老人集》卷首，第139頁。
〔註48〕《紫柏老人集》卷之二十三，第345頁。

陶望齡以狂泉國為喻，稱紫柏為當時之清醒者，眾人卻視之為狂，「紫栢視眾人為佛，不得不度，眾人視紫栢為狂，不得不死」〔註49〕。憨山因此慨歎「正法可無臨濟德山，末法不可無此老也」〔註50〕，在弘法方面，紫柏亦是一「雄猛丈夫」。

很不幸的是，萬曆三十一年《續憂危竑議》妖書案發，紫柏受牽連而死。妖書案背後實際上是萬曆時期的國本之爭。萬曆二十六年（1598）有人撰寫《閨範圖說跋》，題為《憂危竑議》，影射鄭貴妃，萬曆皇帝下詔抓捕了呂坤等人。萬曆三十一年（1603），上早朝的大臣們都收到一帙題有為「國本攸關」的《續憂危竑議》，影射鄭貴妃幫著福王爭太子之位。萬曆皇帝大怒，在京城進行了一場大抓捕，錦衣都督周嘉慶、「妖人」皦生光、紫柏、醫者沈令譽、僕人毛尚文等被逮，《明史》郭正域傳云「令譽故嘗往來正域家，達觀亦時時遊貴人門，嘗為正域所擯逐，尚文則正域僕也」，可見紫柏被逮，是因為經常往來權貴之門而受到牽連。紫柏被拷打致死，「帝令正域還籍聽勘，急嚴訊諸所捕者，達觀拷死，令譽亦幾死，皆不承」〔註51〕，其結局令人悲歎。

錢謙益作《東廠緝訪妖書底簿》，敘及紫柏被捲入妖書案事。萬曆三十一年十一月二十日申時，東廠番役李泰等報「僧人達觀由崇文門內觀音寺起身，騎坐黑驢一頭，帶徒僧二人、俗人一名到於北安門外觀音菴住歇，五鼓出阜城門」，這顯然是抓捕前的準備。十二月初一日，辦事李繼祖等訪得達觀在西山檀柘寺潛住，西司房辦事吳應斗拏獲，被送到錦衣衛候審。初二日，王之禎即刻對紫柏進行了審訊，云「你是個高僧，如何不在深山修行，緣何來京城中交結士夫，干預公事」，紫柏回答說：「明公說的是，我也欲要遠去，今在西山暫住，我心中原無別事，今既遭遇是我前世業障」。初三日，王之禎再次審問紫柏為何造作妖書，紫柏回答說：「那有此事？蒼蒼在上，若有一字，即該萬死。」又說：「因為德清與耿一蘭爭海印寺造下業障，貧僧將此書與沈令譽、托牌子官閻鸞，未曾舉行。」根據這個敘述，紫柏被捲入妖書案，一是因為當時的國本之爭，一是其為憨山在嶗山與耿義蘭爭奪海印寺伸冤。憨山在嶗山買下道教的太清宮之後，道士耿義蘭欲搶回不果，遂上京師告狀。紫柏此時在京師交遊權貴之門，除下文提到的為了募化刊刻大藏經與諸佛書之資的原因之外，還有

〔註49〕《紫柏老人集》卷之首，第138頁。
〔註50〕《紫柏老人集》卷首《達觀大師塔銘》，第141頁。
〔註51〕《明史》卷二百二十六，第5947頁。

另外一個重要的原因，就是為憨山奔走。沈德符敘「吳江異人」時，記紫柏捲入妖書案與為憨山奔走云：「辛丑壬寅間，紫柏老人遊輦下，極為慈聖所注念，即上亦出御劄與答問。第至開戒壇諸事，大璫輩屢屢力為之請，終不許也。後妖書事起，紫柏逮入獄，尋卒，上亦不問。」「此後則達觀師，世所謂紫柏老人者。本吳江人，後諱言之。其聰明機辨，寰宇內無兩，晚遊京師，慈聖太后與今上俱禮重之，卒以癸卯妖書株連及難，然其人自是異人。」〔註 52〕根據沈德符的這些記載，憨山與紫柏背後依靠的都是慈聖太后，因此紫柏除捲入萬曆皇帝與慈聖太后的權力之爭，又捲入萬曆皇帝與大臣們的國本之爭，處於朝廷政治鬥爭的漩渦之中。這兩件事背後的主導都是萬曆皇帝，紫柏所作之事一定使得萬曆皇帝極為惱怒，最終落得被拷打致死的結局。

如王之禎等審訊者言其在京城中結交士大夫干預公事，應該是羅織的罪名。結交士大夫是實，干預公事卻是未必，紫柏解釋自己出現在京城並結交士大夫云「貧僧因化藏經，並修《高僧傳》《續傳燈錄》，因此來京暫住」，這應該是實情。對紫柏捲入妖書案，錢謙益為之鳴不平說：「姦邪小人快心鉤黨，欲借大師為一網，斬艾賢士大夫之異己者，遂不憚殺阿羅漢，造彌天積劫之業。江夏郭文毅公正域撰《妖書始末》，特書其事，國史僧史胥有徵焉，載筆者宜詳考之。」〔註 53〕紫柏《復敬郎》文，或許是對自己捲入妖書案的說明。文云「樹高必招風，名高必招忌」，不但世人如此，即使出世人亦不免，以契嵩、宗杲為例說：「明教嵩、大慧杲皆見道明白，問學淵博，行不負解，出言成章，心光耿潔，近則可以照一時，遠則可以光萬古。然明教、大慧俱不免貶辱。」又以隆慶間「操履光耿亦不下古人，至於抵獄」的遍融、法界兩位法師「遭細人之讒」為例云：「比勞盛亦遭誣陷，吾曹有不知大體者亦隨腳跟乘風鼓謗，流言充斥，扇惑清聽。」〔註 54〕紫柏或許預言了自己的結局。因複雜的政治鬥爭而無辜致死，只能感歎紫柏生命之不幸。

紫柏捲入妖書案，沈德符在「紫柏禍本」詳述云：「紫柏老人氣蓋一世，能於機鋒籠罩豪傑，於士大夫中最賞馮開之祭酒、於中甫比部，於即馮禮闈弟子也。紫柏既北遊，適有吳江人沈令譽者，亦其高足也，以醫遊京師且久。值癸卯秋，中甫以故官起家至京，時次揆沈歸德為於鄉試座師。其時與首揆沈四

〔註 52〕《萬曆野獲編》卷之二十七，第 688 頁。
〔註 53〕《紫柏老人集》附錄，第 432 頁。
〔註 54〕《紫柏老人集》卷之二十三，第 342 頁。

明正水火，而於於師門最厚。時太倉王吏部冏伯與於同門，日夕出入次揆之門，四明已側目矣。會江夏郭宗伯以楚事劾首揆待命。郭與於同年中莫逆。於之召起，王、郭俱有力焉。因相與過從無間。首揆益不樂。沈令譽因王、於之交，亦得與郭宗伯往還，每眾中大言以市重。適妖書事起，巡城御史康丕揚捕令譽，搜其寓，盡得紫柏、王、於二公手書。入呈御覽，上始疑臣下與遊客交結，並疑江夏矣。紫柏書中又云『慈聖太后欲建招提見處，而主上靳不與，安得云孝』，上始大怒，獄事遂不可解。然未嘗有意殺之也，紫柏自以狴犴法酷，示寂於獄。」「己亥庚子間，楚中袁玉蟠太史同弟中郎，與皖上吳本如、蜀中黃慎軒，最後則浙中陶石簣以起家繼至，相與聚談禪學，旬月必有會，高明士夫翕然從之。時沈四明柄政，聞而憎之，其憎黃尤切。至辛丑紫柏師入都，江左名公既久持瓶缽，一時中禁大璫趨之，如真赴靈山佛會。又遊客輩附景希光，不免太邱道廣之恨，非復袁陶淨社景象，以故黃慎軒最心非之。初四明欲借紫柏以擠黃，既知其不合，意稍解，而黃亦覺物情漸異。又白簡暗抨之，引疾歸。時玉蟠先亡，中郎亦去，石簣以典試出，其社遂散。未幾大獄陡興，諸公竄逐，紫柏竟罹其禍，真定業難逃哉。」〔註55〕憨山《達觀大師塔銘》亦敘其始末云：「居無何，忽妖書發，震動中外。時忌者乘白簡劾師，師竟以是罹難。先是聖上以輪王乘願力，敬重大法，書《金剛經》。偶汗下漬紙，疑更當易，亟遣近侍曹公質於師，師以偈進曰：『御汗一滴，萬世津梁，無窮法藏，從此放光。』上覽大悅，由是注意，適見章奏甚憐之，在法不能免，因逮及。旨下，云著審而已。及金吾訊鞫，以三負事對，絕無他辭，送司寇。先是侍御曹公學程，以建言逮，久在獄，與師問道，有《圜中語錄》。時執政欲死師，師聞之曰『世法如此，久住何為』，乃索浴罷。囑侍者小道人性田曰『吾去矣，幸謝江南諸護法』。道人哭，師叱之曰『爾侍予二十年，仍作這般去就耶』，乃說偈。」〔註56〕十二月十六日，紫柏在逝前為性田作偈九首，其中云「盡稱達老鼓風波，今日風波事若何，試嚮明年看老達，風波滿地自哆和」，對自己的遭難如同陶望齡所言，自己是狂泉國中的之清醒者，將來（「明年」）世人會認識到自己的努力與行為。紫柏作手書「各各自宜堅持信心……護持三寶」〔註57〕致信徒，鼓勵其堅持信心。

〔註55〕《萬曆野獲編》卷之二十七，第690～691頁。
〔註56〕《紫柏老人集》卷首，第141頁。
〔註57〕《紫柏老人集》卷首，第147頁。

紫柏被逮時，作有三首詩偈，《十一月二十九日被逮別潭柘寺偈》云：「寒潭古柘映青蓮，野老經行三十年。留偈別來沖雪去，欲乘爽氣破重玄。」《出潭柘示僧眾偈》云：「達觀老漢出山去，堂內禪和但放心。頭上有天開正眼，當機禍福總前因。」《臘月初五日從錦衣衛過刑部偈》云：「大賈闖入福堂來，多少魚龍換骨胎。恐怖海中重睡穩，翻身驀地一聲雷。」臘月十一日被審時遭杖，作偈云二首，之一云：「三十竹篦償宿債，罪名輕重又何如。痛為法界誰能薦，一笑相酬有太虛。」之二云：「坐來嘗苦虱侵膚。支解當年事有無。可道竹篦能致痛。試將殘肢送跏趺。」臘月十四日聞擬定罪，有偈云：「夙業今緣信有機，南中蓮社北圜扉。別峰倘有人相問，師子當年正解衣。」十五日法司定其罪，說偈云：「一笑由來別有因，那知大塊不容塵。從茲收拾娘生足，鐵橛花開不待春。」〔註 58〕這些詩偈中表明紫柏平靜對待變故，以及對佛教的堅定信仰。有「世智辨聰輩」言達觀本應「厭離塵界」「翛然無累」，卻「猶戀戀京師」而致今日之苦，紫柏回道：「檀越以何物為塵界？何物為苦乎？深山大澤，虎豹龍蛇居焉，蛇虎未嘗不苦人也，然探淵者則得珠，鑿山者則獲璧，是見珠璧之為利，未嘗知有龍蛇虎豹也。吾諸大乘沙門，以利濟為事，方冒難以救援，安知塵勞之可出。無上大寶，失之於窮子，方矢浩劫以追求，烏知分段之可惜。特患衣珠之喻未喻耳，不患衣之頻易也。朽乘此解脫其軀殼，豈但解脫鶻臭弊衣乎？內衣之珠，不假外得，夫何苦哉？檀越言苦，異乎朽之為苦矣。」〔註 59〕紫柏表明了自己不畏世險，弘揚佛法的志意，正如吳彥先在《圜中語錄》題跋中「從容笑語如平時」「以佛法開譬僧眾」〔註 60〕之論。

紫柏的遭難，雖說是捲入政治鬥爭，亦與其行為疏放有關。紫柏為出家者，卻往往不以出家之律約束自己，自言云：「予受性疏放，懶於拘檢，雖為比丘，忽略繩墨，本圖有益，乃反致損。如內典之於外書，滿字之於半字，凡百安置，必有倫次，以不知故，每犯顛錯。及閱大藏經，始痛悔而改之，永不敢以外書加於內典之上，以半字越於滿字之先。」〔註 61〕又言：「既祝髮之後，以予多生習染，兼受性精悍，雖為比丘，於如來繩墨之度，不無忽略。」〔註 62〕在寫給馮夢禎的信中，紫柏一直在提自己性格上的疏狂與不能與世浮沉，

〔註 58〕《紫柏老人集》卷首，第 146 頁。
〔註 59〕《紫柏老人集》卷首，第 145 頁。
〔註 60〕《紫柏老人集》卷首，第 147 頁。
〔註 61〕《紫柏老人集》卷之二，第 163 頁。
〔註 62〕《紫柏老人集》卷之二，第 164 頁。

《與馮開之》云：「貧道受質倘直，不能希世浮沉，惟深云是避。不知先生近來作何狀，常想先生亦倘直，恐於世路亦難苟措……貧道度夏清涼山中。讀《黃山谷全集》，偶及山谷謫官時，作《承天塔記》。有權貴欲託名不朽，而山谷竟閣筆勿應，於是其人憾甚，譖山谷於執政者，大受誣逐。貧道不覺汗墮如雨，且慟弗能止，若山谷當時心地不真，安能使後世人痛腸如此。」又說：「天目徑山悠悠在念焉，即陽羨水山亦自清勝，又為請謁者多，似亦致擾白雲也。鄙人書經拔親，為答劬勞，此心耿耿二十餘年矣。比欲完之，是以不暇接人，如舊疏狂之習，似亦消去大半，惟不近人情故，復未化習僻之入骨。」在信中似乎已經能看到不利的兆頭，云：「古人讀書便立志作聖賢，今人只要作官。吾曹亦然，古人出家志在作佛祖，今者惟為利欲耳。貧道遲回長安，念頭頗不同，然舊識皆勸我早離北。雖是好心，為我實未知我，大都為我者，率以利害規我，若利害我照之久矣，實非我志也，我志在利害中橫衝直撞一兩番。果幸熟肉不臭，徐再撐立奚晚。」〔註 63〕果然未能幸免。

二

紫柏以佛教為終歸之處、以佛教為「終天下之道術」，因此在涉及儒學與道家道教時，亦以佛教之眼光視之。紫柏對道家道教的論述並不多，對儒學包括孔子之學、宋明理學家與心學家的論述則很多，對孔子以及儒家倫理多以贊成的態度，對程朱理學與心學的批評則不少。

從根本上說，紫柏認為三教是相同的，如在《題三教圖》中說：「我得仲尼之心而窺六經，得伯陽之心而達二篇，得佛心而始了自心。雖然，佛不得我心，不能說法。伯陽不得我心，二篇奚作。仲尼不得我心，則不能集大成也……門牆雖異本相同。」〔註 64〕三教根本的同是心同，正是在這個層面上，紫柏說能明心則「儒亦可，釋亦可，老亦可」，不明則「儒非真儒，老非真老」〔註 65〕、佛亦非真佛。三教聖人得心而成聖，云：「伏羲氏得之而畫卦，仲尼氏得之而翼《易》，老氏得之二篇乃作。吾大覺老人得之，於靈山會上拈花微笑，人天百萬，聖凡交羅，獨迦葉氏亦得之。」〔註 66〕《跋曹溪碎缽》中說：「夫一心不生，則聖凡無地，物我同光。是故聖人不同，而此心此道未始不同也。」《白

〔註 63〕《紫柏尊者別集》卷之三，第 418～419 頁。
〔註 64〕《紫柏尊者別集》卷之一，第 406 頁。
〔註 65〕《紫柏老人集》卷之七，第 202 頁。
〔註 66〕《紫柏老人集》卷之十二，第 246 頁。

茫遇虺》序云：「吾禮曹溪至白茫，將買舟北還，沿岸登舟，見一虺毒焰熾然，怒目呥舌，不覺失歎……云何忽生之前本然無二，忽生之後乃萬其趣。是誰負汝，汝恨不釋，積而成毒，形隨心變，受此毒狀，無擇智愚，見汝必殺。」從反面論證三家本一心、一道，出生之後由於所趣不同（「萬其趣」）而有所差異，本性上來說仍「與佛無異」〔註 67〕。

三教學者往往相互詬病，「宗儒者病佛老，宗老者病儒釋，宗佛者病孔病李」，紫柏指出這是因「執情忘本」、三教後世之徒「不達聖人本意」造成的。實際上三者並不相互排斥，《跋曹溪碎缽》說：「老子生於佛後。孔子生於老後。我讀《道德》，不見其有非佛之言。我讀《春秋》《論語》，亦不見有非佛之言。大都聖人應世，本無常心，但以百姓心為心，故凡可以引其為善者，靡所不至。譬如良醫，但欲愈病，參苓薑桂，隨宜用之。至於奇症怪疾，雖砒霜蛇蠍，亦所不忌。其去病一也。後世三家之徒不達聖人本意，互相是非，攻擊排斥，血戰不已。是何異操戈而自刃也。」〔註 68〕由此《示僧明璿》中云「大凡男子家立心作事，先要究明源本」，源不清則流必昏，本不固則枝必枯。出世法與世間法的源本有不同，出世法的原本是要「洞明自心」，自心洞明則心境昭廓，然後「窮內外典籍，而大其波瀾」，則「化風自遠矣，人天自向矣」。世間法的源本是要「講明仁義」，仁義明則度量擴充，「復加真實心地」，則臨事「自然接拍成令」〔註 69〕。治病之方就是得「心」，「學儒而能得孔氏之心，學佛而能得釋氏之心，學老而能得老氏之心，則病自愈」。儒釋道「皆名焉而已，非實也」，實乃心也，「心也者，所以能儒能佛能老者也」；心乃儒釋道所共通，「三家一道也」〔註 70〕。對古代士人來說，有時忠孝往往難兩全，紫柏認為達心者則忠孝本一，「孝侯諡說」中論忠孝云：「晉周孝侯逢大敵，欲拼命一戰。同僚勸曰『將軍母老矣，戰而不捷，太夫人將安託乎』，孝侯曰：『我為大臣，必盡臣節，今日之事，既為人臣，安知有母哉。』遂戰歿。朝廷嘉其忠，諡曰孝侯。由是觀之，忠孝本一條，學者以為孝是孝、忠是忠，作兩條解之，非也。大抵以我見前之心，盡力事親謂之孝，盡力事君謂之忠，心無異心。忠孝者，名焉而已，故達心者，洞了忠孝為一，狥名者橫執為二。」〔註 71〕忠孝

〔註 67〕《紫柏老人集》卷之十九，第 309 頁。
〔註 68〕《紫柏老人集》卷之十五，第 277 頁。
〔註 69〕《紫柏尊者別集》卷之四，第 426 頁。
〔註 70〕《紫柏老人集》卷之九，第 224 頁。
〔註 71〕《紫柏老人集》卷之二十一，第 326 頁。

並非對立衝突的，從心上說二者本一，紫柏的看法是相當圓融的。

因此對三教來說，修心才是根本，最難的也是修心，《修行四難》云「修行易而悟心難，悟心易而治心難，治心易而無心難，無心易而用心難」，三教學者不知修心，更多的是倚門傍戶，「學佛者倚傍釋迦，學儒者倚傍孔丘，學道者倚傍老聃」；如師子王「跳躑自在，了無依倚」方能離卻依傍而「悟徹心光」〔註72〕。不能「悟徹心光」「離卻依傍」，三教學者往往「各無定見」，「學儒未通，棄儒學佛；學佛未通，棄佛學老；學老未通，流入傍門」。悟徹心光者，「出世即名為佛，經世即名為儒，養生即名為老」〔註73〕。紫柏因此說：「我且問你，你悟佛心否，若悟佛心，心自無疑，無疑則無悔，無悔即入信。」〔註74〕

對儒學與道家道教，紫柏亦有所讚賞和肯定。首先就儒學來說，雖無憨山與藕益等僧人那樣大篇幅對儒學展開論述，紫柏受到儒學之影響的程度一點不比二人少。紫柏對儒學的闡釋，是不著痕跡地融入到了對於佛教的闡述之中。如其言「吾聞古皇先生有言曰『大凡物有累則力寡』」，接著對這句話進行解釋云「如目累於色。耳累於聲，鼻累於香，舌累於味，身累於觸，意累於攀緣，六塵封蔀，一心光蔽矣」。儘管找不到「大凡物有累則力寡」一句的出處，所謂的「古皇」在其心中應該指的是中國上古之聖人，又以佛教四大繼續闡述這句話：「是以地大四塵所成，則能載有情；水大三塵所成，則能載地大；火大二塵所成，則能載水大；風大一塵所成。則能載火大。由是觀之，一塵不立，則其力大不可思議焉。吾人封蔀六塵而不知覺，終古若長夜，固有慧力而不知用。」〔註75〕這是將儒家與佛教之說不著痕跡地糅合在一起。解宋儒的窮理盡性說：「夫利較名，則名高於利。名較身，則身復親於名。身較心，則心又密乎身。心較性，性則復為彼種種本。故曰窮理盡性。」〔註76〕顯然，這裡的名、利是儒家所講的範疇，身、心則是佛教的範疇，儒家與佛教範疇結合在一起解釋名利身心，賦予了宋儒的窮理盡性之論的佛教色彩，二者的糅合沒有絲毫痕跡。其次，對道家的糅合同樣悄無痕跡，紫柏認為老子的「五音可以聾耳，五色可以瞽目」之義，是「耳目無所有，有因身有，知亦無所有，有因境有」；身心既有便進入佛教的範疇，紫柏又以四大解釋老子之說，云「以四大

〔註72〕《紫柏尊者別集》卷之四，第425頁。
〔註73〕《紫柏老人集》卷之三，第170頁。
〔註74〕《紫柏老人集》卷之三，第172頁。
〔註75〕《紫柏老人集》卷之四，第179頁。
〔註76〕《紫柏老人集》卷之四，第180頁。

觀身，四蘊觀心，而八者現前，則身心並無所有。身心既無，則所謂死生榮辱好惡是非，譬如片雪飛於紅爐之上」〔註 77〕。儘管紫柏言莊子非老子之徒，卻又以《莊子》解釋佛教四大，先指出「四大是一氣之變，一氣是四大之復」，引《莊子》「氣聚則生，氣散則死」之語，闡明生生死死「不過氣之聚散」〔註 78〕。這樣的解釋同樣具有不露痕跡的契合度。紫柏為這種詮釋方式尋找根據說：「唐李長者每以『南無』釋『曩謨』義，文字之師往往笑之，以為長者不辯華梵。殊不知長者獨得《華嚴》事事無礙法界之旨，既曰『事事無礙』，即以梵語釋華言亦可，華言釋梵語亦可，以世間書釋出世間書亦可，以出世間書釋世間書亦可，以惡言明善言亦可，以善言明惡言亦可。言明則意得，意得則至虛而明者常為其君，一切染淨善惡華梵是非好惡皆臣妾也，皆語言三昧也。」〔註 79〕

從整體上來說，紫柏對儒學與道家道教持批評之論。紫柏說「吾讀《莊子》乃知周非老氏之徒也，吾讀《孟子》，乃知軻非仲尼之徒也」〔註 80〕，表明紫柏對老子、孔子是肯定和讚賞的，對二人之後學則持否定與批評的態度，如又說：「孟軻排楊墨，廓孔氏，世皆以為實然，是豈知孟子者歟。如知之，則知孟子非排楊墨，乃排附楊墨而塞孔道者也。」基本上是對孟子的徹底否定。對儒家一直批判的墨子與楊朱反而持肯定的態度，說：「吾讀《墨子》然後知其非大悖於孔子者也，吾讀《楊子》亦知其非吝一毛而不拔者也。今曰『墨子悖孔氏，楊朱吝一毛』，是皆不讀楊墨書者也。」〔註 81〕紫柏並沒有進一步說明他肯定墨子與楊朱的理由，對二人的肯定確實比較奇怪，與傳統儒家學者的看法確實相反。

對儒家後學的批評，體現在對程朱理學與宋明心學的態度上。《蘆芽夜話記過》批評宋儒有隨意評斷人之病，云：「自古及今凡作史官者，身及子孫，不罹人禍，必犯天刑。蓋人為萬物靈，雖賢愚不同轍，不過大概耳。其心曲隱微之際，賢者未必無一失，愚者亦未必無一得。」宋儒往往教人「檢人賢否」，落筆注人「弗能徹照」〔註 82〕而易犯誤人之過。具體案例如《魂魄辨》中提到

〔註 77〕《紫柏老人集》卷之九，第 224 頁。
〔註 78〕《紫柏老人集》卷之九，第 225 頁。
〔註 79〕《紫柏老人集》卷之九，第 226 頁。
〔註 80〕《紫柏老人集》卷之九，第 218 頁。
〔註 81〕《紫柏老人集》卷之九，第 221 頁。
〔註 82〕《紫柏老人集》卷之二十一，第 328 頁。

儒學士人對於孔子「精氣為物，遊魂為變，是故知鬼神之情狀」一句的解釋，謂「伊川、晦菴謂魄與魂皆無知，東坡與沈內翰謂魄與魂皆有知，獨新建則謂魄無知而魂有知」，紫柏指出這些解說「皆能會通孔子之意」，但又說「但解愈易，而孔子之意愈晦」。紫柏指孔子之言「若日月之在天」，程朱等人的三種解說皆不能顯示孔子之意（「盲者不見」），反而使孔子之意變得隱晦；紫柏從順、逆、逆而復順三個方面解說孔子之言，順為「自性而之情」，逆為「自情而之性」，逆而順為：「聖人以為我復性，而人不復，則情不消；情不消則，我見熾然；我見熾然，則貪暴無厭、爭鬥靡已。故以復性之教教之，使夫順者知逆，逆者知順，則原始反終，死生之說可明也。」由逆而順來看，「伊川之說非矣，新建之論得失半焉，唯蘇長公與沈內翰近是。然蘇沈猶未能精辨順、逆、逆順三者之始終，所以理全而事略，事略則波虧，波虧則水缺。波譬事也，水譬理也，故事不融而理終不徹耳。」紫柏用逆而順解說孔子之言云：「夫迷順而不知逆者，恣情而昧性，其生也為魄，死也為鬼；順而知逆者，悟性而治情，其生也為魂，其死也為神。」〔註83〕對朱熹，《夜泊星子朱堤》詩云：「浪剗南康城腳時，往來舟檝命如絲。新安不產朱夫子，誰向湖邊築此堤。」〔註84〕似乎對朱熹頗有好感，其實並非如此，《皮孟鹿門子問答》中以鹿門子之口批評朱熹「以眾人之心，推好佛之心」，故「不識佛心，兼不識孔子心」〔註85〕。紫柏批評程朱後學亦不識孔子之心，如《與於中甫》中批評道學者「初不究仲尼之本懷」，只「蹈襲程朱爛餿氣話」。紫柏這裡批評程朱，是因為許多道學者蹈襲程朱闢佛之論，故言道學者「見學老學佛者，如仇讎相似」，實不知孔老與佛既為三人又為一人，云：「此等斷案，孔老俱通，而未精深佛典者，且謾度量，於三家頭腦俱不曾一摸，便談儒談老談佛，逞一隊瞎驢，隨處鼓揚醋臭。」〔註86〕

程朱等理學家講窮理盡性，紫柏指出只有佛陀才能真正窮究「事圓理徹」〔註87〕的窮理盡性之學，這是變相地對程朱之學的否定。程朱言「存天理滅人欲」，將天理與人欲對立起來，紫柏並不贊成這樣的說法，他說：「夫天理之與人欲、微塵之與大地，果一乎哉，果二乎哉？一之則眾人皆聖人也，不一則是

〔註83〕《紫柏老人集》卷之二十一，第325頁。
〔註84〕《紫柏老人集》卷之二十五，第380頁。
〔註85〕《紫柏老人集》卷之二十一，第330頁。
〔註86〕《紫柏老人集》卷之二十四，第349頁。
〔註87〕《紫柏尊者別集》卷之二，第156頁。

聖人設教為無益也。故知冰即水者，冰非有也；知水即冰者，水非有也。水非有則理不礙事，冰非有則事不礙理。事不礙理，則行彌十界而常寂；理不礙事，則知周萬物而不勞。不勞則教無不施，常寂則道無不一。道無不一，如花在春；教無不施，如春在花。果一乎哉，果二乎哉？」〔註 88〕紫柏的看法應該是主張天理與人欲為「一之」，有王陽明所言「天理即人欲」之意，這也是對程朱的批評。沈德符引董其昌之語而論「紫柏評晦菴」云：「董思白太史嘗云：『程、蘇之學角立於元祐，而蘇不能勝。至我明，姚江出以良知之說變動宇內，士人靡然從之，其說非出於蘇，而血脈則蘇也，程、朱之學幾於不振。紫柏老人每言晦翁精神止可五百年，真知言哉。』董蓋習聞其說而心服之。然姚江身後，其高足王龍溪輩，傳羅近溪、李見羅，是為江西一派。傳唐一菴、許敬菴是為浙江一派。最後楊復所自粵東起，則又用陳白沙緒餘，而演羅近溪一脈，與敬菴同為南京卿貳，分曹講學，各立門戶，以致併入彈章。而楚中耿天台淑臺伯仲，又以別派行南中。最後李卓吾出，又獨創特解，一掃而空之。」〔註 89〕紫柏對程朱的批評，或許是受到董其昌的影響。

相比較而言，紫柏對程朱理學持批評態度，對王陽明及其心學往往在學術上展開討論。心學家中，紫柏對宋代楊簡頗有好感，《懷楊慈湖先生》之一：「曾讀先生所著書。明星朗月照禪居。夜來頭面渾呈露。知我慈湖浪裏魚。」之二：「那個男兒不丈夫。念頭才起便模糊。試看白日青天上。雲翳從來一點無。」之三：「慈湖今日尚長清。誰謂先生有死生。何處風來波浪起。依然不斷講經聲。」〔註 90〕對王陽明心學觀念，紫柏屢屢予以批評，如說「更有甚者，認能知為主人公，為見性，為良知」，這是「喚奴作郎」〔註 91〕。「心統性情」是王陽明及後學經常提到的，紫柏同樣評論說：「夫情，波也；心，流也；性，源也。外流無波，捨流則源亦難尋……應物而無累者謂之心，應物而有累者謂之情，性則應物不應物、常虛而靈者是也。由是觀之，情即心也，以其應物有累，但可名情、不可名心；心即情也，以其應物無累，但可名心、不可名情。」性乃心、情之源，與王學的心統性情之說差別很大，若忽略性為心、情之源，則「情亦性也，心亦性也；性亦心也，性亦情也」〔註 92〕。對王陽明所說的知

〔註 88〕《紫柏老人集》卷之十，第 232 頁。
〔註 89〕《萬曆野獲編》卷之二十七，第 689～690 頁。
〔註 90〕《紫柏老人集》卷之二十五，第 379 頁。
〔註 91〕《紫柏老人集》卷之三，第 171 頁。
〔註 92〕《紫柏老人集》卷之九，第 225 頁。

行合一有不同的看法，以曾子述夫子之意「尊其所知則高明矣，行其所知則光大矣」之語，言「先知而後行明矣」。又說道：「行時非知時，證時非行時。到此地位，不可以智知，所知不能及。知既不能及。行亦不能及。」〔註93〕王陽明有《觀傀儡次韻》詩，其中有「處處相逢是戲場，何須傀儡夜登堂」，紫柏評論說：「陽明之看戲，戲亦道師，眾人之歡樂，何異傀儡。故周穆王之怒偃師，偃師析其傀儡，穆王始悟非真人也。今天下無論古今，或衣冠相揖，男女雜坐，談笑超然。若以頃刻散心，回觀我此身，果藉何物而成耶。設必由五行而有，五行生剋無常，能有我者尚無常，況所有者乎。如是觀身，身不異戲。」〔註94〕

對王門後學的諸學者頗多有觀念認識上的分歧，如對李贄。李贄在明末聲名遍天下，紫柏亦聞其名，如其言「聞卓吾有年數矣，未遑一見，適讀《耿子庸傳》，始心見卓吾也」。當李贄自刎於獄中後，紫柏作《憶卓老》詩云：「去年曾哭焚書者，今日談經一字空。死去不須論好惡，寂光三昧許相同。」〔註95〕詩中流露出對李贄頗深之情感。紫柏與李贄被稱作是晚明的「二大教主」，沈德符說：「溫陵李卓吾聰明蓋代，議論間有過奇，然快談雄辨，益人意智不少。秣陵焦弱侯、泌水劉晉川皆推尊為聖人，流寓麻城，與余友邱長儒一見莫逆。因共彼中士女談道，刻有觀音問等書，忌者遂以幃箔疑之，然此老狷性如鐵，不足污也。獨與黃陂耿楚侗（定向）深仇，至詈為奸逆，則似稍過。壬寅曾抵郊外極樂寺，尋通州馬誠所（經綸）侍御留寓於家。忽蜚語傳京師，云卓吾著書醜詆四明相公，四明恨甚，蹤跡無所得。禮垣都諫張誠宇（明遠）遂特疏劾之，逮下法司，亦未必欲遽置之死，李憤極自裁，馬悔恨，亦病卒。次年癸卯妖書事起，連及郭江夏，並郭所厚者數君。御史康驪漢（丕揚）因劾達觀師，捕下獄，有一蠢郎曹姓者笞之三十，師不勝恚，發病歿。師已倦遊，無意再遊輦下，有高足名流方起廢促之行，師遂欲大興其教；慈聖太后素所欽重，亦有意令來創一大寺處之。不意伏機一發，禍不旋踵。兩年間喪二導師，宗風頓墜，可為怪歎。」〔註96〕儘管如此，對李贄的觀念多有不同意見，如評論李贄與耿天台就人倫之至的爭論說：「夫人倫猶波也，未發猶水也，執波為至固非矣，執水為波之至寧不非乎？良以已發外未發，則已發無源矣，必謂未發至

〔註93〕《紫柏老人集》卷之八，第214頁。
〔註94〕《紫柏老人集》卷之二十一，第327頁。
〔註95〕《紫柏老人集》卷之一，第146頁。
〔註96〕《萬曆野獲編》卷之二十七，第691頁。

於已發，則未發似可取，殊不知已發未發皆不可取、皆不可捨者也。如已發可取，何異離水求波也。未發可取，何異離波求水也。已發未發，既皆不可取，又皆可捨乎。故曰『取不得，捨不得，不可得中只麼得』。若然者，卓吾、天台始相執而不化，洎相化而不執，何異太末蟲自取自舍於火聚之上耶。」很顯然，紫柏對耿天台和李贄的看法都不贊成，認為二人的看法都不是本質，最後說李贄「果真龍也耶，果葉公之所畫者耶」〔註 97〕，話外之意即李贄之學並非徹底之學。

對另一心學學者唐鶴徵頗帶有淡淡的輕視之意，如《示唐凝菴（鶴徵）》序：

> 凝菴詣清涼參師。師問曰「曾看《楞嚴》否」，曰「看」。師曰：「《楞嚴》云『緣見因明，暗成無見，不明自發，則諸暗相永不能昏』，如何理會？」答曰：「見暗之見，即是見明之見。」師曰「明中則萬境昭然，暗中則一物不見，如何喚得見暗之見即是見明之見」，唐沉吟次。師命侍者滅燈，以掌張其面，唐不知。師震威一喝，因示以偈。〔註 98〕

這段話中，紫柏似乎是在譏唐鶴徵不能領悟清涼禪師的禪機。《嘲唐凝菴》記其對唐鶴徵的棒喝，序云「唐奉常凝菴見訪，次及《楞嚴》，予喝之，以為禪者多不遜，不揖而去」，紫柏賦詩自嘲云：「雲林何事遠相尋，破我蒼苔豈賞音。蕉鹿夜來非好夢，火牛古始救重侵。多緣薄世尊危爵，未必高言止眾心。既見不煩增傲想，王生一叱直千金。」〔註 99〕由這兩段材料來看，紫柏與唐鶴徵經常見面，並探討禪學問題。這兩段材料似乎顯示出紫柏對唐鶴徵並不是很賞識，似乎有譏其愚笨對禪學不能領悟之嫌。

王門後學中，紫柏對羅汝芳似乎很有好感，《遊飛鼈峰悼羅近溪先生》詩悼念羅汝芳云：「君不見，儒釋老，三家兒孫橫煩惱。羅公一笑如春風，無明椿子都吹倒。盱江三月放桃花，兩岸紅顏知多少。莫道羅公去不歸，雲峰古路無人掃。」〔註 100〕詩中沒有評論羅汝芳的學術，從悼念之情來說，紫柏對羅汝芳之情似乎與其他學者皆不同。

對儒學與道家道教的肯定與批評，紫柏都是從佛教的角度著眼的，如說

〔註 97〕《紫柏老人集》卷之二十一，第 327 頁。
〔註 98〕《紫柏老人集》卷之十九，第 311 頁。
〔註 99〕《紫柏老人集》卷之二十六，第 366 頁。
〔註 100〕《紫柏老人集》卷之二十九，第 399 頁。

「如來言世界微塵所成即仲尼原始也，言世界可碎即仲尼要終也」〔註 101〕，又明確說：「《永嘉集》天下奇書，文簡旨豐，熟此則《大學》《中庸》骨髓無勞敲打，自然得矣。世人以為教跡不同，妄生分別，見小而不大，識近而不遠，執粗不詣精，所以心法微耳。」〔註 102〕這是紫柏評論三教的出發點。

三

上文提到紫柏修行最根本的是洞明自心，但執情就會忘本，紫柏一再提到要徹悟自心「貴在情死」，這是在講心與情的關係。對心與情的關係，「夫情未變之初謂之心，心之前謂之性」〔註 103〕。情與性的關係，「性如水，情如冰，冰有質礙，而水融通」，性與情其實是同一物的不同形質，「累則二，契則一」。從知說，「意雖了然，觸事仍迷」「迷則情之累」；從覺說，「觸事會理，情塵自空」「覺則性之契」。將性與情二之則有待，一之則無生，「無生乃性之常也，有待乃性之變也，常則無我而靈，變則有情而昧」〔註 104〕。紫柏對性與情關係的闡述，是相當圓融。

對心、性、情的關係，云：「理，性之通也；情，性之塞也。然理與情而屬心統之，故曰心統性情。」心統性情是王陽明等心學家一再論說的論調，這裡可以看到紫柏與心學家的一些相同之處。以心統性情來看，「心乃獨處於性情之間者也」；心悟「情可化而為理」，心迷「理變而為情」，紫柏闡述說：「若夫心之前者則謂之性，性能應物則謂之心，應物而無累則謂之理，應物而有累者始謂之情也，故曰『無我而通者理也，有我而塞者情也』。而通塞之勢，自然不得不相反者也，如曰『性相近也，習相遠也』。相近則不遠復之謂也，相遠則不知復之謂也，不遠復根於心之悟也，不知復根於心之迷也。故通塞遠近悟迷，初皆無常者也。心悟則無塞而不通，心迷則無近而不遠也。」心之所發為性還是為情，關鍵在於看心悟還是心迷。心的悟與迷，「能使人為聖人」「又能使人為眾人」，「聖人與眾人亦皆無常者」，表現在「善用心」與「不善用心」之區別。心不可以內外求，「內求不免計心於身內，外求則不免計心於身外」；又不可以有無測，「有求則不免計心於聲色形骸，無求則不免計心於寂滅虛空」。以內外、有無求都不是善求悟心，應「離心意識參」而求

〔註 101〕《紫柏老人集》卷之六，第 194 頁。
〔註 102〕《紫柏老人集》卷之五，第 186 頁。
〔註 103〕《紫柏老人集》卷之四，第 180 頁。
〔註 104〕《紫柏老人集》卷之二，第 156 頁。

心；離心意識，才能歇卻攀緣心、凝神獨立、無外無待、無喜怒之情。心不易悟，故上文提到「修心易、悟心難」，真參學者要「寒不知寒，饑不知饑，勞逸相忘，形如枯木，心如死灰」，才能「知得心意識無坐地處」，根塵迥脫而「常光現前」。在一般禪者看來，「形如枯木，心如死灰」是枯禪，並不能洞明自心，這裡所說的與一般的禪學觀念有較大差別，紫柏之意或許是要下苦工夫才能心悟，並非是以枯禪而悟心。紫柏據此批評禪學與道學之徒「初不知心是何物，便潑口談禪、孟浪講學」，云「一涉危疑，便喪膽亡魂，被境風吹壞了娘生鼻孔，作不得一些主宰，實不如三家村裏一丁不識不知、但種田博飯吃人也」〔註 105〕。

紫柏一再陳述洞明自心「貴在情死」，情不死則「性不活」，情不死而「夾帶修行」不能達本，「謂之野干種」，「以其自生至死，若靜若動，若穢若潔，若精進，若懶墮」〔註 106〕皆因情故。情成為修心的障礙，由於情以其有愛憎而「境成順逆」，「遇順境如登春臺，熙然與之偕忘，觸逆境不啻乎白刃撼胸，與之偕死」〔註 107〕，這句話與范仲淹《岳陽樓記》中所述極為類似，《警大眾》云：「性既變情，則自無待而為有待，有待則物我亢然，順習則喜，逆習則瞋，此情為政而性隱矣。」紫柏在此表現了與范仲淹同樣的觀念，不受外境逆順之左右者，才能洞明自心。即所謂的不被外物所轉，紫柏警示大眾說：「性則智周萬物而不勞，形充八極而無累，故能會萬物為一己，一己則己外無物、物外無己。以物外無己，故我用即物用也。以己外無物，故物用即己用也……經又曰『若能轉物，即同如來』，由是論之，我能轉物謂之如來，則我被物轉謂之如去。如去即眾人也，如來即聖人也。」〔註 108〕紫柏又以轉病被病轉代之，云：「昔毗耶城中有維摩居士以病說法，度無量眾，今桐廬先生亦以病說法……若不能度無量眾則為病所轉，佛言若能轉物即同如來，我則曰若能轉病即同維摩，如不能轉則維摩鼻孔，在達觀手裏。」〔註 109〕轉物與被物轉或者轉病與被病轉，關鍵在於是否能洞明自心，故言「以未悟本心，故物能障我，如悟本心，我能轉物」〔註 110〕。

〔註 105〕《紫柏老人集》卷之一，第 149 頁。
〔註 106〕《紫柏老人集》卷之七，第 200 頁。
〔註 107〕《紫柏老人集》卷之三，第 166 頁。
〔註 108〕《紫柏老人集》卷之一，第 146 頁。
〔註 109〕《紫柏老人集》卷之六，第 191 頁。
〔註 110〕《紫柏老人集》卷之十，第 231 頁。

在三種情況下，自心會被障礙。第一種就是心被情所迷，紫柏說：「萬物浮沉，出沒苦海……情為其根。情之所起，以迷自心……究實言之，情本於愛，愛滋貪疾，貪而不足，遂生不悅。好惡無常，互生互滅。於如意境，繫戀耽湎，如醉如癡，害當頃刻，猶自嬉嬉，以相忘故耳。」〔註 111〕情起於愛，愛產生貪欲，第二種就是人的欲望與對榮利的追求障礙了自心而為物所轉，紫柏云：「夫眾人為欲啖，惟聖人能啖欲。為欲啖則迷己而逐物，能啖欲則無物不轉。故曰若能轉欲即同如來，眾人一涉欲境，但知有境，而不知有己。惟聖人即欲無欲，故能妙萬物而無累也。」〔註 112〕眾人之所以是眾人不能成為聖人，就是貪欲而為物所轉，《示吳彥先》云世之眾人「不醉乎名，則醉乎利矣」〔註 113〕。對此，紫柏一直強調要追求無利之利，云：「凡作佛事，以無利之利為利，利莫大焉；以有利之利為利，利莫微渺……無利之利，稱性而發；有利之利，因情而施。稱性而發妙契無生，因情而施醉夢緣生。妙契無生，雖微細之施，福等虛空；醉夢緣生，縱施國城妻子，得益甚小。」〔註 114〕第三種是物我雙待，紫柏說：「我不待我，而待於物；物不待物，而待於我。兩者相待而物我亢然，故廣土地者見物而忘我，略榮名者見我而忘物。一忘一不忘，何異俱不忘；唯俱忘者，可以役物我。」〔註 115〕物我雙待則為物轉被物役，我無雙忘則轉物役物。因此就心、性、情來說，應以心統性情，不能以情求心，《跋宋圓明大師別胡強仲敘遺愚菴講主》中說：「夫法本出情。以情求法，法不可得，知不可得而求之，其惑滋甚。如范滂、孔北海之徒，其人品高問學廣，亦奇男子也，至臨患難則疑悔橫生，齎悶而沒……此蓋打頭不遇作家，以情求道誤之耳，殊不知道若可以情求，則儀秦之流皆可謂聞道矣。」〔註 116〕

情愛引起生死之苦是障道之因，《釋迦佛雪山像贊》序中提到「本乎情愛」的生死是有生之最苦者，情愛不斷，「萬劫千生，酬償業債」。紫柏極為敬佩佛陀將「一切情愛一刀截斷」，此舉更勝過雪山苦修，非「大英雄漢子」不能「把手心頭便判」〔註 117〕。又說「死生迴環，愛憎為根，故我無心，則夢中天地

〔註 111〕《紫柏老人集》卷之三，第 167 頁。
〔註 112〕《紫柏老人集》卷之七，第 207 頁。
〔註 113〕《紫柏老人集》卷之一，第 145 頁。
〔註 114〕《紫柏老人集》卷之二，162 頁。
〔註 115〕《紫柏老人集》卷之九，第 216 頁。
〔註 116〕《紫柏老人集》卷之十五，第 275 頁。
〔註 117〕《紫柏老人集》卷之十七，第 288 頁。

人物不煩遣而自空」〔註118〕。所謂的「情」就是被境所轉，「夫情與智初非兩物，以其被境所轉，名之為情」〔註119〕。按照這個說法，情被境所轉是迷，自心明而情不被境所轉就會境不遣而自空，《書肇論後》云「心本無住，有著者情，情本無根，離心無地」是在說心與情的關係，按照上述所說三者性、心、情的順序關係，「會心者情了，全性者心空，心空則大用自在，如春在萬物，風在千林」〔註120〕之語，就是全性者心空（會心），心空者（會心）情了，情了則如「春在萬物，風在千林」般自在。

其實就心、性、情三者來說，居中的「心」的作用非常重要，心悟則無物非性，心迷則無物非情，古云「性變而為情，情變而為物，有能泝而上之，何物非性」〔註121〕。因此就三者來說，最重要的就是修心，「夢悟醒迷，聖凡途隔，究其所自，不過未達本源」，修心就要「達本忘情，知心體合」：「情未忘時，不必以情忘情。何以故？情終不忘故。如一達本，情不待忘而自忘矣。如體未合，亦不必求合。何謂體合？無思契同也。若然者，知心即達本，達本即知心……達本知心之人雖同眾人，紛然於夢境，然其達境無性，知心無外，愈夢而愈覺，一旦夢緣爆斷，覺影亦空。」如「本未達、心未知」，其人雖忠信廉潔如伯夷叔齊，「情執堅固過於須彌之難破」之一合相，一合相「是一切眾生之痛瘡疤」〔註122〕。在解根塵與妄想時，紫柏說：「根塵非妄想而不有，妄想非根塵而本無，不有則山河非礙，本無則念慮非知。山河非礙則無往而非身，念慮非知則無往而非心。無往而非身，則塵塵剎剎皆功德之聚；無往而非心，則念念心心總妙應之機。」心能總妙應之機，「情與無情，本來一片；佛與眾生，元非兩致」「眾生笑語即如來圓極之談，諸佛梵音即眾生詼諧之語」〔註123〕。「心」作用的重要性可見一斑。

「心」的重要性又體現在妄心障道上。心有真心與妄心，「物生不生，物滅不滅」是真心，「託物而生」是妄心，紫柏進一步解釋妄心說：「所謂妄心者，觸境生情，好惡代謝，從生至老，從老至死，綿然不斷，於不淨處，沉湎味著如自髓腦，執吝不捨。雖有良師父兄善友言以覺之，非唯不能頓然棄捨、

〔註118〕《紫柏老人集》卷之一，第151頁。
〔註119〕《紫柏老人集》卷之十六，第284頁。
〔註120〕《紫柏老人集》卷之十五，第279頁。
〔註121〕《紫柏老人集》卷之九，第216頁。
〔註122〕《紫柏老人集》卷之六，第198頁。
〔註123〕《紫柏老人集》卷之三，第169頁。

改惡遷善，猶至於結恨者不少也。」真心體道，妄心障道，妄心所以障道，紫柏說：「妄心情識順則歡然，逆則不悅，如此者所謂人頭牛耳。又有勞勞勤勤、深謀遠慮以養生為計者，貧則冀富，富則冀貴，貴則冀壽，壽則冀仙。情波浩浩，無有窮已，此謂癡眾生也。」這些都是由於「最初一點妄心不能空」而導致，故方言飲食男女聲色貨利非能障道也，障道者「惟此妄心也」。悟心須先廢妄心，妄心廢而「從前種種勤勞如湯消冰，泮然蕩矣」，但「非真為死生漢子、英靈豪傑」〔註 124〕不能廢妄心，這就是所言悟心難之因。紫柏說的悟心難，還在於他主張悟心不能依靠外力，只能依靠自力。天力、地力、佛力、法力、僧力都是外力，惟自心之力是內力，內力是正，外力只是輔助，「如正力不猛，助力雖多，終不能化凶為吉」，不依靠自力而「別尋外助」，此「斷無是處」〔註 125〕。對於如何洞明自心，紫柏作《求放心說示弟子》云：「孔子沒，發揮孔子者，孟子一人而已……蓋孟子得孔子之心也。孔子之心當如何求，求諸孟子而已，欲求孟子之心者，求諸己而已。自心既得，孔孟之心得矣。自心……當於日用中求也。日用間人欲雖眾，不出逆順昏昧放逸而已。何謂逆？凡不可意處皆謂之逆，順則反是。何謂昏昧？觸道義事、聞道義言，不聳然奮為，因循廢棄，皆謂之昏昧。何謂放逸？讀聖賢書全不體認做去，見善人君子略不收斂，情馳欲境，神思飛揚，不生自返之心，皆謂之放逸。汝等於此四種關頭挺然精進做去，即經綸宇宙，整頓蒼生，收功當世，垂芳千古……求此放心，貴在知心起處，起於道義，竭力充之；起於不道義，竭力制之。制之之要，又在先悟自心，自心不悟，雖強制之，終難拔根。根既不拔，工夫稍懈，則人欲之芽，勃然難遏矣。必於穿衣吃飯處、飲食男女處、迎賓待客處、屙屎放尿處，百凡所為，務審此心為生於我耶，生於物耶……心雖變幻不測、出入無時，然不出物我之間，若離物我求心，即如撥波覓水也；若即物我是心，又成認賊為子也。離不是心，即不是心，畢竟如何是心，於此參之，真積力久，一旦豁然而悟，則孟子求放心效驗，不待求於孟子矣。」〔註 126〕

紫柏的這段長篇大論，重點在於強調要在日用中求悟自心。在日用間善用自心，「五逆十惡皆菩提之康莊」；不善用自心，「三學六度皆般若之仇讎」。又以此論道德、勢利云「惟善用者勢力皆道德也，不善用則道德隱然流而為勢

〔註 124〕《紫柏老人集》卷之三，第 168 頁。
〔註 125〕《紫柏老人集》卷之二十四，第 352 頁。
〔註 126〕《紫柏老人集》卷之五，第 190 頁。

利」〔註127〕。由此總結說：「青山白雲未必為幽閒，紫陌紅塵未必為喧擾，顧其人遇之如何耳。」〔註128〕洞徹自家心光，就是洞悟自心，紫柏因此對一些外在的形式並不肯定，如云：「恭聞過去諸佛諸菩薩、現在諸佛諸菩薩、未來諸佛諸菩薩，皆以六種攝十方三世一切眾生，無有遺漏。未聞煉頂燒臂、拔髮熏鼻、眠針臥棘而能攝受眾生，如《妙法蓮華經》有然臂焚身之說，《楞嚴》有然指懺罪之條。《法華》則以象寓意，意得而象忘，實不在然臂燒身也。《楞嚴》然指，實懺己罪，非籍此以鼓惑愚夫愚婦者。」〔註129〕《喜禪人然指修檀溪寺疏》中，真喜禪人為修建檀溪寺，「以指為燭，燃而供佛」，誓曰「喜若心真，勝事必克，喜心不真，勝事難成」。紫柏聽聞襄之僧徒雲喜禪人燃指修寺非為衣食，並察其眉宇「知其心真」〔註130〕，非以燃指為形式，方為之撰《修檀溪寺疏》。紫柏對佛教的闡發，展現了極強的理性，減淡了其中的盲目信仰色彩。

值得一提的是，紫柏一直強調盡情明性，在與他人交遊時，往往流露出深厚的情感，如《與馮開之》中表達對馮夢禎的情感說：「然一別五易寒暑，幸暫披晤，遂復離析，人非木石，安能恝然無情。初意登徑山，自謂過杭，決有十日之談，稍洗積渴，不意平望橋頭，覿面錯過。」〔註131〕這種情感並不能蒙蔽自心，不能成為障道之因，反而能更加洞明自心、心光了徹。

四

紫柏對洞明自心的強調，似乎與歷代禪宗祖師們並無二致，但實際上紫柏對洞明自心的論述，與歷代禪宗祖師們有著很大的差別。這種差別，主要體現在對佛教典籍、文字的認識與態度上。

如上文所言，禪宗祖師們多主張離經教、不立文字，紫柏記云「夫達磨之始來也，一概斥相泯心，不立文字，義學窠臼，徹底翻空。彼義稍精而信力深者，競大駭之，遂誣祖為妖僧，百計欲害之」。對禪宗的這種風氣，紫柏並不贊同，他辯述道：「夫義未精，信力深，必以佛語為垛根，一旦聞斥相泯心、不立文字之聲，刺然入其耳，則其驚駭而誣祖，此自然之情也。若義精，而已

〔註127〕《紫柏老人集》卷之三，第171頁。
〔註128〕《紫柏老人集》卷之十，第236頁。
〔註129〕《紫柏老人集》卷之七，第204頁。
〔註130〕《紫柏老人集》卷之十三，第261頁。
〔註131〕《紫柏尊者別集》卷之三，第417頁。

得受用者，則以為我祖何來之晚耶，亦理之自然也。若夫少疑而老信，以至朝入暮出者，此又矮人觀場，隨聲悲歡者，復何怪哉。然相果應斥、心果當泯、文字果宜屏黜者，如是則心外有法矣。」最後指出禪宗初祖們實際上是讀經傳經的，「初祖果以心相語言文字，必屏黜而後得心，則《楞伽》《跋陀羅寶經》，祖何未嘗釋卷，且密以此經授可大師，可授璨，璨授信，信授忍，忍授曹溪大鑒，鑒復精而深之」〔註 132〕。明末許多修禪的文人同樣主張不立文字，如黃輝在寫給紫柏的信中提到知解作障而「於日用中不得力」，紫柏引臨濟「但得知見正當，便可橫行天下」之語回應，說「若臨濟是，則慎軒非矣，若慎軒是，則臨濟卻成不是」，因舉譬喻云：「又有一喻，慎軒當熟思之。有一武人與賊戰不勝，退而私忿曰『我武藝太多，所以不能勝賊，如我無武藝，則不受武藝障礙，可勝賊矣』。道人知公讀至此，必捧腹絕倒也。」〔註 133〕由此可見紫柏在關於讀經教、立文字方面，與主張不立文字禪宗祖師們及文人們之間的差異。

與歷代多數祖師們的觀念不同，紫柏對於經教、文字極其重視，主張讀經教、立文字。憨山在《紫柏老人集序》中提到佛教與文字的關係，禪宗雖然不立文字，「曹溪則有《壇經》」，二派五宗雖直指向上，「或上堂入室，示眾舉揚，機如雷電，凡垂一語，必輯為錄」，即禪法須「借語傳心，因言見道」。憨山雖意在指明紫柏著述的意義，並非在闡明紫柏關於佛法與文字之關係，實際上可以看到的是，紫柏的主張即是不廢文字，與禪宗之說之間具有的差別，賀烺《紫柏大師集跋》云「初祖不立文字直指人心，大師不離文字亦指人心」〔註 134〕。在一次示眾時，紫柏提到「一僧作長歌送師北行，字畫不楷，內有差舛」，掌之曰「今之學者，且莫說向上巴鼻，即進退辭讓之節，事師交友之道，茫然不知」，這樣「學恁麼佛法」〔註 135〕。陸基忠錄《義井語錄》述紫柏語云：「多讀書的人終是近真，以其被佛祖聖賢言語薰得此心熟了。薰得熟了，縱習氣不好，也漸漸薰得香。」〔註 136〕文字不過關不能好好修習佛法，由此可見紫柏對文字相當重視。

佛陀在講法時特別注重使用文學性的語言，即是以文傳教的表現，故紫柏云「釋迦文佛以文設教，故文殊師利以文字三昧輔釋迦文，而用揀擇之權，於

〔註 132〕《紫柏老人集》卷之二，第 158 頁。
〔註 133〕《紫柏老人集》卷二十四，第 348 頁。
〔註 134〕《紫柏老人集》卷首，第 136 頁。
〔註 135〕《紫柏尊者別集》卷之四，第 425 頁。
〔註 136〕《紫柏尊者別集》卷之四，第 426 頁。

楞嚴會上進退二十五聖」〔註 137〕，肯定了佛教自源頭就重視文字。對「今有人於此，謂文字語言不足以見道，惟參禪究話頭足以見道」的一貫觀念，舉禪宗中以經教文字而悟道事例云：「如文字語言不足以見道，則永嘉讀《維摩經》而悟，六祖聽《金剛經》而悟，普菴肅看棗柏《華嚴論》而悟，天台智者讀《法華經》得旋陀羅尼三昧，如此樣子難以廣舉。」對禪門不立文字的禪法，提出在於得人與否，云：「宗門機緣，皆諸祖舊案。苟得其人，據案則典刑可步，賞罰可行，照用不惑，綱宗在握，於暗嗚叱吒之間棒喝雷霆之下，偷心頓死，活句縱橫。苟不得其人，所謂千七百則葛藤，翻成魔繞，一遭纏縛，萬劫難解。」按照這個說法，修悟重要的不在於是否離經教、廢文字，在於是否得人，云：「古德有言曰『文字語言，葛藤閒具，本無死活，死活由人』。活人用之則無往不活，死人則無往不死。所患不在語言文字葛藤，顧其人所用何如耳。」紫柏通過觀察與勘驗，發現所謂肆口張宣修禪離文字語言而「頓然超語者」，實際上對佛教並無深入領會，因此批評道：「外語言文字而求道者、即語言文字而求道者，世人謂之宗、教。宗、教既分，各相非是，一則以為『宗可以悟心，教惟義路，義路惡足明自心哉』，殊不知精義則能入神，入神便能致用，悟心亦精義之別名，故宗門大老有大機大用，苟不入神，機用何自？故曰『解得佛語，祖師語自然現前』真萬古之名言也。常黑庸白，菽麥不辨，雌雄未識，妄自謂『文字語言，我不必求之，離文字頓然超語者，吾始快心』，如此之流，眼中親曾勘驗，十個卻有五雙都懷此見不化，管取佛語終不精，佛心終不明。兩者既無所入，復旁搜曲問，雌黃諸方，某善知識如何，某善知識不如何。一旦利害當頭，死生信急，如何不如何，亦總記不起了，況能死生自在乎。故曰憂不深不免忽略病多，太細求猜刻鬼在。」〔註 138〕

紫柏對文字的重視表現在多個方面。首先，文字語言包含著佛教的義理，紫柏說：「夫文字語言必本於音聲，音聲又本於自心之虛靈，《華嚴》四十二字，字字包含義理無盡，誠以字本於聲，聲本於心，心乃我固有之虛靈也。」〔註 139〕其次，文字是傳法、喻法、弘法的方便。佛陀講法時大量使用譬喻文句，紫柏列舉道：「若喻以空，空雖無際，而不能出生一切。若喻以地，地雖能出生，而有邊畔。若喻以水，水雖融通，而有枯竭。若喻以風，風雖鼓舞萬

〔註 137〕《紫柏老人集》卷之一，第 148 頁。
〔註 138〕《紫柏老人集》卷之三，第 173 頁。
〔註 139〕《紫柏老人集》卷之一，第 131 頁。

物，而有息滅。若喻以火，火雖明能破暗，不可攖觸，觸而附物則生，離物即滅。若喻以樹，樹雖能種種花果，而離地則根無所託。若喻以蓮花，雖花果同時，而離水不有。若喻以薝蔔，薝蔔雖香，秋風忽生，香亦隨盡。若喻以摩牟夜光，兩者雖蓋世奇寶，而不若法之虛徹靈通也。至於喻以龍，喻以師子，喻以大人，喻以王，喻父，喻母，喻大，喻小，喻長，喻廣，喻方，喻圓，喻曲，喻直，喻動，喻靜，喻屈，喻伸，喻待，喻無待，要而言之。」從實質上來說，法本無可喻，法若可喻「法亦喻也」；佛陀「知法不可喻」而使用的大量「種種喻之者」，其實「不過一時方便耳」〔註 140〕。第三，文字能讚頌佛法，紫柏以唐代裴休與宋代蘇軾撰寫大量文字讚揚佛教為例，云：「裴休、蘇軾，於宗教兩途並皆有所悟入，或一句一偈讚揚吾道，猶夜光照乘，千古之下，光不可掩，粲然與佛日爭明。即吾曹或與之酬酢，若韜光禪師《答白樂天》偈、寂音尊者《酬陳瑩中》之古詩，亦自風致有餘。至於碑文經序，雖長篇短述不等，然與修多羅若合符契。」〔註 141〕

因此，紫柏把文字稱作是般若之一。紫柏屢屢強調三種般若，即「文字般若」「觀照般若」「實相般若」，對三者的解釋是「發揮談論是文字般若，能勘破身心迷情是觀照般若，佛與眾生同體是實相般若」〔註 142〕。又《心經說》（三）中說：「般若有三，所謂文字、觀照、實相也，蓋非文字無以起觀照，非觀照無以鑒實相，非實相則菩薩無所宗極也。」〔註 143〕此三般若分別對應「緣因佛性」「了因佛性」「正因佛性」，文字是觀照般若、實相般若也即「了因佛性」「正因佛性」前提，紫柏闡釋說：「娑婆教體貴在音聞，有音聲然後有文字，有文字然後有緣因佛性。有緣因佛性然後能薰發我固有之光，固有光開始能了知正因佛性，在諸佛不加多，在眾生不加少。如是了知，諦印於心，然後於境緣逆順之衝，榮辱交加之際。以此印光，印破諸境，根塵脫而常光現，然後持此常光，普照一切，自利利他，願輪無盡，則菩薩能事畢矣。」紫柏因此評論文字的重要性云：「娑婆界中，苟無文字般若，則觀照般若無有開發；觀照般若既不開發，則將何物了知正因般若。所以《金剛般若波羅蜜經》五千餘言，字字放光，句句日月。又若明燈，日月照不及處，燈能繼焉。是故若人能持《金剛般若經》者，終必見性，如曹溪六祖，本是賣柴窮漢，一聞《金剛

〔註 140〕《紫柏老人集》卷之二，第 163 頁。
〔註 141〕《紫柏老人集》卷之三，第 172 頁。
〔註 142〕《紫柏老人集》卷之三，第 171 頁。
〔註 143〕《紫柏老人集》卷之十一，第 239 頁。

般若經》『應無所住而生其心』便即開悟。」〔註144〕文字能使修行者開悟，因此重要性便不言而喻。

這段話中，紫柏提到文字以音聞為體，這也是他一直強調的，一直強調的原因可能是由慧能而起。如上文所言慧能本不識字，聞《金剛般若經》「應無所住而生其心」而便即開悟，慧能的開悟不是讀《金剛經》而悟，而是聞他人讀《金剛經》中的語句而悟，是故聞文字與讀文字同樣重要。紫柏又說道：「復勉之《壇經》，曹溪六祖所說也。曹溪初不知文字語言，然聞《金剛經》而豁然大悟，遂造黃梅得衣缽而歸嶺南，傳心宗於曹溪寶林寺，自是天下稱曹溪焉。其所說《壇經》，至於性相二宗，經之緯之，錯綜萬態，若老於文字語言三昧者也。此乃悟自心虛明之驗耳。」〔註145〕文字以音聞為體，幾乎可以看成是紫柏為慧能而竭力論證的，文字三昧不以音聞為體「猶花不以春為神」，並非真花。文字根於音聞，音聞根於覺觀，覺觀又根於無覺無觀。無覺無觀即正因佛性，紫柏解釋如何由文字入正因佛性，云：「佛意欲一切眾生因有分別心入文字三昧，因文字三昧入音聞之機，因音聞之機入無覺無觀。無覺無觀既入，則最初有分別心，至此不名有分別，而名無覺無觀矣。」眾生的分別心，因文字而達到無分別心而致正因佛性。了因能契正因，卻需要「緣因薰發之」，緣因即「文字三昧之異名」，了因即「音聞之機之異名」。與上面提到的悟心需在日用中一樣，紫柏指出文字三昧亦「在我日用而已」，云：「故老龐曰『日用事無別，惟吾自偶諧，神通並妙用，運水及搬柴』，柴水即老龐文字三昧也，神通即老龐音聞之機也。『惟吾自偶諧』即老龐了因契會正因佛性者也。」觀照般若（了因佛性）、實相般若（正因佛性）需要文字般若（緣因佛性）薰發，紫柏因此說：「凡佛弟子，不通文字般若，即不得觀照般若。不通觀照般若，必不能契會實相般若。實相般若，即正因佛性也；觀照般若，即了因佛性也；文字般若。即緣因佛性也。」對學佛者「必欲排去文字，一超直入如來地」的修行方式，紫柏認為「志則高矣」，卻「恐畫餅不能充饑」。廢文字而修佛如棄花覓春，紫柏說：「文字佛語也，觀照佛心也。由佛語而達佛心，此從凡而至聖者也；由佛心而達佛語，則聖人出無量義定，放眉間白毫相光，而為文字之海，使一切眾生，得沾海點，皆得入流亡所，以至空覺極圓，寂滅現前而後已。若然者，即語言文字如春之花，或者必欲棄花覓春，非愚即狂也。」修佛者當

〔註144〕《紫柏老人集》卷之一，第153頁。
〔註145〕《紫柏老人集》卷之九，第226頁。

「深思我釋迦文以文設教所以然之意」〔註 146〕。

文字薰發觀照與實相，表明文字能傳達正知正見，紫柏在潭柘寺主持水齋儀式，有道人曰「既服水齋，則內典非所急也，茲廢水齋而勤文字般若，似不可耳」，紫柏對曰「若無正知正見，非但服一期水齋，徒受枯淡」〔註 147〕，即服千期萬期水齋，於正知見中亦無干涉。即其所言「夫義非文而不詮，意非義而不得，旨非意而不冥」〔註 148〕。紫柏有時候將文字傳達正知正見說成是詮釋事理之所以然，云「積字成句，積句成章，積章成篇，積篇成部，部所以能詮所以然之說也」，「所以然」不明，字字句句章章篇篇或可「偶而成文」，文中卻無「義」寓於其中，義為「心之變」，「如喜怒未發但謂之『中』，已發則曰『仁』曰『義』曰『禮』曰『智』曰『信』」〔註 149〕。就禪者來說，能做到以文字能傳達正確禪悟者，在印度有馬鳴與龍樹，在中國「惟谷隱東林與石門而已」，紫柏再次以慧能悟道為例，說明文字與禪不可分離，云：「六祖本嶺南新州賣柴漢，初不識文字語言，一日擔柴入市，有賈買柴，適誦《金剛經》，祖聞『應無所住而生其心』，誦聲未已，祖即大悟。及賈償柴直，祖問曰『汝所讀者何書』，賈曰『《金剛經》』，曰『此經何從來』，賈曰『蘄州黃梅五祖處得來』。祖諮嗟久之，且曰『奈我有老母在，無人養耳，若得十金安母，則黃梅可往也』。賈聞而異之，隨施十金與祖安母。祖至黃梅，忍大師知其根性猛利，故當眾蓋覆之，至祖得衣缽而南遁，後大闡達磨之宗，長飲光之笑。予以是知馬鳴龍樹、谷隱東林與圓明大師，皆即文字語言而傳心，曹溪則即心而傳文字語言。即文字語言而傳心如波即水也，即心而傳文字語言如水即波也。波即水，所謂極數而窮靈；水即波，所謂窮靈而極數。極數而窮靈，則法相法性之波也；窮靈而極數，則法性法相之水也。故石門以文字禪名其書，文字波也，禪水也，如必欲離文字而求禪，渴不飲波；必欲撥波而覓水，即至昏昧。」〔註 150〕文字與禪，如水之於冰，悟則文字即禪。

文字對學佛修禪的重要，紫柏提倡學佛修行者要多讀書，云：「中國微言不越乎六經，西來大法寧出乎三藏，至於莊老之書亦不可不讀者，此古人博達君子之所務也。是以白首窮經，然燈精法，代不闕人……汝自今而後，當先熟《永

〔註 146〕《紫柏老人集》卷之一，第 148 頁。
〔註 147〕《紫柏老人集》卷之八，第 211 頁。
〔註 148〕《紫柏老人集》卷之八，第 214 頁。
〔註 149〕《紫柏老人集》卷之九，第 222 頁。
〔註 150〕《紫柏老人集》卷之十四，第 268 頁。

嘉集》，勿讀注，次則讀《肇論》，再次則讀《圓覺》。已上既熟，當熟《四書》白文，及老子《道德經》，則六經三藏，若博若約，工夫成熟，自知好惡矣。」〔註 151〕佛教僧徒不讀經則不明佛心，實質上與世俗無異，云：「今本朝取士惟以舉業，僧徒試經之科寢而不行。夫舉業者本無用之具，藉之以羈縻人情、消磨歲月則可，若以之取人材、裨治道，譬如救火以油，滋其焚矣。僧不以試經剃染，則佛言尚不知，安知佛心乎。不知佛心而為僧，僧何殊俗。」〔註 152〕就從修心而言，佛教僧徒讀經的重要性要遠高於士人為舉業而讀儒家典籍。

五

悟則文字即禪，而迷則文字成為禪悟之障礙。紫柏並沒有一味地要學佛者單純地讀文字，提醒不要讓文字成為修行的障礙，說：「毗舍浮佛偈曰『假借四大以為身，心本無生因境有』，與夫聚而後有身，附麗而後有心，若合符契。但眾人不以文字語言會其妙，反被文字語言障礙，所以通者成塞，塞者不能通也。」〔註 153〕在《吳江華嚴寺浮圖然燈偈示法麟》序中強調只信文字語言不信自心是悟道的障礙，云：「緣見因明，暗成無見，不明自發，則諸暗相永不能昏，此楞嚴會上如來之語也。此語自古及今，於中發明本光者豈少哉。然而有不發明者，何故？病在能信佛語，而不能信自心故也。」〔註 154〕

對語言文字與自心的問題，紫柏不厭其煩地多次陳述。其論佛語與佛心的關係云：「宗教雖分派，然不越乎佛語與佛心。傳佛心者謂之宗主，傳佛語者謂之教主。若傳佛心，有背佛語，非真宗也。若傳佛語，不明佛心，非真教也。故曰『依經解義三世佛冤，離經一字即同魔說』。」〔註 155〕佛語與佛心實質上是不可分離的，通過文字領悟佛心的實質在於文字能夠傳心，《山東東昌府鐵塔隆興寺化緣文》中云：「良以如來說法，權實迭唱，或以香飯為階梯，放光為舟楫，寄文字以傳心，施棒喝而啟悟。」〔註 156〕因此由文字可以得心，《文薪偈》云：「若微文字薪，觀照火無附。若微觀照火，身心薪不然。薪然俄成灰，灰飛身心盡。湛然實相燈，光明無內外。自燒復燒人，一燈傳百千。百千

〔註 151〕《紫柏老人集》卷之五，第 185 頁。
〔註 152〕《紫柏老人集》卷之八，第 211 頁。
〔註 153〕《紫柏老人集》卷之六，第 193 頁。
〔註 154〕《紫柏老人集》卷之十九，第 310 頁。
〔註 155〕《紫柏老人集》卷之六，第 195 頁。
〔註 156〕《紫柏老人集》卷之十三，第 257 頁。

傳無窮，終古常若旦。十方無夜時，文字薪功德。是故有智者，即文字得心。心外了無法，文字心之光。」〔註 157〕由文字而得心，不明文字與佛心之關係而拘泥執其一，二者都將成為悟道之障礙，二者要相利相用而不能相斥，如說：「禪家有『離經一字，即是魔說，依經解義，三世佛冤』，書家有學書而死於法者謂之奴書。觀叔宗周氏臨諸家帖，於縱橫變態之中，法時露焉，譬夫濃云雷動之初，龍雖不見，頭角暫露。」〔註 158〕能領悟佛語與佛心之關係，則可儒可佛可道，云：「古人有云『依文解義三世佛冤，離經一字即是魔說』，是以佛祖真子乘願而來，可儒可佛。至於種種異道，隨類利生，如水銀墮地，顆顆成圓，興穆興穆。汝若悟此，便曉得香滿金爐花滿瓶，此一句具百千三昧也。」〔註 159〕在紫柏眼裏，「依經解義三世佛冤，離經一字即同魔說」似乎真的是他的三昧之語。

對紫柏的說法，有修禪者提出異議，以「靈光獨耀，迥脫根塵，體露真常」而不拘文字為言，批評紫柏重視文字乃膠柱鼓瑟。禪者以一貫的觀念指「言說害道，障蔽自心」，並進一步論證說：「今之緇素不求之經而求之疏，不求之疏而求之鈔，不求之鈔而求之音義。少林實宗風所繫，比來委靡更不堪觀，大都以秘要為直指，以評唱為資托，以頌古為過路，以機緣為剩語。是嘈嘈之徒，號稱參禪者，不求之機緣，而求之頌古，不求之頌古，而求之評唱，不求之評唱，而求之秘要。」修禪者認為「語言之為害」致於如此之地步，紫柏卻仍「復示人以語言文字」，猶如是火上澆油，紫柏回應此非「語言之為害」，是學者「求之者不善」造成的，紫柏云：「三藏十二部、千七百則葛藤，皆佛祖深遠廣大之心，參禪者求之於機緣，習教者求之於佛語，則語言文字乃入道之階梯、破暗之燈燭。今乃宗教陵遲，祖道蕭瑟，咎在棄本逐末，重輕輕重，如習教以佛經為本，明宗以機緣為本。弘闡宗教，以道德為本，以戒行輔之，以學問大之，視浮名為遊塵，視金帛如糞土，秉志堅貞，憎愛關頭死生以之，管取宗雷大震，教雨滂沱，昏者醒而槁者潤。」〔註 160〕在《與吳臨川始光居士》信中，紫柏直接指出不以文字則法不可行，云：「此方真教體，清淨在音聞，音聞即文字三昧也。此三昧，又名文字般若，又名緣因佛性。如刻藏之舉，正

〔註 157〕《紫柏老人集》卷之二十，第 317 頁。
〔註 158〕《紫柏老人集》卷之十五，第 277 頁。
〔註 159〕《紫柏老人集》卷之五，第 186 頁。
〔註 160〕《紫柏老人集》卷之七，第 200～201 頁。

所謂緣因佛性耳。蓋眾生所習無常，以緣因眾生性薰之，則眾生知見發現；以緣因佛性薰之，則佛知見發現。能薰如風，所薰如谷。此娑婆世界，非以文字三昧鼓舞佛法，法安可行？」〔註 161〕

宋代黃庭堅曾批評學者鶩流忽源，重機緣而忽略《七佛偈》，其實「捨七佛偈則禪無源矣」。紫柏非常贊同黃庭堅的這個看法，對「捨《七佛偈》則禪無源」進一步解釋說：「《七佛偈》似可以義解，諸祖機緣似難乎義解。以為義可解者，終不能超情識，義不可解者，非情識可入，參而悟之，則一悟永悟，始千了百當耳。是不知《七佛偈》，亦有義解不得入處，諸祖機緣亦有可以義解者。大概學禪之法，法本無定，譬如大將用兵，有時以正勝敵，有時以奇勝敵，有時以奇正兼用勝敵，有時奇正俱不用勝敵。而學者必謂西來意在諸祖機緣，而不在七佛偈，何異用兵者必謂奇可勝敵而正不可勝敵，得非癡乎。」學禪者若於《七佛偈》能精而究之，「方知禪不外偈矣」；而若於諸祖機緣參而不悟，「又不若持偈矣」。這些說法其實還是在論述語言文字與禪悟之間的關係，紫柏說：「千經萬論別無一事，不過說離身心耳。如學者身心執受之障不能離，於《七佛偈》、祖機緣不能悟入，總謂之葉公畫龍。倘真龍現前，吾知其必投筆怖走矣。故吾勸出家在家有志於斷生死、割煩惱者，於《毗舍浮佛偈》能信持之，持久薰熟，則身心執受之障終有消釋時在。」〔註 162〕紫柏對《七佛偈》極其重視，在講法與著述中屢屢提及，如自言道：「達觀道人嘗以毗舍浮佛傳法偈授人時，必曰『持千百萬遍，自在受用現前矣』。毗舍浮佛，此言一切自在覺，而深推其旨，大要破眾生身心之執耳。故曰『假借四大以為身，心本無生因境有』，即此觀之，一切眾生，從無始劫來，至於今日，莫能自在，於死生憎愛之中者，良以見有自身，則身相為礙，見有自心，則心相為礙。」〔註 163〕持千百遍而自在受用現前，在論黃庭堅「寒山詩為沃火宅清涼之具，源從《七佛偈》流出」時，再次提到誦《七佛偈》而悟心云：「假借四大以為身，心本無生因境有，此半偈能讀而誦、誦而思、思而明、明而達，則惡源之枯不枯，罪藪之空不空，子自知之，非予口舌所能告也。」〔註 164〕對《七佛偈》的反覆論說，表明的是紫柏對文字的高度重視以及文字對修法修佛作用的

〔註 161〕《紫柏老人集》卷之二十四，第 355 頁。
〔註 162〕《紫柏老人集》卷之七，第 204 頁。
〔註 163〕《紫柏老人集》卷之十二，第 247 頁。
〔註 164〕《紫柏老人集》卷之十二，第 245 頁。

強調。

明代僧徒似乎對《七佛偈》比較重視，如妙聲《七佛偈贊》云：「古先覺皇，數逾萬億，繼世承統，其傳有七。如世七廟，於以觀德，自近及遠，匪豐於昵。佛有前後，道無今古，以心授受，無事晤語。有偈相傳，用表厥緒，雖逸於經，其傳亦溥。海雲之居，左江右湖，斯文在茲，龍鬼來趨。光照大千，如摩尼珠，稽首作誦，永矢弗渝。」〔註 165〕二人對《七佛偈》的重視程度十分相像。《七佛偈》代表的文字，能與禪祖機緣相輔為用，在於文字不在妙悟之外，紫柏說：「夫《華嚴》《法華》，吾大雄氏始終本懷也。彼大經《疏》則有清涼，《論》則有方山，唯《法華》也，既為《華嚴》之終，若不假手於天台，則《玄義》之作，其孰能之。有宋寂音尊者作《論法華》，則以文字而拋擲不傳之妙，於三周九喻之間，譬如夜光之珠宛轉橫斜衝突於金盤之內，不可得而測其方向也。所可必者，知其不出盤耳，盤喻文字，珠喻不傳之妙也。」有疑問者曰「妙不可傳，既不可傳，孰知其妙；既知妙而不可以文字語言得之，則文字語言獨外乎妙哉」，紫柏說「如必以為文字語言非妙、妙非文字語言，是離波求水也，離水求波也」〔註 166〕，即文字語言不於妙之外而可傳妙。由文字而悟不傳之妙，文字與禪無二。禪自不立文字以來，文字與禪遂了不相干，《石門文字禪序》中敘及這種狀況云：「夫自晉宋齊梁，學道者爭以金屑翳眼，而初祖東來、應病投劑，直指人心，不立文字。後之承虛接響、不識藥忌者，遂一切峻其垣，而築文字於禪之外。由是分疆列界，剖判虛空，學禪者不務精義，學文字者不務了心。夫義不精則心了而不光大，精義而不了心則文字終不入神。」文字與禪為二、「更相笑而更相非，嚴於水火」的狀況，對學禪悟與學文者皆有障蔽，紫柏接著說：「蓋禪如春也，文字則花也。春在於花，全花是春，花在於春，全春是花，而曰『禪與文字有二乎哉』。故德山、臨濟棒喝交馳，未嘗非文字也，清涼、天台疏經造論，未嘗非禪也，而曰『禪與文字有二乎哉』。」〔註 167〕文字與禪無二，這是紫柏的中心觀念，進一步說徹悟自心則禪與文字不分云：「皖山、永嘉並得教外別傳之妙，貴在坐斷語言文字，直悟自心。而《信心銘》《證道歌》則千紅萬紫如方春之花，果語言文字耶，非語言文字耶。有旁不禁者試道看。雖然，花果礙春乎？花如礙春，春則不花

〔註 165〕《東皋錄》卷下。

〔註 166〕《紫柏老人集》卷之七，第 208 頁。

〔註 167〕《紫柏老人集》卷之十四，第 262 頁。

可也。知礙而春必花之，則春之癡矣。春而不癡，花果礙春哉。如此，則語言文字與教外別傳相去幾許？」〔註 168〕

文字與禪無二、修禪者當以文字而悟禪，是紫柏所極力強調的。歷代修禪祖師一直不停強調的禪主要靠以心悟，而非從文字得，一味拘泥於文字為悟禪之障礙，並非沒有道理。紫柏對此亦十分明瞭，正如上文中對修佛要徹悟自心的強調，惟有徹悟自心方能悟禪，《跋黃山谷集》中論黃庭堅之著述云：「此集如水清珠，濁波萬頃，投之立澄；如摩尼寶，飢寒之世得之，主病即愈。蓋此老不特尊其所知、行其所知而已，且能掉臂格外作獅子吼者也。觀其於寵辱關頭、死生路上，跳躑自在，若夜光之珠，宛轉於金盤之中，影不可留，如水天蕩漾於太清之內，光無定在……《列子》之言雖精密至到者亦可以義路通，禪則不唯義路不可通，縱無義路，亦非禪也。唯徹悟自心者，即閉門造車，出門合轍矣。而不識好惡者欲以義理穿鑿，所謂撮摩虛空，衹益自勞耳。」〔註 169〕紫柏對黃庭堅極其重視與讚賞，《與馮開之札》中又以黃庭堅為例說明不能治心就不能超然，云：「宋山谷黃先生凡遇道之邪正關頭，必正色而論之，決不用偷心取一時人快也。故其耿光與諸禪爭先，宜其如此。今人稍涉勢利津徑，則利害是顧，榮辱是僻，偷安是樂。三是障心，雖力如巨靈，孰能撼之。此等光景歷歷，貧道親嘗者也，苟無道以治心，觸此境界，安得超然哉。」〔註 170〕

如上文提及，紫柏一再提醒不要讓文字成為悟心的障礙。紫柏強調的是文字對修佛悟禪的重要性，並不是主張修佛悟禪者單純地去讀文字，對文字與修佛學禪之關係，要即文字又離文字。《跋周叔宗書聽〈法華歌〉》云：「及讀唐修雅法師〈法華經歌〉，則若庖丁解牛，公輸子之為匠，而縱橫逆順，精粗鉅細，皆大白牛之全體也。是牛也，頭角崢嶸，出入於吾人六根門頭，咆哮蹴踏，喜怒無常，平田淺草，綠楊溪畔，黑白互奪，使吾即文字求之而不得，離文字求之而不得，離即離非，求之而不得，畢竟至於無可奈何此畜。」〔註 171〕所謂「即文字求之而不得，離文字求之而不得」，是指要得文字之意，紫柏是從讀蘇軾《大悲閣記》而獲得的體會，云：「魚活而筌死，欲魚馴筌，苟無活者守之，魚豈終肯馴筌哉。如書不盡言，言不盡意，蓋意活而言死故也。故曰『承言者喪，滯句者迷』，予讀東坡《大悲閣記》乃知東坡得活而用死，則死者皆

〔註 168〕《紫柏老人集》卷之十五，第 284 頁。
〔註 169〕《紫柏老人集》卷之十五，第 272 頁。
〔註 170〕《紫柏尊者別集》卷之三，第 420 頁。
〔註 171〕《紫柏老人集》卷之十五，第 276 頁。

活矣。」得文字之意則死句皆活，蘇軾前《大悲閣記》「示手眼於文字之中，使人即文字而得照用也」，後《大悲閣記》則「示手眼於文字之外，使人忘文字而得照用也」。得文字之意則能即文字又離文字，《跋蘇長公大悲閣記》云：「若然則東坡之文字，非文字也，乃象也。如意得而象忘，則活者在我矣。如所謂大悲菩薩，具八萬四千清淨寶目、八萬四千母陀羅臂，豈菩薩獨有耶，實我未嘗不具也。但有照而無用謂之似具，唯照用齊到者謂之真具。故顏氏之子，有不善未嘗不知，此非照乎，知之而未嘗復行，此非用乎。然而必欲八萬四千寶目、八萬四千妙臂，以象照用……蓋眾生具八萬四千煩惱，堅等大地，非照何以破之，非用何以轉之。又曰『窮源達本謂之照，鑄染成淨謂之用』。予聞東坡嘗稱文章之妙，宛曲精盡，勝妙獨出，無如《楞嚴》，茲以二記觀之，非但公得《楞嚴》死者之妙，苟不得《楞嚴》活者，烏能即文字而離文字、離文字而示手目者哉。」〔註 172〕上面提到修雅法師的《法華經歌》，即是得活句之妙的詩歌，《跋唐修雅法師聽法華經歌》云：「吾大雄氏於法華會上三周九喻，橫說豎說，形容妙法，可謂曲盡慈腸矣。然終不若是歌，拈提本妙，使大心凡夫，一讀其歌，當處現前。而《法華》富有六萬餘言，演說妙法，不為不廣，然皆死句也。惟雅得活句之妙，能點死為活，譬如一切瓦鑠銅鐵，丹頭一點，皆成黃金白璧。又如月在秋水，春著花枝，其清明穠鮮，豈待指點然後知其妙哉。」〔註 173〕

六

從對《大悲閣記》中的文字能使「死者皆活」的評論來看，紫柏非常推崇蘇軾的文字寫作。再如稱讚蘇軾《觀世音贊》「妙密超詣」，非黃庭堅、秦觀等人可比，甚至宋明的著名高僧之作如《天童頌》《洞山病中機緣頌》等，亦「不若此《贊》四棱蹋地也」。蘇東坡《觀世音贊》第一句是「眾生墮八難」，紫柏強調不能忽略其中的「難」字，「著力觀察，則東坡《贊》自然有入」〔註 174〕。紫柏對蘇軾的《大悲閣記》與《觀世音贊》多次提及，又稱讚《觀音贊》說：「予讀東坡《觀音贊》，乃知東坡非迂儒所能彷彿也。東坡以為一身之微，八難萃聚，何異一絲懸九鼎乎。方此之時，身不待忘而自忘。」〔註 175〕紫柏對

〔註 172〕《紫柏老人集》卷之十五，第 276 頁。
〔註 173〕《紫柏老人集》卷之十五，第 278 頁。
〔註 174〕《紫柏老人集》卷之十六，第 285 頁。
〔註 175〕《紫柏老人集》卷之一，第 151 頁。

蘇軾的重視，主要應該不是文字的華麗與流暢，更主要的是文字所指之意，句中的「自然有入」「身不待忘而自忘」等語，就是指明蘇軾的文章之旨實際是在闡明佛法，如《跋東坡〈阿彌陀佛頌〉》中說「予讀東坡《阿彌陀佛頌》，異其頌旨曉然，如日出大地，光無不燭」。有謂蘇軾乃「五祖戒公之前身」之說，紫柏「不亦宜乎」之句應該是很贊同這個說法，跋中繼續肯定蘇軾文中所表達的「心」，云：「夫圓覺倒想，初非有常，倒想在諸佛即名圓覺，圓覺在眾生即名倒想。如眾生能善用其心，孰非無量壽覺，娑婆孰非蓮花淨土。必曰外眾生而得佛、外娑婆而生淨土，此為鈍根聊設化城爾。」〔註 176〕由讀《觀音贊》，可知蘇東坡「覓佛心已歇」，覓佛心歇則「光自圓」「事理皆活潑」，無論是戲謔與譏呵皆為佛心之表露。對《觀音贊》「徐而久味之」，紫柏竟有「一日頓了徹」之感，遂「到處為人說」〔註 177〕。

通過文字指引閱讀者進入悟心與悟法之境，這是蘇軾文章真實之旨，如《觀音贊》之外，再可以紫柏對蘇軾《油水頌》的評論為例作為說明。蘇軾曾作《油水頌》云：「水在油中，見火則起。油水相搏，水去油住。湛然光明，不知有火。在火能寶，內外淨故。若不經火，油水同定。非真定故，見火復起。」紫柏高度稱讚，云「如東坡作《油水偈》，勝妙精絕，非聞道而勇於行者不能」〔註 178〕，《跋東坡〈油水頌〉》解蘇軾偈云「油辟本性，水辟妄情，火辟境智」，不僅表明性、情、智「初非有一」，同時表明「性變為情，情變為境，了境須智」〔註 179〕。《拈東坡〈油水頌〉》中再次評論說：「迷性而為情，則油水莫辨。即情而悟性，始知油水不可以同住。同住，水見火則起，油見火則湛然。湛然者，可與火一，一則無敵，所以油不知火，火不知油。油火不相知，而始能相為用。水則與火不一矣，所以見火則起耳。火喻誘情之境，水喻染境之情，油喻了境之智。」進一步結論云「外境則情不生，外情則智無地」〔註 180〕。蘇軾的寫作不是單純以文字而文字，而是以文字悟禪悟法，對蘇軾以文字說法說禪的方式，紫柏與眾多評論者的看法很不一樣。不少評論者譏蘇軾為文字禪，紫柏《釋東坡法雲寺鐘銘示元一》中說：「坡公身為宰官而說法自在，若夜光宛轉，橫斜於金盤之中而衝突自如，竟不可以四隅測也。渠不得事，不成就三

〔註 176〕《紫柏老人集》卷之十五，第 277 頁。
〔註 177〕《紫柏老人集》卷之二十，第 323 頁。
〔註 178〕《紫柏老人集》卷之十六，第 284 頁。
〔註 179〕《紫柏老人集》卷之十五，第 281 頁。
〔註 180〕《紫柏老人集》卷之十六，第 284 頁。

味理，不成就三昧則不免口縫才開，事理鈍置。或者誚東坡於文字禪，說法多理障，吾知其未夢見坡公在也。」〔註 181〕所謂譏東坡為文字禪者不知蘇軾實意之所在，就是沒有領悟蘇軾是以文字指示讀者進入悟法悟心之境，如《題坡翁文字禪》以略帶激昂的語氣道：「東坡老賊以文字為綠林，出沒於峰前路口、荊棘叢中，窩弓藥箭無處不藏，專候殺人不眨眼索性漢。一觸其機，刀箭齊發，屍橫血濺，碧流成赤。你且道他是賊不是賊！試辨驗看，若辨得，管取從來攔路石，沸湯潑雪。」〔註 182〕閱讀者若能領悟蘇軾文中之真意，悟法悟心則如「沸湯潑雪」。

在紫柏看來，蘇軾以文字表達著不傳之妙。蘇軾有《禪喜集》，論者多「以文章奇之」，紫柏指出這是「略神駿而取玄黃」，蘇軾這些文章「力在自性宗通，以不傳之妙，拋擲於語言三昧」。《題東坡禪喜集》中說：「夙脊無常，聖凡生殺，譬夫夜光在盤，宛轉流利，雖智如神禹，曷能測其向方哉。」〔註 183〕《跋蘇長公集》又以珠走玉盤為喻，闡述蘇軾文字的不傳之妙，云：「大眉山凡作文作贊作偈，發揮不傳之妙，縱橫誕幻，使入莫得窺其藩籬者，蓋其所得眾生語言陀羅尼三昧，於大雄氏未睹明星之前久矣。故能從是處說出非來，從非處說出是來，從是非處說出不是不非來，從不是不非處說出是是非非來。長亦可，短亦可，高亦可，下亦可，淺亦可，深亦可，近亦可，遠亦可。凡其可者，皆千古不拔之定見也。定見如盤，其語言如珠，珠走盤中，盤盛其珠，而橫斜曲直，衝突自在，竟不可方所測。如有生心測之者，闢如以網張風，以籃盛水也。知其難測，而甘心終不敢測者，益非矣。東坡氏豈三頭六臂異乎人者耶，亦橫眉豎鼻，無所異乎人耶。但事理之障，障他不得，所以無不可耳。又事理之障，不能障他，妙在何處，妙在不傳也。只此不傳者，孔氏得之而為萬世師，老氏得之而為群有師，釋氏得之而為無師之師。」〔註 184〕《跋蘇東坡十八大阿羅漢頌》中再次提到蘇軾文字的不傳之妙，云：「予讀眉山蘇軾《供十八大阿羅漢頌》，愛其思致幽深，辭氣誕幻，發揮不傳之妙，如月在秋水，無煩指點，朗然現前。使人見之，不覺心遊象先，遺物獨立也……如啞人食蜜，甜與不甜，豈可以口舌窮之哉。」〔註 185〕珠走玉盤的譬喻，紫柏屢屢提

〔註 181〕《紫柏老人集》卷之六，第 192 頁。
〔註 182〕《紫柏老人集》卷之十五，第 271 頁。
〔註 183〕《紫柏老人集》卷之十六，第 271 頁。
〔註 184〕《紫柏老人集》卷之十五，第 278 頁。
〔註 185〕《紫柏老人集》卷之十五，第 280 頁。

及，用以表達文字不在妙之外，能夠表達不傳之妙。

紫柏強調修佛悟法要徹悟自心，細細揣摩其對蘇軾文字的推崇，及屢屢對蘇軾文字能表達不傳之妙的提及，其意在於強調蘇軾文字乃從自心所發。故在讀蘇軾《法雲寺鐘銘》之後，紫柏感歎說：「予讀東坡《法雲寺鐘銘》，大悟語言三昧陀羅尼，蓋一切文字語言皆自心之變也……知其如此，可以為詩，可以為歌，可以為賦，可以悲嗚，可以歡呼。文字如花，自心如春。春若礙花，不名為春；花若礙春，不名為花。惟相資而無礙，故即花是春也。花可以即春，塵亦可以即根矣。豈根獨不可以即塵耶？根既可相即，又獨不可以互用之耶？銘曰：『耳視目可聽，鳴寂寂時鳴。大圓空中師，獨處高廣座。臥士無所著，人引非引人。二俱無所說，而說無說法。法法雖無盡，問則應曰三。汝應如是聞，不應如是聽。』又此數句，共六十字，字若譬花，句即春也；句若譬花，義即春也；義若譬花，理即春也；理若譬花，心即春也。然坡公此作，文嚴義精，苟非識妙者，直以為紙花耳，何春之有？蓋坡翁以為吾所以得悟六根互用之義，六塵皆道之妙。」最後強調說「予初曰『讀東坡《鍾銘》，而大悟語言三昧陀羅尼』者，非綺語也，非妄語也」〔註 186〕。以花與春譬喻文字與語言的關係，紫柏也是屢屢提及，以此來強調文字從自心中流出。

蘇軾有《夢齋銘》有云：「世人之心因塵而有，未嘗獨立也；塵之生滅，無一念住，夢覺之間，塵塵相授，數傳之後，失其本矣。」紫柏讀此《夢齋銘》之後，大有覺悟，作偈云：「開眼見山河，合眼山河見。能見既本一，所見豈有二。雖分夢與覺，能所覺夢等。如覺乃有待，夢或無待者。無待則獨立，何塵相引授。以此觀覺夢，開合見非異。但習俗橫執，謂夢覺真偽。如開眼無想，合眼夢自除。吾本來覺者，非覺夢所囿。只此不囿光，照物初無累。明瞭若未起，覺夢亦無地。解此可轉經，用此經無字。無字轉無歇，塵剎熾然說。」〔註 187〕偈中提到的「解此可轉經，用此經無字」中的「此」，即指「吾本來覺」，「本來覺」指的應就是自心的洞明與徹悟。文字從自心中流出，心便可轉經，而不會被文字所轉（「經無字」），如《楞伽山寺大藏閣緣起》中說：「眾生不悟言說法身，而為文字所轉，如悟言說法身，則不必離言說而求法身也。古有鳥官聞羽蟲之音，知其好惡吉凶焉，由是而觀，則言說法身亦不外鳥音有也。眉山曰『溪聲便是廣長舌，山色無非清淨身』，則言說法身與色相法身無

〔註 186〕《紫柏老人集》卷之十六，第 287 頁。

〔註 187〕《紫柏老人集》卷二，第 413 頁。

別也……然文字般若，又言說法身廣長舌相也。娑婆眾生，心量狹小，習尚卑微，苟不以廣長舌相，吐大雷音，震其常情，則生死之夢，終不醒矣。」〔註188〕反之，若被文字所轉，自心之光便會被埋沒，《跋麒禪人血書〈華嚴經〉》中云：「但下劣凡夫，不信自心，徒信佛語，被文字所轉，埋沒本光，不能直下受用。是非之僕，榮辱之奴，死生之仇，好惡之黨，顛之倒之，奴主反位。大用翻為迷事無明，大機總成迷理之障，理迷則觸事皆礙，事礙則於理終迷。故華嚴之法界，法華之實相，名存義味。義味則理無所會，理無所會，則道不終通。」〔註189〕

心不累於物，就不會被物所轉。蘇軾曾說「君子與小人之心皆正，君子與小人之腎皆邪」，紫柏解釋說「君子能以理養心，故心行而腎從之」「小人不能以理養心，故腎行而心從之」。君子與小人的差別在於「心行而腎從之」還是「腎行而心從之」，「心行而腎從之」是邪從正，「腎行而心從之」是正從邪。邪從正則「情消而理漸明」，正從邪則「理昧而情漸流」。情消理明，「心將復於性」；理昧情流，「心漸累於物」〔註190〕。心不被物所累，「情消而理漸明」，就不會被物所轉。紫柏有《食菜》詩，可見其不為物所累所轉，詩云：「莫嫌菜味淡，淡中趣甚長。長者可以久，久則耐歲霜。人謂粱肉美，我愛菜根香。東坡曾有言，大丈夫須嘗。淡泊滋高明，奢侈汩心光。節儉可成家，費則近淫荒。聽我冷舌言，天下亦可康。」〔註191〕詩中述菜味淡泊卻能滋高明、肉味甘美卻能汩沒心光，流露的是對物慾的超越；全詩敘理順暢，表達自己對物慾的消解，從而不為外物所累所轉。蘇軾有《秀州僧本瑩靜照堂》詩，詩中有「鳥囚不忘飛，馬繫常念馳，靜中不自勝，莫若任所之」等語，紫柏評論說：「心外無法，觸目其誰。動之與靜，富貴貧賤，但有名言，初非他物。眉山可謂了得便用，何異繩鋸木斷，水滴石穿。斷則根塵不到，主賓夢醒；穿則十虛通達，生殺機窮。謂物即心而心外無物，謂心即物而物外無心，解用則賓不抗主，自然接拍成令；不解用則主逐賓隊，觸處成乖。故曰『若能轉物，即同如來』。」〔註192〕這裡提到了文字、外物與自心關係的最高境界，即是「物即心而心外無物」「心即物而物外無心」，這樣心不被外物所累所轉。

〔註188〕《紫柏老人集》卷之十三，第257頁。
〔註189〕《紫柏老人集》卷之十五，第272頁。
〔註190〕《紫柏老人集》卷之一，第152頁。
〔註191〕《紫柏老人集》卷之二十五，第359頁。
〔註192〕《紫柏老人集》卷之十五，第276頁。

七

上述方面的闡述，紫柏都是從蘇軾引發出來，可見蘇軾對其的影響之巨大。紫柏有《燈光偈》云：「燈初未有光，我點光始生。光若在燈者，無光燈不明。」〔註193〕偈頗與蘇東坡《琴詩》相似，蘇詩云：「若言琴上有琴聲，放在匣中何不鳴。若言聲在指頭上，何不於君指上聽。」二詩都是言二物和合之意。能看出紫柏在極力模仿著蘇軾，如《燈光偈》是模仿得較好之作，有些偈頌看上去並無什麼道理。如《夜行偈》以走路的前後步引申到空水可履，偈云：「星夜經行時，前後步互起。前步若至地，後步不能起。後步若至地，前步亦不起。前後不至地，乃能起不已。即此諦觀之，足何嘗至地。足既不至地，空水亦可履。空水既可履，神通孰不具。」〔註194〕本偈似乎也是竭力模仿蘇軾以詩偈敘理的方式，以前後腳步著地方能連續前行，此偈有點毫無釐頭，首先走路時前後腳不著地與夜行關係並不這麼誇張，夜行走路與平常走路相比併無獨特之處，可能走夜路時人的內心情緒與平時不同，導致步伐與姿勢比平常看上去有些奇怪。其次，以走路時前後腳不著地引申出空水可履，亦無道理可言。類似這樣的詩偈，是對蘇詩模仿不成功之作。《過奔牛弔蘇長公》言得蘇軾「剩語殘言」可使江山千古有光：「懷中日月隱何方，聞道奔牛坐化場。剩語殘言誰檢得，江山千古藉輝光。」〔註195〕《過陽羨蜀山弔蘇長公》是紫柏對蘇軾的敬仰之作，云：「來自黃州老此身，青山流水隔風塵。心同日月難逃謗，名滿乾坤不救貧。遷謫幾番生似夢，文章終古氣如春。清秋何處堪悲弔，蜀阜荒祠一愴神。」〔註196〕詩中稱讚蘇軾儘管經歷過多次被謗被貶，卻從沒有沉浸於悲哀之中而不自拔，在如夢般的人生之中，終沒有消磨掉自己內心中的志意，「文章終古氣如春」。

如上文提到紫柏屢屢以春與花譬喻文字與寫作，指出文字所表達、指稱的是在文字之外之旨意，這是紫柏的文學寫作觀念。《寄聚光洞微作時文說》論述作文云：「如風在帆，風不可見，而帆飽舟行，此可見者也。如地中有泉，所以能產百穀，泉不可見，而百穀秀實可見者也。如春在花，春不可見，而花可見者也。如水中鹽味，水可見而味不可見，惟飲水者乃知之耳。如色裏膠青，

〔註193〕《紫柏老人集》卷之十九，第307頁。
〔註194〕《紫柏老人集》卷之十九，第307頁。
〔註195〕《紫柏老人集》卷之二十七，第373頁。
〔註196〕《紫柏老人集》卷之二十六，第366頁。

色可見而青不可見。如日出銜山，月圓當戶，一半可見，那一半雖不可見，決知非無也。如空生處，即是色生，此真實語。然眾人但見空而不見色，情封故也。八者悟其一，則余皆等矣。如汝等作時文，既謂之時文，此須我就人者也；若待人就我，便非時文矣。然我就人，須就而不就，則無所不就矣。惟無所不就，所以人雖不欲我就不可得也。然人不得不就之者，蓋有不可見者存焉。今人作文，可見者有餘，而不可見者索然。苟能於不可見者，以可見者為之紹介，如雲中龍，頭角雖不露，而中自有神。此皆偽不掩真，真亦不掩偽故也，故文如云『我意之所寄如龍』。倘懷抱不虛靈，而欲我意如龍之神，未之有也。」〔註 197〕作文須人就我而不能就人，要人就我即須文字之表達有不可見者。

所謂作文中的不可見者，即是從自心或自性中流出的文字，錢謙益《紫柏尊者別集序》云「尊者之文，一言半偈，稱性流出，如水銀撒地，顆顆皆圓」〔註 198〕，是對紫柏之文最為中肯的評價。紫柏《雲間輞川即事兼懷諸法侶》云：「只因地僻無人到，更為池清有月來。惱殺藤花能抱樹，枝枝都向半天開。」詩下評論說：「此篇句放而思遠，寄無情諷有情，即有心會無心。噫，當興懷之際，而識境超然，非本色人顧未易知也。」〔註 199〕可謂是道出了紫柏對文章寫作的見解。《贈馬子善》是云：「堤上垂垂柳，堤下青青草。等閒清遊時，文章皆極妙。不假雕琢工，天然而自巧。借問此何來，胸中無煩惱。」〔註 200〕詩中表述其對文章的主張，寫作要「不假雕琢」而工。在這一點上，紫柏的主張與歷代諸多禪師以及明末思潮中的許多人物相同，文章寫作要從胸臆中流出而不加雕琢。對紫柏來說，文章或者文字就是從自心中流出，這樣的文章與文字就是「天趣自然」，《積慶菴緣起》云：「寒山子詩曰『庭際何所有，白雲抱幽石』。世之高明者，無論今昔，皆味之而不能忘，豈不以其天趣自然，即物而無累者乎。」〔註 201〕即物而無累，就是順承了其不被物所轉之說，這樣的文字或文章就充滿了「天趣自然」。

紫柏的眾多詩歌充滿「天趣自然」。《山中即事》詩云：「粥殘無所事，策杖尋幽去。巖下聽流水，泠然為誰語。天寒茗弗熱，霧重晝匪曙。此本龍蛇鄉，

〔註 197〕《紫柏老人集》卷之二十一，第 329 頁。
〔註 198〕《紫柏尊者別集》卷首，第 401 頁。
〔註 199〕《紫柏尊者別集》卷一，第 409 頁。
〔註 200〕《紫柏老人集》卷之二十五，第 359 頁。
〔註 201〕《紫柏老人集》卷之十三，第 254 頁。

廓然忘怖慮。談笑殊未休，日暮難久據。月上還再來，何必生猶豫。」〔註 202〕詩歌確實充滿天然旨趣，生活色彩濃厚，在生活中悟解，順暢而不凝滯。《過龍門靜室》詩述「會旨超塵封」之意云：「羊腸路高低，深林秘禪宮。既到坐門次，重迭皆云峰。刳木三百尺，閣石架虛空。寒泉委曲瀉，點滴落廚中。昨見僧頭上，水聲來匆匆。相看拍手笑，王維難形容。惟有無心者，會旨超塵封。」〔註 203〕前十句寫龍門的形勝，見到這樣的形勝引起遊覽者「拍手笑」的興奮情緒；形勝之盛，即使王維亦難以用文字將之形容出來。「王維難形容」一句在詩歌中起到承上啟下的作用，「難形容」一方面引起下句「惟有無心者，會旨超塵封」，即文字不能形容，只有無心者能去體味；無心者體味到的超塵之旨，又通過「拍手笑」表現出來。詩中的「惟有無心者，會旨超塵封」是由形勝（即上文蘇軾《夢齋銘》中的「塵」）而引起，因此境（「塵」）對修行者來說，仍然是相當重要的。紫柏吟詠山中生活的詩歌，往往更為無滯礙，上文援引的《山中即事》《過龍門靜室》即是如此。紫柏類似的詩歌頗作不少，《月下讀書》詩云：「天高秋露寒，元侶皆寢歇。油濁燈頗昏，讀書借明月。得朋古始初，會理心自愜。釋卷夜已深，清光滿巖穴。」〔註 204〕詩中的「會理心自愜」，是由月下之景引發出文字難以形容的「會理心自愜」之境。《山中偶成》詩云：「因厭風塵此閉關，寸心清冷喻寒潭。芟松放月牆頭上，引水移天屋角閒。惟有禪書消白日，更無人跡到青山。相知莫笑謀生拙，浩蕩乾坤幾個閒。」〔註 205〕由山境生發出「浩蕩乾坤幾個閒」無掛礙的心境，《山中雜詠》之一：「大乘何必斷攀緣，小隱還須遠市廛。習定水邊觀皓月，消閒樹裏看青天。心中有欲山非靜，世上無求地自偏。怪底相知歸計緩，巢陵寂寞鎖重煙。」之二：「野曠風高一壯觀，為誰談笑斗牛間。憑欄自覺青天近，下界寧知白日閒。岳色橫空簾外墮，海濤喧闐坐中寒。登臨未盡狂奴興，茗碗悲歌行路難。」〔註 206〕詩中雖表現出一定的情緒，但這種情緒亦是所見之形勝引起，而從胸臆中流出。《山居詠懷》之一：「補衲閒中拾斷麻，肯將泉石易浮華。光生甕牖東山月，香散經壇上界花。夢裏英雄勞白起，古來驕主笑夫差。隆冬富貴欺高國，自鑿池冰自煮茶。」之二：「茫茫苦海正波濤，莫若逃禪計最高。世路已驚心

〔註 202〕《紫柏老人集》卷之二十五，第 359 頁。
〔註 203〕《紫柏老人集》卷之二十五，第 359 頁。
〔註 204〕《紫柏老人集》卷之二十五，第 359 頁。
〔註 205〕《紫柏老人集》卷之二十五，第 367 頁。
〔註 206〕《紫柏老人集》卷之二十五，第 368 頁。

不死，功名猶夢鬢先凋。因甘白粥忘枯淡，卻怪蒼苔分寂寥。樂極只緣貧到骨，巢由未許讓前茅。」〔註 207〕這兩首詩都是由所處之山居之境，引起對塵世之萬象的深思，由而領悟佛教之理與洞明自心之光。

值得注意的是，紫柏從自心中流出的文字並不止短篇，有些詩篇比較長，而且具有較強的敘事性。《過石鐘寺》詩中寫遊覽石鐘寺：「長江水不淺，湖口山不深。雲石多奇巧，疑生丹青心。予偕二三子，取次望春林。何異畫圖上，歡笑發空音。假山與真山，象始可相尋。」〔註 208〕詩的前四句寫石鐘寺所在地的景色，五六句寫對此地的遊覽，七八句寫對景色的感受和喜愛，最後兩句寫假山與真山的比較而探尋佛教之理。整首詩具有很強的敘事性，寫出對石鐘寺的遊覽過程中，其中有對景物描寫、對景物的感受與抒發以及佛教之理的探尋；在敘事中，首先四句對景色的描寫，引出遊覽石鐘寺之因，而後又表達出對景色的歎賞，景色成為整首詩歌敘事的引導主線。可以看到，本詩如上面的《山中雜詠》的格式是相同的，通過述寫形勝引發出佛教之理，整首詩亦是由自心中自然流出。再如《過匡廬棲賢橋》詩云：「我昔遊峨嵋，峨嵋青雲閒。巴江瀉天上，千里一日還。今來匡廬陽，峰巒潛復翔。玉淵溢必泛，三峽何鏗鏘。行倦坐橋側，鳴佩聲琅琅。聞遺心獨清，觀音舌相長。幾人度流水，即影見慈光。」〔註 209〕前四句是敘昔日遊覽峨眉事，寫出了峨眉的形勢；五至八句寫今日遊匡廬，地勢與峨眉相似，處處峰巒擁聚、江水險峻；九至十二句寫在棲賢橋旁，有山川景物引起的感受，「鳴佩聲琅琅」是聽覺上的感受，「心獨清」是心理的感受，意在表明由外在美好景物引起內心清明之悟；最後兩句即寫感悟，沉浸在景致之中而獲得心理上的悟解（「即影見慈光」）。整首詩表現出極強的敘事性，紫柏似乎是在寫一路上對於山川景致的遊覽，以及由景物引發的內心感悟這樣一個過程和體悟，詩歌中體現出時間順序、線路順序以及內心感受以及由此引出的內心體悟。《吳江聖壽寺》詩則是由歷史引入，五至十八句為敘述聖壽寺的歷史，云「城中有古寺，銘碣何埋沉。偶讀《高僧傳》，赤烏到於今。佛燈斷復續，棒喝振雷音。禪虎瞎堂老，昔曾踞此林。殘碑陷新壁，每動騷人吟。近世微某公，幾遭荊棘侵。何其棄而去，令我彌愴襟。」〔註 210〕前四句是說明歷數本寺歷史之故，因「愛吳江山」而「浮杯恣幽尋」，「愛

〔註 207〕《紫柏老人集》卷之二十五，第 368 頁。
〔註 208〕《紫柏老人集》卷之二十五，第 358 頁。
〔註 209〕《紫柏老人集》卷之二十五，第 358 頁。
〔註 210〕《紫柏老人集》卷之二十五，第 360 頁。

吳江水」而「臨流閒照心」。最後六句「山豈貴必高，水安貴在深；寸慮苟無欲，朝市即云岑；曠然離苦地，誰解投簪纓」是敘理。本詩由情引事，由事明理，情、事、理極好地融洽融匯在一起。

紫柏詩歌的敘事性體現在詩序中。紫柏作的許多詩歌中有序，序一般是說明寫作本詩的起因，如《過天寧寺》序云：「余讀唐李長者《決疑論》，是知無為而成者，天也；應物而不亂者，寧也。故古人有以攖寧自號者亦此。早春攜二三法侶，謁李長者於方山，既而還清涼，以滹沱冰將泮，徘徊未渡，少憩天寧遠公禪房賦此。」〔註 211〕序中說明紫柏遊天寧寺，拜謁李通玄墓，並由李通玄《決疑論》引出天寧寺之「寧」的涵義，這一敘事可謂是圓滿。《名二泉詩》序亦敘述作二泉詩的原因，云：「余遊廣慧寺，見一泉湛然明瑩，歡喜心生，熱惱自消，因名之曰『歡喜泉』。復見一泉，淙淙然瀉諸龍吻，若枯禪大龍，神遊覺海，慧濤洶湧之中，而不撓乎澄潔之性，有即動而靜，彷彿乎禪定之象，名之曰『禪悅泉』。」〔註 212〕《寶珠泉》之序為賦禪人開此泉之始末，云：「嘉靖間，有禪者不知何許人，雲行鳥飛，足跡滿天下。而愛杭之徑山，山有凌霄峰，高出群巘，石少土多，可以樹藝。然以乏水，棲者不能久。此禪禱於龍神，一旦泉湧成掬，更三日，泓然厭沃龍象矣。」〔註 213〕詩序一方面敘述了詩的寫作緣由，一方面為整首詩的抒發提供了依據，如《過天寧寺》詩云：「年華不可留，齒髮豈堪倚。既少終必老，逝波力難止。無生則無死，有末必窮始。岸柳夢欲醒，桃花尚含恥。同誰遊寶地，歠茗談莊子。一嘯出門去，千峰興方起。」詩表達之意蘊，序中做了交代和敘述，整首詩能感覺出完全是自心中無滯礙地流出。

紫柏詩歌的敘事性還表現在詩歌敘述一個完整的故事。《送栗菴居士來南閩》詩云：「道人自慚情未空，憐君遠行心忡忡。漳州一去四千里，崎嶇不知經幾重。分水嶺頭縣鳥道，僮僕相呼晚與早。何處寒雲猿狖啼，日月不催雙鬢老。梁山見說多霜松，松根抱石苔色濃。幽期無負有如河，無予掃發千巖中。」〔註 214〕詩中敘述與友人的分別事，對友人將行之路程充滿想像。《夜宿盱江太平橋南》詩云：「昨夜太平橋北宿，今宵太平橋南眠。橋南橋北只一水，一水何曾有兩船。若得詰朝天氣好，從姑山上訪神仙。神仙初亦是凡女，欲海情枯

〔註 211〕《紫柏老人集》卷之二十五，第 359 頁。
〔註 212〕《紫柏老人集》卷之二十五，第 360 頁。
〔註 213〕《紫柏老人集》卷之二十五，第 360 頁。
〔註 214〕《紫柏老人集》卷之二十六，第 364 頁。

斷愛纏。一斷愛纏蛇為龍，飛行自在獨超然。」〔註 215〕詩歌最後四句敘述一個仙女故事，雖然簡短，所包含著的內容之豐富讓人驚歎，女仙為凡女時的情愛糾葛以及從情愛糾葛中超脫出來而成仙的過程，瞬時映現在讀者的腦海中。本詩由地點引起從姑山女仙之故事，同樣的有《西子說法偈》，前四句云：「世人盡愛西施美，范蠡不愛卻載去，此意若使吳王知，伍員頭始留得住」，將范蠡與西施之間的情感故事、吳越之間的長期征伐，精練地呈現出來。「我聞西施美亦愛，愛情如火燒心裏，無限精神為此枯，千排萬遣無用處」四句，描寫西施之美為世人所沉迷，一方面為吳王被西施所迷敘明了依據，一方面也為下文所明之理做鋪墊。詩歌接著說：「偶讀《圓覺》普眼章，西施之醜難掩藏。三十六物仔細觀，但覺其臭不覺香。香臭互奪本無地，范蠡滿載明月光。此光要使照千古，伍員頭斷日中霜。萬花叢裏去復來，西施翻作說法王。試觀捧心顰眉時，芙蓉兩岸秋波長。得漁款乃聲何奇，耳根一染平空亡。」〔註 216〕詩歌揭示西施之美的實相，最後一句以「耳根一染平空亡」收結。整首詩將故事敘述、真相與假相比較、義理的闡明交融在一起，天然合縫而無一絲之滯礙。詩中言「西施之醜難掩藏」，其意並非是對西施的嘲弄，而是以此闡述佛教之真實義。

這些敘事性詩作，儘管篇幅比較長，但從詩歌表達的整體性來看，仍然是從自心中自然流出而一氣呵成。縱覽紫柏全部的詩歌寫作，文字「從自心中流出」這一寫作主張一直在貫徹著。

八

紫柏有《不變隨緣偈》，描述眾生之愚癡，云：「始從一塊金，造出諸鳥獸。鳥獸亡其本，鬥爭分彼此。智者見之笑，愚者見之怒。笑則鄙其癡，怒則助其鬥。我觀天下人，助鬥何其眾。」芸芸眾生處於愚癡之中而不自知，如同《法華經》中所云處於火宅之中而不自知一樣。在覺悟者看來，這種愚癡極其可笑，紫柏因此「願乘佛光」「怒笑俱照破，逆順恒自在」〔註 217〕。按照上面的論述，能夠洞明徹悟自心，即可照破眾生之愚癡，紫柏所乘之佛光，更多的時候採用的是以《金剛經》破執的方式。

紫柏著有《釋金剛經》，開篇云「心外無法，如來實語，水外無波，聖人

〔註 215〕《紫柏老人集》卷之二十六，第 364 頁。
〔註 216〕《紫柏老人集》卷之二十，第 322 頁。
〔註 217〕《紫柏老人集》卷之二十，第 315 頁。

切喻」，如來與聖人能徹悟實相，眾生卻被從無始以來的「名言習氣染深難化」，「聞凡著凡，聞聖著聖，聞有著有，聞無著無，聞生死著生死，聞涅槃著涅槃，聞世界著世界，聞微塵眾著微塵眾」，本心即隱沒，「被名言所轉，執而忘返，埋沒自性」。如來為破眾生之執著，於般若會上說《金剛經》，「世界而破微塵眾，即微塵眾而破世界堅習」，破除掉眾生的「堅習」，眾生則「本心頓露」。本心隱沒即本心被名言習氣所染，「不能即名言、瞭悟得名言染不得的」，因情未破而「不惟世界即一合相。微塵眾亦一合相」；本心頓露則「名言安能轉我」，「一切名言，世界微塵，聖凡善惡，把柄在自手裏」。要破執而本心頓露，最有力的方式之一就是「結金剛般若緣」〔註 218〕。

紫柏釋《金剛經》採用實相與眾生「不此即彼，不聖即凡」之執相對照的方式進行講說，云：「今世界可碎，微塵可合，則世界與微塵未始有常也。而眾生於未始有常之間，計世界為一，計微塵為多，不一即多，不多即一，酣計而不醒。從無始以來至於今日，死此生彼，死彼生此。」究眾生之執之緣由，是「我見未空」而「貪著其事」。紫柏因言：「利根眾生。苟和合微塵而有世界，世界果有乎？碎世界而為微塵，微塵果有乎？」接著又反過來強調說：「碎世界而為微塵眾，微塵果有乎？合微塵眾而為世界，世界果有乎？」對世界與微塵的有無、常與無常的認識，「貴在自悟，不貴說破」〔註 219〕。雖然貴在自悟而不說破，紫柏還是在另外的地方進行了講說，云：「夫世界實有，則終不可碎；微塵實有，則終不可合。今則合微塵而為世界，碎世界而為微塵，卷舒無常，而合碎不昧。無常則多一情盡，不昧則合碎機存；情盡則理有而塗窮，機存則情枯而事顯。是故大地雖堅，觀等輕雲，一身固愛，了如聚沫。」〔註 220〕

《金剛經》以空破執、頓露本心的功用，使得紫柏對本經非常重視，曾作《血書金剛經贊》云：「稽首《金剛經》，般若最堅利。一切有為法，無能越此者。若人見一字，或復聞一句。乃至四句等，功德難思議。墨書不若銀，銀書不若金。金書不若血，娑婆震旦國。有大精進女，視身等漚泡。知心本幻化，一念堅固信。歷刺十指血，書此無上寶。願彼見聞者，頓空身心執。持此金剛劍，斷一切憎愛。如是妙利益，不求人之福。迴向般若海，澡我五漏身。獲淨

〔註 218〕《紫柏老人集》卷之十一，第 241 頁。
〔註 219〕《紫柏老人集》卷之十一，第 241 頁。
〔註 220〕《紫柏老人集》卷之一，第 152 頁。

七寶體，童真割世染。早遇明眼師，悟心為佛子。弘彼妙法華，聲震微塵剎。無心及有心，非緣培聖種。況我血書經，果報寧虛誑。」〔註 221〕上文提到紫柏對慧能的推崇，慧能因聞《金剛經》中「應無所住而生其心」而解悟，紫柏認為《金剛經》能「頓空身心執」「斷一切憎愛」而倍加重視。《金剛經白文序》云求佛心（自心）的最好方式，是持誦本經：「欲經之明，莫若直求佛心，欲求佛心，莫若持誦本文。冥寞於離微玄妙之外，堅精於死生順逆之關。心心不斷，如酵之於酪，如面蘗之於酒。亦非有心，亦非無心。緣緣之中，有忽然而成者。故大鑒本新州賣柴漢耳，非積文字義理之素，偶然弛擔，聞經心開，因造黃梅，取祖印而佩之，號於萬世曰六祖。」〔註 222〕

世界與微塵的假相與無常的實質，眾生或凡夫的「一身固愛」便「瞭如聚沫」一般。對世人的執念，紫柏在《偈》中云「富貴夢不破，貧賤根未斷」〔註 223〕，《金剛經》中有云「一切有為法，如夢幻泡影，如露亦如電」，就是對這種執念的消解；「一切有為法，如夢幻泡影，如露亦如電」，即「一身固愛，瞭如聚沫」所言之意，又如《溧陽莊結夏念開侍者》所言「人生既不久，幻影豈常堅」〔註 224〕之意。紫柏對如夢般之假相進行了大量的言說，通過消夢覺夢而顯露自心，如云：「夫眼夢色，耳夢聲，鼻夢香，舌夢味，身夢觸，意夢法，而一身之微，六根皆夢。脫無有覺之者，則一夢永夢矣。於是我大悲菩薩，教之以眼觀音，以耳聽色，以鼻嘗味，以舌嗅香，以身攀緣，以意覺觸。是以六夢忽醒，覆盆頓曉也。即此觀之，以順流用六根，則六塵皆夢媒；以逆流用六根，則六塵皆覺雷。」〔註 225〕《夢覺偈》云：「夢中知夢，將入覺中。覺中知夢，將證我空。我既空矣，孰為雌雄。」〔註 226〕

應該是由於受到《金剛經》的影響，紫柏對世間一切有為法皆為夢幻泡影有著極為深浸的體悟，上文的引述已可作為說明。《宿洪福寺懷古》詩開篇便以「浮生若電露」表述了《金剛經》之意，詩云：「浮生若電露，豈有山河壽。磨笄高入雲，還同天地久。其誰張麗筵，夜半操銅斗。逐鹿不畏險，攫金寧顧醜。滹沱鎮長流，覆宿千峰首。骨肉靡暇念，侈心若淵藪。霸功高幾許，直

〔註 221〕《紫柏老人集》卷之十八，第 300 頁。
〔註 222〕《紫柏老人集》卷之十四，第 262 頁。
〔註 223〕《紫柏老人集》卷之十九，第 311 頁。
〔註 224〕《紫柏老人集》卷之二十五，第 362 頁。
〔註 225〕《紫柏老人集》卷之二，第 156 頁。
〔註 226〕《紫柏老人集》卷十九，第 308 頁。

道難箝口。野寺秋風清，塔鈴解獅吼。燈前聞草蟲，更復悲蒲柳。」〔註 227〕詩中幾乎通篇都在復述「如露亦如電」之意，進而生發出對人生之感悟，最後再由「草蟲」揭明有為法的如夢露電。與本詩之意相同的，如《過某公禪房》詩云：「人生若漚泡，莫使煩惱長。高豎精進幢，共超無明網。」〔註 228〕有為法亦如夢中之假相，如《桃花歌》云「玉樓人醉喚不醒，夢裏南柯郡政積」〔註 229〕。

以夢露電觀世間，一切皆為無常，如《子房山歌》詩寫人生無常，云：「君不見人生大塊能幾何，黃河東逝無回波。豪華過眼曉天霜，誰能百戰爭山河。楚漢雌雄一夢勞，其餘蹄涔安足多。」〔註 230〕《弔子陵嚴先生》序中述功利富貴、君臣之誼皆無常，云：「自洗飲風微，至馬上得天下之雄，而功利智勇，波震塵飛，君臣交猜，朝富貴，夕誅夷，然趨之者猶如夜蛾之投焰。」〔註 231〕人世與人生浮沉如夢露電般之無常，往往就是由於對富貴利名的感發而引起，如《偶成》詩云：「美酒醉人醒不貪，利名人醉死猶甘。浮生果使如春夢，枕上歸來肯自慚。」〔註 232〕《病病歌》詩中云「又不見高張富貴震天地，頭白黃金買不去，南山北嶺冢累累，見說蓬蒿穿眼裏」〔註 233〕。對人心險惡的感歎也是引起此種感慨的重要主題，如《感懷歌》云：「古云蜀道危，又云長江險。蜀道攀蘿度不難，長江無風亦可還。惟有人心危險極，千奇萬怪不可測。論交滿口如蜜甜，誰知甜內皆荊棘。荊棘刺人人不死，心刺刺人死未止。忽地思量怕殺人，究竟總因情所致。情關未破莫論交，論交須待情關破。情關破了冤親齊，寧有相知仍見過。」〔註 234〕紫柏將人心之險惡歸因於「情」，情若破則人與人方有相知，又《與蘆芽主人談世故有感》詩云：「云屋寥寥冰雪重，燈前杯茗論英雄。情關未破寧無失，世路相遭豈易公。共飲每憐愁不共，同床未必夢相同。年來多少傷心事，總付瞿曇妙觀中。」〔註 235〕詩中談及朋友之情關以及共同參悟佛理，詩中充滿了對世事人生的感悟。

〔註 227〕《紫柏老人集》卷之二十五，第 357 頁。
〔註 228〕《紫柏老人集》卷之二十五，第 360 頁。
〔註 229〕《紫柏老人集》卷之二十八，第 386 頁。
〔註 230〕《紫柏老人集》卷之二十八，第 388 頁。
〔註 231〕《紫柏老人集》卷之二十八，第 389 頁。
〔註 232〕《紫柏老人集》卷之二十七，第 372 頁。
〔註 233〕《紫柏老人集》卷之二十八，第 385 頁。
〔註 234〕《紫柏尊者別集》卷二，第 415 頁。
〔註 235〕《紫柏老人集》卷之二十六，第 368 頁。

有為法為夢幻，以知夢覺夢而證空，對世事人生的感悟，就是由證空而發。紫柏不停地寫作《醒夢偈》以表述自己對此的體悟，如一首《醒夢偈》云：「夢中地上走，忽然地成水。又謂水中游，忽然水枯竭。謂我空中浮，忽然空消殞。謂我無承載，恐怖求處所。怖極忽然醒，醒後觀種種。不異兔之角，醒中觸憎愛。好惡迭相攻，攻戰情忽破。當處無我所，醒夢念後事。即念得無念，醒夢大導師。我故稽首敬，眾人不稽首。不知醒夢恩，夫醒夢者識。一識永不得，萬古處幽夕。覆盆非故鄉，迷暗豈眷屬。何為戀不捨，勞彼至人咄。」〔註236〕詩偈的寫作方式，開始是描述夢中的景象或者「恐怖」，其次描寫醒後觀察到夢中的一切都不真，最後揭明夢之實質與擺脫對不真夢境的不捨與留戀。整首詩偈將世界夢幻的假相、醒後對假相的觀察與體認、對實相與實質的領悟這一認識過程清晰描寫出來，作為學習者對修行過程的啟悟。又《醒夢偈》云：「紫柏老人妄想多，夜來合眼夢不少。夢中好惡幾千般，開眼何曾有莖草。腦髓心肝命所繫，夢中有人平白取。解空未熟取時慳，成就慳貪多巧計。值得計窮瞋發盡，腦髓心肝宛然具。將觀具者等夢中，死生榮辱恣遊戲。」〔註237〕這首詩偈與上首的寫法與目的完全一致，由夢而證空之實相與實質，從而達到了「死生榮辱恣遊戲」的超越之境。又《醒夢偈》云：「夢裏冤親，相逢喜瞋。醒中無異，奔逸前塵。鼠餓翻盆，醒知非真。幻兼泡影，喻此夢身。露電倏忽，臂交故新。仲尼哀之，菩薩沾巾。顏子未薦，坐忘彌勤。肢墮聰黜，離雲月輪。清光充滿，照絕邊中。以眼觀聲，普門圓通。百川一月，觸處相逢。念彼善財，參尋未回。難光覓月，月被雲霾。身等夢幻，泡影露電。殼雖假合，恒作是觀。一觀若成，餘五自現。見思消融，是身舒卷。譬如白雲，豈涉牽絆。跣足經行，腳跟具眼。」〔註238〕這首不僅如上兩首相同，而且以更多的事例，闡述《金剛經》之理。

紫柏一再述說蘇軾以文字為廣長舌，從《醒夢偈》來看，紫柏同樣是以文字為廣長舌。紫柏的廣長舌不止展現在多首《醒夢偈》，對夢幻之假相與醒夢後對實質的體悟更是不停予以述說。以「夢」為題的詩偈就很多，如《感夢》詩云：「苦海寬深浮復沉，所天淪溺最傷心。幾回欲拯愁無力，躑躅灘頭淚滿襟。」《醒夢》詩云：「夢裏悲歡知是虛，醒中境界豈真乎。常將醒夢細推勘，

〔註236〕《紫柏老人集》卷之十九，第311頁。
〔註237〕《紫柏老人集》卷之二十，第322頁。
〔註238〕《紫柏老人集》卷之二十，第324頁。

逆順關頭便自如。」《夢覺偶成》詩云：「夢歷峰泉興正濃，萬松失在一聲鐘。覺來空翠猶堪掬，才復生心趣便窮。」〔註 239〕《志夢》詩云：「獨惜無人萬斛舟，風波恍惚卒難留。誰知岸上持竿者，幾度斜陽淚濕裘。」〔註 240〕這些詩歌所表達無一不與《醒夢偈》的性質相同。其他詩歌中類似的表達同樣很多，如《陽羨舟中即事》云：「來往風塵兩鬢雕，青山冷笑世人勞。平生碌碌成何事，一片年光夢裏消。」〔註 241〕詩之風格，與平常文人完全沒有什麼不同，可見紫柏具有很強的與文人相同的行役羈旅之感；詩中對人生如夢般之慨歎，似乎從中看到的是蘇軾的影子。《佛香菴觀月偈》之三云：「智光力大不思議，世界須臾散作泥。是事若還君未信，夢中榮辱醒中非。」〔註 242〕《看桃花偈》詩云：「舊樹新花開共看，此花不異去年顏。誰知花笑人分別，榮落頻經樹本閒。」〔註 243〕《憩古巖偈》詩云：「人生誰百年，轉眼即來世。浮榮鏡中花，苦海無邊際。楚漢競雌雄，只今成何事。奚若守心城，護此光明地。」〔註 244〕《偶成》詩中「曹劉無幾豪，榮枯轉頭罷」是對世事無常的敘寫與感歎，又以「山河喻蒼狗，生死齊野馬」譬喻轉瞬的榮枯，故對人生來說「靡事可牽掛」〔註 245〕。這些詩歌都是以夢寫人生，看慣了人生與人世之沉浮與往復循環不已，領悟到的就是以自心「護此光明地」。再如《過華嚴菴》詩云：「流水青山曲，誅茅拭心鏡。法界雖四重，了之凡可聖。風高鐵磬寒，月上松窗淨。莫謂故紙厚，鑽研力須勁。一塵忽剖破，大藏頓究竟。」一直是在述說佛理與努力參究佛法，「且說春光深，杏花正當令」描寫春光之下的景致，最後「浮生能幾何，誰悟身為病」〔註 246〕是對浮生與佛法的頓悟。前部分一直說對佛法的參究，最後兩句最終表明面對春光與春光下無限之景致而對浮生的頓悟。

功名富貴本身如其他萬物一樣，亦是如露亦如電，轉瞬而逝而非恒常，以此觀之則會有超越與解脫之心境，如《示吳康虞》詩云「此生即曉夢，寵辱兩俱非」〔註 247〕。「兩具非」是對執念的超越與解脫，豁然開朗的心境便會出現，

〔註 239〕《紫柏老人集》卷之二十七，第 373、379、380 頁。
〔註 240〕《紫柏老人集》卷之二十八，第 384 頁。
〔註 241〕《紫柏老人集》卷之二十七，第 380 頁。
〔註 242〕《紫柏老人集》卷之十九，第 311 頁。
〔註 243〕《紫柏老人集》卷之十九，第 313 頁。
〔註 244〕《紫柏老人集》卷之十九，第 315 頁。
〔註 245〕《紫柏老人集》卷之二十五，第 361 頁。
〔註 246〕《紫柏老人集》卷之十五，第 360 頁。
〔註 247〕《紫柏老人集》卷之二十五，第 363 頁。

《清涼寺雙栢歌》詩云：「好家風，謾從聾，浮生如夢夢如空。今昔豪華鏡裏狂，勸君莫負主人公。淮陰功，留侯策，究竟都來閒費力。三月桃花雨後看，殘紅滿地悲狼籍。大將軍，五大夫，榮名無故落江湖。」〔註248〕昔日豪華終如浮生之夢，矗立的雙柏冷眼觀看著昔日功名的興衰，這是經歷過浮沉的深刻感悟。《觀放花炮歌》述無常之後的超脫云：「君不見富貴人所喜，貧賤世所厭。古往及今來，升沉寧有限。惟有達道人，榮辱俱如幻。漢高祖，楚霸王，爭鋒氣勢何昂藏。正眼看來總是空，長安彭城俱荒涼。亞夫冢，蕭何墓，荊棘深深眠狐兔。山河不改勳業盡，奚必從前多勞苦。大不若，林閒叟，寵辱胸中曾不有。白雲去住本無心，泉石城隍恣遊走。或愛靜，或任喧，超然直下了非關。萬籟寥寥夜月寒，何妨花炮共相看。聲悅耳，色供目，聲色叢中誰解悟。常光生滅兩俱遺，千峰寂歷心如谷。」〔註249〕《潭柘山一音堂寄懷靜光滑居士》詩中云「世路多崎嶇，悠悠寄巖谷，去來惟白雲，天地亦茆屋」〔註250〕，雖然是對世事一種泛泛的慨歎，卻是更為深刻的感悟與內心的解脫之境。《示端雍》詩云：「花落花開幾度春，此身如夢亦如塵。曉來聚散東風急，紅點蒼苔色不新。」〔註251〕《感懷》二首之一：「山重重兮水重重。迷悟須知路不同。寞寂場中蟣似虎。長安道上馬如龍。白雲自解歸青嶂。明月誰將掛碧空。若使貴人能不死。從教桃李笑春風。」之二：「風塵那得此中幽，萬壑千巖鎖一邱。白髮不栽偏易長，紅顏欲駐卻難留。飛禽有跡空中覓，老衲無心物外遊。試問故人槐國夢，五更霜冷解惺不。」〔註252〕

從上引的詩作能夠看出，洞明世事本質的紫柏表現出了超然的心態，再如《過漏澤園》詩云：「髑髏此地莫言多，法界都來毗富羅。更看陌頭誰氏冢，幾回歡笑幾悲歌。」無常帶來的是歷史的悲涼，而重到一遍的《重遊漏澤寺》展露的是心境的超脫，詩云：「重來豈是倣仙遊，最愛春波浴白鷗。自笑黑衣非宰相，卻從覺苑覓封侯。」〔註253〕《贈清原寶藏秀峰二禪人》之一：「方始悲秋又復春，百年豈止過駒塵。黑頭若許黃金買，不死輸也富貴人。」之二：「住來無著與天親，市上安禪道自真。少欲何須觀白骨，有緣曾不破清貧。寒

〔註248〕《紫柏老人集》卷之二十八，第387頁。
〔註249〕《紫柏老人集》卷之二十九，第391頁。
〔註250〕《紫柏老人集》卷之二十五，第357頁。
〔註251〕《紫柏老人集》卷之二十八，第382頁。
〔註252〕《紫柏老人集》卷之二十六，第365頁。
〔註253〕《紫柏老人集》卷之二十七，第375、372頁。

流並汲澆瓜菜，古佛同修慜世塵。最是一般堪愛處，共甘澹泊懶求人。」〔註254〕甘於隨緣安於淡泊不求人的生活，與《山居》之二中的「心跡兩忘」是透脫的超然心境，云：「白雲無心道人心，流水無跡道人跡。心跡兩忘齊有無，白雲流水誰復識。」〔註255〕心跡兩忘的超然心境是無阻礙地自然順暢流出的，《芭蕉菴聽雨偈》之一：「何須方外尋幽僻，城市雲林趣不乖。」之二：「雨打芭蕉一樣聲，聽來迷悟太分明。桃花只許靈雲見，敢保盤山夢未醒。」〔註256〕這是《與王圖南出塵》詩中說的「逆順常自如」的狀態，詩云：「出塵地不遠，貴在方寸虛。憎愛匪關心，逆順常自如。芳草總心訣，白雲皆禪書。能將耳檢閱，除我誰復儒。」〔註257〕透脫的超然的心境之後，展現的是發自內心深處的如赤子般的天然真趣，《觀北園假山》詩云：「樹高山矮世間希，抑樹扶山癡上癡。高者自高矮者矮，就中亦自有天機。」詩中在流露自然真趣的同時，充滿著不可言說的理趣，如《山居》詩云：「鳥道曲復直，迢遞通幽寂。枯松學龍舞，怪石疑僧立。香雲襯足柔，清磬聲歷歷。老衲笑相迎，有意非言說。」〔註258〕這是徹悟之後才能有的非言說所能表露的自然之趣。

由上所述，與一般的禪者與晚明心學家主張不立文字、經籍乃自心之障礙不同，紫柏以文字為般若，認為文字是解悟或者徹悟自心的媒介與工具。紫柏對文字的主張與洞明徹悟自心的觀念並不矛盾，他認為對文字不應該拘泥，文字應該成為修行者洞明徹悟自心的引導。在文學觀念上，紫柏亦主張文字是從自心中自然流出的，文字「從自心中流出」這一寫作主張一直在貫徹著。在這一文學觀念下，紫柏在寫作上表露出堪破世事眾生如夢露電般的實質，詩偈表現出自內心自然流出的天然之趣，這種天然之趣中同時充滿著理趣。

〔註254〕《紫柏尊者別集》卷二，第415頁。
〔註255〕《紫柏老人集》卷之二十八，第384頁。
〔註256〕《紫柏老人集》卷之二十，第319頁。
〔註257〕《紫柏尊者別集》卷二，第416頁。
〔註258〕《紫柏老人集》卷之二十五，第357頁。

第二十一章　情真境實：憨山德清的思想與詩歌

憨山為公認的明末四大高僧之一，在佛教界有著極大的影響。憨山一生志向於修行與弘揚佛教，為晚明佛教的發展作出了重大的貢獻，然而其經歷卻並不平坦，由五臺山去嶗山，由嶗山被充軍雷州衛，遭受到眾多的磨難。憨山在佛教觀念上主張教禪並重，與晚明王學關係密切，儒釋道三家之說互釋是其思想上非常典型的特徵。憨山創作了大量的詩文，為其著述取名「夢遊集」，主張不以文字求觀文字之意。詩歌成為憨山弘揚佛教的媒介，主張詩乃真禪，受到王門心學的影響，憨山主張詩歌應從自性中流出。在文學觀念上，憨山提出文學寫作要「情真境實」，尤其是其寫作與軍伍有關的詩歌，最能體現出他「情真境實」的觀念。遊記文的寫作頗有特色，在大量使用排比句式的同時，使用了與眾不同的遊觀線路轉換媒介；遊記的風格似乎在極力模仿唐代的柳宗元，同時充滿著對陶淵明描寫的桃源之境的深切嚮往。

一

憨山生於嘉靖二十五年（1546），本姓蔡氏。其母是虔誠的佛教信徒，對憨山最終出家成為佛教僧徒有著重大的影響。七歲時，其叔父去世，憨山開始思考「死向甚麼處去」問題；待見其嬸母所舉之嬰兒，又思考嬰兒「從何得入嬸母腹中」的問題。僅僅七歲的年紀，憨山就對「死去生來之疑不能解於懷」，顯示了他的早慧。其母首先督憨山讀書，期待之後能參加科舉考試。為督促其讀書，母親對憨山相當心狠，憨山不肯去讀書，母親「提頂髻拋於河中」，甚至說出「此不才兒不滰殺留之何為」之語。憨山問讀書何為，其母答曰可做官至宰相；又問做了宰相如何，其母答曰罷官。憨山由此生疑曰「可惜一生辛苦，到頭罷了，做他何用」，遂生出家之志。嘉靖三十六年，憨山十二歲時聞報恩西林大和尚有大德，欲往從之出家，其母曰「養子從其志，第聽其成就耳」〔註 1〕，遂聽其出家。其母儘管首先督其讀書、參加科舉考試，在出家為僧這件事上卻又對憨山十分支持。十九歲時，由棲霞寺雲谷法師剃度，憨山「盡焚棄所習，專意參究一事，未得其要，乃專心念佛，日夜不斷」。同年，棲霞寺請無極法師「講《華嚴玄談》」，憨山「即從受具戒，隨聽講至十玄門」「恍然了悟法界圓融無盡之旨」〔註 2〕。

憨山對佛教有堅定信心，年幼時讀到程嬰、公孫杵臼事蹟，內心中生發出應「持此心為人臣子」之念，出家後接觸到「三界法王、四生慈父」之佛陀，生發出只有作為佛教弟子才是「不負己靈」。繼之佛教史傳中神光之斷臂、船子之覆舟、百丈之於馬祖、楊岐之於慈明等事蹟，生發出如上諸禪祖一樣「忘身為法」、昌振法門的志意與抱負。憨山對上述僧徒刻苦求佛法的事例似乎是深入內心深處，《示無生祿禪人》中再次提到這些禪師們發心求佛事云：「古人最初發心，真正為生死大事，決志出離，故割愛辭親，參師訪友，歷盡艱辛，心心念念只為己躬下事未明。憂悲痛切，如喪考妣，若一見知識，如嬰兒得母；倘得一言半句，開導心地，如病得藥。若一念相當，胸中了悟，如貧得寶，拌身捨命，陸沉賤役，未嘗憚勞，若二祖之安心斷臂、六祖之墜腰負石、百丈之執勞、楊岐之供眾，凡名載傳燈光照千古者無不從刻苦中來。」〔註 3〕這些禪師們刻苦求佛法的精神激勵了憨山，在《促小師大義歸家山侍養》中提到他由儒入佛的轉變云「丈夫處世，既不能盡命竭力以事人主，榮名顯親，即當為法王忠臣慈父孝子」，表明憨山之志不能服侍世俗的人主，便要做弘揚佛法的僧徒。文中「予自知有向上事以來，此心翩翩，負超世之思，即處樊籠遊廛市，未嘗不置身冰雪千巖萬壑中也」〔註 4〕之語表明憨山求道信念的堅定。《寄蓮池禪師》中一邊表達蓮池大師對他的啟悟，一邊敘述自己對佛法的了悟云：「慈音無遮，一至於此。瘴鄉拜辱手書，不啻足輪光照鐵圍，令有緣謗法者先蒙益

〔註 1〕《憨山老人自序年譜實錄》上，載《憨山老人夢遊集》卷五十三，莆田廣化寺佛經流通處影印本，第 2878～2883 頁。

〔註 2〕《憨山老人夢遊集》卷第五十三《憨山老人自序年譜實錄》上，第 2886 頁。

〔註 3〕《憨山老人夢遊集》卷二，第 88～89 頁。

〔註 4〕《憨山老人夢遊集》卷二，第 98 頁。

耳。不慧向沉幻網，今幸荷諸佛神力，以金剛烈焰而銷鑠之，今則罪性了然，且賴此作懺悔地。」〔註5〕求法與修法信念的堅定，儘管一生求法與修法之道路異常艱辛曲折，由京師至五臺山，由五臺山到嶗山，再由嶗山被貶至雷陽，憨山都能夠堅持下去。如1564年憨山同妙峰禪師一起去五臺山，「置身萬年冰雪中，嚴寒徹骨，幾死者數矣」〔註6〕，憨山自言是靠著對佛教的「自信」而堅持下來。

萬曆九年（1581），萬曆皇帝遣官於武當山祈皇嗣，皇太后則遣官於五臺山作無遮法會求皇儲、薦先帝。憨山全力支持，云：「以為沙門所作一切佛事，無非為國祝釐，陰翊皇度，今祈皇儲，乃為國之本也，莫大於此者。願將所營道場事宜一切，盡歸併於求儲一事，不可為區區一己之名也。」這次法會相當成功，使憨山聲名大振，巨大的聲譽使得憨山感到了很大的壓力，於是想找一個安靜的處所躲避。萬曆十一年，憨山來到嶗山，云：「然以台山虛聲，謂大名之下，難以久居，遂蹈東海之上。始易號憨山，時則不復知有澄印矣。」〔註7〕「澄印」是憨山出家至此前的法號，至此易號憨山，不再以澄印相稱。舒廣淪、吳應賓撰《大明廬山五乳峰法雲禪寺前中興曹溪嗣法憨山大師塔銘序》中說：「師之升聞於慈聖也，為聖躬禱也，其作無遮道場也，為皇儲禱也。居一年，貞皇應河清之瑞而誕。唱導之侶，妙峰大方，咸被寵錫，而獨師逃之海濱，求華嚴菩薩住處，所謂那羅延窟而谷隱焉。」〔註8〕憨山確實是為了躲避功績而來嶗山的。憨山到嶗山後，使得嶗山佛教發展迅速，沒有想到的是嶗山成為了憨山一生的轉折點。憨山對嶗山佛教的貢獻極大，《促小師大義歸家山侍養》自敘在嶗山弘揚佛教事云：「明年癸未，余即東蹈海上，藏修於牢山深處，人跡所不能至，神鬼之鄉也，余因入那羅窟而居之。披荊榛，臥草莽，犯風濤，涉險阻，艱難辛苦不可殫述。人不堪其憂，而宗實甘心焉。余亦將謂老死丘壑，無復人世矣。居三年丙戌，蒙聖天子詔，為慈聖聖母頒大藏經，佈天下名山，及二牢焉。余乃喟然歎曰『因緣障道，往哲痛心，福始禍先，前修明誡』，意欲避之，宗與同伴安、桂二侍者進曰：『師即無意人世，豈不上念聖心所以隆重法門，為斯民之福利乎。』余乃翻然念曰：『惟我聖天子仁孝聖母

〔註5〕《憨山老人夢遊集》卷十三，第652頁。

〔註6〕《憨山老人夢遊集》卷二，第98頁。

〔註7〕《憨山老人夢遊集》卷五十三《憨山老人自序年譜實錄》上，第2921、2924頁。

〔註8〕《憨山老人夢遊集》卷第五十五，第3001頁。

慈恩，以法為社稷蒼生福，某敢不竭躬盡瘁以敷揚法化，上報聖恩。法王忠臣，慈父孝子，實予所圖。第此海嶠遐陬，故稱蔑戾，苟不等心死誓，何以轉魔界而成佛土。爾輩試揣其衷，果能以法為心，畢命從事則止之，否則去之，無使異日作世諦流佈，昧人天眼目也。』安等唯唯，進曰：『師唯何人，此惟何事，願師安意，以道自任，為法忘情，我輩敢不視師為行止。』余於是拜受慈命，克意建立，經營事務，無論鉅細，一切委宗，而以安、桂二人為知事，予但總其綱要耳。上賴聖慈寵靈，不三年叢林告成，法道聿興，四方衲子日益至，時則東海洋洋佛國之風焉。天人冥會，轉化之機，蓋亦神且速矣。山門供眾，法物畢備，秋毫皆出宗心，建立規模，居然不減在昔。觀者以為天降地湧，將為東鄙法幢盛世永永福田也。」《寄蓮池禪師》書亦云：「某去台山，將南歷百城，擬參座下，復為業力牽之東海，良以耽著枯寂，遂置身窮陬篾戾車地，因之矢心建立三寶，上報佛恩，亡軀盡命，鬱鬱十年於茲。」〔註 9〕

儘管如此，由於捲入了與嶗山道士關於太清宮財產之爭，憨山被貶至雷陽，《促小師大義歸家山侍養》繼續說：「豎立未幾，狂魔競作，己丑歲即遭侵撓，余所經涉，無論污辱，即祁寒溽暑，奔走於風塵道路，冒生死之際者不可指陳，而此心一念孤光未嘗少易，宗輩之志愈益堅，三年如一日也。或謂余曰『古人言到處家山，以師高致，道眼視此，不啻輕塵聚沫，奈何惓惓於此』，余曰：『嘗聞世之君子以身殉國則死國，以身殉法則死法。今蒙慈恩以法見託，而且表揚聖孝，其事雖異其命實均，避難不義，棄命不忠，不義不忠，何以為法。假而以此即有封疆尺寸之寄，苟臨難而去之，又何以自處。寧效死而弗去，不為苟生以失經。』或者唯唯，頃亦魔風頓息矣。又四年乙未春二月，釁從中起，以魔事為借資，致聖天子震怒，詔下金吾，逮及者眾。是時安已先去，宗與桂共嬰此難，餘則以一死肩之。」憨山與嶗山道徒爭奪太清宮的失敗，與即墨的地方官員有一定的關係。據《南平縣志》林有檟傳云，時林有檟為即墨令，萬曆皇帝毀憨山海印寺詔令下達之後，「撫按以太后故，集屬議之」而猶豫不決，林有檟堅決執行萬曆皇帝的詔令，云：「憨山以危語恫之，曰『是欽奉慈懿，中有祝聖龕二，誰敢犯』，有檟圈其置御容者，曰『留此，余悉毀』。憨山竟謫戍。」〔註 10〕

自被貶雷陽，憨山開始了艱難而曲折的歷程，《促小師大義歸家山侍養》

〔註 9〕《憨山老人夢遊集》卷十三，第 650 頁。
〔註 10〕《南平縣志》列傳第二十二，上海書店 2000 年影印 1928 年鉛印本。

接著說：「荷蒙聖恩詔遣雷陽，於是冬十月出長安，與宗別，余觀往事如夢遊，亦未嘗一語及世諦常情也。宗送余河梁，余乃謂之曰：『丈夫處世固不戀戀為兒女態，況吾釋子學出情法者乎。第爾從老人幾二十年矣，老人固未嘗以一語佛法累汝，不知汝於何處見老人乎。』宗稽首曰：『宗自事師以來，自知愚鈍，不敢外求，上不見有佛祖，下不見有禪道，唯知作務供眾生，於動靜閒忙疾病禍患死生之際止此一念，直觀師心而已。是故師生則生，師死則死。』余曰『我心無相，汝作麼觀』，宗曰『師心若有相弟子則無今日也』，余乃大笑而別，獨攜善侍者而南。明春三月抵雷陽，頻歲饑荒，瘴癘大作，余尸屍陀林中，毒氣炎蒸交攻而至，殆者亦數矣。秋八月奉檄來五羊，昔之在門者亦接踵而至，余見則詬罵曰『爾等各有出生死路腳跟，誰無一尺土，見我何為』，皆痛斥而去。頃之，宗亦自蒲中萬里相尋，躬事爨煮，無間在昔。粵省會亦遭疫癘，骸骼蔽野，余命宗率人親撿埋葬不下萬餘，作津濟道場以拔之。」〔註11〕本文是萬曆二十五年（1597）寫給從五臺山到雷陽一直陪伴在其身旁的德宗和尚的，文中主要是詳細敘述了德宗對他的照顧，側面則揭示出了憨山一生行法的艱辛與波折。儘管被貶雷陽，憨山向佛法之歡喜心並無減退，《將之雷陽舟中示奇侍者》文敘之云：「余比以宏法罹難，上干聖怒，如白日雷霆，聞者掩耳。自被逮以至出離，二百餘日，備歷苦事不可言。從始至終，自視一念歡喜心，竟未減於平昔，觀者莫不驚異為非常。然而生死禍患，他人故為余驚矣，及視余不減歡喜心乃又驚。余不驚其所驚，而人驚其所不驚，是或有道焉。」〔註12〕被貶四年時，憨山作《示明哲禪人》文中有「向之悲楚辛酸，皆成笑具」〔註13〕，此雖是誡勉明哲禪人之語，亦是憨山心中之感悟。被貶雖是法難，憨山心中卻並不是悲戚，而是能坦然處之，確實是真正悟禪者。

憨山在晚明有著極大的影響，由上述可知當時的皇太后對憨山極為重視，在《答德王問》中顯示德王等人對他的看重，云：「承大王諭使者，訪問山僧修行直捷法門，云『王已能持不殺戒，齋蔬三年，但念末後一著為急，有何法修持，至臨終安樂，後世不迷』。」此為第一問，第二問云：「正月二十七日，僧蘊真奉大王令旨，持睿語下問事件。山僧伏讀再三，足見大王體究生死大事，要明性命根宗，了達佛祖禪教旨趣。」〔註14〕在佛教僧徒中的影響力更是

〔註11〕《憨山老人夢遊集》卷二，第100～105頁。
〔註12〕《憨山老人夢遊集》卷二，第93頁。
〔註13〕《憨山老人夢遊集》卷三，第146頁。
〔註14〕《憨山老人夢遊集》卷十，第500、507頁。

顯著，眾多僧徒為其志向與人格魅力所吸引而一直追隨著他，如《示佛嶺乾首座刺血書華嚴經》云：「余昔居東海那羅延窟，禪人自五臺來謁，及余度嶺之五羊，復從匡山來，慰余於瘴鄉。」〔註15〕《示智海岸書記（乙卯）》云：「老人至五羊說法，一時法性弟子與緇素皈依者眾，翕然可觀，亦時節因緣也。未幾時故多事，法會難集，老人入曹溪，向在會者亦多退席，唯智海岸、修六逸、若惺炯三人不離執侍。及投老南嶽，則岸、逸二子相隨不捨，是感法乳情深義至高也。老人隱居湖東，不覺三載，居常極其淡薄，二子恬然，想陳蔡之從不是過耳。」〔註16〕《示慧玄興後禪人》云：「東海佛法不行之地，自靈山桂峰師開化，令捨邪歸正者不少。老人昔居海印寺，歎師法利之盛，其諸弟子能說法者居多。今學人興後，乃嫡孫也，老人別靈山二十有八年矣，辛酉歲後來參匡山。」〔註17〕《題壇經首示智境禪人》云：「余亦為此法故，上干宸怒，實出九死，幸爾絕處再蘇，蒙恩貶雷陽。以萬曆乙未冬日，出帝都，冒雪南行，至白下，攜弟子智境、如廣作形影。及至雷陽，瘴癘大作，飲者萬萬無完人。余與從者，俱冒毒癘病，而廣竟不起，境則再死而復生。苟非仗諸佛神力加持，及自願持之，蓋萬萬無遺類矣。」〔註18〕比丘今釋《錄夢遊全集小紀》中言一儒生陳方侯讀憨山文而出家，因作偈云「憨山一部遺稿，能使陳郎出家」〔註19〕，顯現出憨山的影響力之強。

憨山對佛教的功績，可用錢謙益和印光法師的兩段話作為評價，錢謙益《壽聞谷禪師七十序》云：「自萬曆間，紫柏老人以弘法罹難，而雲棲、雪浪、憨山三大和尚，各樹法幢，方內學者，參訪扣擊，各有依歸，如龍之宗有鱗，而鳳之集有翼也。及三老相繼遷化，而魔民外道，相挻而起。宗不成宗，教不成教，律不成律，導盲鼓聾，欺天誣世。譬之深山大澤，龍亡虎逝，則狐狸鮲鱔，群舞而族啼，固其宜也。」〔註20〕印光《廣東高州佛學研究會緣起》中談到憨山對嶺南佛教發展的貢獻云：「曹溪法脈，出我粵東。傳佛心者，莫不宗之。固知粵雖邊鄙，於如來大法，有大因緣。由是禪宗大興，雖在家二眾，多有徹悟本有，明心見性者。歷宋元明，法道弗替。明季垂末，勃然蔚興。憨山

〔註15〕《憨山老人夢遊集》卷三，第159頁。
〔註16〕《憨山老人夢遊集》卷五，第226～227頁。
〔註17〕《憨山老人夢遊集》卷九，第467頁。
〔註18〕《憨山老人夢遊集》卷三十二，第1674頁。
〔註19〕《憨山老人夢遊集》卷一，第16頁。
〔註20〕《牧齋初學集》卷三十七，上海古籍出版社2009年版，第1043頁。

以宏法遭讒，謫戍粵東，中興曹溪。時搉使四出，百姓塗炭。制臺不能設法者，憨山以一席話取消之。讀憨山《年譜》，及《年譜疏》，知粵民沐大師之恩者深矣。」〔註21〕印光法師對憨山的這個評價是極高的。

二

正如文中所說最高統治者通過佛教的法事謀劃「社稷蒼生福」，憨山以「竭躬盡瘁以敷揚法化」而上報聖恩，這是對明代宗教政策的深刻領悟，《端州寶月臺記》中再次提到其對明代宗教政策的領會：「臺翼二剎，左慧日而右靜明，若日夜相代，照迷方以破重昏，鐘鼓交參，潮音迭奏。上祝聖壽，下福斯民，忠孝節義，乘時而興起者，實憑大士之靈也。若夫奠斯土以鎮華夷，布慈風以翊皇度，誠萬世無窮之利。」〔註22〕憨山對明統治者宗教政策的維護，在著述中不停地加以陳述。憨山的態度，一方面是對這種統治政策的維護，一方面從被貶雷陽卻陳述為「荷蒙聖恩詔遣雷陽」之語能夠看出來，或許也是對高壓統治的屈服。

作為明末四大高僧之一，憨山的佛教觀念在《示觀智雲禪人》中提出的學道人十要，可以看作是集中的體現，也是集中的概括和總結。文云：「學道人，第一要看破世間一切境界，不隨妄緣所轉；第二要辦一片為生死大事，決定鐵石心腸，不被妄想攀緣以奪其志；第三要將從前夙習惡覺知見一切洗盡，不存一毫；第四要真真放捨身命，不為死生病患惡緣所障；第五要發正信正見，不可聽邪師謬誤；第六要識得古人用心真切處，把作參究話頭；第七要日用一切處正念現前，不被幻化所惑，心心無間，動靜如一；第八要直念向前，不可將心待悟；第九要久遠，志不到古人田地決不甘休，不可得少為足；第十做工夫中念念要捨要休，捨之又捨，休之又休，捨到無可捨，休到無可休處，自然得見好消息。」〔註23〕這十要主要是強調修道人的「有志向上」的修學誌向，同時體現出憨山教、禪並重的觀念。

憨山十分強調志向的重要，《示馮生文孺》中云「學道人第一要發決定長遠之志」〔註24〕，《示歐生伯羽》中云：「嘗謂一切聖凡靡，不皆以志願成就世出世業，是知吾人有志於性命者志出生死，有志於功名富貴者志入生死也。」

〔註21〕《增廣印光法師文鈔》卷四，弘化社影印本，第28頁。
〔註22〕《憨山老人夢遊集》卷二十四，第1269頁。
〔註23〕《憨山老人夢遊集》卷五，第219～220頁。
〔註24〕《憨山老人夢遊集》卷三，第139頁。

〔註 25〕都是表明堅定的志向對修佛者之重要性。《示慶雲禪人》文中指出家者要明之五大事，前三大事分別是「第一要真實為生死心切，第二要發決定出生死志，第三要伴一生至死不變之節」〔註 26〕，這三大事都是從修道的志向說的。

就禪學觀念來說，憨山的觀念與唐宋以來的禪學觀沒有太大的區別，強調人人內心中本具法身，且「圓滿周遍，無欠無餘」，不要「將心向外馳求」；若捨此心別求清淨心中「本無一物，更無一念」，起心動念「即乖法體」。又說「以佛性而觀眾生，則無一生而不可度，以自心而觀佛性，則無一人而不可修」，只是「眾生自迷而不知」〔註 27〕。如唐宋禪師們所主張的，一念悟則眾生為佛、一念迷則佛為眾生，憨山同樣強調一念悟與一念迷。憨山與之前的禪師同樣強調，不求內心而一味向之前的言句、公案中尋覓，是不可能悟得自性的，在《示極禪人》文云世人「於一切言教中求，公案上去參，紙墨文字上覓，以至種種伎倆，思惟計較，當作學佛法，把作參禪了生死，又作種種塵勞事業，當作出世功行」尋覓，實際上與本分具足的佛性「都沒交涉」〔註 28〕。

儘管主體的禪學觀念相同，憨山卻有自己特別強調的地方，這些地方顯示了他在禪學認識與修行上與之前禪學禪師的一些區別。首先是強調修行工夫。憨山將修行者分為先悟後修與先修後悟者兩類，不管是先悟後修還是先修後悟，憨山都是強調「修」的存在。若不重修，只依佛祖言教明心是解悟，解悟因為無修而「多落知見，於一切境緣多不得力，以心境角立不得混融，觸途成滯，多作障礙」而非真參。真參之悟是證悟，云：「從自己心中樸實做將去，逼拶到水窮山盡處，忽然一念頓歇，徹了自心，如十字街頭見親爺一般，更無可疑。如人飲水，冷暖自知，亦不能吐露向人。」憨山強調修行並不玄妙，「工夫若到，自然平實」；修行者不要「將心待悟」，要重真參實修，「切莫管他悟與不悟，只管念念步步做將去」，工夫到時「自然得見本來面目」。憨山說的「工夫」是真參實修的工夫，而非僅僅是「作奇特想」的起心動念的工夫，故批評以自心妄相作工夫云：「今之做工夫人，總不知自心妄想元是虛妄，將此妄想誤為真實，專只與作對頭，如小兒戲燈影相似，轉戲轉沒交涉，弄久則自生怕怖。」〔註 29〕對「工夫」的注重和強調，憨山要遠遠超過唐宋大多數禪師。

〔註 25〕《憨山老人夢遊集》卷三，第 138 頁。
〔註 26〕《憨山老人夢遊集》卷四，第 180 頁。
〔註 27〕《憨山老人夢遊集》卷二《示優婆塞結念佛社》，第 112 頁。
〔註 28〕《憨山老人夢遊集》卷三，第 150 頁。
〔註 29〕《憨山老人夢遊集》卷二《答鄭昆巖中丞》，第 79～83 頁。

去妄想便是非常重要的修行工夫，《示仁安法師》詩中說「妄想不來消息斷，何須此外覓工夫」〔註30〕，能使「妄想不來」本身是一種修行工夫；若能消除妄想，自然純淨的心性便會顯現出來。《示蓮西居士》詩云：「妄想生時當下休，了無一念掛心頭。忘機便是真安養，極樂何須向外求。」〔註31〕消除妄想就不能向外求，妄想消除就會達到自由之境地，《示寂知慧林二禪人》云「學人不必苦馳求，妄想消時得自由」〔註32〕。《山居》之二：「萬境本寂然，因心有起滅。一念若不生，動靜何處覓。」妄想起源於心的念念相生，念不生則心安靜，憨山十分注重安心之法，《山居》之四云：「青山容易入，白業不難修。獨有降心法，英雄讓一籌。」〔註33〕

其次，在如之前禪師們強調證悟要擺脫經書知見的同時，憨山又強調多讀經籍的重要性。憨山同樣主張不能將古人現成語句「把作自己妙悟」「切不可墮在知見網中」，又說「切不得將古人公案言句蘊在胸中，將來比擬」：「乃至與人接談時，切不可將古人公案，作自己知見，以資談柄。此一種病根最深，以正當說時，直圖爽快，全不知不是自己本分事，以此縱心矢口，全不曾回頭照看，所以不知是病。若養成此病，則將為大我慢魔，乃狂魔之所攝持。今目中所見，緇白好禪者比比皆然，不可不懼也。」〔註34〕儘管如此，憨山卻並沒有摒棄經籍。當有士人提出「學道多以讀書為妨礙」，憨山說：「讀書何礙道？但不讀書時，多被無端妄想擾亂。若就閒時，能攝心一處，把斷妄想不行，心心在道，念念不忘，如此則學道時多，讀書時少也。」〔註35〕憨山注重的不在於是否談論古人公案言句與讀經籍，重要的是能否「心心在道」而把斷妄想，若參禪時能將凡情聖解一齊掃卻，「放得胸中空落落，不留絲毫知見作主宰，知見不存」，則「真見發光，自然了無一物矣」〔註36〕。

第三，與禪師禪學觀念差別的是，憨山在強調自心是佛的同時，強調心迷時通過念佛在去迷，《示容玉居士》文云：「吾人苟知自心是佛，當審因何而作眾生。蓋眾生與佛，如水與冰，心迷則佛作眾生，心悟則眾生是佛，如

〔註30〕《憨山老人夢遊集》卷三十八，第2043頁。
〔註31〕《憨山老人夢遊集》卷三十八，第2045頁。
〔註32〕《憨山老人夢遊集》卷三十八，第2049頁。
〔註33〕《憨山老人夢遊集》卷四十九，第2659頁。
〔註34〕《憨山老人夢遊集》卷九《示修六逸關主》，第465頁。
〔註35〕《憨山老人夢遊集》卷七《示朱素臣》，第337頁。
〔註36〕《憨山老人夢遊集》卷九《示修六逸關主》，第465頁。

水成冰，冰融成水，換名不換體也。迷則不覺，不覺即眾生，不迷則覺，覺即眾生是佛。子欲求佛，但求自心，心若有迷，但須念佛。佛起即覺，覺則自性光明，挺然獨露，從前妄想貪瞋癡等，當下冰消。業垢既消，則自心清淨脫然無累，無則苦去樂存，禍去而福存矣。」〔註 37〕憨山在《示淨心居士》中說「念佛如水清珠，能清濁水」〔註 38〕，因此對念佛極為重視。《示慧鏡心禪人》中說：「吾佛說法以一心為宗，無論百千法門，無非了悟一心之行，其最要者為參禪念佛而已。而參禪乃此方從前諸祖創立悟心之法，其念佛一門乃吾佛開示三賢十地菩薩總以念佛為成佛之要。」〔註 39〕念佛成為修行與證悟之要，憨山獨特地將念佛與參禪結合起來，《示念佛參禪切要》云念佛參禪：「念佛審實公案者，單提一聲『阿彌陀佛』作話頭，就於提處即下疑情，審問者念佛的是誰。再提再審，審之又審，見者念佛的畢竟是誰。如此靠定話頭，一切妄想雜念當下頓斷，如斬亂絲，更不容起，起處即消，唯有一念，歷歷孤明，如白日當空，妄念不生，昏迷自退，寂寂惺惺。」〔註 40〕所謂「再提再審，審之又審」是審實工夫，《示沈大潔》云：「如今參究，就將一句阿彌陀作話頭做審實工夫，將自己身心世界，並從前一切世諦、俗習語言、佛法知見，一齊放下，就從空空寂寂中，著力提起一聲『阿彌陀佛』，歷歷分明。」〔註 41〕憨山以通過念佛的方式來參禪，是因為他認為念佛和參禪的方式是相同的，《答湖州僧海印》中說：「參禪貴一念不生是已。若言念佛，貴淨念相繼者，此將四字佛號，放在心中，為淨念耳。殊不知四字佛號，相繼不斷者，是名繫念，非淨念也，乃中下根人，專以念佛求生西方，正屬方便淨土一門耳。今云參究念佛意在妙悟者，乃是以一聲佛作話頭參究，所謂念佛參禪公案也。如從上諸祖教人參話頭，如庭前柏樹子、麻三斤、乾矢橛，狗子無佛性，放下著須彌山等公案，隨提一則蘊在胸中，默默參究，藉此塞斷意根，使妄想不行，久久話頭得力，忽然囮地一聲，如冷灰豆爆，將無明業識窠臼，一拶百碎，是為妙悟。即參究念佛，亦如此參。但提起一聲佛來，即疑審是誰，深深覷究，此佛向何處起，念的畢竟是誰，如此疑來疑去，參之又參，久久得力，忽然了悟。」憨山由此認為「念佛審實公案與參究話頭」在本質

〔註 37〕《憨山老人夢遊集》卷四，第 175～176 頁。
〔註 38〕《憨山老人夢遊集》卷九，第 469 頁。
〔註 39〕《憨山老人夢遊集》卷九，第 458 頁。
〔註 40〕《憨山老人夢遊集》卷九，第 444 頁。
〔註 41〕《憨山老人夢遊集》卷九，第 474 頁。

上是「原無兩樣」〔註 42〕的，故將二者聯繫在一起。

三

憨山佛教觀念另一突出之處，在於以佛教之說解儒家與道家、道教，又以儒家與道家、道教觀念來解佛教。這方面不僅是憨山的佛教觀念，更可以認可這是憨山的宗教觀念。這一點其實已經被研究者所注意到，如韓煥忠《佛教四書學》（人民出版社 2015 年版）中就提到憨山對儒家義理的闡釋；夏清瑕《憨山大師佛學思想研究》（學林出版社出版 2007 年版）中論述憨山的佛學思想時提到了憨山對儒家與道家、道教的闡釋。論文如李大華的《論憨山德清的莊子學》（《學術研究》2014 年第 4 期），王雙林《明末三教融合思潮之原因在剖析——以憨山德清注解三教經典為例》（《理論界》2014 年第 2 期），李霞《憨山德清的三教融合論》（《安徽史學》2001 年第 1 期），夏清瑕《從憨山和王陽明的〈大學〉解看晚明儒佛交融的內在深度》（《河南大學學報》2001 年第 6 期）以及《憨山德清的三教一源論》（《佛學研究》2000 年輯），朗寧《憨山德清對老子之「道」的佛學化闡釋》（《江淮論壇》2017 年第 1 期）與《憨山德清對〈莊子〉「逍遙」義的佛學化闡釋》（《延安大學學報》2017 年第 1 期），李凱《憨山德清的「齊物」思想略述》（《五臺山研究》2017 年第 3 期）等。

憨山精通儒釋道三家之說，對儒家與道家、道教之論多有著述加以闡釋。《三教圖贊》中三教云：「即一而三，赤子身穿花布衫。即三而一，沒韻曲吹無孔笛。說謊面不慚，瞞人心似漆。莫道肝腸有兩般，誰能識破真消息。一腔心事總難言，杜鵑血染春山濕。」〔註 43〕憨山表明三家之說是不可分，一理具三家之理，三家之理又是一理，這是晚明流行於三教學者中的典型的三教一源之說。《學要》中闡發儒釋道乃「為學三要」，具體為「不知《春秋》不能涉世，不精《老》《莊》不能忘世，不參禪不能出世」。三要即儒釋道三家之說，具三要則「經世出世之學備」，三者「缺則一偏，缺二則隘」，若「三者無一」則不能稱之為人。故學者「斷不可以不務要」。三者之要又在一心，憨山由此闡發說：「務心之要在參禪，參禪之要在忘世，忘世之要在適時，適時之要在達變，達變之要在見理，見理之要在定志，定志之要在安分，安分之要在寡欲，寡欲之要在自知，自知之要在重生，重生之要在務內，務內之要在顓一，一得而天

〔註 42〕《憨山老人夢遊集》卷十一，第 523～524 頁。
〔註 43〕《憨山老人夢遊集》卷三十五，第 1882 頁。

下之理得矣。」〔註44〕《道德經解發題》中，憨山再次說三教聖人「所同者心，所異者跡」，云：「以跡求心，則如蠡測海；以心融跡，則似芥含空；心跡相忘，則萬派朝宗，百川一味。」〔註45〕以釋道兩家之說解釋心，三家在「心」上是相同的。《示周子潛》中解三家之戒云：「『五色令人目盲，五音令人耳聾，五味令人口爽，馳騁田獵令人心發狂』，此老氏之戒也。『非禮勿視，非禮勿聽，非禮勿言，非禮勿動』，又曰『少之時血氣未定，戒之在色；及其長也，血氣方剛，戒之在鬥；及其老也，血氣既衰，戒之在得』，此孔子之戒也。『不殺，不盜，不淫，不妄言綺語，不兩舌惡口，不貪瞋癡』，此佛之戒也。」三家所說「戒」之意相同，「戒在我而備在心，修之以身」〔註46〕就是道不遠人之意。

《道德經解發題》中最後「一得而天下之理得」顯示出對道家之說的重視，憨山將之闡釋為「道無為而無不為，以明無用之用為大用」〔註47〕。《老子騎牛贊》中雲老子青牛西逝，「不是尋人，端為何事」〔註48〕隱隱寓含的是老子的西去與佛陀的因一大事因緣而出世具有相同的目的。《老子出關贊》中稱讚老子「不居物先，不為禍始」，更稱讚其「心存太古」〔註49〕，這是認為老子是與佛陀同樣的大聖人。憨山不僅讚揚老子，還讚揚道教中的神仙，如《彭祖贊》云：「色若嬰兒氣若哇，吸風吹露但餐霞。蟠桃一熟三千歲，曾記為童尚折花。」〔註50〕《呂純陽贊》云：「負青蛇而遊戲無礙，見黃龍而妙悟乃真。朝遊蓬島，暮宿崑崙。壽同天地，德比陽春。夫是之謂人中之聖，抑仙中之神者也。」〔註51〕對道教徒，憨山同樣給予讚揚和肯定，如《丁右武王惟吾同遊星巖諸勝未還賦懷》詩中敘與丁右武的仙遊云：「覽勝探奇讓謖邱，況逢簫史是同遊。千山緊附雙龍翼，萬壑爭趨一葉舟。洞裏丹砂誰可覓，雲中芝朮幾時收。莫看松下彈棋者，半局令人易白頭。」〔註52〕

與稱讚道家、道教中人相比，憨山更重要的是以道家道教之說闡發佛教之理。如《示法錦禪人》中，憨山講解佛教的「忍辱法門」時，援引《老子》中

〔註44〕《憨山老人夢遊集》卷三十九，第2086頁。
〔註45〕《憨山老人夢遊集》卷四十五，第2452頁。
〔註46〕《憨山老人夢遊集》卷十二，第606頁。
〔註47〕《道德經解》第三十九章，華東師範大學出版社2009年版，第91頁。
〔註48〕《憨山老人夢遊集》卷三十五，第1883頁。
〔註49〕《憨山老人夢遊集》卷三十五，第1883頁。
〔註50〕《憨山老人夢遊集》卷三十五，第1884頁。
〔註51〕《憨山老人夢遊集》卷三十五，第1884頁。
〔註52〕《憨山老人夢遊集》卷四十八，第2622頁。

「柔勝剛，弱勝強」之語言「此蓋忍行之初地也」，援引「不敢為天下先」之語言「不敢即忍之異名」，由於不敢為天下先，故「忍為成佛第一行」〔註 53〕。《示盛蓮生》中援引《老子》「吾所（以有）大患（者），為吾有身，若吾無身，吾有何患」之語，對比《圓覺經》「我今此身，四大合成，當觀身中堅硬歸地，潤濕歸水，暖氣歸火，動轉歸風，四大各離，今者妄身，當在何處」〔註 54〕之語，文中接著說「如此諦觀，此心久久純熟，身相忽空」〔註 55〕，即憨山諦觀的不僅是《圓覺經》所說之義，同樣是《老子》所說之義。《示舒伯損》中，以《老子》中的「為學日益，為道日損，損之又損，以至於無為」解佛教修行者亦是損之為貴，云：「學者增長知見以當進益，殊不知知見增而我見勝，我見勝則氣益驕，氣益驕則情愈蕩，情蕩則欲熾而性昏矣。性昏而道轉遠，是故為道者，以損為益也。」佛教修行者通過損其有餘而「復性之所不足」，進而推之於儒家之道，「由是發之而為忠為孝為仁為義，推而廣之以治天下國家，則其利溥而德大，以致功名於不朽者，皆損之之益也」〔註 56〕。

憨山對老子與莊子的道家學說進行詳細地闡發，在著述中不停地論述到，並著有《道德經解》《觀老莊影響論》等。《注道德經序》中言其讀並著此書云：「予少喜讀《老》《莊》，苦不解義，惟所領會處，想見其精神命脈，故略得離言之旨。及搜諸家注釋，則多以己意為文，若與之角，則義愈晦。及熟玩莊語，則於《老》恍有得焉，因謂注乃人人之《老》《莊》，非老莊之《老》《莊》也。以《老》文簡古而旨幽玄，則《莊》實為之注疏，苟能懸解，則思過半矣。空山禪暇，細玩沉思，言有會心，即託之筆，必得義遺言，因言以見義。或經旬而得一語，或經年而得一章。始於東海，以至南粵，自壬辰以至丙午，周十五年乃能卒業，是知古人立言之不易也。」以十五年的時間注解《道德經》，可知憨山對《道德經》的投入程度。《序》中解釋《老子》之用云：「《老》以無用為大用，苟以之經世，則化理治平，如指諸掌。尤以無為為宗極，性命為真修，即遠世遺榮，殆非矯矯。苟得其要，則真妄之途，雲泥自別，所謂真以治身，緒余以為天下國家，信非誣矣。」以《道德經》為修身、經世、化理治平

〔註 53〕《憨山老人夢遊集》卷二，第 126、127 頁。

〔註 54〕《圓覺經》原文為：「我今此身四大和合，所謂髮毛爪齒、皮肉筋骨、髓腦垢色皆歸於地，唾涕膿血、津液涎沫、痰淚精氣、大小便利皆歸於水，暖氣歸火，動轉歸風。四大各離，今者妄身，當在何處。」

〔註 55〕《憨山老人夢遊集》卷十，第 486 頁。

〔註 56〕《憨山老人夢遊集》卷四，第 201 頁。

天下國家之書，可見憨山對本書的重視。作為佛教僧徒卻極其重視道家的《道德經》，有人遂詰以「子之禪，貴忘言，乃曉曉於世諦，何所取大耶」之語，憨山竟答以老子以破「我」而先達禪境：「鴉鳴鵲噪，咸自天機，蟻聚蜂遊，都歸神理。是則何語非禪，何法非道，況釋智忘懷之談，詎非入禪初地乎。且禪以我蔽，故破我以達禪，老則先登矣。」〔註 57〕從這篇《序》來看，憨山認為佛教與道家、道教不僅在思想本源上相通，而且在經世與化理治平層面也是一致的，這是憨山解道家與道教的出發點。

憨山對道家之論的闡釋，從對佛教的自我批評開始。《觀老莊影響論》「敘意」中，從三個方面對佛教進行了批評。一，批評很多佛教徒缺乏融通，「吾宗末學，安於孤陋，昧於同體，視為異物，不能融通教觀，難於利俗」；二，初信者「不能深窮教典，苦於名相支離，難於理會」，以致於為《老》《莊》的言論旨歸所吸引；三，信仰者往往以為佛教之理乃從《老》《莊》中所出，「迨觀諸家注釋，各狥所見，難以折衷，及見《口義》《副墨》深引佛經，每一言有當，且謂一大藏經皆從此出，而惑者以為必當，深有慨焉」。這三點也是憨山研究並注解《老》《莊》的本意之所在。據《敘意》所言，憨山是以佛教的唯心識觀來注解《老》《莊》，以唯心識而觀則「彼自不出影響間也」〔註 58〕。

《道德經解》是對《老子》八十一章進行注解，卷首有《老子傳》《發明宗旨》《發明趣向》《發明工夫》《發明體用》《發明歸趣》等內容。《發明宗旨》是闡發老學與佛教之說互相解釋，如指出道家所宗的「以虛無自然為妙道」即是《楞嚴經》中的「分別都無、非色非空、拘捨離等，昧為冥諦」，並指此為「八識空昧之體」；又指《楞嚴經》中的「識精元明」即「老子之妙道」。憨山這是以《楞嚴經》中的語句、概念和義理來解釋《道德經》，此即《發明趣向》中所云：「愚謂看《老》《莊》者，先要熟覽教乘，精透《楞嚴》，融會吾佛破執之論，則不被他文字所惑。」所謂的趣向，是指精修靜定的工夫。憨山認為世之談老莊者，往往或誤入「以語言文字之乎者也而擬之」，或誤入「學疏狂之態」，而不能「以靜定工夫而入」。憨山則是從兩個方面去體悟老莊，一是「真真實實看得身為苦本、智為累根、自能隳形釋智」後而知「真實受用至樂處」，二是「將世事一一看破，人情一一覷透，虛懷處世，目前無有絲毫障礙」而知其「真實逍遙快活，廣大自在」。這兩個方面，應該就是憨山所說的「精

〔註 57〕《憨山老人夢遊集》卷十九，第 1031～1032、1033 頁。
〔註 58〕《憨山老人夢遊集》卷四十五，第 2407～2408 頁。

修靜定工夫」，《發明工夫》即是以止觀論解釋三教「所治之病，俱以先破我執為第一步工夫」。從止觀上來說，三教的止觀雖有「淺深之不同」（孔子是人乘止觀、老子是天乘止觀），且三教的「究竟」（孔子專於經世，老子專於忘世，佛專於出世）不同，但最初一步「皆以破我執為主」，工夫「皆由止觀而入」。對三教皆為破我執、由止觀工夫入之論，有不同之見者發出「三教聖人教人俱要先破我執，是則無我之體同」，又為何有經世、忘世、出世之不同，憨山指出三者「體用皆同，但有淺深小大之不同」「三聖無我之體、利生之用皆同，但用處大小不同」，後世學者各束於教而有「習儒者拘，習老者狂，學佛者隘」之弊，皆由執我所造成的，若能力破我執、剖破藩籬，則即會發現三教體用皆同。最後，憨山指出三教相通之歸趣云：「孔聖若不知老子、決不快活。若不知佛、決不奈煩。老子若不知孔、決不口口說無為而治。若不知佛、決不能以慈悲為寶。佛若不經世、決不在世間教化眾生。」孔子與老子在憨山眼裏就是佛陀的化身，因此學佛者必須通曉儒學與道家、道教之說：「後世學佛之徒，若不知老，則直管往虛空裏看將去。目前法法都是障礙，事事不得解脫。若不知孔子，單單將佛法去涉世，決不知世道人情，逢人便說玄妙，如賣死貓頭，一毫沒用處。」〔註 59〕

《觀老莊影響論》「論工夫」篇中再次提到三教以止觀為本的精修靜定工夫，憨山將佛教的止觀分為大乘止觀、小乘止觀、人天乘止觀，此處明確地將儒家定為人乘止觀，以老莊為中心的道家為天乘止觀。《觀老莊影響論》除「論工夫」外，另有「論教源」「論心法」「論去取」「論學問」「論教乘」「論行本」「論宗趣」等前後具有密切邏輯關係的篇章組成。《道德經解》中提出三教體用相同、最初一步皆以破我執而由止觀入相同，《論教源》進一步指出三教之源相同，這個同源是「悟心之妙」。文中指出古之聖人之同皆在於「悟心之妙」「一切言教，皆從妙悟心中流出，應機而示淺深者也」。「悟心之妙」首重在悟自心之妙，不能悟自心之妙則不知聖人之心，不知聖人之心而擬聖人之言，「譬夫場人之欣戚，雖樂不樂，雖哀不哀」，因為「哀樂原不出於己有」。「悟心之妙」是憨山認為的三教所同之源，三教之源在於「悟心之妙」之故，即是憨山在《論心法》中指出的「三界唯心，萬法唯識」，一切形乃「心之影也」，一切聲乃「心之響也」，進而言之則「一切聖人乃影之端者，一切言教乃響之順者」，此即《觀老莊影響論》「影響」之意。因萬法唯心所現，故若悟自心則

〔註 59〕以上引文皆引自《道德經解》，第 24～31 頁。

法無不妙，這就是《論心法》之意。領悟出悟自心之妙的心法並非易事，憨山「幼師孔不知孔，師老不知老，既壯，師佛不知佛」，之後退而入深山大澤「習靜以觀心」方才領悟到。既然三教同源，則老莊便非「外道邪見」，此即「論去取」篇所論；學者當以三教之意互解互釋，「論學問」篇云：「學佛而不通百氏，不但不知是法，而亦不知佛法。解莊而謂盡佛經，不但不知佛意，而亦不知莊意。」又說「不知《春秋》不能涉世，不知《老》《莊》不能忘世，不參禪不能出世」，知此方可與言學，此即憨山所論之「學問」。

從「三界唯心，萬法唯識」能推導出「三教本來一理」，從平等法界能推導出「三聖本來一體」，但憨山還是認為佛教處在更高一個層次上，《論教乘》云：「孔子人乘之聖也，故奉天以治人。老子天乘之聖也，故清淨無欲，離人而入天。聲聞緣覺，超人天之聖也，故高超三界，遠越四生，棄人天而不入。菩薩超二乘之聖也，出人天而入人天，故往來三界，救度四生，出真而入俗。佛則超聖凡之聖也，故能聖能凡，在天而天，在人而人，乃至異類分形，無往而不入。」因此「一切無非佛法」之理的得出便水到渠成，孔子和老子也成為了「吾佛密遣二人而為佛法前導者」。「論行本」篇和「論宗趣」繼續論證佛教高於儒道二家。「論行本」篇中論修進階差「實自人乘而立」，將人立為凡聖之本，這就將儒道二家與佛教聯繫起來確定了合理的依據，文云：「舍人道無以立佛法，非佛法無以盡一心，是則佛法以人道為鎡基，人道以佛法為究竟。」憨山由此指出修行者修行階差應該是：「以餘生人道，不越人乘，故幼師孔子；以知人欲為諸苦本，志離欲行，故少師老莊；以觀三界唯心，萬法唯識，知十界唯心之影響也，故歸命佛。」佛教仍然是超越儒道二家，成為修行之「究竟」境地。「論宗趣」篇首言若使老子「一見吾佛而印決之」，將會「頓證真無生」，把佛教擺在高於老子的地位上。其次指出「執孔者涉因緣，執老者墮自然」，二家「未離識性」「不能究竟一心」，佛則離心意識；因此老莊之大言「非佛法不足以證向之」，以唯心識觀之，老莊皆不出其「影響」。

《觀老莊影響論》的寫作之意起自憨山居嶗山時，此文雖短卻「克成於十年之後」，可見憨山對三教之論是進行了長時期的思考與融合，絕非一時興起之作。《觀老莊影響論》的影響很大，多有為之「深為歎服」者，起原在跋中言本書乃「百世不易之論」〔註60〕。聊城傅光宅在論《憨山緒言》時說：「觀《老》《莊》而知諸子未盡也，觀西方聖人而知《老》《莊》未盡也，《緒言》

〔註60〕以上引文皆引自《觀老莊影響論》，載《道德經解》，第1～20頁。

則旨出於西方聖人而文似《老》《莊》者也，故曰或《老》《莊》猶有所未及也。」〔註 61〕這也可以看作是憨山以佛教觀念闡釋道家之論的結果，其言論被認為在《老》《莊》之上。

四

上文提到的三教一源以及「不知《春秋》不能涉世，不知《老》《莊》不能忘世，不參禪不能出世」之論，毫無疑問，憨山以佛教之觀念闡釋道家的同時，也以儒釋互釋。憨山非常尊重孔子，如《孔子贊》云：「百王之師，千聖之命。萬古綱常，群生正性。一力擔當，全無餘剩。不是吾師沒量人，誰能永使人倫正。」〔註 62〕這樣的頌讚甚至與迂腐的儒士沒有區別。憨山還批評儒學之弊在於儒學之士只學孔子之跡，而不知學孔子之心。《觀老莊影響論》「論教乘」稱中國若無孔子「人不為禽獸者幾希」，孔子「欲人不為虎狼禽獸之行」，云：「以仁義禮智授之，姑使捨惡以從善，由物而入人。修先王之教，明賞罰之權，作《春秋》以明治亂之跡。正人心，定上下，以立君臣父子之分，以定人倫之節。」〔註 63〕

以佛教觀念解釋儒家之說，憨山使用的一個非常重要的事例，就是以儒家的「孝」對應佛教的「戒」。「孝」是儒家極其重要的概念和個人、家庭的行為準則，憨山極度強調「孝」的重要性，《張孝子甘露說》中云孝是「天之經也，地之義也，民之行也」，孝能感應天地「孝德至而中和之氣育，中和育而醇氣守，醇氣守而天德合，天德合而禎祥應」。孝之功用在於家、國與天下：「一孝興於家，百孝興於鄉，千萬億兆興於國以及於天下，則人不減聖，事不減古，而天下國家可登於太上，混茫均享華胥之樂。」〔註 64〕對「孝」的重視，表明憨山能夠把握住儒家之說中至為重要的一環。「孝」強調兒女在家庭中對長輩的尊重與敬養，佛教僧徒出家與儒家的「孝」恰恰相背，歷史上眾多的儒家之士對佛教教徒出家違背綱常倫理而大加討伐，憨山對此進行了自己的辯解。按照儒家的觀念，父母望於子者乃「欲其榮名顯親」，以「三牲五鼎之養」為盡孝，憨山認為養愈厚而苦益深，由此指出儒家傳統意義上的孝實際上是「累其親非真孝」。佛教「薄金輪而不為」而棄傳統意義上的孝，「捨父母，棄王宮，

〔註 61〕《憨山老人夢遊集》卷四十五，第 2481 頁。
〔註 62〕《憨山老人夢遊集》卷三十五，第 1884 頁。
〔註 63〕載《道德經解》，第 9 頁。
〔註 64〕《憨山老人夢遊集》卷三十九，第 2114、2116 頁。

苦行於雪山」，即如《示江州孝子左福念》詩云：「佛本多生孝道人，常持一念奉慈親。若將孝道求成佛，萬行無如此念真。」〔註 65〕

面對儒家經常批評佛教徒出家捨棄綱常之論，憨山《示王自安居士捨子出家》中說：「佛說大戒，首曰孝名為戒，謂孝順父母，孝順師僧三寶，孝順至道，孝順一切眾生。故真學佛行者，將視一切眾生為已多生父母。」從這個意義上說，佛陀「大孝釋迦尊」的名號並不為虛。與佛教徒的大孝相比，憨山論儒家之孝說：「世之所謂孝者，將以功名博牲鼎養以娛親也。功名見制於造物，牲鼎有待於所遇，無論得之而貧苦，且舉世求之而未必盡得，得之而未必能享。抑有功名而不祿者，亦有父母不能待者，亦有待之而不樂者，以其聽命而不由已也。」〔註 66〕如此分析的話，儒家之孝確實是「累其親」之嫌疑，佛教之孝（戒）確實是大孝。這種說法其實至少在宋代就已經出現，並非是憨山的發明；將儒家的「孝」與佛教的「戒」對應起來，也是早就有的說法。《示袁大塗》文中，憨山批評「有志向上留心學佛」之士紳，「往往深思高舉，遠棄世故，效枯木頭陀以為妙行」。此類學道者「不能涉俗利生，此政先儒所指虛無寂滅者」「吾佛早已不容」，痛呵之為焦芽敗種。憨山在文中指出佛教的五戒即儒家之五常，云：「不殺，仁也；不盜，義也；不邪淫，禮也；不飲酒，智也；不妄語，信也。」儒家與佛教之所說，「言別而義同」。學道者發心願、持佛戒而脫略五常，「是知二五而不知十」。憨山指出儒家亦有明心見性之論。如顏淵問仁，子曰「克己復禮為仁」，憨山說「己」即是我執，「先破我執為修禪之要」，而「一日克己，天下歸仁」是頓悟之妙，「我執一破，則萬物皆己」即為「歸仁乃頓悟之效」。視聽言動「皆物而非禮」即是我障，言勿者謂「不被聲色所轉」、「於一切處不墮非禮」即「入禪以戒為首」。佛教之說多以出世而論，所行卻「原不離於世間」〔註 67〕，此即所謂的經世方能出世，菩薩住世所行即為此意。憨山在《道德經解》「發明歸趣」中說：「儒以仁為本，釋以戒為本。若曰『孝悌為仁之本』與佛『孝名為戒』，其實一也……由孔子攘夷狄，故教獨行於中國，佛隨邊地語說四諦，故夷狄皆從其化，此所以用有大小不同耳。」〔註 68〕「孝」與「戒」本質是一樣的，區別的是用有大小之異，憨山顯

〔註 65〕《憨山老人夢遊集》卷三十八，第 2068 頁。
〔註 66〕《憨山老人夢遊集》卷六，第 278～279 頁。
〔註 67〕《憨山老人夢遊集》卷五，第 237～240 頁。
〔註 68〕《道德經解》，第 31 頁。

然還是認為佛教的「戒」的用要大大超越儒家的「孝」，這又是其佛教高於儒道二家的觀念。

孝與忠相聯，儒家以忠孝為先，憨山指出不能捨忠孝而言道。或有「愧未能掛功名以忠人主，博儋石以孝慈親」者，憨山開解道：「古之孝子，不以五鼎三牲之養，而易斑衣戲彩之樂。孝之大者在樂親之心，非養親之形也，世孝乃爾。倘能令母之餘年，從此歸心於淨土，致享一日之樂，猶勝百年富貴。」〔註69〕問者提到忠孝兩個方面的問題，憨山卻答以孝，《弔遼陽將士文題辭》中專門講到忠臣義士「以身殉國，則國為身，以身殉天下，則天下為身」，其忠義之氣「充塞宇宙，凜凜而不昧」〔註70〕，是專門講述忠的問題。

由儒入佛、為朝廷效命卻被貶等經歷，使得憨山在不停地思考忠孝的問題，如《春秋左氏心法序》中云：「某以丁年棄詩書，從竺乾氏業，將移忠孝於法王慈父也。既因弘法罹難，幾死詔獄，蒙恩宥遣雷陽，置身行伍間，不復敢以方外自居。每自循念，某之為孤臣孽子也，天命之矣。因內訟愆尤，究心於忠臣孝子之實。」據此可知，憨山對忠孝問題的思考，是與其波折的經歷相關。當其讀到《春秋》時，對此問題豁然開朗。憨山首先指出《春秋》是「聖人賞罰之書」，「賞罰明而人心覺，覺則知懼，故曰『孔子成《春秋》而亂臣賊子懼』」，這些都是關於《春秋》的一貫看法。憨山因此認為《春秋》乃「賞善罰惡」之作，由於「善惡之機隱而彰，賞罰之權志而晦」而「慮後世之難明」，孔子故假手於左丘明作《春秋》。《春秋》成而「善惡之機凜焉」，讀者「反諸心而知懼」；《春秋》不出，亂臣賊子不知懼怕。《春秋》反映的是孔子之心，這是憨山領會的「微言密旨」，若近於事與詞上求，不能知《春秋》真實之意。所謂的「微言密旨」，就是要從「心法」上去體會《春秋》，心乃「萬法之宗」，萬法乃「心之相」，死生乃「心之變」，善惡乃「心之跡」，報應輪迴乃「心之影響」，憨山用「心」將《春秋》與佛教觀念聯繫在一起，「《楞嚴》殫研七趣，披剝群有，而總之所以澄心；《春秋》扶植三綱，申明九法，而總之所以傳心」。憨山以「報應影響」這一佛教觀念繼續解釋《春秋》云：「暨於一國興亡之所繫，一人善敗之所由，得失之難易，功罪之重輕，有一世二世而斬者，有三世五世而斬者，有百世祀而不絕者，皆令皎然，如視黑白，其中報應影響之徵，鬼神幽明死生之故，隨事標旨，據案明斷，使亡者有知，爽然知聖人賞

〔註69〕《憨山老人夢遊集》卷四《示容玉居士》，第172～178頁。
〔註70〕《憨山老人夢遊集》卷三十二，第1741頁。

罰之微意，以服其心。後世觀者凜然知懼，又不待辭之畢也。」憨山讀《春秋》而能豁然開朗，其因如其以明「心」對「禪本忘言，何子之曉曉」詰問的回應，云：「禪者心之異名也，佛言萬法惟心，即經以明心，即法以明心，心正而修齊治平舉是矣，於禪奚尤焉。夫言之為物也，在悟則為障，在迷則為藥。病者眾，惟恐藥之不瞑眩也；迷者眾，惟恐言之不深切也。」〔註 71〕

明「心」或者求孔子（聖人）心法，是憨山以佛教觀念闡釋儒家之說的關鍵。如《大學綱目決疑題辭》中說「諦思自幼讀孔子書，求直指心法，獨授顏子以真傳的訣」〔註 72〕。憨山在六十四歲時反思自己一直「不知聖人心印」，從「心」的角度去讀和闡釋儒家之說，這也是其讀《春秋》而豁然開朗之故。憨山指孔子傳給顏子的是真正的空門心法，是以能在《安貧》一文中提到願如顏回一樣居陋巷而樂，以「貧而樂則無不樂」〔註 73〕信條支撐著他波折的經歷。

憨山除闡發《春秋》之意外，對《大學》進行了重點的闡釋，如對《大學》中的正心、誠意、修身、齊家都進行了專門的頌讚，如《正心銘》云：「心本光明，欲蔽故暗。天然之體，隨情耗散。今欲正之，祛欲制情。一真既復，諸妄不生。」《誠意銘》云：「意乃妄根，乘虛日鑿。密察其原，潛乎不覺。覺則不妄，妄息即真。至誠無息，其善乃敦。」《修身銘》云：「只體之欲，縱情之本。酒色之迷，陷身之阱。迷欲不返，身心不固。徒有此生，誠為虛度。」《齊家銘》云：「齊家之要，惟儉與勤。義禮若豐，澹薄自醇。勤儉傳家，澹薄寧志。是乃聖賢，處世之秘。」〔註 74〕《齊家銘》比較符合儒家傳統之觀念，前三銘都具有很明顯的佛教的義理色彩，是佛教解釋下的儒家概念內涵。對「大學之道在明明德，在親民，在止於至善」「知止而後有定，定而後能靜」「古之欲明明德於天下者」三節進行了重點的闡釋。

憨山以明己之「心性」與「心體」解釋「大學之道在明明德，在親民，在止於至善」一節。首先指出，反求本有心性才是大學：「以天下人見的小，都是小人，不得稱為大人者，以所學的都是小方法，即如諸子百家奇謀異數，不過一曲之見，縱學得成，只成得個小人。若肯反求自己本有心性，一旦悟了，當下便是大人，以所學者大，故曰大學。」學《大學》要知三件事，第一要知

〔註 71〕《憨山老人夢遊集》卷十九，第 1019～1026 頁。
〔註 72〕《憨山老人夢遊集》卷四十四，第 2380 頁。
〔註 73〕《憨山老人夢遊集》卷三十九，第 2085 頁。
〔註 74〕《憨山老人夢遊集》卷三十六，第 1963～1964 頁。

「在明明德」是「悟得自己心體」，第二要知「在親民」是「使天下人個個都悟得與我一般」，第三要知「在止於至善」是「為己為民不可草草半途而止，大家都要做到徹底處方才罷手」。這是典型地以禪學觀念來闡釋《大學》。悟得明德是悟自己之明德，如禪家悟得自己本來心性一般，「人人自性本來光明廣大自在，不少絲毫，但自己迷了，都向外面他家屋裏討分曉，件件去學他說話，將謂學得的有用，若一旦悟了自己本性光光明明，一些不欠缺，此便是悟明瞭自己本有之明德」。解至善亦是以禪學之語，「今言至善，乃是悟明自性本來無善無惡之真體只是一段光明，無內無外，無古無今，無人無我，無是無非，所謂獨立而不改，此中一點著不得，蕩無纖塵」，這裡的至善似乎就是禪學中的心性。「知止而後有定，定而後能靜」一節中，將「定」定義為「自性定」，「自性定」不能生滅心上求，要去善惡之見，並引用《壇經》中「汝但善惡都莫思量，自然得見心體」一語解釋這「便是知止的樣子」。解釋「靜」為自性上求，而不是從心上求。從心上求是「將心覓心」，這是從外入的方式，故「轉覓轉遠」，「如人叫門不開，翻與守門人作鬧，鬧到卒底，若真主人不見面，畢竟打鬧不得休息」。從自性上求定，如「得主人從中洞開重門」，「守門者亦疾走無影」，因此「狂心歇處」便為靜。解釋「靜而後能安」為自性具足，「既悟本體，馳求心歇，自性具足，無欠無餘，安安貼貼，快活自在，此等安閒快活乃是狂心歇處而得」。「古之欲明明德於天下者」一節以「克己為仁」解明明德，解「真己」時又使用了禪學的方式，云：「視聽言動，皆古今天下人人舊有之知見。為仁須是把舊日的知見一切盡要剗去，重新別做一番生涯始得，不是夾帶著舊日宿習之見可得而入。以舊日的見聞知覺，都是非禮，雜亂顛倒，一毫用不著。」解「意」則比之為佛教的「妄想」，云：「心乃本體，為主；意乃妄想思慮，屬客。此心意之辨也。今要心正，須先將意根下一切思慮妄想一齊斬斷，如斬亂絲，一念不生，則心體純一無妄。」

《大學綱目決疑》對《大學》的解釋，基本與儒家的看法一致，尤其是與宋明心學家們對《大學》的解釋相一致。憨山以佛教觀念解釋《大學》的方式，同樣是明代心學家們所使用的方式，二者在這方面保持了一致。錢謙益在本文的跋語中，評論說：「此憨山大師所著《大學綱領決疑》也。大師居曹溪，章逢之士多負筆問道，大師現舉子身而為說法。今年過吳門，舉似謙益曰『老人遊戲筆墨，猶有童心，要非衲衣下事也，子其謂何』。益聞張子韶少學於龜山，窺見未發之中，及造徑山，以格物物格宗旨，言下扣擊，頓領微旨，晚宋稱氣節者皆首子韶。由今觀之，子韶抗辨經筵，晚謫橫浦，執書倚立雙趺，隱然視少年氣節殆如雪泥鴻爪，非有得於徑山之深而能然乎。今之為子韶者，願力不同，其以世諦而宣正法則一也。扁鵲聞秦人愛小兒，即為小兒醫，今世尚舉子，故大師現舉子身而為說法，何謂非衲衣下事乎。子韶嘗云『每聞徑山老人所舉因緣，如千門萬戶一踏而開』，今之舉子能作如是觀，大師金剛眼睛，一一從筆頭點出矣。」憨山以佛教闡釋儒學的方式，或許是受到宋儒張子韶的啟發，憨山之作亦確實是「以世諦而宣正法」〔註 75〕。

憨山雖然將儒家「喜怒哀樂之未發謂之中」，比之為「正好與六祖『不思善不思惡，如何是上座本來面目』同」，卻並不主張儒生「獨向禪中求做工夫」而求「道」，因「道」即在儒學之中（「念茲在茲」），「攝心端坐，返觀內照寂然不昧處」便「自見本來面目」〔註 76〕。儒士向禪中求本來面目，是「不達大命之本」與「未了性命之源」〔註 77〕。憨山的這些詮釋，與王陽明心學之說完全一致。尤其是詮釋心性上，憨山與王門心學高度一致。《示李福淨》中，憨山雲心性「乃一切聖凡生靈之大本」，禪宗的心性「以體同而用異，因有迷悟之差，故有真妄之別」，悟而為真，迷而為妄。儒家之心性，乃宗堯舜禹湯文武周公孔子所傳之唯精惟一，儒家心性的真妄之分在於人心、道心之別。道心是不迷不妄之性，人心是迷性而為情。孔子說的性相近、習相遠。憨山從儒學士人們經常的兩個說法來加以分析與說明，一是「堯舜與人同」，同的是性，而不在於妄；二是「人皆可以為堯舜」，「可以為」同樣是在性上而非在習上。儘管憨山仍保持著禪學對於儒家心性「所本在生滅」、禪學心性「所本在不生滅」的區別，二者相比較也更傾向於禪學心性「若宗門向上一著，則超乎言語之外，又不殢心性為實法」〔註 78〕之說，其與心學的親密關係則是非常明顯的。

親密關係一方面表現在與心學家的學術觀念一致，一方面表現在與一些心學家的密切交往上。《與楊復所少宰》中，憨山提到周海門與楊起元云：「讀《曹溪通志序》，言言皆從大慈真心流出，比見聞者，莫不大生歡喜……惟海門公，為入曹溪室中人，敢徼一語，更增光焰耳。」〔註 79〕海門公是指周汝登，

〔註 75〕以上引文皆見《憨山老人夢遊集》卷四十五，第 2379～2406 頁。
〔註 76〕《憨山老人夢遊集》卷三《示陳生資甫》，第 163～164 頁。
〔註 77〕《憨山老人夢遊集》卷四《示文軫》，第 203 頁。
〔註 78〕《憨山老人夢遊集》卷五，第 250～253 頁。
〔註 79〕《憨山老人夢遊集》卷十六，第 809 頁。

楊復所是楊起元，二人之學不諱禪，《明史》云：「起元清修姱節，然其學不諱禪。汝登更欲合儒釋而會通之，輯《聖學宗傳》，盡採先儒語類禪者以入。」〔註 80〕黃宗羲將楊起元列為泰州學案，《侍郎楊復所先生起元》論其學術云：「先生所至，以學淑人，其大指謂：『明德本體，人人所同，其氣稟拘他不得，物慾蔽他不得，無工夫可做，只要自識之而已。故與愚夫愚婦同其知能，便是聖人之道。愚夫愚婦之終於愚夫愚婦者，只是不安其知能耳。』」黃宗羲批評楊起元之論為「即釋氏作用為之性說」〔註 81〕，正是楊起元的學術觀念具有禪學特徵的反映，鄒元標在《嘉議大夫吏部左侍郎兼翰林院侍讀學士貞復楊公傳》中說的「公學直窺性宗，一切支離影響之弊，鏟削無餘」〔註 82〕，亦是對其學術禪學特徵的論述。根據黃宗羲所論，楊起元與憨山學術觀點和觀念是相當的一致，憨山在《答鄒南皋給諫》中對楊起元在嶺南弘揚佛教的努力以及產生的效果給予高度評價，云：「嶺南自曹溪偃化，大顛絕響，江門不起，比得楊復老，大樹性宗之幟。貧道幸坐其地，歡喜讚歎不窮也。諸生俗習，稍稍破執，此亦開化之基。昨復老為作曹溪志序，真赤心片片，可謂舌長拖地也。」〔註 83〕

稱周汝登為「入曹溪室中人」，是憨山對周汝登禪學的肯定。在《示陸將軍》中，憨山提到周汝登拈古人「勸君識取主人公」之語示陸世顯將軍，言錯用其心則將以佛種子「翻作地獄苦具」，只有以「以殺生之勇自殺其欲」，方能破煩惱而出「出生死苦」〔註 84〕。周汝登這是以佛教之語破除學者的煩惱，憨山與周汝登多有書信往來，對其學術甚是推崇，如《與周海門觀察》（一）中稱讚周汝登對禪僧的教化，云：「頭陀蒙以甘露見灑，清涼心骨，頓啟沉屙，此段因緣，實非淺淺。別後之懷，大似空生晏坐石室時，見法身不離心目間也。嘗謂個中事，須是個中人，嶺南法道久湮，幸得大悲手眼，一發揚之，使闡提之輩，頓發無上善根。比雖入室者希，而知有者眾，歸依者日益漸佳。如菩提樹下，與曹溪諸僧，最難調伏，近來迴心信向者，蓋已十之二三矣。惟此一段真風，皆從大光明藏中流出，足證居士此番宦遊實是龍天推出、乘大願輪而行也。」周汝登對曹溪諸禪師的教化，是「發揮六祖光

〔註 80〕《明史》卷二百八十三，第 7276 頁。
〔註 81〕《明儒學案》卷三十四，第 806 頁。
〔註 82〕《願學集》卷六下，《四庫全書》本。
〔註 83〕《憨山老人夢遊集》卷十六，第 867 頁。
〔註 84〕《憨山老人夢遊集》卷八，第 383～384 頁。

明，點開人天眼目」〔註 85〕。《與周海門太僕》的信中請周汝登證解其所著之佛學著述：「別來忽忽二十年矣，音問不通者，亦十餘年，精神固無閒然，不若承顏接響之為快也。去春之雲棲，準擬奉教於湖上，久候不至，悵然還山……念此末法，獨老居士一人為光明幢，貧道老矣，無復奉教之日，所期當來龍華三會耳。貧道荷蒙聖恩。假以萬里之行。於法門無補纖毫。即向上一著。亦不堪舉似向人。所幸於教眼發明直指之宗。若《楞伽》《楞嚴》《法華》三經，大翻文字窠臼，皆已梓行，託汝定請證。」〔註 86〕在《與周海門觀察》中，則與周汝登論當時修禪深入之文士，其中提到王學中之士人：「近聞與陶石簣太史游，此公冰雪心腸，非一世清淨戒中來。與山僧相會時，惜機緣未深耳，若得周旋，更大快事。屠長卿近與德園同志，亦當時導引，入此向上一路也。」〔註 87〕陶石簣即陶望齡，其學多得之於周汝登，黃宗羲將之列入泰州學案，云：「先生之學，多得之海門，而泛濫於方外。以為明道、陽明之於佛氏，陽抑而陰扶，蓋得其彌近理者，而不究夫毫釐之辨也。」〔註 88〕如在《與周海門》書中言：「道人有道人之遷改，俗學有俗學之遷改。凡夫於心外見法，種種善惡，執為實有，遷改雖嚴，終成壓服。學道人，善是己善，過是己過，遷是己遷，改是己改。以無善為善，故見過愈微；以罪性本空，故改圖愈速。」並引大慧「學道人，須要熟處生，生處熟」之語論「如何生處無分別處是，如何熟處分別處是」，指出「過是過，善亦是過，分別無分別，總是習氣」〔註 89〕，完全是以禪學闡釋心學。屠長卿是屠隆，亦受王學影響頗深，憨山有《寄屠赤水居士》詩云：「維摩家近白花山。煙水微茫海印寒。聞道文殊又東去。不知香飯對誰餐。」〔註 90〕詩中似乎如其所言是對屠隆在佛學上的導引。

陶望齡在《焦弱侯》書中云「知事理不二，即易；欲到背塵合覺，常光現前，不為心意識所使，即不易」，但當世人「日逐貪嗔」，因此「見性空以長欲」，與「古人見性空以修道」〔註 91〕差距巨大。焦弱侯即焦竑，「以佛學即為聖學」黃宗羲列之為泰州學案。焦竑將二程闢佛之語「皆一一紬之」，認為二

〔註 85〕《憨山老人夢遊集》卷十六，第 819～820 頁。
〔註 86〕《憨山老人夢遊集》卷十八，第 980～981 頁。
〔註 87〕《憨山老人夢遊集》卷十六，第 821 頁。
〔註 88〕《明儒學案》卷三十六，第 869 頁。
〔註 89〕《明儒學案》卷三十六，第 869 頁。
〔註 90〕《憨山老人夢遊集》卷四十九，第 2679 頁。
〔註 91〕《明儒學案》卷三十六，第 870 頁。

程之間乃「二乘斷滅之見，佛之所訶」，佛教所說的不斷滅，「以天地萬物皆我心之所造，故真空即妙有」〔註92〕。憨山有《與焦從吾太史》書，稱讚焦竑為當代人天眼目：「念此末法寥寥，龍天推公，現宰官身，建大法幢，以作當代人天眼目。非小緣也。睽隔多年。昨樹下相逢，儼如異世，人生悠悠，夢幻如此。且瞻道貌天形，誠不起滅定，而現諸威儀者，自非心光密回，何以圓照如此。」〔註93〕

憨山密切交往的另一王學士人為鄒元標，如《寄水田南皋鄒給諫》詩云：「門前一片福田衣，時折松枝當麈揮。山色溪聲常說法，不知若個是當機。」〔註94〕黃宗羲將鄒元標列為江右王門，論其學云：「先生之學，以識心體為入手，以行恕於人倫事物之間、與愚夫愚婦同體為工夫，以不起意、空空為極致。離達道，無所謂大本；離和，無所謂中，故先生禪學，亦所不諱。求見本體，即是佛氏之本來面目也。其所謂恕，亦非孔門之恕，乃佛氏之事事無礙也。」〔註95〕可知鄒元標之學是以禪學解儒學。萬曆二十四年，憨山過文江專門去拜訪訪鄒元標。憨山有寫給鄒元標的信四封，對鄒元標十分欽佩，如第一封信中云：「時惟國事艱難，蒼生引領大慈悲者而津梁之，願努力加餐，為國自重，為道自愛。」第二封信中贊其「深入如幻三昧」，第四封信中贊其能「轉煩惱作菩提，轉生死作涅槃」〔註96〕。鄒元標曾手書《萬法歸》，憨山為之題跋云：「從上佛祖，原無寔法與人，就向眾生妄想夢中，一椎打破，使其豁地一聲，忽然夢覺。兩眼睜開，回視夢中境界，了不可得。若於不可得處措心，亦是夢事……南皋居士潛符此道，受用自在，蓋已有年。切念知音者希，特拈古人此則公案，往往舉以示人，欲人自知落處。觀者若向居士未舉以前快便薦取，猶在半途，若更向萬法一法上團圞，大似癡人面前說夢。」〔註97〕

本自具有與聖人同樣的心性是憨山闡釋儒家之說的基礎和媒介，這方面也正是王陽明心學所極力宣揚的，相同的學術觀念使得憨山與心學之士保持著同步，憨山對儒學的闡釋，不僅看作是晚明佛教思想的特徵，也是晚明思想史的一個縮影。

〔註92〕《明儒學案》卷三十五，第830頁。
〔註93〕《憨山老人夢遊集》卷十六，第857頁。
〔註94〕《憨山老人夢遊集》卷四十九，第2681頁。
〔註95〕《明儒學案》卷二十三，第535頁。
〔註96〕《憨山老人夢遊集》卷十六《答鄒南臯給諫》，第863、864、867頁。
〔註97〕《憨山老人夢遊集》卷三十二《題南臯居士書〈萬法歸〉一卷》，第1725頁。

五

憨山給自己的著述取名《夢遊集》，並解釋「夢遊」之意是「三界夢宅，浮生如夢，逆順苦樂，榮枯得失，乃夢中事時」，言所記「夢中遊歷之境」，詩又是「境之親切者」，皆為「夢語」。佛戒綺語，詩為綺語之尤者，且詩本乎情，禪乃出情之法，憨山很好地調解了佛法與文字二者之矛盾。一方面指出佛陀說生死涅槃「猶如昨夢」，故佛陀亦夢中人，一大藏經亦不過是夢中語。另一方面指出文字乃「應病之藥」。憨山自敘創作因緣云：「僧之為詩者，始於晉之支遠，至唐則有釋子三十餘人，我明國初有楚石、見心、季潭、一初諸大老，後則無聞焉。嘉隆之際，予為童子時，知有錢塘玉芝一人，而詩無傳，江南則予與雪浪創起。雪浪刻意酷嗜，遍歷三吳諸名家，切磋討論無停晷，故聲動一時。予以耽枯禪，蚤謝筆硯，一缽雲遊，及守寂空山，盡唾舊習，胸中不留一字。自五臺之東海，二十年中，時或習氣猛發，而稿亦隨棄。年五十矣，偶因弘法罹難詔下獄，濱九死。既而蒙恩放嶺海，予以是為夢墮險道也，故其說始存。因見古詩之佳者，多出於征戍羈旅，以其情真而境實也。且僧之從戍者，古今不多見，在唐末則谷泉，而宋則大慧、覺範二人，在明則唯予一人而已。谷泉卒於軍中，所傳者唯臨終一偈，曰『今朝六月六，谷泉受罪足，不是上天堂，便是入地獄』，言訖而化。大慧徙梅陽，則發於禪語有《宗門武庫》。覺範貶珠厓，則有《楞嚴頂論》，其詩集載亦不多。顧予道愧先德，所遭過之，而時且久，所遇亦非昔比也。丙申春二月，初至戍所，癘饑三年，白骨蔽野，予即如尸屍陀林中，懼其死而無聞也，遂成《楞伽筆記》。執戟大將軍轅門，居壘壁間，思效大慧冠巾說法，構丈室於穹廬，時與諸來弟子，作夢幻佛事。乃以金鼓為鐘磬，以旗幟為幡幢，以刁斗為缽盂，以長戈為錫杖，以三軍為法侶，以行伍為清規，以納喊為潮音，以參謁為禮誦，以諸魔為眷屬，居然一大道場也。故其所說，若法語偈贊，多出世法，而詩則專為隨俗說也。」文字既是弘揚佛法的工具，又是記錄自己行歷與所遭遇的載體，這些文字若以「醒眼觀之」，則如「寒空鳥跡，秋水魚蹤」，若僅以文字語言求之，則「翳目空華，終不免為夢中說夢」〔註98〕。

以「醒眼」觀文字，文字則為悟入之介，若僅視之為文字語言，文字便為夢中說夢。文字是悟入之介還是夢中說夢，關鍵在於讀者與觀者是悟還是迷。

〔註98〕《憨山老人夢遊集》卷四十七《夢遊詩集自序》，第2551～2554頁。

《春秋左氏心法序》中論語言文字與迷悟之關係云：「夫言之為物也，在悟則為障，在迷則為藥。病者眾，惟恐藥之不瞑眩也；迷者眾，惟恐言之不深切也。」〔註 99〕悟者離語言文字，迷者則惟恐語言文字不深切。《刻百法論八識規矩跋》中云：「親教者，展卷則見文字遮障，而不知所說皆自心本有之佛性。參禪者，抱持妄想，盲修瞎煉，而竟不達生滅根源。」〔註 100〕不能正確認識文字，修教與修禪者皆會因文字形成遮障。《刻起信論直解後序》中，憨山自述文字與其悟入的關係云：「予蚤年即棄講義，初聽諸經，不知為何物。切志參究，既性地一開，回視文字，真似推門落臼，於《楞伽》則有《筆記》。於《楞嚴》則有《懸鏡》，是皆即教乘而指歸向上一路。奈何世之習教者概以予為不師古，參禪者概以予為文字師。予雖舌長拖地，莫可誰何，無怪乎視馬鳴、龍樹、圭峰、永明為門外漢，謂一大藏經，為揩膿涕紙也。且斥發明一心之說為文字，而執諸祖機緣為向上機緣。」〔註 101〕即如《佛印禪師贊》中對佛印禪師的讚揚云：「文字習氣，生來漏逗。橫口說禪，不落窠臼。預畫笑容，不知何為。軒渠而化，只者便是。」〔註 102〕正是對文字有辯證的中肯的認識，憨山因此並不廢棄文字的寫作與作品的創作。

從「醒眼」觀文字的角度來說，便如《雲棲老人全集序》所的說「言以載道，文以達理」。憨山將語言文字作了治世與出世之分，治世之語言「雖聖經咸稱曰文」，佛語由於有「世出世間、情與出情之異」，與治世之語言文字有很大的不同。佛教之說以實相印，「印定諸法，凡所語言皆歸實相，所謂言語道斷，心行處滅，不可得而思議者」，若以文求之則「譬夫執冰而求火」。佛經如此，佛教歷代祖師的粗言及細語「皆歸第一義」。文者並不能簡單視之為記載言教的媒介，而是言者與著者之「本懷」。從這個意義上說，文乃載道之具，云：「禪門載道之言，除佛經諸祖傳燈直指向上，特其言者，大有徑庭，不近人情，故望洋者眾。即文字之師，稱述佛祖之道而溺於情，讀者如絮沾泥，求其平實而易喻，直捷而盡理，如月照百川，清濁並映，能領之者如飲甘露，無病不瘳，如是而為佛祖之亞者。」〔註 103〕言載道文達理，這似乎是與傳統文人同樣的觀念，憨山所說的「道」與「理」，應該是指「忽然如大夢覺」之後的頓悟。

〔註 99〕《憨山老人夢遊集》卷十九，第 1026 頁。
〔註 100〕《憨山老人夢遊集》卷三十二，第 1688 頁。
〔註 101〕《憨山老人夢遊集》卷十九，第 1029 頁。
〔註 102〕《憨山老人夢遊集》卷三十五，第 1880 頁。
〔註 103〕《憨山老人夢遊集》卷十九，第 1037～1040 頁。

儘管詩是「專為隨俗說」，憨山認為禪與詩並不相分，「昔人論詩，皆以禪比之，殊不知詩乃真禪也」〔註 104〕。王維的詩歌中多禪語，憨山指其為文字禪。與王維的詩歌相比，陶淵明「採菊東籬下，悠然見南山，山氣日夕佳，飛鳥相與還」與「此中有真意，欲辨已忘言」等詩句，意在文字之外，憨山認為更具有禪之味與禪之境，即如《金剛決疑解序》所說：「余因序其始末，將冀見聞隨喜，同悟般若之正因，以為歷劫金剛種子，若夫得意忘言，又在具正眼者，決不作區區文字見也。」〔註 105〕文字乃解悟之工具，如《寄袁生》詩云：「曾將書札寄南能，問法遙參最上乘。三昧知從文字入，不知可記昔時僧。」〔註 106〕《示無隱法師》云：「昔依華座繞空王，文字時生般若香。今向一毛觀剎海，逢人不必細商量。」〔註 107〕由文字而悟入或生般若，因此對「具正眼者」不能僅僅以文字視文字。

文字或許是夢中說夢，文字卻也能夠描寫佛陀的威儀，如《雜說》中云：「余少時讀陳思王《洛神賦》，翩若驚鴻，婉若遊龍，只作形容洛神語，常私謂驚鴻可睹，遊龍則未知也。昔居海上時，一日侵晨，朝霞在空，日未出紅，萬里無雲，海空一色。忽見太虛片雲乍興，海水倒流上天，如銀河掛九天之狀，大以為奇。頃見一龍，婉蜒雲中，頭角鱗甲，分明如掌中物，自空落海，其婉蜒之態，妙不可言。世間之物，無可喻者，始知古人言非苟發。因回思非特龍也，佛之利生，威儀具足，故稱大人行履，如龍象云。」〔註 108〕通過莊重鋪陳的文字描寫，能夠使信仰者感受到佛陀的威儀，從而增加佛教信仰的莊穆。

六

憨山說的言載道之道，自然是指佛教的義理。憨山著述中闡述佛教義理的文字自然比比皆是，如詩文中對佛教無常的充分闡發。《六詠詩》分別詠「心」「無常」「苦」「空」「無我」「生死」，這是佛教中的重要命題。相比較而言，對這六個命題，憨山在詩歌中對無常的闡發相對要多一些。《六詠詩》之無常云：「法性本無常，亦不墮諸數。譬彼空中雲，當體即常住。聖凡皆過客，去

〔註 104〕《憨山老人夢遊集》卷三十九《雜說》，第 2082 頁。
〔註 105〕《憨山老人夢遊集》卷十九，第 1017 頁。
〔註 106〕《憨山老人夢遊集》卷三十八，第 2029 頁。
〔註 107〕《憨山老人夢遊集》卷三十八，第 2054 頁。
〔註 108〕《憨山老人夢遊集》卷三十九，第 2083 頁。

來無二路。是生不是生，非新亦非故。智眼明見人，此外何所慕。」〔註 109〕無常便如夢幻泡影，憨山在詩歌中將人生視之為幻跡，《憶家山並諸舊遊》中云：「余別家山三十餘年矣，今被放嶺外，適法兄珂公同廣侄遠慰，因成三絕書，還懸之舊壁，以見人生幻跡如此。」本詩有三首，之一云：「萬竿竹繞舊菴居。樓上仍懸讀遍書。夢見四簷青不改。空留明月照庭除。」之二云：「長安陌上舊行蹤。吹盡微塵曉夜風。別後消磨三十載。不知幾許出虛空。」之三云：「憶昔兒童共聚沙。百千嬉戲笑如花。風霜縱使形容變。此念渾同未離家。」〔註 110〕三首詩寫出了人生之幻。憨山的經歷，使得他對人生之幻感觸尤深，在《山居》詩引中再次感歎人生之幻說：「余生平抱煙霞之癖，早年行腳，三十住五臺冰雪中者八稔，及居東海一十二載。知命之年，乃被業風吹墮瘴鄉將二十年。嗟乎，人生幾何，忽忽往來已七十歲，浮光幻影豈能長久。」〔註 111〕歷史同樣是幻跡，《借風亭》詩敘說三國故事，其中含有濃濃的無常之意，詩云：「天運移炎祚，爭馳逐鹿秋。誰知雲臥客，借筯為前籌。帝業三分定，雄心一火酬。東風千古恨，江漢水悠悠。」〔註 112〕《雜說》中說：「滾滾紅塵，漫漫世路，多少英雄，盡被擔誤。賞心樂事，詩酒忘憂，琴書雖雅，猶讓一籌。金谷蘭亭，於今荒矣，縱有虛名，與人俱已。」世人對這些幻跡「昧而不覺」，能看破幻跡「發一念為生死心」者，「如火中生蓮，甚難得也」，只有「深生厭懼」五欲場中種種惡緣者方能看破。能看破者皆為豪傑之士，《雜說》中云「世之聰明之士，生來但知世間功名富貴，妻子愛戀之樂，以為人生在世，止此而已……古之豪傑之士，直出生死者無他，特看破此耳。」〔註 113〕這段話很容易使人想起《紅樓夢》中的好了歌，或許《紅樓夢》的著者也曾讀過憨山的這些話語。

人生、歷史與世事的無常，就容易使人感歎一切如夢，如蘇軾站在赤壁看到滾滾東逝的長江水就感歎到「人生如夢」。憨山在作品中同樣感歎世事如夢，如同他對自己的著述命名為「夢遊集」，即是對此有著極其深刻的體會與認識。詩歌中對如夢的感歎，如《示六一居士》之一云：「世事忽如夢，人情空若雲。誰知塵市裏，心靜即離群。」之二：「跡近寧違俗，心空豈在家。但

〔註 109〕《憨山老人夢遊集》卷四十七，第 2561 頁。
〔註 110〕《憨山老人夢遊集》卷四十九，第 2673 頁。
〔註 111〕《憨山老人夢遊集》卷四十九，第 2692～2693 頁。
〔註 112〕《憨山老人夢遊集》卷四十八，第 2617 頁。
〔註 113〕《憨山老人夢遊集》卷三十九，第 2077、2078 頁。

看污濁水，湛湛出蓮華。」〔註 114〕這些詩歌中，既有對世事、塵世與人生如夢的感歎，同時有對這種如夢之境的感悟。《山居示眾》之三：「世事一局棋，著著爭勝負。黑白未分前，幾個能惺悟。」〔註 115〕本詩在表達無常的佛教義理中，又是對世事極其深刻的感悟與體味，《示眾》之三同樣是對世事的感悟：「卻說百年如夢，誰曾兩眼睜開。縱是機關使盡，到頭總是癡呆。」之六：「陷阱機關自造。刀林火鑊誰當。只道目前慶快。安知身後苦長。」〔註 116〕《山居示眾》詩之一是對世事與自然的感悟：「獨坐一爐香，翛然萬慮忘。靜看階下蟻，畢竟為誰忙。」〔註 117〕本詩不僅具有佛教義理，同時具有道家之意，似乎已然看破自然之本質，「畢竟為誰忙」一句又具有對人生的悠遠的思悟。《贈本淨禪人結菴白雲》詩云：「獨坐千峰裏，慵披百衲衣。靜聽流水響，閒看白雲蜚。」〔註 118〕詩歌中不表達對世事、歷史與人生的任何感慨與看法，只是表述著自己靜謐的心境，對外在之事絲毫沒有黏滯之感。本詩具有王維詩歌之境，王維是以文人文思表達禪者之境，憨山則是以真正的禪者之境表達禪者之思，表達出更為順暢與不黏滯的心境。如上所述，憨山對王維的文字評價為文字禪，儘管表達禪意卻有文字之意在，憨山的這首詩對於在自然與生活中任運隨緣的表達更為順暢。

憨山詩歌中多有輕靈、清明之詩，如《舟發武昌》詩云：「覽勝歷瀟湘。乘流過武昌。江山雄漢口。雲雨誤襄王。遠跡飛黃鶴。輕帆掛夕陽。生涯隨逝水。不必問行藏。」〔註 119〕《曉發湘潭》詩云：「曉發清潭曲。揚舲信水流。帆飛隨去鳥。岸轉逐行舟。樹遠疑天盡。江空見地浮。洞庭看咫尺。漸近岳陽樓。」〔註 120〕《過天心湖》詩云：「群山連地脈，眾水注天心。浩蕩乾坤大，浮沉日月深。帆飛隨獨鳥，野望入平林。倘逐扁舟去，煙波何處尋。」〔註 121〕憨山之意似乎要在前四句中寫出壯觀之勢，後四句則又是輕靈之語。這些輕靈之詩中，仍然寓含佛教之意和對人世的感悟，如《夜發淩江》詩云：「虛舟隨所適，一水絕間關。月色看逾好，江聲聽轉閒。浮雲身外事，白髮鏡中顏。莫

〔註 114〕《憨山老人夢遊集》卷三十七，第 1980 頁。
〔註 115〕《憨山老人夢遊集》卷三十七，第 1984 頁。
〔註 116〕《憨山老人夢遊集》卷三十七，第 1987 頁。
〔註 117〕《憨山老人夢遊集》卷三十七，第 1984 頁。
〔註 118〕《憨山老人夢遊集》卷三十七，第 1981 頁。
〔註 119〕《憨山老人夢遊集》卷四十八，第 2618 頁。
〔註 120〕《憨山老人夢遊集》卷四十八，第 2617 頁。
〔註 121〕《憨山老人夢遊集》卷四十八，第 2613 頁。

謂漂零久，前途即故山。」〔註122〕《夜坐納涼》之一云：「夜色喜新晴，迎秋爽氣生。雨餘林葉重，風度嶺雲輕。靜慮觀無我，藏修厭有名。坐看空界月，歷歷對孤明。」〔註123〕《舟行》詩云：「湘水通巴漢，孤帆入楚天。片雲低遠樹，晴日照斜川。處世常如寄，浮生莫問年。縱遵歸去路，亦似渡頭船。」〔註124〕

憨山詩歌中這種順暢而毫無黏滯的心境，或許在於對無常與禪理的真正徹悟。憨山並非是嚴格主張出世者，相反卻是主張入世方能真正出世者。《答鄒南皋給諫》中說道：「嘗聞煩惱烈焰，正是聖賢爐冶，種種執著之習，非此不足以銷鑠之。苟非聖恩，何以臻此，久而愈見恩大難酬也。此中轉塵勞為佛事，更為六祖曹溪作無量功德，此蓋從真切苦心中來，較之昔日依無憂樹、吃大家飯者，實霄壤矣。」〔註125〕憨山一生的經歷可以作為一個典型的經世、入世方能真正出世的事例，才能真正看破如夢的世事、歷史與人生，「轉塵勞為佛事」。在經世入世中得到徹悟，同樣需要從心上真正徹悟，《六詠詩跋》云：「佛法宗旨之要不出一心。由迷此心而有無常苦，以苦本無常則性自空，空則我本無我，無我則誰當生死者。此一大藏經，佛祖所傳心印，蓋不出此六法，總之不離一心。若迷此心則有生死無常之苦，若悟此心則了無我，無我則達性空，性空則生死亦空。殆非離此心外，別有妙法而為真空也。從前有志向禪者多，概從心外覓玄妙，於世外求真宗，所以日用錯過無邊妙行，將謂別有佛法，殊不知吾人日用尋常、應緣行事，種種皆真實佛法也。但以有我無我之差，故苦樂不同，而聖凡亦異，端在迷悟之間耳。」〔註126〕體悟的徹底，對世事、歷史與人生的認識就更徹底，清淨而不黏滯的心境方能真正展露出來。

在佛教觀念上去張宗與教皆不偏廢，在詩偈中歌詠的卻主要是禪學，《贈周相士》詩云「逢人若問榮枯事，一段真光在兩眸」〔註127〕，即言「真光」（佛性）在己之兩眸（內心之中）。《山中夏日》詩云午睡沉酣時，「四體百骸俱作客，不知誰是主人公」〔註128〕，對夢中人與自己到底哪個是主人公產生了迷惑，《靜夜鐘聲》詩則云：「鐘聲清夜響寒空，一擊如吹萬竅風。不是閒催

〔註122〕《憨山老人夢遊集》卷四十八，第2610頁。
〔註123〕《憨山老人夢遊集》卷四十八，第2620頁。
〔註124〕《憨山老人夢遊集》卷四十八，第2617頁。
〔註125〕《憨山老人夢遊集》卷十六，第866頁。
〔註126〕《憨山老人夢遊集》卷三十二，第1710頁。
〔註127〕《憨山老人夢遊集》卷三十七，第2009頁。
〔註128〕《憨山老人夢遊集》卷三十七，第2010頁。

龍聽法，多應喚醒主人公。」〔註 129〕這首詩可謂是一語雙關，不僅回答了《山中夏日》詩中所言誰才是主人公的迷惑，更是表達鐘聲不僅能驚醒睡夢中人，更是能驚醒自己本具的佛性。即如《示雲居常元禪人》詩對常元禪師所云：「出世原為究此心，非圖名字掛叢林。頭話參到無心處，不向他家外面尋。」〔註 130〕《示非玄曉禪人》云「於今若識娘生面。不必將心問法王」〔註 131〕，《示行素侍者》詩云「但能識得娘生面，草木叢林盡放光」〔註 132〕。

禪學中日用倫常的任運隨緣，憨山進行了頗多的闡發。《示泰和周生》詩中提到日用倫常的「日用頭頭事」便「盡是無生最上緣」〔註 133〕，若能領悟得此，根本不須《示性如濟禪人》中所言「為尋知識久徘徊」〔註 134〕的為尋解悟而到處遊學。《示鄭白生居士》詩亦云：「一片身心放下時，直教內外似琉璃。其中無著纖塵處，日用頭頭只自知。」〔註 135〕身心放下時，日用之中出處無牽滯。但是憨山強調很多修行者把「日用處」製造成了悟禪的窠臼，「工夫在日用處」就成了死句，一旦成了修行的窠臼，「縱是有志之士，亦皆賣弄識神影子」，這種情況「非言者之過」，而是「執言之過」〔註 136〕，如《示蘄陽歸宗老衲》中云「日用端居大道場」的前提是「若能當念根塵斷」〔註 137〕。憨山實際上強調避免落於窠臼或者形成執念，修行要隨順己之心意，如《匡山喜陳赤石大參過訊》詩云：「萬迭青山一片心，目前處處是雲林。不須更問西來意，水鳥時宣妙法音。」〔註 138〕《示寂知慧林二禪人》詩云：「空山寂寂絕諸緣，不學諸方五味禪。參者不須求向上，但能放下自天然。」〔註 139〕放下就不會落於窠臼與形成執念。

七

《贈本淨禪人結菴白雲》詩中的順暢心境，是剷除所有知見而完全流露自

〔註 129〕《憨山老人夢遊集》卷三十七，第 2010 頁。
〔註 130〕《憨山老人夢遊集》卷三十八，第 2035 頁。
〔註 131〕《憨山老人夢遊集》卷三十八，第 2044 頁。
〔註 132〕《憨山老人夢遊集》卷三十八，第 2048 頁。
〔註 133〕《憨山老人夢遊集》卷三十七，第 2010 頁。
〔註 134〕《憨山老人夢遊集》卷三十七，第 2009 頁。
〔註 135〕《憨山老人夢遊集》卷三十八，第 2052 頁。
〔註 136〕《憨山老人夢遊集》卷三，第 163～164 頁。
〔註 137〕《憨山老人夢遊集》卷三十八，第 2058 頁。
〔註 138〕《憨山老人夢遊集》卷三十八，第 2047 頁。
〔註 139〕《憨山老人夢遊集》卷三十八，第 2049 頁。

心的表現。憨山在這裡表達出他的文學寫作觀念，即文字要表達心體、表達自己獨具的內心之感，《示陳生資甫》云：「文者，心之章也。學者不達心體，強以陳言逗湊，是可為文乎？須向自己胸中流出，方始蓋天蓋地。」〔註 140〕憨山的這個觀念，既是禪學對文字的一貫看法，又與晚明文學革新中的眾文人保持了一致。「須向自己胸中流出，方始蓋天蓋地」是洪州禪以來表述自性清淨心常用的表述，可參見孫昌武《禪思與詩情》第七章《喻禪與喻詩》。明代王學出現之後，促成文學中注重心性的思潮更加發展，詩文自胸襟中流出的觀念得到了更大的提倡。

明代中期的唐宋派文人歸有光，在《論文章體則》中說：「為文必在養氣，氣充乎中而文溢乎外，蓋有不自知者。如諸葛孔明《前出師表》、胡澹菴《上高宗封事》，皆沛然肺腑中流出。不期文而自文，謂非正氣之所發乎。」〔註 141〕晚明著名的公安派主張文章當從性靈中流出，如袁宏道說：「大都獨抒性靈，不拘格套，非從自己胸臆流出，不肯下筆。」〔註 142〕《答李元善》中說：「文章新奇，無定格式，只要發人所不能發，句法、字法、調法，一一從自己胸中流出，此真新奇也。」〔註 143〕公安派的性靈，其實就是自性清淨心的另一種表達，袁中道描述讀王陽明、王龍溪、羅汝芳著述的感受云：「偶閱陽明、龍、近二溪諸說話，一一如從自己肺腑流出，方知一向見不親切，所以時起時倒。頓悟本體一切情念，自然如蓮花不著水，馳求不歇而自歇，真慶幸不可言也。」〔註 144〕

作為佛門僧徒與深受王陽明心學影響的憨山，對文字從胸襟中流出更是大為強調。《示妙光玄禪人》中云：「苟能剗去一切知見、文字習氣，於離文字外，佛祖向上一路，單提力究，日夜參求，參到佛未出世，祖未西來，一著冷地，向自己胸中忽然迸出，如冷灰豆爆。是時方信一切諸法不出自心，轉一切山河大地草芥塵毛皆為自己。」〔註 145〕這是講頓悟不要受到知見與文字的束縛，要從自己的胸襟中流出。《刻方冊藏經序》云法界中流出之語皆字字真心：「及讀諸大宰官長者居士緣起語，備殫始末，字字真心，信乎無不從此法界流

〔註 140〕《憨山老人夢遊集》卷三，第 164 頁。
〔註 141〕《文章指南》，轉引自孫昌武《禪思與詩情》，第 236 頁。
〔註 142〕《袁宏道集箋校》卷四《敘小修詩》，第 187 頁。
〔註 143〕《袁宏道集箋校》卷二十二，第 763 頁。
〔註 144〕《珂雪齋集》卷之二十三《寄中郎》，第 988 頁。
〔註 145〕《憨山老人夢遊集》卷四，第 193～194 頁。

也。」〔註146〕《題寶貴禪人請書七佛偈後》亦云：「此七佛偈，乃佛佛傳受心法也，一大藏經、千七百則公案，乃至一切眾生，日用現前境界，以及蠢蠕蜎飛，凡有識者，皆向此中流出。」〔註147〕這裡的「此中」亦是指心性。

以上提到的是佛法與佛語從心性中流出，從心中流出的不僅僅有佛語與佛法，更有文字。《答錢受之太史》在評述明初護法者宋濂之《護法錄》時，憨山指出護法之心與文章皆從內在之心性中流出，文云：「《護法錄》即禪宗之傳燈也，其所重在具宗門法眼。觀其人則根器師資，悟門操行建立，至若末後一著，尤所取大。今於毫端通身寫出，不獨文章之妙，其於護法深心，無字不從實際流出，其於教法來源，顯密授受，詳盡無遺。此古今絕唱一書，非他掇拾之比。今但就宗門諸大老塔銘中者，以正見正行為主，如居士之見者大同，亦不敢更增染污。」憨山並將這種看法由宋濂擴展到朱元璋身上，云：「山僧向讀高皇文集，有關佛教及諸經序文，並南京天界、報恩、靈谷、能仁、雞鳴、五放建寺中，各有欽錄，簿中所載要緊事蹟，意要集成一書，以見聖祖護法之心。若同此錄共成一部，足見昭代開國君臣一體。」〔註148〕在《答錢受之太史》另一書中，憨山指出古之捨身為國、建立大功業者，其道德文章皆從內心中流出，文云：「《心法序》誠孟浪之談，辱大手改正，頓成佳語，真還丹點化之工。非敢言必傳，但存一種法門耳。承念國事艱難，無肯出死力者，此言固然，但觀從古捨身為國之人，非臨時偶而而發。蓋此等人品，有多因緣，非容易可擬也。一則當眾生大難之時，自有一類大悲菩薩發願而來，至其作用皆神通發現，非妄想思慮計較中來。無論在昔，即如我聖祖同時英雄皆其人也。二則天生應運匡扶世道之人，內稟般若靈根，外操應變之具，先有其本，及臨時運用，如探囊中，百發百中，此留侯、諸葛與平原、忠定諸公即其人也。三則亦自般若願力中來，負多生忠義果敢習氣，剛方中正，確乎不可拔者，勘定大事，堅持不易，如文信國、明之孝孺諸公，生性一定而不可奪者，即其人也……故古之忠臣，有一定之材操，有必可為之具，不用則已，用必見效……古之建不拔之功者，皆預定於胸中，如范蠡、子房、武侯進退裕如，豈以空談為寔事哉，即如東坡亦文章氣節耳……其所存者，特一片赤心耳。」〔註149〕

憨山多篇文中闡述文章從自性中流出，如《示黃惟恒》中提到作文就是從

〔註146〕《憨山老人夢遊集》卷十九，第994頁。
〔註147〕《憨山老人夢遊集》卷三十二，第1696頁。
〔註148〕《憨山老人夢遊集》卷十八，第958頁。
〔註149〕《憨山老人夢遊集》卷十八，第961～962頁。

自己胸中一口吐出：「足下日用，只將眉毛剔起，叱吒一聲，只教神驚鬼怕，天魔膽碎，陰鬼魂消，一喝喝退，落得本地靜靜悄悄，寸絲不掛。赤力力淨裸裸，將此一段家風，要讀書便讀書，不讀則拈向一邊，不許掛一字；要作文便作文，不作便拈向一邊，不許胡思算；乃至吃茶吃飯就吃茶吃飯，要打眠便打眠，要痾矢放尿便痾矢放尿，撞著便了，更不許過後思量……如此單刀直入，一念向前，則讀書親見古人，作文也只向自胸中一口吐出，更無前後。涵畜時便是吐露時，吐露時便是涵畜時，如此不為動靜明暗所轉，不為種種伎倆所移。」〔註 150〕《示梁仲遷（甲寅）》中直言作文是從自性中流出，云：「梁子自今已往，當先洗除習氣，潛心向道，將六祖『本來無一物』話頭橫在胸中，時時刻刻照管念起處，無論善惡，即將話頭一拶，當下消亡。綿綿密密，將此本參話頭作本命元辰，久久純熟，自然心境虛閒。動靜云為，凡有所遇，則話頭現前，即是照用分明不亂，定力所持，自不墮粗浮鹵莽界中，不隨他腳跟轉矣。即讀書做文字，亦不妨本參，讀了做了，放下就還他個本來無一物，自然胸中平平貼貼。久之一旦忽見本無心體，如在光明藏中，通身毛孔皆是利生事業，又何有身命可捨哉。如此用心操存涵養，心精現前，看書即與聖人心心相照，作文自性流出。」〔註 151〕這裡表達的不僅是作文是從自性中流出，更表明無論是參悟還是讀書作文都不能隨他人腳跟轉。

作文從自性流出，一方面著述者能獨抒己見，如《示梁仲遷（甲寅）》中所云不隨他人腳跟轉，這也是晚明文人極力主張的，如袁宏道說「各出已見，決不肯從人腳跟轉」〔註 152〕。《示劉仲安（癸丑冬）》中告誡學者不要隨他人之見或者妄想流轉，云：「（予居五羊，一時從遊者眾）子從今日用做工夫，只將本來無一句作話頭，二六時中切切參究，但看妄想起處，切莫隨他流轉，當下一拶，自然掃蹤滅跡矣。」〔註 153〕明瞭自性則自然就不會隨他人腳跟轉，《示寬兩行人》說：「昔人為生死行腳，今人但行腳而不知生死，可哀之甚也。所謂日用而不知者此耳，其過在不知本有。若人知有，便知自重，知自重則不隨物轉而能轉物矣，詩有之曰『我心匪石，不可轉也』。要知非金剛心地，靡不為物所轉者，既為物轉，則隨他去也。」〔註 154〕知自重就是知自性清淨心，

〔註 150〕《憨山老人夢遊集》卷十二，第 601 頁。
〔註 151〕《憨山老人夢遊集》卷四，第 215～216。
〔註 152〕《袁宏道集箋校》卷二十二，第 781 頁。
〔註 153〕《憨山老人夢遊集》卷四，第 218。
〔註 154〕《憨山老人夢遊集》卷四，第 194 頁。

不僅不被物所轉，且能轉物。轉物而不被物所轉，來自慧能「轉法華與法華轉」的說法，《壇經》云：「大師言：『法達，心行轉法華，不行法華轉；心正轉法華，心邪法華轉。開佛知見轉法華，開眾知見被法華轉。」大師言：「努力依法修行，即是轉經。』法達一聞，言下大悟，白言：『和尚，實未曾轉法華，七年被法華轉；已後轉法華，念念修行佛行。』」王陽明接過了慧能之慧旨，說：「自元會運世歲月日時，以至刻杪忽微，莫不皆然，所謂動靜無端，陰陽無始，在知道者默而識之，非可以言語窮也。只牽文泥句，比擬仿象，則所謂心從法華轉，非是轉法華矣。」〔註 155〕轉法華與被法華轉是指心性是否為經籍與言句所束縛，王龍溪說學者必須自證自悟，「不從人腳跟轉」，如果「執著師門權法，以為定本」，是滯於言詮「非善學」〔註 156〕者也。王陽明又說：「愛之本體固可謂之仁，但亦有愛得是與不是者，須愛得是，方是愛之本體，方可謂之仁……吾嘗謂博字不若公字為盡。大抵訓釋字義，亦只是得其大概，若其精微奧蘊，在人思而自得，非言語所能喻。後人有泥文著相，專在字眼上穿求，卻是心從法華轉也。」〔註 157〕這是對「滯於言詮」的學者「心從法華轉」的最好解釋。李贄指出學者不能以他人之是非為是非，即使這個人是孔子，以他人之是非為是非就是「心從法華轉」：「你試密查你心：安得他好，就是常住，就是《金剛》。如何只聽人言？只聽人言，不查你心，就是被境轉了。被境轉了，就是你不會安心處。」〔註 158〕被四庫館臣稱為與李贄同為「狂禪」的唐樞，提到「轉法華」說：「秀才入仕途，類無所執。世浮則浮，世沉則沉。所以不惟善人少，雖為惡人亦少。今且要先有所執，如有用我，執此以往，中間、廣狹、大小、淺深、高下未暇論，須早決向背從違之機，吾契挺挺一念，已是轉法華。」〔註 159〕世浮則浮、世沉則沉就是「心從法華轉」，堅持自己的信念就是「轉法華」。周汝登《題刻壇經》中說：「吾見世有壞儒而求禪，有離心而取相，有談宗乘而不識見己過，有據講座而不悟轉法華，不讀《壇經》，烏知妙理。」〔註 160〕讀《壇經》後才能悟到轉法華的道理，就是悟到自性，就會不膠著於已有的言說，從而達到我注經而非經注我的境界：「凡不謬不惑而不

〔註 155〕《王陽明全集》卷二，第 64～65 頁。
〔註 156〕《王龍溪全集》卷一《天泉證道記》，第 105 頁。
〔註 157〕《王陽明全集》卷五，第 195 頁。
〔註 158〕《焚書》卷四，第 140 頁。
〔註 159〕《木鐘臺集初集·語錄》，《四庫存目叢書》本。
〔註 160〕《東越證學錄》卷之十三，《四庫全書存目叢書》本。

能易者，不謬不惑不易於自心而已，非求在前王後聖者也。用是窮經，是為經注我，而非我注經，我轉經而非經轉我。」〔註 161〕由這些言論來看，憨山的觀念與晚明士人保持了高度的一致。

第二方面，保持自性、堅信自性，從胸襟中流出的文字就是作者的本色。丁右武與憨山交誼深厚，憨山對他極為欣賞，《答鄒南皋給諫》中說：「所幸與右武時相往來，真天涯骨肉，一食不忘，非獨道義相裨，即所資給亦損口分衛。性命相依，此段因緣，大非淺淺。此公肝膽照人，猶如秦鏡，遇物應機，洞徹五內。其為載道，最稱上根利器，此番天德陶鑄，所進益大非尋常，異日莊嚴佛土，成就眾生，不可思議。」〔註 162〕《丁右武大參浮海四詩跋》開篇再次描寫其形象云「兕虎不能撓其神，獵士之勇也；蛟龍不能動其色，漁父之勇也；死生無變於己，達人之勇也」，接著描述丁右武作詩之情景云：「及赴廣海戍，度崕門，風濤大作，桅折篷飛，顛覆萬變，傍人束手。公方倚舷歌詩，諸豎子群起而噪曰『舟覆矣』。公曰『且住且住，待我詩成。』頃四詩剛成，而舟膠於沙，遂得無覆。」憨山認為丁右武能作詩之境出於「當百折之餘，投之海涯，曠然不恧於色」的「剛腸直烈雄才大略」〔註 163〕之本色，故於《為右武書七佛偈題後》中，憨山言為之作詩跋乃「以此狀其本色」〔註 164〕。

八

太清宮之爭失敗後，憨山被萬曆皇帝以私創寺院罪「戍雷州衛」〔註 165〕，「越十有一年」後免戍，《與雪浪恩兄》中曾提到自己的這段軍營生活云「弟至即從行伍，寄身古寺，宛是頭陀，荷戟轅門，居然馬卒」〔註 166〕，語句中透露出對自己行伍生活的無奈。《憨山年譜》記其於萬曆二十四年達到五羊軍中，「抵五羊，囚服見大將軍，將軍為釋縛，款齋食，寓海珠寺」。在五羊，憨山見到了周汝登，周汝登問以「通乎晝夜之道而知」，憨山曰「此聖人指示人，要悟不屬生死的一著」，與周汝登之意深為相契。三月十日抵雷州，「著伍」，四月開始著手注解《楞伽經》。八月，鎮府檄還五羊，寓演武場，「時往來，作

〔註 161〕《東越證學錄》第卷之六《鄒子講義序》。
〔註 162〕《憨山老人夢遊集》卷十六，第 865 頁。
〔註 163〕《憨山老人夢遊集》卷三十二，第 1700 頁。
〔註 164〕《憨山老人夢遊集》卷三十二，第 1701 頁。
〔註 165〕《續燈正統》卷四十二，《續藏經》第 84 冊，第 648 頁。
〔註 166〕《憨山老人夢遊集》卷十三，第 664 頁。

《從軍詩》二十首」〔註 167〕。

作為一名佛教僧徒，本不會與軍隊發生聯繫，卻因為被充軍雷州衛而作了數量頗多的從軍詩，成為一段獨特的殊勝因緣。由於這段因緣，憨山創作了不少有關行伍的詩作，這些詩作體現出「情真境實」之狀。

從《夢遊集》來看，憨山交往密切者有不少是行伍出身，如《示陸將軍》中的陸世顯，文中云：「將軍為濠梁世胄，天性英傑，其殺機固所賦也。中年知向道，入海門周先生室，先生拈『古人勸君識取主人公』之語示之。」顯然是憨山來到雷州衛之後結識的信仰者，憨山讚揚其性直無偽，「固古豪傑忠肝義膽之儔」，鼓勵其「以殺生之勇自殺其欲」〔註 168〕。為參軍吳天賞作《忠勇廟碑記（並銘）》，《與殷參軍》勸解其「萬無以殺為功」〔註 169〕；《重刻六祖壇經序》中記贈送大將軍張樂齊所刊刻的《壇經》，稱其為禪將軍。《曇花精舍歌贈祇園逸史杜將軍韜英》稱杜韜英用武不離禪，「殺機盡是降魔智」〔註 170〕，並賦《寄題杜將軍曇花精舍》二首，之一：「鼓吹轅門獨晏然，曇花樹下晝安禪。誰知可汗歸王日，正是將軍破有年。」之二：「鐘鼓胡笳總道場，旌旗影裏坐焚香。思君力破群魔壘，自許心空見法王。」〔註 171〕與憨山交往的軍士，多是有佛教信仰者，其與憨山交往有修佛禪求悟入之意，如《林參軍從余入山》詩云：「戎馬身經老，風煙鬢已班。骨疲仇鐵甲，心冷愛青山。木札禪離味，茶香事盡閒。白雲欣共住，肯放出松關。」〔註 172〕

與憨山交往的一些軍隊將士參與過遼東戰事，因此憨山著述中提到了遼東戰事，《與鮑中素儀部》中云：「頃得汪司馬公書，云遼警甚急，昨二月廿日出師，四路大將已喪其三，八九萬生靈，一旦齏粉，大可寒心。止留李將軍一路，遼極難支，恐其長驅，大可憂也。廟堂紛紜，無畫一之策，徵兵轉餉，急於星火。」〔註 173〕簡短的描寫中看出遼東戰事的慘烈，憨山通過以表述事實而描寫出戰事慘烈之狀的手法可謂是極高，又有《弔遼陽將士文題辭》，此文所作之緣由是：「幻人衰朽骨立，匿影空山，掩室以休。適豫章陶君相如過訪，

〔註 167〕《憨山老人夢遊集》卷五十四，第 2946～2948 頁。
〔註 168〕《憨山老人夢遊集》卷八，第 381、382 頁。
〔註 169〕《憨山老人夢遊集》卷十五，第 862 頁。
〔註 170〕《憨山老人夢遊集》卷四十七，第 2584 頁。
〔註 171〕《憨山老人夢遊集》卷四十九，第 2690 頁。
〔註 172〕《憨山老人夢遊集》卷四十七，第 2599 頁。
〔註 173〕《憨山老人夢遊集》卷十八，第 948 頁。

語及時事，及出和張太史《弔遼陽將士文》，且屬為引。」憨山受到遼東前線戰事的感染，為之題辭云：「此古今豪傑忠義之士，精神相感於形骸之外，固非世諦恒情也。故曰『志士仁人，無求生以害仁，有殺身以成仁』，仁者何也，即此心之性真也，光明廣大，終古常然。若認假而失真，則與草木同腐朽，雖生不生……苟能守志忘形，形忘而心存，當與日月爭光矣。此古忠臣義士，以身殉國則國為身，以身殉天下則天下為身。所以忠義之氣，充塞宇宙，凜凜而不昧者，固其所也。今觀兩將軍之死得其所，則能興一時仁人君子之感，不奪者志，不晦者心，所謂求仁得仁，雖死可無遺憾矣。予讀太史之文，心血迸灑，慷慨悲歌激烈之氣，蕭蕭如在易水之上也。將見豪傑之士，由此一鼓而興起者，竦動義概，竭忠效死，以捍社稷，端有望於今日也。」〔註 174〕憨山的這篇文讀來確實讓人迸發出慷慨激昂、感憤激勵之氣。

憨山雖然是被充軍雷州衛，軍營的將士對之非常和善，並無任何苛求之意。上引提到甫至軍營，將軍即為之去除束縛，並對之禮遇有加。憨山可以自由活動，經常來往於漕溪禪寺與軍營之間，如《自曹溪檄還戍所》詩云：「委形隨大化，去住豈容心。縱使驅炎海，還同坐寶林。偷生根蒂淺，絕跡道源深。極目寒空色，浮雲自古今。」〔註 175〕《劉將軍邀觀玉龍泉》二首即是其在軍營之中心境的寫照，之一：「清泉寒似玉，嘉樹密如雲。人有羲皇樂，心同鹿豕群。」之二：「混沌何年鑿，淵泉此地開。人依空界立，山入鏡中來。」〔註 176〕被充軍雷州衛，憨山並沒有哀歎，而是以隨處是道場的心態對待之，如《軍中吟》二首，之一：「鐵甲天教當敝裘，從軍原不為封侯。身經赫日如爐冶，傲骨而今煉已柔。」之二：「緇衣脫卻換戎裝，始信隨緣是道場。縱使炎天如烈火，難消冰雪冷心腸。」〔註 177〕這種的心態在《軍中寄懷虛谷師》中表現的非常明顯，詩云：「禪板輕拋事鼓鼙，跏趺鞍馬不相宜。夜深月照轅門下，恰似松陰對坐時。」〔註 178〕即使在軍營中，儘管「跏趺鞍馬不相宜」，憨山卻能禪板合著軍鼓之音獲得禪修寂靜的之樂；以禪心對眼前之境，深夜月光照射下的軍營轅門，如同山林深處的松蔭，心境不因眼前之境的差別而有差別。《軍中道場吟》四首描述其在軍營的生活與心境，之一：「朝聞鼙鼓

〔註 174〕《憨山老人夢遊集》卷三十二，第 1740～1741 頁。
〔註 175〕《憨山老人夢遊集》卷四十八，第 2606 頁。
〔註 176〕《憨山老人夢遊集》卷四十八，第 2643 頁。
〔註 177〕《憨山老人夢遊集》卷四十九，第 2677 頁。
〔註 178〕《憨山老人夢遊集》卷四十九，第 2675 頁。

聲，暮聽金磬響。動靜雖不同，唯在知音賞。」之二：「旌旗蔽浮雲，幢幡影朝日。試看生殺機，兵不似禪密。」之三：「法鼓震龍宮，喊聲動天地。何似眾竅風，噫出大塊氣。」之四：「曾坐東海上，驚濤怒破山。今聞震天雷，入耳心逾閒。」〔註 179〕

《丙午夏日，自曹溪乞食度嶺至虔州，因熱致病，寓陳文績將軍池亭，時觀魚戲新水，清猿嘯月，鶴鹿依人，宛若深山，相與夜坐，感懷賦詩》五首也是表達軍營如山林之境，之一云：「冷落將軍署，棲遲放客過。懶輸塵事少，閒勝白雲多。揮塵慵調鹿，臨池學愛鵝。不知幽谷裏，似此更如何。」之二云：「白日炎如火，高眠夜氣寒。夢醒回月窟，心想入冰盤。鼓角轅門曉，星河曙色闌。覺來方散發，愁見籜皮冠。」之三云：「池水江湖思，遊魚樂未忘。永懷臨大壑，幽思寄濠梁。新月沉鉤細，垂楊引線長。夜來風雨發，鱗甲幾飛揚。」之四云：「易謝諸塵累，難消大患身。行藏容混俗，老病豈饒人。牛馬齒將缺，猿猴心未純。六根如割據，不識與誰親。」之五云：「老被閒心使，生為業力驅。虛將三寸氣，連絡百年軀。藥石元非命，心齋豈是愚。衹愁人世苦，願作佛家奴。」〔註 180〕

憨山在雷州衛軍營中共待了十一年，《軍中寄懷黃羽李侍御》六首雖然是寄人之詩，看成是對自己十餘年軍營生活的總結未嘗不可，之一：「十年戎馬走炎荒，常憶同遊海印光。大火聚中求著腳，與君別處最清涼。」之二：「聚散浮雲不可期，此心未離別君時。兩輪日月如飛鳥，來往無停促夢思。」之三：「大海長江一脈通，煙波浩渺總如空。萬山縱使能相隔，恰似空花落鏡中。」之四：「虛空大地可消亡，此念如何屬斷常。試問維摩方丈內，近來諸有置何方。」之五：「君先待漏紫宸朝，遙把《楞伽》問寂寥。侍者飽餐香飯後，至今一粒未曾消。」之六：「世事虛空最是閒，乾坤何地沒青山。知君正眼相看處，不在音聲色相間。」〔註 181〕長期的軍營生活，憨山很是認同自己的行伍身份，如《自贊》云：「非俗非僧，不真不假。肝膽冰霜，形骸土苴。一味癡憨，萬般瀟灑。若不是聖天子破格鉗錘，如何得隨伴著將軍戰馬。」又道「作佛無分，作祖有障，只好發付無事甲裏，做個老軍隊長」「出世六十年，當軍三千日」〔註 182〕，這些詩句反映出的是對自己行伍身份的認可。

〔註 179〕《憨山老人夢遊集》卷四十八，第 2641 頁。
〔註 180〕《憨山老人夢遊集》卷四十八，第 2606～2607 頁。
〔註 181〕《憨山老人夢遊集》卷四十九，第 2680 頁。
〔註 182〕《憨山老人夢遊集》卷三十五，第 1901、1905、1906 頁。

十餘年的軍營生活，對憨山產生了非常深刻的影響，直觀是他以軍事譬喻悟禪，如《一念信心即得菩提》云「提錘直入中軍帳，奪得將軍肘後符」〔註183〕，就是以直入中軍帳奪取肘後符比喻禪學的頓悟。更深刻的影響，是憨山領悟到詩歌之妙在於「情真境實」，《題從軍詩後》云：「向不求工於詩，自從軍來此，詩傳之海內，智者皆以禪目之，是足以徵心境混融，有不自知其然者，由是亦知古人之詩，妙在於情真境實耳。」〔註184〕所作的《從軍行》二十首，就是他這種文學觀念的典型表達。《從軍詩》引云：「余以弘法罹難，蒙恩發遣雷陽。丙申春二月入五羊，三月十日抵戍所，時值其地饑且癘已三歲矣，經年不雨，道殣相望，兵戈滿眼，疫氣橫發，死傷蔽野。悲慘之狀，甚不可言。余經行途中，觸目興懷，偶成五言律詩若干首。」〔註185〕二十首詩作，就是表達他經歷這些實境的真切真實之情。如其中之一云：「竄逐辭金地，窮荒到海涯。雲容飛赤鳥，星尾曳丹蛇。棄杖林成久，揮戈日未斜。天南並塞北，是處有胡笳。」〔註186〕自己被貶棄的身境與北上邊關行軍士兵的身境完美結合在一起，憨山是被貶南下，士兵是行軍北上，面臨的情境是同樣的，故言天南塞北「是處有胡笳」。《曉行》也是一首軍營詩，表達將士拂曉行軍的情境：「殘月掛城頭，征笳慘客愁。北風吹短鬢，涼露濕重裘。野燒連營壘，邊烽暗戍樓。孤雲聊淡佇，瀟灑竟如浮。」〔註187〕在「情真境實」文學觀念的指引下，這些詩作不僅描述的情境真實，而且情感相當觸及到讀者的內心。這樣的詩作，是著者心聲之所發，《題十二首臥病詩後》云：「沙門從戎昔亦有之，如大慧禪師戍梅陽冠巾說法，寂音尊者戍崖州箋注《楞嚴》，二大老以如幻三昧，處患難如遊戲。予少年驅烏烏時即知其事，想見其人，不意予年五十時亦遭此難，蒙恩賜謫雷陽，其地蓋在二老之間，自慚非其人也，然恒思其風致。初至戍所，即注《楞伽》，蓋有感焉。所寓之時與境，未審較昔何如，而以僧體慧命為懷，一念保持，兢兢弗忘。自謂禪道佛法，不敢望二老門牆，至若堅持法門，孤忠耿耿，實有齧雪吞氈之志。而山林故吾之思，形於聲詩者，真係雁足帛書也。千秋之下，讀此詩而想見予者，能若予之想二老乎。」〔註188〕由所

〔註183〕《憨山老人夢遊集》卷三十六，第1940頁。
〔註184〕《憨山老人夢遊集》卷三十二，第1708頁。
〔註185〕《憨山老人夢遊集》卷四十七，第2593頁。
〔註186〕《憨山老人夢遊集》卷四十七，第2596頁。
〔註187〕《憨山老人夢遊集》卷四十七，第2601頁。
〔註188〕《憨山老人夢遊集》卷三十二，第1708～1709頁。

遇之情景引發內心之感觸，詩從而由心聲發出，這樣的詩作可以想見到詩人的心境與形貌。

《從軍行》二十首對「情真境實」的表達有六種方式。第一種是先寫境，而後表達情，如第一首「楚澤非炎徼，行吟愧獨醒。瘴煙千嶂黑，宿草四時青。颶觸秋濤怒，人靳厲鬼靈」是寫面臨的境，最後「從來皆浪跡，今日更飄萍」是表達情，情是由前述之境所引發；第三首是前四句「舊說雷陽道，今過電白西，萬山嵐氣合，一錫瘴煙迷」寫境，後四句「末路隨蓬累，殘生信馬蹄，那堪深樹裏，處處鷓鴣啼」寫由前四句之境引發的內心之情。第二種是先寫情，再寫境，如第六首前四句「出世還行役，誰悲道路難，長戈聊當錫，短髮不勝冠」寫情，後四句「沆瀣餘三島，炎蒸厲百蠻，天南回首處，落日是長安」是寫境，後四句的境將情襯托得更為深刻。第三種是先表達義理，而後寫境，再由境引出情，如第二首開始「火宅誰堪避，清涼自可求」表達佛教義理，中間「天低偏近日，樹老不知秋」寫境，最後「海月心何寂，空雲思欲浮，卻憐無住客，今復寄炎洲」表達羈旅之情思。第四種方式是前兩句寫景，三四句寫情，五六句再寫境，最後兩句再寫情，如第四首前兩句「遠道經行地，孤雲獨可憑」寫境，三四句「有家俱是客，無累即為僧」寫情，五六句「毒霧薰心醉，炎風透骨蒸」再寫境，最後兩句「翻思舊遊處，儼若履層冰」再寫情。第五種方式是通篇寫境，情在境中，如第七首云：「昔住清涼界，今登熱惱天。燠寒風氣別，南北地形偏。萬里同明月，千山隔暝煙。塞鴻書縱寄，不過雁峰前。」第六種方式是通篇寫情，但是境卻在情之中，如第五首云：「行腳原吾事，擔簦固所能。心懸萬里月，肩荷一枝藤。吃食愁蠻語，安禪喜俗僧。降魔空說劍，今日始先登。」〔註 189〕整首詩是在寫羈旅中的內心感發之情，而句句中又見境的存在，是境在情中。憨山就是用這六種方式，表達出行軍中的真切感受，在真切感受中又表現出對當前之境的超脫，如「心是未生前」「清涼自可求」「幻跡元無住」等。

《從軍行》中的「不望寄寒衣」「落日是長安」「饑烏習近人」等句，具有唐代邊塞詩的風格，看出憨山受到唐代邊塞詩的深刻浸潤。憨山有《烏夜啼》詩：「寒林積雪白日西，慈烏啞啞枝上啼。鴟梟在巢未敢棲，饑不得食情慘淒。虞人網羅亦何密，饑烏之肉不足食。何事綢繆日夜求，返哺不遂情何極。母子分飛兩不全，況復母死歸黃泉。啼聲不絕如杜鵑，令子抱恨遺終天。啼烏啼烏

〔註 189〕《憨山老人夢遊集》卷四十七，第 2593～2596 頁。

真可憐，虞人忽死鴟梟殲，明明天道何昭然。」〔註 190〕詩中描寫寒日中烏鴉的可憐，既受到嚴寒天氣的摧壓，又受到天敵的捕捉和捕鳥人的網羅，導致母死子孤單。這首詩深深帶有唐詩烏鴉主題詩歌的影響，如白居易《烏夜啼》詩寫忍受著寒冷的烏鴉，云：「啼澀饑喉咽，飛低凍翅垂。畫堂鸚鵡鳥，冷暖不相知。」憨山詩中的「饑烏」，或許來自孟郊《饑雪吟》詩中「饑烏夜相啄，瘡聲互悲鳴，冰腸一直刀，天殺無曲情」，以及許渾《南陽道中》詩中「饑烏索哺隨雛叫，乳牸慵歸望犢鳴」等。整首詩的題旨，頗似白居易《慈烏夜啼》詩，云：「慈烏失其母，啞啞吐哀音。晝夜不飛去，經年守故林。夜夜夜半啼，聞者為沾襟。聲中如告訴，未盡反哺心。百鳥豈無母，爾獨哀怨深。應是母慈重，使爾悲不任。」白居易詩歌描寫幼烏失去母親之悲，憨山的詩歌最終落在「虞人忽死鴟梟殲，明明天道何昭然」因果報應上。在悲憫的詩意中表達善惡報應之理，是憨山這首詩歌與上述唐詩最顯著的差異，這也是由其佛教僧徒身份與觀念所決定的。

「情真境實」的文學觀念不僅表現在行軍詩中，同樣表現在其他一些內容的寫作上，如體現在思念家鄉的詩作上。儘管以佛教的戒律比之為儒家的五常倫理、以佛教度天下的胸懷比之儒家的忠孝更進一步，當母親讓弟弟看望他的時候，憨山還是展現出平常人的情懷，如《喜老母遣弟至》詩云：「天屬憐同蒂，君恩賜一身。生還如有日，尚可奉慈親。」〔註 191〕憨山在詩作中展現出了對家鄉的思念，如《思鄉曲》詩引云「余十二歲離鄉，今六十年矣，適鄉人遠問於山中，因賦此」，鄉人的問詢使他想起對家鄉的情感，詩之一云：「門前高柳映清池，常記兒童戲浴時。六十餘年如夢事，幾回猶動故園思。」之二云：「青山一帶繞河流，家住河邊古渡頭。自小離鄉今已老，此心不斷水悠悠。」〔註 192〕思鄉之情真切，真切之情中寓含的無常之境一樣真實。《憶故鄉居》三首，之一云：「家住龜山陰，宛似恒河曲。卻憶兒童時，熱在河中浴。」之二云：「夾岸柳陰濃，當戶南山翠。手種碧桃花，不知在也未。」之三云：「門前一小橋，幼見水沖斷。欲架獨木枝，路遠猶未辦。」《憶鄉友》兩首，之一云：「幼小同讀書，連床還共被。誰知一別來，看看六十歲。」之二云：「卻憶聚沙時，相戲常生惱。只記童子顏，不信今衰老。」《憶家山

〔註 190〕《憨山老人夢遊集》卷四十七，第 2586～2587 頁。
〔註 191〕《憨山老人夢遊集》卷四十九，第 2706 頁。
〔註 192〕《憨山老人夢遊集》卷四十九，第 2703 頁。

菴居》詩云:「樓居水竹總相連,長夏清風白晝眠。此日炎荒萬里外,回思恰似幾生前。」〔註 193〕這些對親人、家人和家鄉的思念之作,同樣是情真境實,讀來讓人頗為感動。

九

滿篇的佛教義理的闡發與「情真境實」的文學觀念和寫作其實並不矛盾,或許正是對佛教義理的徹悟與對世事的親身經歷,憨山詩歌中對佛教義理的闡發更為平實、自然而不突兀、勉強,使得憨山詩歌顯得更能親近讀者的內心。憨山為數不多的遊記,同樣體現出「情真境實」的風格,應與憨山長期生活於山林、長期遊歷有關。

憨山作的遊記中,有些是比較純粹一些的遊記,有些是為佛教名勝、景觀或寺院所作的記,但其寫作帶有遊記的方式或色彩。如《重修龍川縣南山淨土寺記》開篇以巡遊線路的方式開始記述,云:「南粵名山多福地,其源自衡嶽而下度庾嶺,至韶石結為曹溪,開禪源一脈。又東千里,經會城而出羅浮,仙蹤聖概,為巨麗焉。又東數百里,適潮惠之中曰龍川,古循州也。其治據惠上游,當甌粵之衝,地接虔漳,崇山峻嶺。」〔註 194〕這一段就是典型的遊記記述方式。《廬山五乳峰法雲寺記》是為法雲寺所作的記,這篇記帶有明顯的遊記寫作方式。《記》開篇寫廬山位置與形勢,云:「廬山自南嶽發脈,逆轉湘山界西粵,北轉星子臨武界東粵,至桂陽界吳楚,庾嶺分派,抽幹東走。經武功一帶,綿亙二千餘里,直抵潯陽,前彭蠡而後九江,盤踞二百餘里。如出水青蓮,高插雲漢,南臨吳越,北眺中原,直與五嶽爭雄,誠寰中一巨麗也。」隨後介紹廬山山峰的分布,各種形勝,寺院建築、歷史來歷、各種人物事蹟以及各個典故故例等等,都穿插在對山峰走向、分布與形勝的描寫之中,內容眾多而不雜亂,可謂是井井有條,錯落有致。最後援引蘇軾「不見廬山真面目,只緣身在此山中」形容廬山「以山似蓮花,居者如坐花中」的面目,似乎是筆墨不能描寫出廬山之麗而用蘇軾此句來加以說明,最後形容廬山乃華藏玄都之狀云:「獨五老七賢為最勝,其寺居璽中,倚漢陽諸峰為屏障,回觀七賢五老坐於雲中,彭湖繞其外,湖外雲山,千里內拱,暗列於前。儼一華藏玄都也。」文末又回到佛教記的特質,云「梵侶日誦《華嚴經》,聲琅琅,鐘鼓交參,與

〔註 193〕《憨山老人夢遊集》卷四十九,第 2706～2707 頁。
〔註 194〕《憨山老人夢遊集》卷二十三,第 1236 頁。

松濤泉響，共演潮音，又與茲山啟生色」〔註 195〕，佛音與山勝、自然之籟相互交映，宛如融合之一體。《廬山五乳峰法雲寺記》可見憨山描寫手法之高超，將紛繁的事物、人物故實、歷史典故、建築、形勝、形狀與聲音錯落有致地融合在一起，由宏觀描寫入手，微觀細緻描寫分布其內，由高處遠處俯瞰慢慢接近，細處近處交代清晰，井井條條，將佛教之平和盛致充分表達了出來。

在一些記佛寺或佛教勝蹟的記中，憨山採取了遊記的書寫方式，如《遊景泰寺記》點明是「遊」寺院，記中云：「粵之山川發於衡嶽，折庾嶺而下，腰結曹溪，逶迤而南，直抵五羊。五羊之主山曰粵秀，粵秀之祖龍曰白雲，白雲固多奇勝，而景泰為最。以踞白雲之腹，而撫仙龍之城，兩翼合抱，如老蚌含珠，孤峰絕磵，深林蓊鬱，奇葩異草，煙雲出沒，菖蒲生於石隙，棕發披於林表。大海如鏡，壁立於眉間；明月如珠，光流於唇吻。信天壤之奇觀，南海之巨麗也。」〔註 196〕憨山「遊觀」寺院，視之為「佳勝」，這是典型的遊記式描寫方式。有些關於佛教勝蹟的記中，遊記描寫的方式居於文中，如《端州寶月臺記》在敘述寶月臺建造之來由後，以遊記的形式對寶月臺進行了描寫，云：「余時登覽，撫景四顧，超然遐想曰『美哉山河之固，異哉天造之奇也』。因思臺始命名，必形家之具法眼者。閒嘗閱覽東粵來龍，遠宗衡嶽，抽幹而下，越懷四注。鼎湖為端郡之祖龍，挺挺雲霄，蜿蜒西走，列障橫開，明堂廣衍，垣應紫微，融結七星，奇峰洞宇，千態萬狀，文巖錦石，雲蒸霞燦，拳砆片石，足為世珍。此造化之精英，山川之蘊奧也。星巖羅列，蛛絲遊蟻，點綴平川，東折羚羊峽，為端捍門。左逆水上游，由黃岡而西，結為郡城。按形察理，則回龍顧祖，轉望七星，志稱斯臺，平陽突起，非若驪龍頷下之珠乎。意取明月之珠，為世至寶，故名寶月。」〔註 197〕這段顯然是以遊記的視角描寫下來的。

憨山的遊記以及遊記的描寫方式，似乎有著柳宗元遊記文的影子，如《瓊州金粟泉記》，主要內容為寫金粟泉，意在表達：「水之潛流四天下地，如人血脈之注周身，由生於心而養五臟，外達四肢，徹於皮膚。下至湧泉，上極泥洹，髮毛爪齒，靡不充足，不充則不仁。」開篇描寫宛如一篇遊記，云：「瓊郡距瀨可十里，城東北隅，岡足水趺，有泉湧粟，粒粒燦然，如珠泛瀨眼。人取而試之，去殼出精，宛如北方之布穀。至冬日氣斂，泉溫，其粟出芽如秧針刺水，

〔註 195〕《憨山老人夢遊集》卷二十五，第 1303～1302 頁。
〔註 196〕《憨山老人夢遊集》卷二十四，第 1265 頁。
〔註 197〕《憨山老人夢遊集》卷二十四，第 1268 頁。

是則實非幻出也。時人怪而異之，不知所從來，概呼為粟泉。」〔註 198〕這些描寫似乎是對柳宗元寫作的極力模仿，在《遊芝山記》《瓊澥探奇記》《夢遊端溪記》同樣能看出對柳宗元極力模仿的跡象。

這三篇都是純粹的遊記，《遊芝山記》云：「余隱衡之靈湖，有談永州芝山之奇勝，予心慕焉。乙卯秋九月，參知馮公從武陵移鎮湖南，駐節永州，招予為九疑之遊。以是月晦至，則見永郡山水清勝，若仙都洞府，未可以塵寰概視也。寓瀟江之西滸石上小樓，坐覽江山之勝，如在几席。冬十月九日，孝廉唐還，和文學呂旭谷邀潭州周伯孔、四明張漢槎、嶺南弟子釋超逸同遊芝山，寒雨連朝，時則小霽，乃拽杖從西江之岸沿緣里許，就山麓逶迤而上。又里許，登小嶺，望群峰崒嵂，不可攀援。乃下嶺入谷二百武，小轉而西，則奇峰獨聳，縣巖秀削，梵宇飛甍，依巖嵌石，曰芝山寺，乃萬曆乙巳比丘明爵開山創建。寺前無餘地，為龍首遮障，不可縱觀。又轉而西，為觀音閣，倚高巖之下，則開敞昭曠，眾山羅列如在眉睫。下則平疇沃壤，溪流曲屈，羊腸九折，如天衣飛帶，飄揚到懷。由山足入江，又西轉數武，為殿一楹，舊縣塑三大士，為闡提所毀。其地最為幽勝，後有洞宇，可坐數人。又西轉，穿石磋砑，從隙中登陟而上，紆盤數十級，為山腰。平地數丈，前太守王公建一虛亭，遊者至此可坐而樂焉。奇峰怪石，森列左右，千態萬狀，不可名目，如累累太湖，堆積迭甃，瓊花玉蕊密葉敷榮。亭左緣巖而上，洞心駭目，若披青蓮而挹蕊珠，不能細數。又上有兩石如手，名合掌巖；下有洞門，天然透漏，度門而上，則為玉皇殿。至此一覽，則四面山川，盡在眼底，城郭鋪舒，宛若圖畫，永之全勝，畢見無遺矣。」行文至此全是以遊觀的線路記錄下來的，接下來提到了柳宗元：「竊謂柳司馬居永十餘年，無幽不討，而足不及此，何蔑如也。或指此為西山，柳文有記。」之後有一點考辨：「從染溪而西，又曰特出，似今目為真珠嶺也。又或指為群玉山，《志》云宅仙洞，下此山無仙洞，是二皆非。」最後是歎惜柳宗元遊不至此，「予謂茲山不遇柳，不幸也，柳不至茲山，未盡窮也」〔註 199〕，又對此山之勝發出「山川留勝蹟，我輩復登臨」的感歎。

《瓊澥探奇記》是一長篇遊記文，記載憨山被貶十年後「自雷陽杖策南遊天池，探瓊澥之奇，且踐宗伯王公、給諫許公之約」事。全文從開篇至結束，完全按照遊覽路線記錄下來，按照路線穿插著景色描寫，如：「湖去郡西二十

〔註 198〕《憨山老人夢遊集》卷二十四，第 1260 頁。
〔註 199〕《憨山老人夢遊集》卷二十四，第 1285～1287 頁。

里許，岡巒蔓衍，一望蒼翠。指石山而南二十里，出郭三里許，邨園蔬圃，連絡鱗次，礧礧落落，迭石為塹，擘土為畦，骨露肉藏，外瘠中腴。秫黍菽麥，嘉蔬細粟，五穀咸備，觸目燦然，儼若薊門西山也……不數十步，則臨大溪，度石橋，俯流濯髮，肌骨生粟，乃拽杖散步，聞雲中犬吠，不見煙火。小轉即入邨墅，居人環堵，盡壘石為壁，形樸色古，蒼蘚青藤，延蔓交絡，如珠瓔之掛天冠也。」以線路的轉換帶動景色的轉換，對景色的描寫用語光彩，並時時表達身體和精神上的感受；景色的不斷切換，身體和精神上的各種體驗也不斷出現。有時候用景色描寫帶著線路的轉換，如「迤邐曲折，漸入深林，行數里，蓊鬱蔽野，不辨高下，穿雲躡石步出小溪，清流照人，可鑒毛髮，心脾一洗，炎蒸頓蘇」，這是線路帶動景色的反向描寫，是在景色描寫中步步深入，引起線路的變化。看出憨山對描寫手段的運用是遊刃有餘。這篇《記》中多用排比句式，如云：「又小北轉，遙見雲中華表，從者指為石湖，心竊疑之。其石鋪地面，一平如掌，色如古鐵，形狀巧妙，大似蓮盤，小如蜂竇，奇形異態，行行不見其蹤。」再如「經過十餘里，皆礧石為塹，如丸如拳，如球如案，大者小者，欹者側者，方如切者，斜如壁者」，這些排比句式的運用，既能凸顯出沿路景色的不同形態，能使讀者增強閱讀時的氣勢，同時也能感受憨山是在竭盡所能描寫沿路的景致。在描寫石湖時又穿插上一段神異故事，「相傳此地昔為居人，一日風雷大作，龍從石出，大水沸湧，屋宇盡沒為湖。天旱水涸，石有龍形。嘗大旱，現夢於郡守曰『吾石湖龍也，禱之當得雨』，太守往禱輒應。建廟貌以祀之，至今率為常。」這段神異故事的插入，雖然暫時中斷了線路的繼續延伸，卻並不顯得突兀，也沒有破壞掉遊觀的整體性與連貫性。

《瓊澥探奇記》在展現高超描寫技巧的同時，憨山還將遊記描寫成理想之境，寫走到玉龍泉時，「一老人出，修眉龐首，著牛鼻褌，敝衣垢面，捉襟肘現，望之若不見，問之則不應，倘然若忘，掉頭而入，余是知秦人不在武陵也」〔註 200〕，將所遊觀之地看成了桃源之境，憨山應該是在表明對此地的喜愛。整體來看，本文在極力模仿柳宗元之文的同時，又要盡力寫出陶淵明的桃花源之貌。憨山多次寫到陶淵明與桃源之境，如《山行》詩云：「仄徑山腰細，清流水帶長。迎風松子落，浥露稻花香。村舍青蓮蕊，人家白板房。桃源如未到，不必問漁郎。」〔註 201〕《登烏徑水樓》詩云：「穿雲過峽度平田，行盡溪源見

〔註 200〕《憨山老人夢遊集》卷二十四，第 1251～1259 頁。
〔註 201〕《憨山老人夢遊集》卷四十八，第 2608 頁。

市廛。一線河流通大海，四圍山色擁青蓮。樓當水月清涼土，人入空居自在天。可似桃源避秦地，往來但不是漁船。」〔註 202〕《山居偶成》之三云「莫謂桃源無路入，落花流水是知津」〔註 203〕，《題畫小景》之十八云「漁郎坐溪口，不見問津人」〔註 204〕，《化州道中》云「夾路疑函谷，居人似武陵」〔註 205〕，《龍陽縣》云「武陵知不遠，渡口見漁家」〔註 206〕，以及《廬山五乳峰法雲寺記》中不停地描寫到陶淵明的故里，此皆表明對於陶淵明創作的桃源之境的嚮往與喜愛；這些記與詩歌，憨山要表達的是桃源之境在現世的出現。

《夢遊端溪記》遊觀線路的轉換，是以漁夫的時時指點，漁夫成為線路與精緻轉換的指引與介紹者，這是與其他遊記頗為不同之處。之所以以漁夫作為線路的轉換者，是由於「四山雲合，風雨颯來，波濤洶湧，舟不能進」，致使憨山「神搖目眩」，只得「隱几假寐」。雖然以漁夫作為線路的轉換者是不得已而為，卻另一方面突出「夢遊」，這再成為本篇遊記的一大特色。《夢遊端溪記》亦在盡力使用排比的句式，如：「東過小嶺數百武，一澗相纏，雙嶺若翼。磵之兩垂，碎石壘壘，如群星錯落，裂錦紛披者。鑿石之場也，其有小者大者，如掌如指，如耳如齒，如蜂如蝶，如翅如尾，而不知其幾千萬落。諦視其狀，若切烏玉以截瓊枝，剪雲霞而散綺縠者。」再如：「水淺舟大，膠不可上，遂捨舟入溪。援揭潺湲，數群石而嬉遊焉。亂石如蟻，嶙嶙齒齒，巨者細者，如羊如牛，如豚如狗，如箕如斗，如拳如手。」《記》中亦穿插故事，云：「望之若古墓焉，高不能上。乃命童子往視，有碣苔封，不辨歲月，但識陳孟輔之墓。傳說先朝采使，卒于役，遂賜葬於此，若使其神守焉者。」〔註 207〕這個故事的穿插，增加了遊記的豐富性和敘事性。

〔註 202〕《憨山老人夢遊集》卷四十八，第 2624 頁。
〔註 203〕《憨山老人夢遊集》卷四十九，第 2690 頁。
〔註 204〕《憨山老人夢遊集》卷四十八，第 2655 頁。
〔註 205〕《憨山老人夢遊集》卷四十七，第 2601 頁。
〔註 206〕《憨山老人夢遊集》卷四十八，第 2613 頁。
〔註 207〕《憨山老人夢遊集》卷二十四，第 12170～1276 頁。

第二十二章《盛明百家詩》收錄四僧詩

明人俞憲編《盛明百家詩》中收錄有四位僧徒的詩歌，即《釋雪江集》《釋魯山集》《釋半峰集》《釋同石集》，《釋雪江集》的著者為雪江明秀，《釋魯山集》的著者為魯山普泰，《釋半峰集》的著者為半峰果斌，《釋同石集》的著者為同石希復。四位僧徒的詩集皆不存，《古今禪藻集》中存錄有四位詩僧的少數作品，《御選明詩》《列朝詩集》《石倉歷代詩選》《明詩綜》只錄有雪江、魯山、果斌三位僧徒的詩作，希復的詩作皆不見錄。《盛明百家詩》相對來說是收錄數量最多的。本章介紹四位僧徒的詩作，一方面他們的詩作能存留下來是十分珍貴的，尤其是《盛明百家詩》對希復詩作的收錄；一方面四位僧徒皆以詩名，皆被以詩僧視之。如顧起綸《國雅品》在論及《釋品》時，提到宗泐、來復、守仁、機先、浪琦、溥洽、道源、雪江、魯山、果斌、希復、方澤、方益等十三位詩僧，對明代來說，只提及十三人是相當少的，而雪江、魯山、果斌、希復卻皆在其中，表明顧起綸對四人詩作的重視。四人中，希復只有存目，缺評論內容，雪江、魯山、果斌三人卻有較多的引述，如論雪江明秀云：「明秀秀公所遊，皆王陽明、孫太白、鄭少谷、沈石田輩，知是高流。其《雪江集》句，如『朔風吹斷雁，斜日照荒荊』『津亭然夜火，江市膾鱸魚』『世難還看劍，家貧不廢書』，又『海郭清砧寒近搗，山樓短笛夜深吹』，纖裁剿淨，如空際風幡，迥出凡境，不減道林思致。」論魯山普泰云：「獻吉云『魯山，秦人也。喜儒，嗜聲音』，仲默亦云『讀書好詠，曠懷善談』，余觀其《棲間集》，頗事行腳，嘗歷終南太行嶧岱間，良多勝致。其『越平吳亦盡，劍去水空流』『寒蟬依樹響，秋蘚上階生』之句，亦自閒雅。」論半峰果斌云：「果斌，余辛酉秋寓半峰竹亭中，與斌公嘯詠者月餘，嘉其欣欣不倦，得遠公雅致。其為詩，多在中夕沉思苦索得之，就坐揮毫，非所能也。余謂『公作詩，如南能腰石碓米已熟，但欠篩在』。雖出一時調語，今觀集中尚堪播揚。其七言是元調，意勝於格，往往有逸趣。五言多有佳者，如『鳥棲雲外樹，龍護缽中蓮』『谷響珠泉落，巖危草閣懸』，是神駿語，亦皎然靈一之選。」顧起綸對三位詩僧的評價，都被朱彝尊援引於《明詩綜》之中。

二

關於四人，《石倉歷代詩選》卷五百六載雪江詩，簡要載錄雪江名號云「釋雪江，名明秀，號石門子」，雪江因被稱為「雪江秀公」。俞憲為之作識語云：「按，雪江者，弘正間詩僧，素與孫太白、鄭少谷、沈石田諸人善。今觀其詩，蓋得元人之遺思云。族出海鹽王氏，祝髮天寧寺，名曰明秀。後嘗遊寓錢塘勝果山，故又號石門子。老復歸化邑之海門，乃嘉靖甲午歲也。」〔註1〕俞憲重點點出明秀的詩僧身份。對於魯山，《石倉歷代詩選》卷五百六載魯山事云「秦人，嘗遊諸名山，北至燕趙，遂以詩名京師」，特別強調出「以詩名京師」，俞憲作識語云：「按，空同李氏云：釋魯山者，秦人也。喜儒嗜聲音之學，嘗遊終南山，陟太行觀三河，復自江漢還海上，登鄒嶧龜岱諸山，北至燕趙，遂以詩名京師。大復何氏云：魯山讀書好詠，曠懷磊落，善談世務，不獨能衍其教，其詩要之皆自得者。予覽其所謂《棲間集》，得詩數十章，表而刻之，亦以見我明禪習能文者，固未嘗乏人也。」點出其「以詩名京師」之後，評價其「讀書好詠」「詩要之皆自得」等。關于果斌與希復，下文有述。

四位詩僧的詩作頗具有共同之處，如重視詩文創作、與王陽明及心學有關聯、詩中充滿煙霞色等。

四人對詩文創作十分重視，尤其是雪江在詩句中有所提及。如《悼張朝貢舉人》詩中云「憐君似古人，文章留氣節」〔註2〕，《訪顧子重於瑞石山居》詩中云「丘壑此心在，文章如命何」〔註3〕說出了對文章的重視。《懷太白山人》詩中云「病裏度僧夏，詩篇憶舊遊」〔註4〕寫雪江與文人之間的詩歌往來，《重過勝果聞棠陵將至追憶少谷》詩中「竹風梧月談詩夜，猶憶當年鄭廣文」〔註5〕

〔註1〕《盛明百家詩》，《明別集叢刊》第五輯第97冊，第584頁。
〔註2〕《盛明百家詩》，第587頁；《石倉歷代詩選》卷五百六。
〔註3〕《盛明百家詩》，第585頁；《石倉歷代詩選》卷五百六。
〔註4〕《盛明百家詩》，第585頁。
〔註5〕《盛明百家詩》，第594頁。

寫與文人徹夜談詩，《過沈山人園林》「此生重得更論詩」〔註6〕寫談詩論詩作詩的執著，《至杭過長安道中先簡太白山人》詩云「久客詩囊隨日富，漫遊心境與天寬」〔註7〕云寫作之富，魯山《牡丹》詩云「坐賞東風詩未就，鐘聲催上說經臺」〔註8〕言作詩耽誤了說經，魯山《寄廣川準無則》詩中云「吟就新詩書落葉，憑風吹過德州城」〔註9〕，包含有濃濃情意之外，又有明顯強調了對詩文創作的重視。

四位詩僧與王陽明處於同一時代，至少雪江與魯山似乎與王陽明有交往，詩作中顯示了二人與王陽明及心學的關係。從詩歌看，二人似乎與王陽明直接會過面，在思想觀念上應該會受到王陽明的影響。如雪江有《奉次陽明先生謫官龍場所作原韻》詩云：「花落鳥啼春事晚，心旌難副簡書招。蠻煙瘦馬經山驛，瘴雨寒雞夢早朝。佩劍沖星南斗近，諫章回首北辰遙。江東便道如相過，煮茗松林拾墮樵。」〔註10〕詩作是為王陽明貶謫貴州龍場而作。魯山有《王伯安書舍》詩云：「一尋松下地，新構小精廬。袪俗入深院，閉門抄古書。草盆生意滿，雪洞世情疏。每欲攜琴訪，心齋恐宴如。」〔註11〕似乎是曾到王陽明住處拜訪過王陽明。雪江同王陽明的門人錢緒山、王龍溪有交遊，《蘿石攜酒屛山讌同錢緒山王龍溪》詩云：「嘉會不易得，兩峰幽興催。秋山廻寺下，曉雨過湖來。風葉吟詩落，巖花把酒開。對床談永夜，星斗動香臺。」〔註12〕

或許是受王陽明及門人的影響，或許是受到所交往文人的影響，或許也是受到所讀儒家之書與明代政治氣氛的影響，雪江等人身上體現出明代士大夫政治文化的色彩。魯山《高御史世德告病還陝》詩云：「酬國會無鄉土夢，赤心今為病懷違。雁從沙塞寒時過，人向秋光淡處歸。笑典朝衫償藥價，慢將荷葉制儒衣。林間歲月如流水，五夜遙應看紫微。」〔註13〕詩中體現出魯山與文人士大夫心同意通。雪江《小寒食寄王仁甫》詩中提到對「道」的追求：「禁火空齋猶短褐，流鶯多事尚關關。此生天地惟憂道，何處江湖不著閒。春雨書

〔註6〕《盛明百家詩》，第594頁。
〔註7〕《盛明百家詩》，第586頁。
〔註8〕《盛明百家詩》，第599頁。
〔註9〕《盛明百家詩》，第598頁。
〔註10〕《盛明百家詩》，第584頁；《石倉歷代詩選》卷五百六。
〔註11〕《盛明百家詩》，第597頁；《石倉歷代詩選》卷五百六。
〔註12〕《盛明百家詩》，第593頁。
〔註13〕《盛明百家詩》，第597頁；《石倉歷代詩選》卷五百六。

邊長碧草，梨花病裏過青山。肯來入社仍沽酒，看竹吟詩任往還。」〔註 14〕這裡的「道」顯然是儒家士大夫的「道」，不是佛教之道；對「道」的追求是士大夫政治文化最顯著的特徵。雪江《人日》詩云：「梅花破凍柳條新，此日晴光喜動人。地濕不堪頻見雨，山寒猶得早逢春。小堂得友成嘉會，歉歲寬租是好因。尊酒盡情歌且放，荒厓窮谷荷皇仁。」〔註 15〕前四句寫早春的景象，接下來兩句是頌揚朝廷與皇帝的仁政，最後兩句是報效皇帝與朝廷的政治期望。雪江《送祝處齋大參之廣東》詩云：「霜寒林日曉蒼蒼，小折梅花贈去裝。功業漸看雙鬢老，軺車曾歷萬山長。關中化澤風尤盛，領表逢春日載光。」〔註 16〕詩中頌揚朝廷的教化，「功業漸看雙鬢老」是對一生追求功業的感悟，如同范仲淹《漁家傲·秋思》詞「將軍白髮征夫淚」之意，充滿了對追求功業的反思。讀書者的政治期望不能實現時，魯山《柬希曾下第還華州》寫出了下第者的心態，詩云：「負策投明主，馳驅豈長難。出鄉逢歲暮，歸路踏春寒。樹杳雲將暝，花明露始乾。霜蹄千里健，一蹶不須歎。」〔註 17〕詩中前兩句表達為皇帝、朝廷效力的願望，是明代文人士大夫的政治期望；之後的詩句寫出科舉下第內心的失落，「一蹶不須歎」是對對方的慰藉，也是對自己的慰藉，這也是典型化的文人心態。希復《雨中寄別仲翁》之一云：「涼雨生秋思，山城隔古人。對茲黃葉景，難定白雲身。■梗曾除盡，心猿尚未馴。不容追嘯傲，終始樂孤貧。」〔註 18〕達則兼善天下，窮則獨善其身，窮困時能「終始樂孤貧」是儒家文人標榜的孔顏樂處。由這些詩作來看，對文人士大夫來說，無論是能夠報效朝廷與皇帝，建立功業，還是下第或「樂孤貧」窮處，他們的內心實際上都是極其敏感的；四位詩僧將文人的這種心態描寫的極為透徹。下文看到俞憲對希復「絕類儒者」的評價，實際上也是說其詩中體現出來的文人化心態與觀念，或者是說其對文人心態的描寫。雪江《送史引之李宗淵還吳》詩中云「故里秦吳隔，相逢在帝京」，有故人相逢又將離別的複雜情感，又有對家鄉的遙思；「去留俱是客」是對羈絆於旅途的傷歎，「儒釋總忘情」〔註 19〕既有消除二者儒釋身份差異之意，表示二者雖然身份不同卻彼此之間親密而無隔閡，

〔註 14〕《盛明百家詩》，第 589 頁；《石倉歷代詩選》卷五百六。
〔註 15〕《盛明百家詩》，第 590 頁；《石倉歷代詩選》卷五百六。
〔註 16〕《盛明百家詩》，第 589 頁。
〔註 17〕《盛明百家詩》，第 596 頁。
〔註 18〕《盛明百家詩》，第 606 頁。
〔註 19〕《盛明百家詩》，第 596 頁。

又含有著儒釋一致的宗教觀念。

很難猜測四位詩僧內心對這種文人化心態的感受，作為佛教僧徒來說，對文人心態的這種身同感受，在建立功業時的「雙鬢老」與窮困是的「樂孤貧」，表現出來的是對無常的描述和煙霞之味的沉入。雪江詩歌中較多寫到無常遷變，如《錢塘懷古》之一云：「抉目吳門看越兵，闔閭城上草青青。平生宰嚭讒非友，到死夫差諫弗聽。落日聞歌悲小海，秋風灑淚泣新亭。屬鏤已化鴟夷去，吞吐潮聲似有靈。」之二云：「少傳大名中外垂，三台山下見新祠。山河定策三邊固，日月孤忠一劍知。相國幾年惟正笏，推功今日有穹碑。故應武穆長相併，一體春秋共歲時。」之三云「少師埋骨此林丘，零落中原幾百州。雲霧不遮高塚月，江山無復故宮秋。南枝拱木精靈萃，北面稱臣壯士羞。恢復無由動業盡，千年遺恨幾時休。」之四云：「梅花零落孤山路，放鶴亭前月自高。宇宙兩間真處士，勳名千古一鴻毛。書無封禪存遺稿。祠有軒裳列布袍。惆悵先生招不起，滿湖煙雨暝蘭皐。」〔註20〕詩中將過去的功業與現在的「新祠」「高塚」「一鴻毛」做對比，無常之意極其明顯，《寄重西皐先生》因此感歎世事如浮雲云：「浮雲世事幾時休，忽漫相看鬢色秋。不愧山川江總宅，獨憐詞賦仲宣樓。禁垣夜直三更夢，河漢秋槎萬里遊。天上故人如問及，閉門黃葉但窮愁。」〔註21〕前後的對比，詩者明瞭了富貴亦如浮雲，《感興一首用韻》云：「江邊雨色曉寒輕，昨夜柴門水乍生。桃葉隔溪猶喚渡，梨花沽酒正聞鶯。何人得似張平子，有客真如阮步兵。富貴浮雲歌一放，玉壺還對美人傾。」〔註22〕

對無常悵歎的背後，是對事相本質的悟解，《古意》詩云「紛紛世事皆局戲，淚灑江雨江邊哀」〔註23〕，歷史與世事盛衰無常與變化就如戲一般，《中秋泛瀲瀲湖董蘿石許東山朱西川許九杞孫太白沈紫峽陳句溪同賦》詩中同樣發出深刻的慨歎，云：「人物百年滄海上，釣竿千丈拂珊瑚。前峰吹笛月在水，中流放歌秋滿湖。夜靜魚龍廻浦激，天低星宿動菰蒲。山川勝概自今昔，天柱洞庭還有無。」〔註24〕靜淡的垂釣者看著歷史英雄人物的起起浮浮，確實如同在臺下觀看臺上之戲，因此雪江《臨終詩》云：「一夜小床前，燈花雨中結。

〔註20〕《盛明百家詩》，第589頁；《石倉歷代詩選》卷五百六。
〔註21〕《盛明百家詩》，第590頁；《石倉歷代詩選》卷五百六。
〔註22〕《盛明百家詩》，第590頁；《石倉歷代詩選》卷五百六。
〔註23〕《盛明百家詩》，第585頁；《石倉歷代詩選》卷五百六。
〔註24〕《盛明百家詩》，第586頁；《石倉歷代詩選》卷五百六。

我欲照浮生，一笑生滅滅。」〔註 25〕短短一首小詩，言盡了對世事的明悟。《煙霞寺一百七歲老僧》詩中的老僧或許才是徹悟事相本質者，云：「垂老猶疑寶扇翁，一龕枯坐萬山中。閉門不管春來去，芳草滿階棲落紅。」〔註 26〕對世事的明悟，希復在詩歌中幾乎篇篇闡述佛教之理，雪江、魯山與果斌則盡寫煙霞。

四人詩作中提到煙霞之處頗多，如雪江《宿九杞山人雲濤莊》詩云：「叢桂石床雲霧深，柴門天陰鵝鸛臨。野寺晚風閒落日，小山春月動高吟。衣裳自帶煙霞色，江海猶存獻納心。十載閉關名愈盛，多君裹足咫峰陰。」〔註 27〕詩歌通篇都是在寫煙霞，其他詩歌亦是如此，如《逢勝果寺僧》詩云：「不見山中侶，梅花又隔年。長思月巖下，幾夢郭公泉。花鳥春相得，煙霞病共憐。一罇上元月，喜爾共燈前。」〔註 28〕《梅花賡西村韻》詩云：「凍絕深山萬木荒，一枝歲晏獨含芳。水邊月落寒無夢，簾外花明夜有霜。甘向風塵棲草莽，不隨桃李傍門墻。春園盡借陽和力，顏色何曾帶雪香。」〔註 29〕魯山《送僧住惠山寺次邵民部國賢韻》詩云：「路僻塵囂遠，尋幽客自來。水清池見底，碑久字生苔。猿鳥啼深樹，煙霞護古臺。野花渾似我，只向靜中開。」〔註 30〕煙霞有時表明著內心的交誼，如雪江《早春進艇赴棠陵石屋之招》詩云：「煙霞舊誼經年別，人日書來促我行。想見巾車停石屋，倩遊山水有春鶯。風移舟楫高江曉，雲去衣裳遠樹晴。擬把梅花共樽酒，月明那惜夜兼程。」〔註 31〕對煙霞的相契，是交誼能達到內心契合之因。

煙霞成為日常的陪伴者與修行的必需品，《漫興》詩云：「落日千峰柱杖前，古苔長擬隱居篇。潁濱定有箕山月，廬岳時看瀑布泉。小閣梅花迎老眼，殘陽白髮臥高天。聖朝有道憂今少，藥餌煙霞且歲年。」〔註 32〕《宿東林寺》之二云：「訪舊匡廬幾處登，芒鞋那畏石棱嶒。欲開萬里通宵眼，須作孤峰獨宿僧。荷錫不驚林下虎，煮茶聊借佛前燈。煙霞僅有吾儕分，著個蒲團豈不

〔註 25〕《盛明百家詩》，第 595 頁。
〔註 26〕《盛明百家詩》，第 590 頁；《石倉歷代詩選》卷五百六。
〔註 27〕《盛明百家詩》，第 589 頁；《石倉歷代詩選》卷五百六。
〔註 28〕《盛明百家詩》，第 593 頁；《石倉歷代詩選》卷五百六。
〔註 29〕《盛明百家詩》，第 587 頁；《石倉歷代詩選》卷五百六。
〔註 30〕《盛明百家詩》，第 595 頁；《石倉歷代詩選》卷五百六。
〔註 31〕《盛明百家詩》，第 586 頁；《石倉歷代詩選》卷五百六。
〔註 32〕《盛明百家詩》，第 587 頁；《石倉歷代詩選》卷五百六。

能。」〔註33〕魯山《簡金山師》詩云：「少入深山老更深，客傳名字不傳心。攜笻幾欲求玄旨，極目煙霞何處尋。」〔註34〕《茶盆山先師靈塔》詩云：「一出煙霞失所依，重來生死路相違。猊床尚設籠蛛網，風度柴門葉亂飛。」〔註35〕與煙霞相伴，幾乎就是修行者的生活，及對自然對禪理體悟的來源，如希復《同韻酬鄧為山見貽之作》詩云：「野人飛錫自宜幽，問水尋山不假舟。在處春秋容我往，誰家池館厭人遊。薜衣已厚煙霞色，仙院曾■■■。何日與君泉石畔，一明生死舊源頭。」〔註36〕與友人在煙霞中究明生死之源頭，應是希復所向往的。希復雖在詩作中不遺餘力地闡述佛教之理，以煙霞為題之作亦不少，如《杪秋過王良甫懸榻齋訪李白甫陸纂甫分花字》詩云：「早來消霧雨，訪客出煙霞。太白詩何俊，士衡才亦華。開齋當素節，下榻對黃花。一見遂相契，忘言坐日斜。」〔註37〕詩中的「忘言坐日斜」隱隱寓含以煙霞明禪理禪悟與禪妙，《俞是翁廉訪枉駕》之二云：「帶雨尋僧院，知君出世心。煙霞常繞帶，山水日攜琴。■響追風雅，平生愛苦吟。將何慰來意，趺對但空林。」〔註38〕詩中通篇以煙霞談詩論禪。由於過於談禪理，希復儘管在努力在詩中體現煙霞色，詩作中之煙霞味往往不足，如《舟次長橋》詩之一云：「向晚投寒浦，西風蘆葦中。野堞環如帶，長橋飛作虹。數燈臨水店，兩岸落江楓。不是迷津者，寧從泣路窮。」〔註39〕看出希復在盡力描述煙霞之境，利用各種景物加以襯托，但詩中卻並無靜謐之感，反而「迷津者」三個字顯得格外突兀，使得本無意闡述道理之作體現出無窮的佛理之意。

對煙霞之境的沉入，使得詩者的內心深處帶有了煙霞之意，魯山《茶盆山題白雲》詩云：「舊與白雲林下期，世緣牽惹久相違。而今嫌我歸來晚，舒卷悠悠不上衣。」〔註40〕與白雲相交相期，是濃濃的煙霞生活；「世緣」與「舒卷」的對比，表達著詩者內心對羈絆的擺脫與自在的狀態，雪江《勝果寺西巖》詩云：「病懷頗自愜，滿屋是秋山。磵水穿松過，荊扉帶月關。幽花憐客晚，

〔註33〕《盛明百家詩》，第602頁。
〔註34〕《盛明百家詩》，第598頁；《石倉歷代詩選》卷五百六。
〔註35〕《盛明百家詩》，第598頁；《石倉歷代詩選》卷五百六。
〔註36〕《盛明百家詩》，第606頁。
〔註37〕《古今禪藻集》卷二十二。
〔註38〕《盛明百家詩》，第609頁。
〔註39〕《盛明百家詩》，第609頁。
〔註40〕《盛明百家詩》，第598頁；《石倉歷代詩選》卷五百六。

獨鶴避人間。一月東歸計，西巖已忘還。」〔註41〕

內心中的煙霞意，使得詩者在詩歌中寫出了高致之風。雪江《許泉亭成簡蘿石翁》詩云：「隱居晚歲卜西巖，叢棘荒煙手自芟。祗為巖泉藉疏豁，更堪碁局傍松杉。杖邊陰壑四時雨，檻外風江千里帆。嶼南老人有高致，許泉名已為吾劖。」〔註42〕詩中寫的嶼南老人的「高致」，實際上也是詩者自身的高致。許相卿《許泉亭記》云：「許泉，故郭公泉也，石門山人更為之名。浙山水勝天下，泉值江廻谷邃處，涓涓出傾厓嵌竇中，俗遠境絕為尤勝。山人過而樂之，亭其右，卓錫焉。」〔註43〕雪江對許泉的鍾愛，將榮名富利及珍麗之物皆放下，記中描述雪江的生活道：「秀適遭之，泠然而頮，沸然而瀹，暢然而飲，嗒焉樂以終老，人莫吾競，造物者莫吾禁也。」這是深層次地溶入煙霞之境，又《許泉亭秋日》詩云：「手把《傳燈錄》，西巖臥病翁。柴關上野色，石壁下秋風。歲月飛鴻外，江山落葉中。菊花知九日，青蕊更叢叢。」〔註44〕詩中「柴關上野色，石壁下秋風」有煙霞之色，「歲月飛鴻外，江山落葉中」有內心對世事的體悟，「西巖臥病翁」看上去是把自己寫成病翁，整首詩的描寫卻使得病翁身上具有一種高致之風。《寄九杞先生》詩云：「兩句三年報已成，杞泉涼月照人清。九華芝草高蹤在，千里冥鴻病眼明。野墅柴門香稻熟，漁村江樹晚山晴。憑誰喚起王摩詰，畫汝綸巾杜曲行。」〔註45〕本詩與《許泉亭秋日》所描述幾乎完全一致。外在的高致是由內在意涵的外現，《至杭過長安道中先簡太白山人》詩云：「野日蒼蒼水氣寒，半篷斜日下長安。川平去鳥秋風沒，葉落孤村暮雨乾。久客詩囊隨日富，漫遊心境與天寬。憑誰寄語南屏叟，猶有湖山興未闌。」〔註46〕詩中的高政之風正是由詩者「與天寬」的心境而形成的。

二

關于果斌，留下的傳記資料亦不多，《千頃堂書目》卷二十八載「果斌《半峰集》，號半峰，嘉靖初住持天界寺」。《明詩綜》載果斌簡要生平事蹟云：「果

〔註41〕《盛明百家詩》，第593頁；《石倉歷代詩選》卷五百六。
〔註42〕《盛明百家詩》，第587頁；《石倉歷代詩選》卷五百六。
〔註43〕《明文海》卷三百五十六，《四庫全書》本。
〔註44〕《盛明百家詩》，第587頁；《石倉歷代詩選》卷五百六。
〔註45〕《盛明百家詩》，第586頁；《石倉歷代詩選》卷五百六。
〔註46〕《盛明百家詩》，第586頁；《石倉歷代詩選》卷五百六。

斌號半峰，嘉靖初住持天界寺，有《半峰集》。顧玄言云：『半峰詩多成於中夕，沉思苦索而後得之，對客揮毫，非所能也，正如南能腰石碓，米已熟，但欠篩在。』」又引《靜志居詩話》云「半峰少從顧華玉遊，而詩未得其一體」〔註 47〕。朱彝尊援引顧玄言語，出自顧起綸《國雅品・釋品》，原文云：「余辛酉秋，寓半峰竹亭中，與斌公嘯詠者月餘。嘉其欣欣不倦，得遠公雅致。其為詩，多在中夕沉思苦索得之，就坐揮毫，非所能也。余謂『公作詩，如南能腰石碓米已熟，但欠篩在』，雖出一時調語，今觀集中尚堪播揚。其七言是元調，意勝於格，往往有逸趣。五言多有佳者，如『鳥棲雲外樹，龍護缽中蓮』『谷響珠泉落，巖危草閣懸』，是神駿語，亦皎然、靈一之選。」從朱彝尊援引語來看，果斌之詩在於苦思冥索，且加上未得顧璘之一體之語，似乎並無可宣揚之處；由顧起綸的原文，知果斌詩歌「得遠公雅致」「意勝於格，往往有逸趣」「神駿語」等而「尚堪播揚」，朱彝尊所引是截章取義，並非顧起綸原意。

至於顧起綸言果斌「就坐揮毫，非所能」之論，並不完全準確。果斌亦參與文人雅集，《九日太史邢公宴集》詩云：「山中風景最宜秋，叢桂霏香滿竹樓。忽訝北扉玄客至，共看西嶂白雲浮。坐臨小圃苔侵屐，話到真空石點頭。無那夕陽歸思起，可能明發更追遊。」〔註 48〕參與雅集時肯定是當場作詩的，不可能到半夜沉思之後再揮毫。詩中顯示果斌參與的詩會雅集，談禪論禪是重要的內容之一。果斌的詩歌基本上是送答之作，送別詩當也主要是現場作就，如《送鳳麓君北上》詩云：「老去常懷舊，心知獨有君。抱琴歌古調，擊楫厭時氛。未展圖南翮，先空冀北群。」這首詩來看，當場作就的可能比較大，其中「擊楫厭時氛」隱隱是對當時政局的批評，最後兩句「聖皇聞側席，親閱賈生文」〔註 49〕看上去是對皇帝的讚揚，結合著「擊楫厭時氛」，實際上不滿之意更濃一些。

《明詩綜》收錄果斌《王十岳山房》詩云：「小隱空山絕四鄰，野雲孤鶴自相親。誰知一徑深如許，猶有敲門看竹人。」雖然朱彝尊對其詩評價不高，此詩卻頗為活潑，得心外之境，俞憲由此與朱彝尊有不同的評論，言其得詩外之禪，云：「果斌詩一卷，視國朝初諸高僧有間矣，以其為禪林所難，且嘗與予酬和，故梓之。斌號半峰，居南京天界寺，少從東橋顧司寇遊。太虛上人者，

〔註 47〕《明詩綜》卷九十二，第 4341 頁。
〔註 48〕《盛明百家詩》，第 600 頁。
〔註 49〕《盛明百家詩》，第 601 頁。

其師也。士林頗稱其得詩外之禪，今近八袠，猶能手錄此卷寄予，其志亦可嘉矣。」〔註 50〕就《王十岳山房》詩而言，果斌確實可以說得詩外之禪。

《次韻答仁山劉公》詩基本上是果斌對自己詩禪的總述，詩云：「不因流景惜年華，某守東林冷淡禪。愧我性空聊假悟，何人心引得真傳。茶浮石鼎時閒煮，窗對雲山日晏眠。卻恨根塵除未盡，賡酬猶為了詩緣。」〔註 51〕詩中雖云「不因流景惜年華」，《除夕》詩中「白髮盈盈愧昔賢」〔註 52〕還是洩露果斌的內心對時光流逝的惋歎，《宿東林寺》之一云「老驥徒令歲月羈，夕陽歸路思遲遲」〔註 53〕表達了對歲月流逝的感傷。俞憲等稱果斌得詩外之禪，是指詩中具有的禪味，對時光的惋歎使詩歌具有禪意，不為外物所累是深悟禪理，《奉次致菴高公見訪》詩云：「問法匡廬日，曇華正吐春。年來歸故里，老作倦遊人。語舊傷前事，翻經悟正因。愛君拋組綬，物外貯天真。」〔註 54〕詩中的「天真」，可以用《奉次沈侍御》之二來說明，詩云：「拂衣野食故山微，誰似山翁早見機。養得身心同孺子，自栽松竹護柴扉。」〔註 55〕《匡山寄是堂》兩首闡述對佛理的體悟，之一云：「晨起入東林，閒蹤聊自託。零露濕草衣，飛雲蕩陰壑。倚樹見流泉，攀蘿得虛閣。野性在安恬，觀身真聚沫。遠思寂無言，空階松子落。」之二云：「獨上香爐峰，峰高豁人目。下有千尺崖，寒翠生松竹。忽遇餐霞人，豐神朗瓊玉。青林石作床，丹嶠雲為幄。此心本無塵，清飇安用拂。」〔註 56〕詩中「此心本無塵」顯然使用的是慧能之語，即《奉和石城許太常》云「若問曹溪玄秘處，此心將不愧南能」〔註 57〕。

更有禪意的是對任運隨緣的表達，如《武昌舟中別三石馮公》之一云「一片野心無著處，又隨飛棹下江東」〔註 58〕、《寓洪山答南都舊知來韻》之二云「幸值海天清霽日，野雲孤鶴任翻飛」〔註 59〕，既表達了任運隨緣又表達了心境的自由飛揚。《寧國府志》收錄的一首《翠雲菴》，更可見果斌自由心境的飛

〔註 50〕《盛明百家詩》，第 599 頁。
〔註 51〕《盛明百家詩》，第 601 頁。
〔註 52〕《盛明百家詩》，第 601 頁。
〔註 53〕《盛明百家詩》，第 602 頁。
〔註 54〕《盛明百家詩》，第 602 頁。
〔註 55〕《盛明百家詩》，第 603 頁。
〔註 56〕《盛明百家詩》，第 603 頁。
〔註 57〕《盛明百家詩》，第 600 頁。
〔註 58〕《盛明百家詩》，第 601 頁。
〔註 59〕《盛明百家詩》，第 602 頁。

揚，詩云：「碧眼頭陀住翠微，四簷松竹冷相依。禪堂盡日無人到，惟見閒雲繞座飛。」《晚同官長過崇因寺訪吳山人》詩述說內心的寂靜，云：「溪聲解作無生說，山色彌含是佛心。去住本來皆幻跡，只留一偈答慈林。」〔註 60〕這些詩句無不是表示出詩者任運隨緣之無掛礙的心境。

果斌雖然只留下了一卷詩，《古今禪藻集》《御選明詩》《明詩綜》各只選錄一二首，《盛明百家詩》收錄 55 首，差不多是一卷詩的概貌了。雖然詩作不多，果斌和文人的交往卻是不少，如《次答上莘趙公》詩中云「憐君白雪新詞調，念我青林舊衲衣」、《答初泉相公書楞伽經見寄》詩云「西蜀蠶叢路幾千，每懷高誼欲潸然」、《贈兵憲河汀公之任》詩云「頭陀白首遙相送，惆悵飛帆萬里情」、《三石馮公約遊匡山次韻奉答》詩云「一春遊興江邊盡，十載高談夢裏逢」「曠懷更有匡山約」、《奉和石城許太常公韻》詩云「宰官閒訪碧巖僧，直到祇園最上層」〔註 61〕，知其與文人交往之深。

果斌與顧璘交往頗密，顧璘字華玉，弘治九年（1496）進士，《與陳魯南》文中提及到與果斌等僧徒談禪和詩，文云：「春來數奉教札，知簿領意淡煙霞，興濃固高，人之本致。璘忝相知，又在林下，何必隆虛獎而拂實念。然執事事體有未同於虛薄者數端，璘早仕宜早退，物理也。仕宦悉在冗局，非就林壑，幾誤此生，於身宜退也。又疏直之性，與人多忤，無大過惡，動輒遭謗，身非木石，不能不動於中，得失輕重何如哉。於人事宜退也……前通古道，可步尋諸寺，有福全、古曇、果斌諸僧，談禪和詩，皆有能事。」〔註 62〕本文應該就是《宗統編年》云「斌字半峰，與顧華玉談禪和詩」〔註 63〕的出處。顧璘「少負才名」，與何景明、李攀龍「相上下」，《明史》顧璘本傳云：「虛己好士，如恐不及。在浙，慕孫太初一元不可得見。道衣幅巾，放舟湖上，月下見小舟泊斷橋，一僧、一鶴、一童子煮茗，笑曰『此必太初也』。移舟就之，遂往還無間。」〔註 64〕孫太初即雪江禪師屢屢提到的孫太白山人，如《懷太白山人》詩云：「病裏延僧夏，詩篇憶舊遊。空堂一葉雨，涼思滿簾秋。盡日書長把，深山道自謀。芙蓉正堪採，誰為寄清愁。」〔註 65〕又《懷太白山人》詩云：「階

〔註 60〕《盛明百家詩》，第 603 頁。
〔註 61〕《盛明百家詩》，第 599～600 頁。
〔註 62〕顧璘：《息園存稿文》卷九，《四庫全書》本。
〔註 63〕《宗統編年》卷之二十九，《續藏經》第 86 冊，第 281 頁。
〔註 64〕《明史》卷二百八十六，第 7355 頁。
〔註 65〕《盛明百家詩》，第 585 頁；《石倉歷代詩選》卷五百六。

前黃葉堆欲滿，湖上白雲閒自來。千里秋風悲斷雁，兩峰寒日憶登臺。未能明月同移棹，想見黃花獨舉杯。吟遍長松千萬樹，南屏落日寺門開。」〔註 66〕又有《再過太初故居》兩首，之一云：「野棘荒煙蔓短墻，東風吹雨暗川光。江湖交誼無消息，山水惟存大雅堂。」之二云：「中歲卜居吳下耕，水晶宮裏獨柴荊。小舟不見弄長笛，春草白雲江自橫。」〔註 67〕這幾首詩中所描述，完全就是顧璘本傳中說的「一僧、一鶴、一童子煮茗」形象。雪江詩中出現的顧子重，應該就是顧璘，如《訪顧子重於瑞石山居》詩云：「故人喜我至，下榻掃煙蘿。丘壑此心在，文章如命何。鶯聲花外老，春事雨中過。何日西湖上，漁竿共草蓑。」〔註 68〕《寄顧子重客燕山》詩云：「憐君湖海士，猶未得安居。世難還看劍，家貧不廢書。秋風吹塞雁，鄉信憶江魚。隱志何時遂，山深小結廬。」〔註 69〕兩首詩中對顧子重的描述，頗與《明史》本傳相似。由此可見，果斌與顧璘、雪江相互之間應該有比較多的交集。

果斌沒有提到皇甫汸，皇甫汸卻多首寫給果斌的詩，其集中保存有四首，如《天界寺贈半峰上人》詩云：「顧省紛俗嬰，尋山愜幽趣。秋水淨金河，寒雲翳珠樹。了看花落時，莫辨鳥還處。休公別來詩，江生擬將賦。」〔註 70〕《同半峰和尚訪釋雲谷》詩云：「法侶逢羅什，冥心契遠公。持經自蕙外，結宇共林中。石壁初經面，溪泉近始通。坐來花落後，何物解論空。」〔註 71〕《天界寺半峰上人禪誦處》詩云：「城南多古寺，爭得道林居。馬過談經後，烏來施食餘。人天長示滅，花月幾淪虛。飛錫何時晤，東山欲致書。」〔註 72〕《天界寺訪半峰上人聞已入楚》詩云：「松關靜閉座凝塵，童子花間笑候賓。掛卻袈裟看有相，持來如意贈無因。昭丘直指彌天路，湘水遙通慧海津。衡嶽若逢飛錫後，不知留偈與何人。」〔註 73〕果斌與皇甫汸的交往，都是在住天界寺時，果斌這段時期內與眾多文人交往，如與王世貞兄弟。王世貞有《題與天界寺僧詩後》詩云：「隆慶己巳正月，余自魏郡移浙省，取道留京，與家弟會宿天界寺，遇大雪，留滯者將五日。時主僧半峰公八十餘矣，匆匆為米汁所困，僅能

〔註 66〕《盛明百家詩》，第 585 頁；《石倉歷代詩選》卷五百六。
〔註 67〕《盛明百家詩》，第 595 頁；《石倉歷代詩選》卷五百六。
〔註 68〕《盛明百家詩》，第 585 頁；《石倉歷代詩選》卷五百六。
〔註 69〕《盛明百家詩》，第 589 頁；《石倉歷代詩選》卷五百六。
〔註 70〕皇甫汸：《皇甫司勳集》卷六，《四庫全書》本。
〔註 71〕《皇甫司勳集》卷十八。
〔註 72〕《皇甫司勳集》卷十九。
〔註 73〕《皇甫司勳集》卷二十七。

成一詩，亦不及付此僧。別去十四年，而其雛孫秋潭訪余，恬澹觀則頭亦鬖鬖白，問半峰公化去亦十許歲矣。止之宿，雪復垂垂下，因成一詩誌感。會渠出行卷索書，因並前作付之。雪鴻指爪，老宿幻軀所不足論，更十四年，秋潭能蹤跡我於市廛中，乃為奇也。」〔註 74〕詩中提到「與家弟會宿天界寺」是指王世懋，王世懋有《天界寺訪半峰師會師偶病強起留宿》詩記此事，云：「匹馬到精舍，悠然深薜蘿。人聲入寺盡，山色閉門多。欲問簡編絕，無言鍾磬過。心閒病亦好，不為示維摩。」〔註 75〕由這些文人的詩作知果斌的交遊面十分廣泛。

果斌詩作在談禪論詩之外，時露激昂之聲，如《得勝州阻風寄三石公》詩云：「兩日停橈蘆荻洲，驚雷挾雨漲春流。推篷一望東風惡，白浪高於黃鶴樓。」〔註 76〕詩中寫旅途之親歷，「驚雷挾雨」「東風惡」「白浪」是寫實，露出激昂之聲，同時顯露出惡劣的天氣使其心緒不能寧靜。《題松溪居士卷》詩云：「霞標隱隱清且高，蓬廬小結埋蓬蒿。雲根迸出一泓水，蛟龍噴怒如崩濤。溪上長松千尺許，金柯翠蓋乘風雨。凜然相對毛骨寒，直恐淩空勢將舉。主人愛此蒼虯姿，玄霜剝擊恒如斯。夜深明月上空宇，寒巖倒掛珊瑚枝。松青青兮補雲缺，溪泠泠兮飛玉屑。浮花大夢喚不醒，長嘯一聲山欲裂。」〔註 77〕詩中「噴怒如崩濤」「毛骨寒」「淩空勢將舉」等激言烈響，與上述論詩禪之語頗為迥異。但仔細分析，果斌所寫乃是隱士所居之處，雖然使用「怒如崩濤」「毛骨寒」「淩空勢將舉」「玄霜剝擊」「山欲裂」等語，實際重心仍似乎是在描寫禪居之境。果斌眾多詩歌，儘管是屬於送答奉和之類的詩，其中卻大量描寫禪居之境，如《奉和沃洲呂公》詩云：「梵苑來仙駕，旌麾向日懸。鳥棲雲外樹，龍護鉢中蓮。高論消禪癖，留題紀宦年。振衣丹嶠上，幽思共泠然。」〔註 78〕《王十岳金平淵山僚避暑》之一云：「小隱空山絕四鄰，野雲孤鶴自相親。誰知一徑深如許，猶有敲門看竹人。」之二云：「二仲探奇過草菴，籃輿裋褐似陶潛。臨風莫把珠璣唾，恐有蛟龍在碧潭。」〔註 79〕詩中寫到明麗景色及由此而來的禪悟，頗有詩禪一境之意。

〔註 74〕《弇州四部稿》續稿卷一百六十。
〔註 75〕《御選明詩》卷五十九。
〔註 76〕《古今禪藻集》卷二十七。
〔註 77〕《盛明百家詩》，第 603 頁。
〔註 78〕《古今禪藻集》卷二十七。
〔註 79〕《古今禪藻集》卷二十七。

由上，果斌詩作基本上是在送答奉和，詩中主要是在通過表達禪意與描寫禪境而談禪，偶而透露出對時局的不滿來看，其內心對塵世有著無奈的惋歎。顧起綸雖言其詩多是苦索而成，《盛明百家詩》中所錄眾多詩歌仍有一氣呵成之感，其「意勝於格，往往有逸趣」「神駿語」的評論應是中肯之語。

三

關於希復，顧起綸《國雅品》中「希復」之目下無內容，《列朝詩集》不錄其名與詩，《御選明詩》無收錄其詩作。《古今禪藻集》中收錄有 4 首，《盛明百家詩》中收錄 81 首，二者所收詩作不知抄錄自何處，《古今禪藻集》中所收 4 首不在《盛明百家詩》收集 81 首之中，即現存有希復詩作共 85 首。俞憲在《盛明百家詩》中作識語云：「僧希復，號同石，吳江人，祝髮殊勝寺，今寓吾錫往來綠蘿菴中。嘗從仲山父子識餘，余是以識其詩。其詩不離本色，時有悟語，作字遒潤可愛，絕類儒者。年才三十餘，它日所造不可量也。」〔註80〕希復與俞憲相識，故俞憲能見到其詩作，並將之收錄到《盛明百家詩》中，81 首詩作能夠保留下來，應該說是相當幸運的。

81 首詩作基本上都是在談禪理禪妙，俞憲卻有「絕類儒者」的評價。從 81 首詩來看，有些詩作展示其具有文人心態，如《贈鍾郡伯西皋》詩云：「中歲歸來遂夙心，春秋晨夕事招尋。高債賓客常盈座，聖世風流獨抱琴。鶴鷺自憐閒白晝，虎符非取飾黃金。西京誰不希聲價，東海爭傳是賞音。」〔註81〕這是文人詩作中經常流露出來的心態。部分詩作中體現出文人之思，如《夏日懷王上舍中鋒》詩云：「幽齋開綠水，嘉樹足清陰。自然塵世遠，非是碧山深。佳人曠何許，累月間徽音。日夕涼風裏，相思不可禁。」〔註82〕本詩寫對朋友的懷思，「自然塵世遠，非是碧山深」顯然抒發的是陶淵明以來的文人之風，最後一句「相思不可禁」是典型的文人之思。詩作中同時體現出儒學觀念，如《讀顧九華知非歷》詩云：「大化羅萬殊，所至由乎一。善善而惡惡，聖人體其極。厥是既有歸，一非熾然立。所以在蘧瑗，朝思繼夕惕。行年殆五十，順逆始具釋。事至輒隨行，無過與不及。賢哉華山子，視之以為則。著書曰知非，洞然明我跡。永垂金石言，式昭彼邪慝。」〔註83〕詩中所述幾乎是相當純粹的

〔註80〕《盛明百家詩》，第 605 頁。
〔註81〕《盛明百家詩》，第 605 頁。
〔註82〕《盛明百家詩》，第 606 頁。
〔註83〕《古今禪藻集》卷十九。

儒學觀念。

就觀念而言，希復具有儒家觀念，其三教觀念與明代三教本質無異的看法一致。由《自南禪徙於洞虛仲翁石南諸公俱作詩見送限韻答諸公》之二中云「誰云仙釋有偏圓」之句來看，希復主張佛道一致，即如之一云：「向習禪修心已虛，此遷非是慕真書。只因妙理無同異，聊假玄都證自如。」希復認為「道」超於佛道之上，《答王戶部問禪用韻》詩云「大道本來超性相，何老歧路漫參尋」〔註84〕，《再過松雲精舍》詩云：「妙心元湛寂，真境復如何。不盡青山色，西湖渺去波。」〔註85〕詩中的「大道」「真境」應該同意，都是對具體形而下「性相」的超越。

由於詩作中大量闡述禪理禪妙，不離本色而有悟語則是比較中肯評斷。希復多數詩作談論的是禪理，希復與朋侶日夕談論禪理，如《自洞虛徙東津新院》之二云：「世緣何用謝，塵念自難侵。日與二三侶，談禪至夜深。」〔註86〕《訪環溪》詩中敘述的是於「湯師」處學禪：「為憶湯師好，來過祇樹林。誰知乘筏會，卻得衣珠心。四眾巡堂語，三時演發音。何年親領受，一侍白雲深。」〔註87〕《贈滔師》詩讚揚「滔師」的修禪，云：「年少務禪默，一心守空廬。日沒復日出，端然坐如如。衣糧自弗給，香燈恒有餘。塵情斷屢掛，玄抱同水虛。詎■斷長期，止遠閒里居。青山跡既密，白社蓮頻舒。何當謝羈鏁，永使就鐘魚。」〔註88〕《簣丘居士見訪》詩說的是與丘居士共參禪，云：「坐對無言說，林泉有蕨微。能同究生滅，當共著荷衣。」〔註89〕參禪悟理應該是希復的主要生活內容，詩作中因此多論及到悟妙，如《贈西源長老》云「大地迷初日，吾師悟妙同」，悟妙的體現是「■潤千江外，心溶萬法中」〔註90〕。《呈月田首座偈言》六首通篇談論禪悟與禪妙，如之二云：「昏靈本無隔，執脫乃有殊。所以清淨界，遂成雜染區。一切雖空華，萬有皆真如。洞然能了茲，始不唐勤劬。」之六云：「■治方湊煩，脫略機先整。萬物由境臻，境空物何■。」〔註91〕月田禪師應該與希復往來較多，又有《寄月田》詩云：「蘿床石塔非凡

〔註84〕《盛明百家詩》第608頁。
〔註85〕《盛明百家詩》第608頁。
〔註86〕《盛明百家詩》，第607頁。
〔註87〕《盛明百家詩》，第605頁。
〔註88〕《盛明百家詩》，第606頁。
〔註89〕《盛明百家詩》，第605頁。
〔註90〕《盛明百家詩》，第605頁。
〔註91〕《盛明百家詩》，第607頁。

界，鶴唳猿啼總妙音。定起欲呈心所得，了無文字可成吟。」〔註 92〕「鶴唳猿啼總妙音」自是圓滿的禪理禪妙，表達禪妙的又有《夜過平野師房》詩云：「慧火臨初地，琅函啟秘房。妄心能頓息，道味始知長。朗月開虛境，疏梅度近香。為探禪寂妙，非取話聯床。」〔註 93〕《懷寄平野》詩云：「憶昔挑燈話夜分，幾回巖下供爐薰。情真不覺淹三月，趣密原非在一醺。座上曇花含瑞香，階前祇樹萬幽芬。未知何日追歡事，再得迢遙造白雲。」〔註 94〕詩中的悟妙可能無法用確切的語言解說出來，如「了無文字可成吟」之語所云，卻可以真切感受出來。

《古今禪藻集》中收錄 4 首希復詩作，《讀顧九華知非歷》已見上引，另外三首抄錄於此以備查考。《將往河南曉發平望》詩云：「利涉非吾事，侵星奈曉何。水村浮寺遠，岸火隔橋多。千里路方積，三秋日易過。垂哀試行腳，誰復慮風波。」〔註 95〕《九日友人約登高阻雨》詩云：「聯翩鴻雁下寒塘，不道西風遽已涼。客有窮愁關晚節，菊無嘉色豔秋陽。侵燈細雨窗交暗，匝樹濃雲水共長。此日登高空我望，籃輿那得出柴桑。」〔註 96〕《送尤六村赴河南潘陳州之招》詩云：「千里辭家問故人，路岐不憚朔風頻。心銜潘岳稱知己，夢入陳州似比鄰。江色遠浮霜嶠冷，雁聲初動稻粱新。一觴出祖非專別，為訂歸來及早春。」〔註 97〕這三首詩既有禪境，又具有文人之風，俞憲「絕類儒者」的評斷是恰當的。

〔註 92〕《盛明百家詩》，第 610 頁。
〔註 93〕《盛明百家詩》，第 605 頁。
〔註 94〕《盛明百家詩》，第 605 頁。
〔註 95〕《古今禪藻集》卷二十二。
〔註 96〕《古今禪藻集》卷二十五。
〔註 97〕《古今禪藻集》卷二十五。

第二十三章　密藏道開的憂國憂君意識與敏銳情感——兼論中國文學對佛教禪學的影響

緒論

佛教與中國文學的關係是佛教研究與中國文學研究的重點領域之一，成果非常豐富。不過，在對二者關係的關注與研究中，幾乎是一邊倒地討論佛教對中國文學的影響。佛教對中國文學的巨大影響，已是為學術界所普遍認可的；在討論佛教對中國文學的巨大影響的同時，是否可以反過來問，中國文學對中國佛教的發展是否推動作用呢？如果佛教因素進入中國文學領域，推動了中國文學的發展，那麼中國文學的因素是否向中國佛教回流，推動了中國佛教的發展？佛教對中國各門的影響都非常巨大，如對中國哲學史與思想史的影響也是被廣泛認可，在佛教因素進入中國哲學及思想的同時，中國哲學及思想的因素實際上也在向佛教回流，推動著中國佛教的發展變化。筆者曾在《研究明代禪學思想發展要關注心學》(《南開學報》2007 年第 3 期)，指出明代心學因素向禪學回流、引起明代禪學發展變化的情況，這個事例表明中國各門向佛教回流的情況是存在的。聯繫到中國文學與佛教二者之關係，中國文學因素向佛教禪學回流的情況應該是存在著的，在對二者關係進一步深化研究的基礎上，探討中國文學對中國佛教禪學的影響亦是十分必要的。

關於中國文學與佛教禪學之關係，有一些流傳頗為廣泛的詩句，如戴復古《昭武太守王子文日與李賈嚴羽共觀前輩一兩家詩及晚唐詩因有論詩十絕子文見之謂無甚高論亦可作詩家小學須知》詩中有句云「欲參詩律似參禪，妙趣不由文字傳」〔註1〕。嚴羽等人經常以禪喻詩，明代都穆曾總結相關言句、言論說：「嚴滄浪謂論詩如論禪：『禪道惟在妙悟，詩道亦在妙悟。學者須從最上乘，具正法眼，悟第有義。』此最為的論。趙章泉嘗有詩云：『學詩渾似學參禪，識取初年與暮年。巧匠曷能雕朽木，燎原寧復死灰然。』其二：『學詩渾似學參禪，要保心傳與耳傳。秋菊春蘭寧易地，清風明月本同天。』其三：『學詩渾似學參禪，束縛寧論句與聯。四海九州何歷歷，千秋萬歲永傳傳。』吳思道詩云：『學詩渾似學參禪，竹楊蒲團不計年。直待自家都肯得，等閒拈出便超然。』『學詩渾似學參禪，頭上安頭不足傳。跳出少陵窠臼外，丈夫志氣本衝天。』『學詩渾似學參禪，自古圓成有幾聯？春草池塘一句子，驚天動地至今傳。』龔聖任詩云：『學詩渾似學參禪，悟了方知歲是年。點鐵成金學是妄，高山流水自依然。』『學詩渾似學參禪，語可安排意莫傳。會意即超聲律界，不須鏈石補青天。』『學詩渾似學參禪，幾許搜腸覓句聯。欲識少陵奇絕處，初無言句與人傳。』予亦嘗效顰云：『學詩渾似學參禪，不悟真乘枉百年。切莫呕心並剔肺，須知妙語出天然。』『學詩渾似學參禪，筆下隨人世豈傳？好句眼前吟不盡，癡人猶自管窺天。』『學詩渾似學參禪，語要驚人不在聯。但寫真情並實境，任他埋沒與流傳。』」〔註2〕嚴羽等人以禪喻詩之句，實際上都是說明禪對詩歌創作的影響。

恰如嚴羽所說「大抵禪道唯在妙悟，詩道亦唯在妙悟」，既然妙悟是詩禪的共同性，那麼詩歌以及中國文學必然會在一定程度上推動著中國佛教的發展，如陳垣在《務學十門》中說「不學詩無以言」，是指不學詩歌就很難表達出禪悟的感受。達觀《石門文字禪序》云：「夫自晉宋齊梁學道者，爭以金屑翳眼，而初祖東來，應病投劑，直指人心，不立文字。後之承虛接響，不識藥忌者，遂一切峻其垣，而築文字於禪之外。由是分疆列界，剖判虛空，學禪者不務精義，學文字者不務了心，夫義不精則心了而不光大，精義而不了心，則文字終不入神……蓋禪如春也，文字則花也，春在於花，全花是春，花在於春，全春是花。」〔註3〕達觀主要是說明文字與禪不二，禪與文字、春與花的比喻，正說明了文字（文學）對禪的重要性及對禪（禪悟）的推進，亦如元好問《答

〔註1〕戴復古：《石屏詩集》卷六，《四庫全書》本。
〔註2〕都穆：《南濠詩話》，清知不足齋叢書本，第4頁。
〔註3〕《紫栢老人集》卷之十四，《續藏經》第73冊，第262頁。

俊書記學詩》詩云：「詩為禪客添花錦，禪是詩家切玉刀。心地待渠明白了，百篇吾不惜眉毛。」〔註4〕

中國文學對佛教的推進，文人們以文字為佛事也是一個重要的方面，如（清）古梅冽禪師云：「七眾瞻依，萬指圍繞，其間有以光明為佛事，有以音聲為佛事，有以莊嚴為佛事，有以香飯為佛事，有以語言文字為佛事。」〔註5〕即以文字為佛事屬於佛事的一種，自然可以推動佛教的發展。歷代崇佛及扶持佛教的文人士大夫們往往通過文字闡揚佛教，推動其發展，如白居易便以詩為佛事，耶律楚材《書金剛經別解後》提到白居易等人以文字為佛事云：「昔樂天答制策，稍涉佛教之譏；中年鄙海山而修兜率；垂老為贊佛發願文，乃云起因張本，其事見於本集。子瞻上萬言，頗稱釋氏之弊，晚節專翰墨為佛事，臨終作神呪浪出之偈，且曰著力即差，其事見於年譜。」〔註6〕董其昌云「至宋蘇、黃兩公，大以翰墨為佛事」〔註7〕，是說蘇軾、黃庭堅以文字為佛事，達觀《題坡翁文字禪》對蘇軾以文字為佛事更為稱道，云：「東坡老賊，以文字為綠林，出沒於峰前路口、荊棘叢中，窩弓藥箭，無處不藏，專候殺人不眨眼索性漢。一觸其機，刀箭齊發，屍橫血濺，碧流成赤。你且道他是賊不是賊？試辨驗看。若辨得，管取從來攔路石，沸湯潑雪。」〔註8〕虞集《元敕建大昭慶寺碑》自言以文字為佛事，「微臣奉勅，愧凡劣，得以文字為佛事，願吾聖皇與佛同壽命，福德無盡藏」〔註9〕；宋濂自言以文字為佛事，「某雖不敏，每以文辭為佛事」〔註10〕。這些援引是歷代文人此種說辭之極小部分，歷代崇佛與扶持佛教之文人士大夫，以文字闡揚佛教義理，發揮佛教作用，無不是在以文字為佛事，都在一定程度上推動著佛教的發展。

本章以明代密藏道開禪師為例，以個案說明中國文學對佛教的反影響，中國文學對佛教的反影響實際上體現在多個方面，如上述所言詩禪二者本旨相同、文人以文字為佛事等等皆可視為中國文學對佛教的影響。道開雖然沒有專

〔註4〕元好問：《元遺山集》卷十三，《四庫全書》本。
〔註5〕《溈山古梅冽禪師語錄》卷上，《嘉興藏》第39冊，第803頁。
〔註6〕耶律楚材：《湛然居士文集》卷十三，《四庫全書》本。
〔註7〕董其昌：《畫禪室隨筆》卷一，華東師範大學出版社2012年版，第35頁。
〔註8〕《紫柏老人集》卷之十五，第271頁。
〔註9〕《吳都文粹續集》卷二十九，《四庫全書》本。
〔註10〕宋濂：《翰苑續集》卷六《阿育王山廣利禪寺大千禪師照公石墳碑文》，載羅月霞主編《宋濂全集》，浙江古籍出版社1999年版，第880頁。

門的文學作品，但書信中體現出很高的文學水平，如《與妙峰老師》云：「老師歸山，想共孤雲幽石、野草巖花譚笑無生，與山相忘，寧計人間世有朝夕想念如子憶母者耶。」〔註11〕書以文字描寫僧徒之生活境況，境意與情感並在，讀來令人感念。以道開為個例，著重點不是分析其文字與文學創作對傳揚佛教的推動，而是分析其身上及書信中體現出來的文人般的憂國憂君意識與文人一般的敏銳情感等方面，即以其身上體現出的作為文學創作者的文人士大夫之憂國意識與敏銳情感為中心，析述中國文學對佛教禪學的影響。

一

中國文學對佛教的影響，文字與文學作品仍然是相當重要的方面，但是唐宋禪學卻又一直在否定文字，認為文字會妨礙修禪者對禪旨的領悟，即修禪者往往會執泥於文字本身，而忽略了悟禪的本旨。唐宋以來的禪者對此有如海洋般的論述，道開對此亦有說明，《密藏禪師楞嚴寺禪堂規約》中，道開明確說：「戒赴請念經，夫佛說一切法，本欲眾生聞而思，思而修，修而證，若讀若誦，亦不過使劣根人出口入耳，文熟義解，乃今藉以博身口受用，甚至杜撰偈讚歌舞悅人，且用角技矜能恬不為恥，豈不大悖佛祖意哉？即如瑜伽一教，彼固自有儀軌真言，初未嘗令人念何經，亦未嘗令禪者為之。古有撥僧應供，齋畢轉經，亦不過因齋轉經，非因經賈利也。弊至於今，誠可痛憫，凡居此堂者決不許赴俗誦經以圖利養，違者罰油十斤。」〔註12〕道開此處之意雖然是強調僧徒不得以誦經、解說佛教經旨義理、撰寫偈贊文字博取利養，其中對僧徒「杜撰偈讚歌舞悅人」之方式為「大悖佛祖意」，實際上是對以文字修教修禪的否定。如《與憨山老師》書中，道開闡述從憨山的日常行為中忽悟得「自心」，云：「昨與老師遇，數日間見師於諸事法一一揮霍自在，而又委悉精明，真有百花叢裏過一葉不沾裳氣象，令人私心歸仰。反覆思惟是果從何處得來，沿途奮激觀念，忽爾神染習移，一切緣務亦稍覺寬鬆活潑，始知此事不從外來，向來只因有我，以有我故，自將一段門面遮蔽在前，不得自在，如靠牆壁翻筋斗相似，前後隔閡。今賴身光照爍，破我幽暗，如暖氣花開，春風凍解，信知不借功勳，又不在蒲團紙墨上討尋，而在自心一轉移頃也。」〔註13〕道開「反覆

〔註11〕道開：《密藏禪師遺稿》卷上，載《禪門逸書》第八冊，第19頁。
〔註12〕道開：《密藏禪師遺稿》卷末，載《禪門逸書》第八冊，第83～84頁。
〔註13〕道開：《密藏禪師遺稿》卷上，載《禪門逸書》第八冊，第18頁。

思惟」憨山「於諸事法一一揮霍自在，而又委悉精明」所來之處，而忽然體悟到內心的自在在於「自心一轉移頃」，而非在「蒲團紙墨上討尋」。《復陸五臺大司空》書中，道開批評修禪者存在的問題與弊病云：「今有人於此云，我念佛念某佛，我看經看某經，我修觀法修某觀法，都無不可；第云，我欲參禪參何禪好禪，作麼生參，作麼起疑，告之者曰『參某因緣好，恁麼參恁麼起疑，不得向意根卜度，不得向舉處承當，不得放無事甲裏』。」〔註 14〕對修習者如此悟禪，道開認為「是大可笑」，造成此種弊病的原因，一是「生死心不切，世相情重」，二是執著於「古人一言半句不了決處」。《與徐海觀居士》書中，針對海觀「於佛祖言句上研味既久」，道開「以婆心太切，撮拾餘涎」，為海觀講應「向生死上究竟」，云：「海觀念生死事大，便請今日黜其紛飛浮習，辦我真實肯心，向揮毫染翰時，與他日為上為下時，崖柴將去，如針磁相翕，不暫放捨，討取個清白下落，斯不枉大丈夫出世一番。」〔註 15〕道開表示的，仍然是不要被經論之語及古人之言句文字束縛，不為文字、言句、經論所束縛，才能「爆地粉碎一場」，真正悟得「不從外來」的內心，以及徹底參悟「生死事」。

道開否定文字，但其卻「畢此生身命」為摹刻大藏經而奔走，包括上至上書慈聖皇太后，下至行腳大江南北尋求施主的資助、尋找刻經工者，可謂費勁心力。如《上慈聖皇太后》云：「恭惟聖母老娘娘夙培福種，久植慧因，今現摩耶之身，權作人天之眼，傾心三寶，憫念群生，建塔造寺，施藏齋僧，凡有功勳，靡不畢備。山僧兀坐寒巖，獲沾慈惠，不勝讚頌，豈盡酬揚？茲以山林所藏觀音大士一軸，乃鄣郡丁雲鵬所畫，古今絕筆，丹青上乘，誠希有之珍也。又羅漢膏一瓶，乃方山所出，唐李長者造《華嚴合論》於此山，二虎引路，天女侍瓶，今其山所有香草煎膏，服之甚有靈應，此乃舊年所蓄，尤可貴也。又新刻藏經《起信論疏》一部一冊，《筆削記》一部五冊，《續原教論》一部一冊，謹進上慈覽，倘有一言半偈開般若之門，植菩提之種，則不惟山僧藉以報三寶之恩，而刻經檀信亦功不唐捐矣。」〔註 16〕書中有三層含義：第一是讚揚慈聖皇太后對佛教的支持，第二是贈送佛教經軸等物品給慈聖皇太后，第三是希望所進奉之經軸對慈聖皇太后能有所作用，即「有一言半偈開般若之門，植菩提之種」，以此反饋慈聖皇太后對佛教的扶持之恩。「有一言半偈開般

〔註 14〕道開：《密藏禪師遺稿》卷上，載《禪門逸書》第八冊，第 21 頁。
〔註 15〕道開：《密藏禪師遺稿》卷下，載《禪門逸書》第八冊，第 45 頁。
〔註 16〕道開：《密藏禪師遺稿》卷上，載《禪門逸書》第八冊，第 16 頁。

若之門，植菩提之種」，則是肯定了文字對修教悟禪的作用。

既然否定經論文字，卻又面對慈聖皇太后等高度肯定文字能「開般若之門，植菩提之種」，道開似乎表現出了非同尋常的矛盾性。實際上並非如此，道開另作的《募刻大藏文》中可以看出其中的差別，文云：

> 眾生非佛法則冥迷長夜、流浪三塗，而佛法非流通則玄言靡宣、妙義將隱，故眾生非佛法不能自度，佛法非眾生不能自弘。凡為佛之弟子，必切度生，既有願於度生，必事弘法。法之所被，見者聞者皆植般若之緣，觸者攖者盡對菩提之果，如來正遍知由荷法而成，惡道那落迦由遠法而入。苦流無涘，非法不濟，覺苑無階，非法不臻。世出世之福，以法而成就，為無為之業，以法而解脫。人有弘焉者，如羲和御日，四海必被其光明，娑竭為霖，諸方悉承其潤澤，所以臚傳句語能空琰魔之獄，蟻邑灌瀝爰升提婆之宮，況復琅函羅七千之富、寶疊具三藏之文哉。鎔冶三賢，埏埴十聖，拯溺三界，導迷九類，莫不由茲矣。是以群聖幽贊，列代咸推，屬我熙朝，尤尊勝典，太祖高皇帝既刻全藏於金陵，太宗文皇帝復鏤善梓於北平，蓋聖人弘法之願，惟期於普，故大藏行世之刻不厭於再也。後浙之武林，仰承德風，更造方冊，歷歲既久，其刻遂湮今宇內。所行惟南北兩藏，北藏既在法宮，請施非易，南藏雖行諸郡，印造猶艱，僻壤幽巖，何以取辦？苾芻蒲塞每自興嗟。開等濫被田衣，稍窺海墨，嘗以宋刻校茲二藏魯魚之訛，互有潦鶴之舛。遞彰因思法雲以遍覆為功，寶筏以畢渡為德，教有多門，道惟一致，時雖異代，聖無兩心，觀文皇再刻大藏之心，即如來悉度眾生之願也。今我聖天子凡大藏未收疏論皆收梓於藏中，印施於海內，豈不欲家握摩尼之珠，人入栴檀之林，群生歸善，四海蒙休哉。顧武林之刻，既以久而毀，則更梓之謀逮於今為急，請以三藏並校參之，英賢正其訛謬，仍易梵帙，以從方冊。所費既約，其行必普，是體紫宸之仁心，而續如來之慧命也。昔之人有以半偈而捨身，有以四句而析骨，遐討於幾萬里之外，不辭流沙熱風，冥搜於數十年之遙，無憚狻猊虎豹，誠不忍永劫之沉昏，故寧勞於一世，深愍諸有之交喪，故甘瘁其四體耳。今唱化雖勤，無流沙熱風之擾，剛強難化，非虎豹狻猊之倫，捐橐易於捨身，而所得不止於半偈。鋟梓殊於析骨，而所傳有逾於

四句，集彼眾檀，成茲全藏。〔註17〕

首先從開篇「眾生非佛法則冥迷長夜、流浪三塗，而佛法非流通則玄言靡宣、妙義將隱，故眾生非佛法不能自度，佛法非眾生不能自弘」來看，「玄言」並非是指文字，是指佛法本身之妙；本句不是闡釋佛法與文字的關係，中心是闡釋佛法與眾生的關係，因此指出眾生（「凡為佛之弟子」）的責任是「必切度生，既有願於度生，必事弘法」。眾生傳揚佛法，會產生「法之所被，見者聞者皆植般若之緣，觸者攖者盡對菩提之果」的效果，這都是眾生傳揚佛教的功德，同時提出告誡云「如來正遍知由荷法而成，惡道那落迦由遠法而入」，即眾生要「荷法」而成如來、「遠法」而入惡道。眾生傳揚佛法而生功德，所生之功德不僅是對眾生本身，更是對更多之眾生；之所以弘揚佛法能生功德，在於佛法本身之特質，云：「苦流無涘，非法不濟，覺苑無階，非法不臻。世出世之福，以法而成就，為無為之業，以法而解脫。」接下來的「人有弘焉者，如羲和御日，四海必被其光明，娑竭為霖，諸方悉承其潤澤」，是以譬喻的方式，將傳揚佛法者譬喻為羲和，「臚傳句語能空琰魔之獄，蟻邑灌瀝爰升提婆之宮」進一步闡述傳揚佛法的效果。開篇敘述傳揚佛法的效果，是從泛泛的角度說的；此處敘述傳揚佛法的效果，則是從佛法本身具有的威力而產生的效果，即傳揚一句半偈便能產生「空琰魔之獄」「升提婆之宮」之果，更何況盡宣揚「琅函羅七千之富、寶疊具三藏之文」。需要注意的是，道開此處提到「文」，亦並非是指文字、文章或作品之意，仍是指佛法本身，即宣揚更多的佛教典籍、義理，將產生更無量之善果，「鎔冶三賢，埏埴十聖，拯溺三界，導迷九類」皆由此而致。佛法效果之巨大、功德之無量，所以「群聖幽贊，列代咸推」，道開並延及至頌揚明代統治者刻大藏經，云：「屬我熙朝，尤尊勝典，太祖高皇帝既刻全藏於金陵，太宗文皇帝復鏤善梓於北平，蓋聖人弘法之願，惟期於普，故大藏行世之刻不厭於再。」明代統治者能夠持續、「不厭於再」地刻大藏經，就是著眼於佛法之巨大功用；當然，頌揚明統治者，或許是道開之主要意圖，將明代統治者等同於如來，「觀文皇再刻大藏之心，即如來悉度眾生之願」。道開同時極力讚揚襄助其刻經事業者，文末「昔之人有以半偈而捨身，有以四句而析骨，遐討於幾萬里之外，不辭流沙熱風，冥搜於數十年之遙，無憚狻猊虎豹，誠不忍永劫之沉昏，故寧勞於一世，深愍諸有之交喪，故甘瘁其四體耳」之語，中心仍不是強調文字對悟禪的重要性，是強調信

〔註17〕道開：《密藏禪師遺稿》卷上，載《禪門逸書》第八冊，第16～17頁。

仰者對佛教佛法捨身。「所得不止於半偈」「所傳有適於四句」是對上文的承接照應，仍是強調佛法之功用。又如《刺血書經願文》中說：「夢禎書大小乘經律論各一卷，道開書唐譯《華嚴經》一部，普願見者聞者各各如是發心，書寫一卷多卷，一部多部，乃至一字一句，滿足大藏，永充供養，不許出山。仗此真實願力，韋馱尊天護持神力，自今日至彌勒下生，一函一卷，一句一字，不令散失。」〔註 18〕亦是指文字所承載的佛法而言，非是指以文字悟佛法。

出於上述意圖，道開儘管反對以經論文字悟道，卻不反對修行者或信仰者追求德業文章，如《與汪伯玉居士》書提到汪伯玉與王世貞二人以德業文章相高，云：「邇者貧衲業有微志，欲翻刻大藏，廣為流通，因緣會合時節，似偶然贊襄。緣起端屬名賢念居士，為當代宰官，耆宿可無片言敘述以繫此方之望耶。弇山老人與居士以道業文章相許可，為世宗匠，今弇山屬意茲舉，獨有深心，合集居士便成雙璧。」〔註 19〕道開期望道業文章方面為人矚望的汪伯玉與王世貞能夠對其刻藏經時加以揄揚，從而使其刻藏事能夠順利推進。《與王弇州居士》進一步提到說：「側聞居士棲心玄遠，冥與道會，貧道雖山林野人，亦知傾注。比因緣會合，得奉周旋，和風慶雲，儼然仁者，自非宿植德本，何以有此願？益薰修作護吾宗，開發同事，令出情之法，頹而復振，茲非居士最勝因地歟？外承居士許撰刻藏緣起，顧念居士久向此宗，博通教旨，又勝論雄文，匠心獨妙，方今海內學士大夫以文章名世而復留神法道者，惟居士與新都汪公為赤幟耳。」〔註 20〕期望「以文章名世而復留神法道者」的王世貞能以「勝論雄文」推揚其刻藏經事，《與周鳴宇居士》書云：「貧衲比欲再刻大藏，播之震旦為緣，既普沾潤，亦周當代，名公咸有敘述，豈以門下辭吐珠玉、照耀一世、顧獨無讚歎之語耶？以故願託雄文，舒光四表，俾般若以之流通，慧業由是成就，其於利澤不亦偉哉。」〔註 21〕期待周鳴宇能「辭吐珠玉、照耀一世」之「讚歎之語」或「雄文」，推動其刻藏經事之光輝，從而能推動刻藏經事的順利進展。由此可見，道開看到了「雄文」「文章」等文字對贊襄刻藏經事以及傳揚佛法的重大功用與價值，因此對此種文字與文章是極力讚揚的；但其出發點仍止於此，而非是主張以文字或文章悟道，即其強調德業文章是借文章增加佛法之聲望及推動刻藏經事業，而非借文章與文字以悟道。

〔註 18〕道開：《密藏禪師遺稿》卷上，載《禪門逸書》第八冊，第 18 頁。
〔註 19〕道開：《密藏禪師遺稿》卷上，載《禪門逸書》第八冊，第 29 頁。
〔註 20〕道開：《密藏禪師遺稿》卷上，載《禪門逸書》第八冊，第 29 頁。
〔註 21〕道開：《密藏禪師遺稿》卷上，載《禪門逸書》第八冊，第 29～30 頁。

承接道開的觀念，法本《幻余大師發願文》指出言語文字可以用於對眾生的教化，云：「粵稽微妙典觸，處恒熾然。本非十二部，及言語文字，由有不覺者。覺者出現世，乘慈智悲願，轉一切法輪，令諸有情者開示與悟入。」〔註22〕教化眾生與自得悟道是有相當區別的，教化眾生需要佛教的經籍、文字與儀軌等等，悟道則不能受此之束縛。緣於文章、「辭吐珠玉、照耀一世」之「雄文」能夠推進佛法的傳揚，道開如歷代文人以文弘道一般做法，致力於以文弘揚佛教，如錢謙益《密藏禪師遺稿序》中雲密藏開禪師之作品，云：「藏師此文，皆叢殘不經意之作，方諸二老如流星之奔彴芒焰，驟作有聲曳其後，而殷殷於天漢之間。其他皆蚌珠爝火，流照咫尺，誰得而並之？」〔註23〕《與馮開之居士》中，道開表達此意道：「《大乘止觀序》，海瀛居士想屬筆矣。足下入苕當領之，付梓人氏，脫有萬一未妥，更當共討論之，務使海瀛居士筆頭上光明，足以薰照未來，將必有一人兩人焉，於此光明中發大信心，入此止觀門，然後斯文為不徒作。不爾，則徒文非我教所貴矣。《成唯識論》，三月間可完刻，亦不可無序。昨文卿、中甫寄貧衲尺一，甚言武林虞德園居士欲與貧衲一見，不知貧衲與居士從曠劫來，初無間隔，亦無背面可得，乃今欲面者形骸耳。既是法脈中人，必有覿面時節，敢乞足下代為合掌，求其先撰論序，以作後日相見香儀。」〔註24〕不管是如錢謙益等之評論，還是道開自言之語，充分透露出道開以文弘揚佛教的想法與實踐。曾乾亨《刻大藏願文》所云：「每誦內典一句一偈，便覺靈根滋長，矧此全藏如大雲雨克遍大地、叢林卉木靡不沾潤。欲報佛恩，捨此流通奚先哉。」〔註25〕曾乾亨說出了道開關於文字的心聲。

綜合來看，道開《募刻大藏文》之意主要是在於強調流佈佛法，傳揚佛教之精神與佛法之真旨，也是道開對自己「畢此生身命」致力於摹刻大藏經事業的說明。道開摹刻大藏經的另一個意圖是報答佛恩，即上引曾乾亨《刻大藏願文》提到的報佛恩，道開生平中不停地反覆提及自己以摹刻大藏經報答佛恩，「親書手卷徑山古梅菴珍藏」之《刻大藏願文》云：「道開既剃染，即知作佛子當報佛恩，蚤夜矢心，顧不知報佛恩事當何出。萬曆壬午，從補怛天台詣武林，於紹興道中，忽見古寺殘碑，載勝國時會稽郡大藏板凡七副，因感泣思惟，

〔註22〕道開：《密藏禪師遺稿》卷首，載《禪門逸書》第八冊，第13頁。
〔註23〕道開：《密藏禪師遺稿》卷首，載《禪門逸書》第八冊，第3頁。
〔註24〕道開：《密藏禪師遺稿》卷下，載《禪門逸書》第八冊，第63頁。
〔註25〕道開：《密藏禪師遺稿》卷首，載《禪門逸書》第八冊，第7頁。

板刻之在一郡者且爾，其卷軸流通在天下者當何如哉？乃我明僅南北兩板，法道陵夷，莫此為甚，遂願畢此生身命募刻方冊板，廣作流通。」〔註 26〕對佛教的拳拳之意盡情充溢於紙面之上，在此展現出道開儘管不以文字為傳揚佛法的手段與方式，但卻以文字表達著自己充沛且出自內心、毫無作偽的真摯情感，顯示著道開有著極強或者極為典型的文人之懷。錢謙益《密藏禪師遺稿序》中描述道開禪師「以方袍世外之人，省邊略，憂國計」〔註 27〕，釋道盛《密藏開禪師遺編序》評論道開禪師之學「非忠君愛國之微，即本分生死之事」〔註 28〕，都是對道開文人情懷極好地評介。

二

作為頗有影響的佛教僧徒，道開本身便與當時文人士大夫有著廣泛的交往，加之致力於募刻大藏經，道開需要結交更多文人士大夫及各階層人士。從《密藏開禪師遺稿》中看，道開結交士人及各階層人士確實非常多，整編遺稿基本上就是與各士人書信來往的結集。文人士大夫是文學創作的主體（對道開來說尤其如此，他以文字結交的基本上是當時的文人士大夫），文人士大夫們自身擁有的品格及創作的文字及文學作品，應該對道開有著極深的影響，《密藏開禪師遺稿》中能看出相當明顯的影響。

對道開來說，文人士大夫及文學作品對其影響，最為明顯的就是上述提到的文人情懷，道開身上及書信中表現出明顯的文人情懷。道開的文人情懷，首先表現在與具有與文人士大夫相同的愛國愛君、憂國憂君意識。明末清初禪僧覺浪道盛作《密藏開禪師遺編序》中，敘述達觀與道開刻藏經事，以「泰伯與夷齊以忠孝為仁讓者」〔註 29〕描述二者之關係，顯然是認為二人身上具有被認可的儒家因素，此即以表明即使在佛教僧徒眼中，道開身上具有濃重的儒家表徵。對典型文人士大夫來說，愛國愛君與憂國憂君是其最為明顯的情懷之一，《密藏開禪師遺編序》論道開在刻藏經事業中表現出與文人士大夫相同的情懷，云：「至閱遺編，雖是為刻藏因緣，與妙峰、憨山諸大尊宿及陸五臺、馮開之諸大老書札，其中多自敘參學，及就事隨機激揚啟發，非忠君愛國之微，即本分生死之事，或拈提向上機關，或指點今時利害，刀刀見血，殺活有神，

〔註 26〕道開：《密藏禪師遺稿》卷首，載《禪門逸書》第八冊，第 6 頁。
〔註 27〕道開：《密藏禪師遺稿》卷首，載《禪門逸書》第八冊，第 3 頁。
〔註 28〕道開：《密藏禪師遺稿》卷首，載《禪門逸書》第八冊，第 2 頁。
〔註 29〕道開：《密藏禪師遺稿》卷首，載《禪門逸書》第八冊，第 2 頁。

誰謂此公非了手人、非登壇士。」〔註30〕覺浪道盛從道開「畢此生身命」的刻藏經事業中，看到其中蘊藏的「忠君愛國之微」，確實揭示出了道開致力於刻藏經願力之下的內心情懷。不獨作為佛教僧徒的覺浪道盛如此看法，文人士大夫具有同樣的看法。基於文章與文字是用於傳揚佛法而非執泥以之為悟道媒介，道開因此「不欲以文章自見」而生平致力於刻藏經，於元凱《密藏禪師遺稿序》中云：「有一語普告緇素，藏師當日談世事痛哭流涕，如老成憂國，每及陸沉，愚者以為狂言，即智者亦以為過慮，至今其言已孚。」〔註31〕序者敏銳地觀察到道開的「老成憂國」意識與情懷。錢謙益《密藏禪師遺稿序》中說法相同，云：「《遺稿》多所與群公書問，誰諉勸勉，以扶正法，刻大藏為責任。其為人，仕者教忠，顯者教退，亢者教隱，競者教恬。根器濡弱者醒之以月愛，情塵軟暖者觸之以冷雲，筆舌聰明自負宗眼者必剿其扳援、搜其負墮，俾命根刳斷而後已。智眼分明，慈心諄復，熱血痛淚，至今淩出於紙墨之上。以方袍世外之人，省邊略，憂國計，當貢場款塞之日，抱靖康左衽之虞，人謂其杈衣遠遁，蓋已懸鏡今日，非偶然也。」〔註32〕王祺《密藏禪師遺稿序》談到讀道開作品，云：「或矢願於度生，或銳志於弘法，或踵會元而直入，或精彼岸而誕登，或慷慨於家國天下之間，或預識夫成敗興亡之際。」〔註33〕兩序中以「仕者教忠」「省邊略，憂國計」「慷慨於家國天下之間」「預識夫成敗興亡之際」等語處處點明了道開的文人意識與情懷。徐琰《刻大藏願文》云：「因知佛恩當報，顧思報佛深恩莫若闡揚佛化，廣利群生。銜之已久，未會其緣，比以世澤來自都門，濫竊冠裳，虛糜廩祿，國恩日重，慚愧日深。適吾法兄密藏募刻大藏為書冊，揚法利生，莫過於此，遂發願捐歲俸，唱斯勝緣，此經成日……琰籍之報佛恩，報國恩，銷罪業。」〔註34〕于玉立《刻大藏願文》云：「會吾法兄密藏募刻大藏，遂發願捐每歲俸貲為唱緣，即去官亦捐資如俸，以終始其事，諦知建不世之勳庸，不如為國家廣一滴菩提水。且立既暫作王臣，便當作王臣中佛事。」〔註35〕徐琰、于玉立都是直接論道開與其相同之處，以刻藏經與襄助刻藏經視之為報佛恩與國恩，道開與士大夫同具的意識與情懷

〔註30〕道開：《密藏禪師遺稿》卷首，載《禪門逸書》第八冊，第2頁。
〔註31〕道開：《密藏禪師遺稿》卷首，載《禪門逸書》第八冊，第4頁。
〔註32〕道開：《密藏禪師遺稿》卷首，載《禪門逸書》第八冊，第3頁。
〔註33〕道開：《密藏禪師遺稿》卷首，載《禪門逸書》第八冊，第5頁。
〔註34〕道開：《密藏禪師遺稿》卷首，載《禪門逸書》第八冊，第9頁。
〔註35〕道開：《密藏禪師遺稿》卷首，載《禪門逸書》第八冊，第10頁。

躍然紙上。

道開在來往書信中反覆提及國事、報國恩等事，如上引《上慈聖皇太后》便是典型事例，《與都門檀越》提到為皇太后、皇上及皇家子孫祈福，云：「嘉興楞嚴寺……入我明，為三吳名剎，嘉靖間佛殿災，遂為豪右力侵其基，而別業之，易蘭若為燕樂之場，化禪誦為歌舞之地，有識者慨焉。已而，按院王公下議巡道轉行府縣歸復之，一時人心稱快。今聖母慈聖皇太后遣近臣御馬監太監陳公賫送藏典詣彼，兼經營殿宇，有事焚修，為今上及皇長孫祈福壽，誠一時勝舉也。」〔註 36〕《與仰崖座主》云：「竊念今上、聖母年來所造金襴僧伽黎以供十方師僧，不下千百，孰若發心嚴造二龔，隨二祖道影永克供養，即以此為皇孫祈福壽，其所得不既多乎？」〔註 37〕《與房山王明府》書中，在敘述小西天石經山石函自隋以來的歷程之後，道開一邊讚揚王明府的「仁心善政」，一邊以此為國家祈福，云：「自隋迄今，千有餘歲，而靈光特耀，豈非門下仁心善政、和風甘雨有以感之耶？不爾，非百川澄湛月不現也，矧石經山為國家大福地，北齊慧思尊者刻藏於石，以壽佛慧命，隋靜琬繼之，至元慧月終焉，歷歲久如初，未嘗菈兵燹之厄，此固神物呵衛，而要之宰是邦者亦多受靈山付囑而來，其檀護之功不可誣也。然則今日為名山作金湯，為國家祈福澤，寧不於門下有厚望哉？」〔註 38〕

與文人士大夫的書信中，道開亦毫不隱諱對國家、政事的關憂，親筆血書的《刺血書經願文》云：「若遇佛法有難，國土眾生有難，我此寶藏即時放光現瑞，轉禍為祥。」〔註 39〕將佛法之難與國土、眾生之難等同，且以傳揚佛法紓解此三難。《與王宇泰董玄宰兩居士》中為兩居士說三事，一云：「無徼惠於人，即人有以惠徼我者，吾寧冰檗自持，無或輕徇，一介取與，惟道義是從；不然，則他日未有不隨緣欺假以君國殉人償所得者。苟或緣不我假，心不欲欺，則他生他劫當必改頭換面，以身償之矣。」二云：「一切飲食服乘子女僕從乃至器用田宅，色色仍舊，無學流俗輒自張皇，即惡食縕袍恬以自處。蓋國典養廉，惟此時為甚，菲捨此即上下交際，乃至賦役供輸，有辜科贖，皆有典則存焉。毫非我有脫為越取，皆屬盜因。不肖恒謂當今之世有志德業者，非三

〔註 36〕道開：《密藏禪師遺稿》卷上，載《禪門逸書》第八冊，第 25 頁。
〔註 37〕道開：《密藏禪師遺稿》卷上，載《禪門逸書》第八冊，第 28 頁。
〔註 38〕道開：《密藏禪師遺稿》卷下，載《禪門逸書》第八冊，第 67～68 頁。
〔註 39〕道開：《密藏禪師遺稿》卷上，載《禪門逸書》第八冊，第 18 頁。

十年不改窮措家風不可，刴澹泊廉靜，足養身心，亦志道者所不去也。」三云：「一切寵辱得喪毀譽是非，乃至名位利祿，諸有種子，由今以迄歸老，絕無黏帶一粒半粒投之八識田中，令其發榮條達，喪我嘉苗。蓋吾本有靈種，淨妙虛明，了無一物，良由一念瞥起，遂致轉現相因，六用交錯，如蝸牛兩角、蜀路千岐，令諸有情奔逐無歸、伶俜孤露可哀之甚。」〔註 40〕所言三事，所涉及國事，皆如士大夫口吻；所云「惟道義是從」「志德業」「志道者」，及無執泥「寵辱得喪毀譽是非」「名位利祿」，與道學家口吻完全一致。

《與徐文卿居士》中，道開表示了對國是的憂慮，云：「大疏嚴挺可畏，而■旨意云云。國是可知，使賈生在今日，當不止痛哭流涕已也。足下此去，差所決當，稱疾得請便以此官堅臥東山，無復走跡長安，斯為勝策。成就世俗之功名，蔭資且有定局，上縻國恩，下損家業，疲精力以浪光陰，豈丈夫所為？」〔註 41〕道開一邊憂歎當前國是不可為，以「痛哭流涕」之語表明其憂慮之深；一邊指出「上縻國恩，下損家業」非大丈夫之可為。對徐文卿所言之話語，根本不似出家僧徒之言，更似仕途中之士大夫或者政治評論者。道開不僅面向士大夫評論政事，對僧徒之間亦談論政事，如《上本師和尚》書云：「即今寇洮州，住劄兩月餘，擄掠日甚，欽差大臣袖手求和，而不可得及，上疏則又自以為石畫奇謀，有非李郭韓范諸名公所可及也者。朝廷弱甚，則曰威嚴，■情驕甚則曰依附，上下欺蔽，其何所底極乎。近且遼薊松皤又報警矣，國家事勢日削日孤，而內外臣工交相頌美，一有針砭，輒生忌諱，恐不釀成靖康之禍不已也。以此觀之，凡我釋子大都宜休隱林泉，爐香碗水，冥為祝釐，國士筵中豈其所宜？」〔註 42〕道開對當時的政事頗為失望，發出「凡我釋子大都宜休隱林泉，爐香碗水」的感歎；雖如此感歎，道開卻並沒有完全將國是置之腦後，仍立願為國家「冥為祝釐」。從這個方面來說，道開與退居山林完全不問世事的僧徒具有相當大的差別，而與如范仲淹等「處江湖之遠則憂其君」之以天下為己任之士大夫胸懷。《與馮把總》既讚揚其「上國安堵，中原無恙」功績，又能「仰答分閫之恩」，云：「惟門下文武天畀，忠勇性成，乃天王聖明，特為推轂。俾門下得以專制一方，擄籌九鄙，且也方今■騎馮陵於西壤，山鬼跳樑於巖阿，吾知門下斯行，是不惟大展生平，長驅直搗，使■■寒心，群小

〔註 40〕道開：《密藏禪師遺稿》卷上，載《禪門逸書》第八冊，第 24 頁。
〔註 41〕道開：《密藏禪師遺稿》卷上，載《禪門逸書》第八冊，第 38 頁。
〔註 42〕道開：《密藏禪師遺稿》卷下，載《禪門逸書》第八冊，第 45 頁。

褫魄，上國安堵，中原無恙，足以仰答分閫之恩，而佛菩薩千百年■勝道場，亦且賴之若泰山磐石。」〔註43〕在對此把總的讚揚中，能體會到道開有很強的代入感，似乎是表明自己能與馮把總一樣，既能潤澤天下又能上報聖恩與國恩。

更能表現道開對政治與政事評論的，是《與陸五臺少宰》書，云：「別門下忽焉五月，世間情念固知不作，然現宰官身，行菩薩道，斯則貧衲所引領而深有望於門下者。蓋門下平日處心積慮，未嘗不欲荷擔斯道潤澤眾生，信知門下在朝廷一日則朝廷一日之福，在天下一日則天下一日之倚。其於處已率物之際，當無容貧衲致喙矣。乃近得邸報，屢見臺省銓曹交相排論，雖臺臣數攻張氏並其黨與，欲無噍類，有類於擊死蟒者所為。至欲比之趙文華等窮凶極惡姦邪之人，似亦為過。人言嘖嘖，殆有厥由，兼聞北來傳言，謂此疏草筆自門下，相距千里，未識果否？門下意，豈不以江陵之惡其罰已，極治之不休，仁者不忍，又豈不以言事者多少年不經事之人，徒嘵嘵以傷國家終始大臣之義，此門下所以憤激而不平也。貧衲竊有說焉。夫三代以還，極治之朝未嘗不由言路通達、諫官得職，亂亡之朝未嘗不由言路壅塞、諫官失職。今縱其人，未必皆賢，其言未必皆當，亦當優容嘉納，以作其久屈之氣，此誠以天下為重張氏為輕，寧恤其他，況其言類多抗實，恐千載而下必有公道在。且休休有容，乃居尊之體，謙卑自牧，虛懷平氣，以率庶僚大臣以之不宜有所偏僻於其間，激成乖隔，以損平明之化。矧一涉意氣，雖正亦過，此心之靈物我同體，我感既已不中，彼應自然不和且平矣，是又可獨咎言事者之失耶。」〔註44〕陸光祖信仰佛教，道開首先以「深有望於門下」期望陸光祖能夠扶持佛教的發展；接下來的「信知門下在朝廷一日則朝廷一日之福，在天下一日則天下一日之倚」之語，以佛教「潤澤眾生」是言其既以佛教教化眾生，又帶來政治上、治理上的穩定，實現佛教陰翊王化的作用。之後關於對張居正、趙文華及當時政事的評論，完全就是一名仕宦者或者政事評論者的行為。

《與王弇州居士》中，儘管云「貧道不久還清涼，且不欲以山野干王公」〔註45〕，但從上述書信中可以看出，道開實際上很多時候在對政事進行論文的同時，對文人士大夫提出很多的建議，即如上述所言，道開在這方面表現出非

〔註43〕道開：《密藏禪師遺稿》卷下，載《禪門逸書》第八冊，第61頁。
〔註44〕道開：《密藏禪師遺稿》卷上，載《禪門逸書》第八冊，第19～20頁。
〔註45〕道開：《密藏禪師遺稿》卷上，載《禪門逸書》第八冊，第29頁。

常強烈的角色代入感。

道開上述的表現，非常重要的原因，即在於其秉承著明朝一直強調佛道二教具有陰翊王化的功用。上述已有提及，《與傅侍御》書中再次述及小西天的石經山，道開明確提出佛教要陰翊王化，云：「貴治小西天有石經山，乃北齊慧思尊者及隋靜琬尊者刻經於石，藏之此山，山因以名焉。山之東西峪各有寺，寺皆名雲居，故有東西雲居之稱，史乘載之詳矣。邇來，僧無正見魔有巧圖，東雲居乃改名觀音，西雲居乃改名天寶。頃登此山，詢得斯事，良為錯愕，豈有千餘年所寺額一無所稟承而輒擅改之乎？然姑念改之人既徂化，而繼之者又愚昧無知，事難究而情可原，特為改書仍舊額。敢徼寵門下，並藉尊銜同為立石，既徵且尊，則斯善也，殆信從之者眾矣。兩寺更祈各給告示一紙，以飭僧行，以禁邪教，庶魔佛分而邪正辨，斯不獨金湯佛道，實陰翊王化之一機也。」〔註46〕道開的種種觀念與做法，實是對佛教陰翊王化功用的踐行，與一般僧徒不同的是，道開同時表現出了極強的士大夫角色的代入感，一直反覆流露出對德業文章的重視、政事的評論，道開對「懷道德者」有極高的評價，《與傅伯俊侍御》云：「獵者不避虎兕，漁者不擇波濤，清修之士不厭煙霞，泉石癖在勢利者不恥，寒酸局蹐婢膝奴顏壯士不辭，馬革裹屍，貞女不讓，朱顏瘞土，豈懷道德者而顧以境緣夷險二其心哉。」〔註47〕

道開對德業文章的重視，亦有可能與當時思想界的交往有關。《與某》中，道開有對理學的評價，云：「願足下於此一段氣分，極力擴充，擴充之盡，又且日以信陵因緣默自薰發，久之必能掀翻大事，徹悟無生，與淨名、龐蘊把臂菩提解脫場，作豪雄丈夫，即於世法為上為下，亦自剛毅軒烈，有鬚眉氣象。彼晉唐風流，宋儒理學，皆區區臭腐。」〔註48〕把宋儒理學稱之為「臭腐」，是將其與佛禪之「豪雄丈夫」說的，可能也是從心學的角度作的評論。道開與當時王門後學的學者交往頗多，如在《與真實居士》提到多名王門後學學者，云：「本師度夏滁陽，因夢中見貧衲病狀，使慈航回視，有書致門下，附上備訊，其接納諸公曲折，若湯海若，鄒南皋、丁勺源皆信向老師之極。南皋至滁陽，尚追趨之，焦從吾亦信之篤，獨勺源根鈍，且世間情重，雖信愛不能趣入，雅自恨之深耳。南皋前與門下書，聞其筆底甚多雌黃，豈豪傑丈夫而有背面

〔註46〕道開：《密藏禪師遺稿》卷下，載《禪門逸書》第八冊，第67頁。
〔註47〕道開：《密藏禪師遺稿》卷上，載《禪門逸書》第八冊，第33頁。
〔註48〕道開：《密藏禪師遺稿》卷上，載《禪門逸書》第八冊，第41頁。

耶？」〔註49〕將這些王門後學學者亦稱之為「豪傑丈夫」，這也是王門後學學者頻頻提及、使用的詞語。《與徐孺東尚寶》中提到王陽明再傳弟子李見羅之弟子，云：「昔人有言『靜漠恬淡所以養性，和愉虛無所以養德』，外不滑內則性得其宜，性不動和則德安其位，養生以經世，抱德以終年，惟先生以之乃若出世第一義諦，尤自有時節因緣。貧道諦觀先生其於佛法時節，似宜更遲之歲載，為先生今日計，但當以數息靜慮法門澄斂昏掉念頭，以《楞嚴》《圓覺》兩經薰灌般若種子，久之動止昏明，靈根漸茂，則於千生億劫久睽頭面，當必有正眼覷破時節在耳。此又出世豪雄，實貧道所深有望於先生者也。臨江盧晉明居士，名大壯，為李見羅先生上足，性宇開朗，心地瑩潔，兼之聲律身度，真後學楷模。聞幼令郎年可入小學就外傳，當得此君為之依歸，第其家貧而孝，恐不能捨親作遠遊，先生力能移其家，致之左右，則豈惟令郎蒙養攸賴，即先生他日林泉燕寂，亦法侶得人矣。」〔註50〕書中提到的徐尚寶不僅出入佛教，更與僧徒交往密切，其與僧徒之交遊，如鄒元標《出都門宿大覺菴遇二僧時偕曾職方徐尚寶》詩云：「我志在煙霞，肝腸常皎皎。言辭鵷鷺班，振衣尋窈窕。偶逢識面僧，高臥白雲杪。譚宗振空谷，羽翼還二妙。我本素心人，久絕塵寰擾。不藉金篦力，一晤能百了。」〔註51〕盧晉明應該也是既信賴佛法，又注重德業，因此徐尚寶與盧晉明兩方面都與道開相合相投。盧晉明為李見羅（材）之門人，李見羅為陽明再傳，即鄒元標之門人，黃宗羲說「先生初學於鄒文莊，學致良知之學」；李見羅本身亦出入佛教，黃宗羲評論說：「先生之所謂修，亦豈能捨此惻隱羞惡辭讓是非之可以為主宰者，而求之杳冥不可知者乎？上天之載，無聲無臭，至矣。此四端者，亦曾有聲臭乎？無聲無臭猶不足以當性體乎？猶非人生而靜以上乎？然則必如釋氏之所謂語言道斷，父母未生前，而後可以言性也。」〔註52〕李見羅曾歷官至雲南按察使，在任期間平定雲南土司與緬甸之患亂：「金騰故患緬，而孟養、蠻莫兩土司介其間，叛服不常。先生用以蠻攻蠻之法，遣使入蠻莫，誘令合孟養，襲迤西，殺緬之心膂大朗長。緬酋遂攻迤西，孟養告急，先生命將士犄角之。土司大破緬於遮浪之上，叩闕謝恩，貢象二。」〔註53〕李見羅在任期間所作此事，應該也是頗為符合道

〔註49〕道開：《密藏禪師遺稿》卷上，載《禪門逸書》第八冊，第43頁。
〔註50〕道開：《密藏禪師遺稿》卷上，載《禪門逸書》第八冊，第36～37頁。
〔註51〕鄒元標：《願學集》卷一，《四庫全書》本
〔註52〕黃宗羲：《明儒學案》卷三十一，中華書局1985年版，第668頁。
〔註53〕黃宗羲：《明儒學案》卷三十一，第667頁。

開以實際行動報國恩聖恩的想法。

從這些方面來看，道開與王門後學學者有著本質上的契合，因此既秉承著王學「豪雄丈夫」「豪傑丈夫」之氣概，又對宋儒理學存有微辭。《復陸五臺大司空》書中，道開闡述禪學觀念，云：「今有人於此云，我念佛念某佛，我看經看某經，我修觀法修某觀法，都無不可；第云，我欲參禪參何禪好，禪作麼生，參作麼起疑，告之者曰『參某因緣好，恁麼參恁麼起疑，不得向意根卜度，不得向舉處承當，不得放無事甲裏』，是大可笑。蓋孝子之於親也，一聞其命終，渾身是躄踴，渾身是哭泣，豈復問人如何躄踴如何哭泣是好？渴牛之於水也，一望而奔，豈復左右顧盼，生死未明人渾身是參疑，觸處皆話頭，豈復問人參何因緣、如何參、如何疑是好？豈復有卜度承當種種等過患可防？看來只是生死心不切，世相情重，逢人問著不了決處，便將聰明知解蓋去，不知痛癢，不自面熱耳聾，亦無惡辣師資，饃糊度日，若肯辦一個真實要了生死心，日夜痛苦決定，一見古人一言半句不了決處，或被人輕輕敲著，便向意根圖摸；或信口信手亂統，不合古人符轍，自然知愧，自然渾身不放，如服一丸毒藥入肚，昏悶之極，亦不自知是毒非毒，不死不已，此與臨濟三年不解，一問佛法，才開口便含一肚毒氣，死向大愚何異哉！貧衲深思近來參學牛毛，了悟兔角，其過在此。茲荷慈召，相與百日，如古人爆地粉碎一場，實深懷至願。」〔註54〕此處雖是闡述禪學觀念，但所闡述修悟方式與過程，幾乎與王門心學完全相同。又如《復空印法師》書論性善性惡云：「第性惡之說，竊謂不然。蓋性不可言善，不可言惡，不可言無善無惡，不可言亦善亦惡。若言善惡，則諸佛眾生皆有自性，當無庸修證矣。若言無善無惡，則十界染淨從何處來？謂從緣起，必真如隨緣，故不爾，則心外有法矣。是故性善、性惡、性善惡混、性無善無不善，皆見網中語，非我師大沙門說也。」〔註55〕這些闡述，與流傳的王陽明的四句教頗為相近。

由上可見，道開身上與觀念中確實有著明顯的文人意識及行動實踐。除此之外，強調「懷道德」、為國家與朝廷治理發揮作用，或許也存在著糾正佛教之弊的原因。明末晚明佛教叢林弊病叢生，道開有可能存在著糾正佛教之弊，希冀把佛教叢林拉到陰翊王化、為朝廷與國家治理、報佛恩國恩的線路與軌道上。

〔註54〕道開：《密藏禪師遺稿》卷上，載《禪門逸書》第八冊，第21～22頁。
〔註55〕道開：《密藏禪師遺稿》卷上，載《禪門逸書》第八冊，第23頁。

道開屢屢提及佛教存在的弊病，如《密藏禪師定制楞嚴寺規約．分授基地》言佛教之弊，云：「古叢林百千萬指，群居共學法，固不得自私粒米滴水，況有分居析爨如俗諦者哉。慨自世降風微，法衰道蠹，有不居伽藍而恣惰神祠鬼墓，旗布星羅，以蠶食檀信者矣。有雖居伽藍而割井離煙，孳畜烹宰，有甚於俗民者矣。有雖居禪室，而務多藏厚積，畜子養孫，無異於酒肉僧者矣。」〔註56〕叢林的這種狀態，真如道開所言「有甚於俗民者」，可謂比之世俗更世俗，失去了佛教之本旨。《密藏禪師定制楞嚴寺規約．常住修造》中又提到佛教之弊，云：「修寺建塔，世疇不以有為功德稱之，然亦顧主修者何如人耳。若為自求人天福報，稱之曰有為固宜，苟念一切眾生慳貪執重，藉此而銷亡其執習；又念一切眾生處大火宅中熱惱無告，藉此令得寄滴水於佛海，作他劫清涼之源；又念時當末季，像教漸微，藉此而扶十二於千百，令未來諸眾生見一剎聞一剎入一塔廟一瞻禮一指顧一低頭皆成佛道。如是而可謂之有為乎哉？故在凡夫，則終日靜坐，徒增我習，在菩薩，則一止一作，無非妙用。奈何今之修造者，不惟鮮普賢願行，而求報人天者且寡矣。故佛亭旗鼓歌舞街衢者有之，廣求書刺遍叩豪門者有之，入一郡邑至一聚落多方探訪專求善施者有之，捨是則或建講經坐禪之期，或開念佛誦經之會，千奇萬怪，簧鼓檀那，倒行逆施，毀佛規式。要之，盡非修造本分行門也。」〔註57〕叢林的這些「倒行逆施，毀佛規式」狀況，不僅違背了修寺建塔的本意，更非「修造本分行門」，可謂弊懷至極點。面對「日趨日下，愈流愈遠」之弊病，道開又作《密藏禪師楞嚴寺禪堂規約》，在正式陳列規約之各條之前，道開又敘佛教之弊，云：「比丘家率以詩文字畫、爐香杯茗相高，習成逸豫燕安，背馳本教，而世之所以貴方外交者，亦惟此輩而已。如是，而欲其持佛律奉祖規為七眾瞻依，得乎？」道開「興言及此，誠可痛悲」，因此而「略示堂規」，並期望僧徒們「幸相持守」〔註58〕。道開陳舉種種規條，每一規條都是以糾正存在的弊病為依據制定出來的，由整篇《規約》便可見明末叢林中存在弊病之多，正如明末許多高僧大德感歎的，彼時佛教叢林之弊病確實有已深入骨髓之狀。

《密藏禪師定制楞嚴寺規約》末尾，道開云：「本寺欽蒙慈聖宣文明肅皇太后賜畫像觀音大士一軸，紫衣一襲，每年十一月十九日恭遇皇太后聖節，及

〔註56〕道開：《密藏禪師遺稿》卷末，載《禪門逸書》第八冊，第77頁。
〔註57〕道開：《密藏禪師遺稿》卷末，載《禪門逸書》第八冊，第81～82頁。
〔註58〕道開：《密藏禪師遺稿》卷末，載《禪門逸書》第八冊，第83頁。

今上聖節、冬節、年節，住持當遵奉南京禮部劄付及本府帖文內事理，陳像披衣，祝賀尋常，務要珍藏保護，不許披展玩褻。如住持闕，則禪堂首座代披行禮，首座並缺，則監寺代披行禮。凡住持、首座、監寺重換，須交收明白至囑。時皇明萬曆己丑五月朔旦道開續筆。」〔註59〕再次指明，制定規約、糾正叢林弊病，道開仍是從為朝廷及皇室服務、報國恩皇恩的想法及觀念出發的，使佛教能真正發揮出陰翊王化的功用。如上引《上慈聖皇太后》《募刻大藏文》等文，一邊是頌文與酬揚獲得朝廷及皇室的支持，一邊表現出儘管「兀坐寒巖」，卻仍滿懷關憂朝廷與皇室，盡職盡責為國為皇室祈福。在這方面，道開充分體現著文人化的意識。

三

道開承繼文人士大夫關憂國家皇室之意識固然濃厚而明顯，也體現出強烈的報國恩聖恩的心態，但與此相比，道開承繼文人士大夫之處更多的是其心境及作品中體現出來的敏銳的情感，這與一般佛教徒看透世界本質、隨緣而處的情況確實有著非常大的不同。

道開與文人士大夫的交往自然是以佛教為因緣，與一般佛教徒向文人士大夫傳揚佛教義理相比，道開經常指出文人士大夫之修養能夠加深其對佛教的領悟，如《與於中甫潤甫伯仲》云：「善知識難遇，亦難承事，故曰遇善知識如盲龜值木、滚芥投針，事善知識則凡百剉千磨，益精益利。或呵或罵，即以全身擔荷，猶恐力有不及，況生心分別耶？苟但將吾美匡吾惡潤吾情習，非善知識也。不肖每於老師熱呵痛棒之際，類皆當面錯過，及後思量，徒增愧汗。」〔註60〕書中所云善知識就是指文人士大夫，「善知識難遇」包含虔誠於佛教修行、扶持佛教的發展、對佛教禪學義理有著真正的體悟等層面的意義，同時包含著其對僧徒的修行與悟道有著極大的促進、提升作用，書中云「每於老師熱呵痛棒之際，類皆當面錯過，及後思量，徒增愧汗」，即是指文人士大夫對佛教禪學的認識能夠促進僧徒對禪悟的體味。

或許是因為與文人士大夫交往過深過密，或許是一生奔走摹刻藏經的波折與多難經歷，道開身上及作品中體現出文人一般的敏銳情感，《與真實居士》書云：「世路崎嶇，人情冷暖，自古記之，而今日之長安尤非昔比，奚忍見聞？

〔註59〕道開：《密藏禪師遺稿》卷末，載《禪門逸書》第八冊，第82頁。
〔註60〕道開：《密藏禪師遺稿》卷下，載《禪門逸書》第八冊，第62頁。

足下宦情輕重厚薄，已不待今日印知，縱鳥投魚，樂應無極。第法道秋涼，非有力莫能匡護，此又為佛子者不能不為足下動心。世道危險，憸宵得以傾戕善類，此又豪俠知己不能不為足下含聲憤恨憤恨也。大事未明，臭汗未出，古尊宿機緣語句纖毫未透，誠今日所當急切用心。不爾，則足下之可憐又不在一生之得失短長，而在千生萬劫之沉淪苦楚，即具一知半解，一場熱病盡付徒然，竟何實義？」〔註 61〕首句「世路崎嶇，人情冷暖」說明道開很注意世俗之人情冷暖，或者說是其一生所遇之世情冷暖的感慨，而非很多僧徒對世俗人情從看清世界本質的視角出發能夠加以平淡視之。接下來應該是為居士的遭遇感到不平，道開肯定居士的品格及其對佛教的匡護，「憸宵得以傾戕善類」似乎是指其受到小人的陷害，道開對其遭遇表現出憤恨的情緒，這些都透露出道開與世俗之人毫無異樣的情感。可能是對居士進行開解，或者是認為居士執泥於所遭遇，道開便對之講說佛教義理。

若是一般的佛教僧徒，面對居士受到的不平遭遇，可能直接就講說佛教義理進行開解，要麼言其從因緣的角度平靜視之，要麼以曠達的心境不以為意。道開並非沒有修佛禪者之曠達心境，如《與松江康孟修居士》書云：「蚤秋去吳門詣金沙侍本師，旬月始北發，九月至山，山中事宜一一條析，南來之眾俱已入堂校對《華嚴合論》，寫刻者亦相繼從事。寫刻頗精，不下《弘明》諸刻，大藏終始盡得如斯，斯愜鄙願耳。茸城檀嚫，想已合集，乞付沈認卿氏轉發來山，山中自後遣力，蚤暮蓋無定期，江南緣事，則惟各所主盟者不違時失候，收付認卿氏已耳。施者姓名，除銀封內填注，須更以別紙開揭，緘附可也。身世匪堅，光陰迅疾，願諸居士各努力焉。參須實參，悟須實悟，無為光景門頭擔閣自己，喚甚麼作光景，古德云『若人識得心，大地無寸土，果識得心，則大地無寸土』，其或未然，則不惟世間種種得失、榮辱、愛憎、取捨名為光景，即寂靜山林、逍遙物外，乃至菩提涅槃及有法過於菩提涅槃，皆光景也。」〔註 62〕書中列舉了刻藏經事，道開將榮辱得失以及刻藏經事業等都視為「光景」，可見其心境之曠達。面對世俗人情及各色人等之遭遇時，道開完全可以與多數僧徒一般以平靜、曠達的心境視之、勸解之，然而道開卻並沒有如此，而是在此表現出了相當大的差異，先從情感上同情，並表達相當的憤恨，然後再以佛教義理加以開解。這些表現使得道開更接近於文人士大夫的情感宣洩，而非佛

〔註 61〕道開：《密藏禪師遺稿》卷上，載《禪門逸書》第八冊，第 41 頁。
〔註 62〕道開：《密藏禪師遺稿》卷上，載《禪門逸書》第八冊，第 34 頁。

教僧徒平靜、曠達地對待人生之各種經歷。

道開《與真實居士》書有多封，每一封中都有情感的流露，如一書云：「仲淳攜足下手書至，展讀不覺哽結，末世有情大多誑曲成習，求真心直心自急急人者絕少，足下赤心片片，甚足爍我中懷，故為動念。貧衲此行，蓋為事有不可思慮所測識者，且光陰箭疾，恐到老猶然話杷無實究竟，不得不急……聞子晉病楚，貧衲寒竦毛骨，幸足下善調護之，蓋貧衲法門一左臂也。」〔註63〕書中「展讀不覺哽結」「光陰箭疾，恐到老猶然話杷無實究竟」「寒竦毛骨」都是真實情感自然的流露，完全不是平靜的心境的流露。一書云：「彭城別去，仲淳旋奉老師東走牢山，謁憨山師，共計法門大事，驅涉道途，旬月乃至，而憨山師先期入都城，令人悵恨。幸我輩願力頗堅，真恰於出山之日而彼杖錫至矣，相見不移頃，盡傾肝膽，此師氣宇軒豪、心地光朗，且具正知正見，而熱肚腸又蒸蒸可掬，真世間奇男子、出世壯丈夫。」〔註64〕書中的「悵恨」「盡傾肝膽」又是情緒的自然流露。一書云：「居士為兒女婚嫁所迫，仲淳居士恒切切念之，但道人行事，一切處只得隨家豐儉，不獨婚嫁，夫人諒吾與否，亦自聽之；不爾，則我本有靈光，未免受其蔽塞瓶寶法主化去意者。又貧衲夢中五齒之一乎？人命無常，良可驚惕。」〔註65〕書中充滿著體諒之情，「切切念之」表示殷切之情，又有對佛教無常之意的敘發。一書云：「足下之補，實出輿情，而臺翁特從中從（縱）臾之，其未來節次，業已有成議，或不至久稽外職，惟〔足下〕無守舊見，濡滯林泉，丈夫出處當自有時節因緣，不以人情暌合、世境依違而作進退。足下今日固當出之時，此實世外人以便眼從中諦察，即足下亦弗自知，若徒以見私揣量，於人情世境上決擇依違，非道人之護念也……惟足下以之臺老護法心真切，其知足下尤非群情所可及，當更無以一時人情而作親疏想……知己之言，肝膈寸寸，幸直下當之。」〔註66〕此書是對居士的勸解，道開明確說自己是以知己的身份進行勸解，所講之言都是知己之言，「肝膈寸寸」可見其情意之真切。

由上可見，道開是相當重人情、且盡情流露自己情感的。道開多次提到世情、人情，如《復罕峰道者貽蘋果》：「此果惟長安豪貴家有之，龍門去妙德，

〔註63〕道開：《密藏禪師遺稿》卷上，載《禪門逸書》第八冊，第43頁。
〔註64〕道開：《密藏禪師遺稿》卷上，載《禪門逸書》第八冊，第43～44頁。
〔註65〕道開：《密藏禪師遺稿》卷上，載《禪門逸書》第八冊，第44頁。
〔註66〕道開：《密藏禪師遺稿》卷上，載《禪門逸書》第八冊，第44頁。

更在山之深處，何從得此物來？正所謂仁義盡從貧處斷，世情偏向有錢家。徹空師十九日歸故廬，吾師當一至以送其行，亦佛事人情兩宜曲盡。」〔註 67〕《與徐太僕》書云：「近致書山中，知門下銓衡明允，人情向服，斯不獨門下之幸，實法道之幸也，山林人良用為慰矣。王方老之起，非有為國之忠、見賢之明、超常之識者不能也。乃聞其有引年之疏，家老師深為籌之，使其此一出也，老成見用，君國利賴，即法門亦有補焉，則出之可也。」〔註 68〕正是不避諱世俗人情，所以道開才能毫不顧忌地書寫情感，流露情緒，如《與李次公居士》書云：「今次公之於本師，朝親暮攜，十寒一暴，又安怪夫理不透徹、事不相應也。」〔註 69〕寫盡了文人士大夫對佛教僧徒的親近之情。

在寫給很多友朋、文人士大夫的書中，道開都表現出真切、濃厚而有強烈的情感。上引多篇《與真實居士》書已經可以說明，再如《與王龍池方伯》書云：「憶昔白下清夜促膝長談，私謂毗耶不二以來，固不多見，豈非夙緣所追耶？別後以投跡清涼，音問寥闊，今春辱使者之命，遠至寒山，且承毳衣之惠。是時貧道以刻經因緣，牽遊人間，竟虛法愛之深，既而聞之，令人慚愧無已。貧道自念山林朽物，何敢荷長者之勤如此。」〔註 70〕整篇書信處處真情流露。《與王龍池方伯》書云：「陸太宰倉卒登山，時山僧亦從涿鹿石經山追至，是以未得走一介為報。既與太宰議遣，力請會於山中，太宰復以老病不任寒，不能久淹終止。讀來論悵然自失，此作異世緣之語，直令人毛骨凜然。蓋光陰輪疾，身世靡常，緣合緣離，固皆幻夢，苟非陰宇廓徹，常光現前，遂於此幻夢漫不為之驚心，豈有佛性者哉。太宰去山，亦悵悵，謂過此會晤何期，三復久焉，不能自釋也。」〔註 71〕書信中雖有「固皆幻夢」之佛教義理進行開解，但「悵然自失」「亦悵悵」「不能自釋」等語，將不能與陸光祖相見的失落失望感，表達得淋漓盡致。

與僧徒之間的書信往來，在禪說佛禪義理之餘，亦不掩飾情感的表達，如《上本師和尚》書云：「蓋時當末季，按劍者多，夜光難授，玻璃器鮮，師乳艱投，矧左右之間內外侍護兩無其人，即老師智應無方，自能群機圓攝，而開也一念管窺之見，於此終不能旦莫釋去耳。即如開守空林，所與不過緇流衲

〔註 67〕道開：《密藏禪師遺稿》卷下，載《禪門逸書》第八冊，第 61 頁。
〔註 68〕道開：《密藏禪師遺稿》卷下，載《禪門逸書》第八冊，第 64～65 頁。
〔註 69〕道開：《密藏禪師遺稿》卷下，載《禪門逸書》第八冊，第 47 頁。
〔註 70〕道開：《密藏禪師遺稿》卷下，載《禪門逸書》第八冊，第 64 頁。
〔註 71〕道開：《密藏禪師遺稿》卷下，載《禪門逸書》第八冊，第 65 頁。

輩，若但恁麼去，則鮮不歡欣踊躍而來；若不恁麼去，則未有不攢眉蹙頞而往。佛少魔多、子希賊眾，智遺識合，比比皆然，每念及茲，涕淚中隕。雖己之貢高我慢褊、急庸常種種染習濃厚，不能真心雅量以納四來，誠當自懺自損。若欲婆情婦態，盡悅眾心，自揣非菩提薩埵有不能也……山中期場終始，未卜何狀。每當朔望稱禮曼殊，祈禱老師杖履來山，作我眼目，然終未有以搖動老師心王，此豈非開之念力有未真耶？良自痛恨，良自痛恨。曇生師行，顓此問訊。若開也，誠駑駘負重，圖適千里，蹶誠多，惟老師時放慈光，哀憐照策之。握筆悲淚，不盡欲言。」〔註 72〕前部分敘及都是佛教叢林及修行事，最後「握筆悲淚」已經是相當深入的情感流露了；前部分敘及佛教叢林事的同時，敘及二人之間的密切交往與彼此之間的情意，正是交往的密切與情意濃鬱，才有最後「握筆悲淚」情感宣露；前部分敘述為最後的情感表達做了鋪墊，使得情感的洩露絲毫不感到突兀。

道開對情感的表露，主要可以分為以下四種類型。第一種類型是對文人士大夫或者修行者不能悟道的情感。道開經常指出文人士大夫及修行者的禪悟之病，《與徐海觀居士》書云：「大師前以四大推身為問，與圓覺四大分離，今者妄身當在何處？是同是別？又以四蘊推心為問，與達磨將心來與汝安，是同是別？海觀直截會得到不別而同，必須盡情吐卻，抖擻精神。另道一句來看，更冰水之喻與兩個三個之說於智識上極要體貼親切瑩徹，毋作戲辭泛論。不然，則纖毫翳滯，便為見處乖離，便為生死窠窟，古云『毫釐有差，天地懸隔』。邇來士大夫政為聰明所累，或於耳目根頭，少有入處便自執認將去，便自安穩將去，甚非生死分中真實究竟者。況像末魔眷尤隆，有云『我今四大身中能見能聞者，即我自性，四大有壞，自性不壞』，不知此政四蘊之心認賊為子；有云『空此四大，並此見聞，現今寂然不動者，即我自性』，不知此政根本無明喚奴作郎。」〔註 73〕書中向徐海觀講述禪悟之病，字面上似乎不見情感流露，語意中卻處處隱含著對徐海觀禪悟體道的急切之情，亦如《復董玄宰太史鏡喻辨》書流露出的勸對方急切修行之情，云：「現世士林中切切以己事留心者不少，然貧衲所往來，惟玄宰為鸞鳳，願於此七八分所在，再加急鞭，快櫓一上，不到古人田地不休。」〔註 74〕《與項東源居士》書云：「常憶貧衲與

〔註 72〕道開：《密藏禪師遺稿》卷下，載《禪門逸書》第八冊，第 45 頁。
〔註 73〕道開：《密藏禪師遺稿》卷下，載《禪門逸書》第八冊，第 45～46 頁。
〔註 74〕道開：《密藏禪師遺稿》卷下，載《禪門逸書》第八冊，第 51 頁。

先生始晤時，以至今日，儼一夢頃，是光陰迅疾，電火奚喻？由今日以至此生命終，乃至窮劫，窮劫盡未來際，大約爾爾。貧衲固為習使，隨順無明，忙忙虛度，應無出息，不知先生於此光陰如何過去？若生平未曾有個入頭、有些下落，於目前眨眼頃剎那際不動絲毫，曾無蹉過，即諸佛諸祖五千卷七百則皆是剩語，何有貧衲喋喋。若目前是非憎愛紛然熾然，乃至靜鬧閒忙，非昏即掉，子果無明相續、生滅曾無間斷，則臨命終時決難解脫。今生不了，來生又不知是橫是豎，一墮即千劫萬劫，能不自傷？貧衲肆筆至此，不覺悲哽，信知此事終難自期，還須自勘。先生年幾半百，而一切窮通得喪想看破已久，獨己分上脫無下落，則他生後劫未免如蠅沾唾，依舊汩沒，向此窠窟裏有在。」〔註 75〕後半部分亦是在講禪悟，第一句中的「常憶」一詞，明顯是表現二人之間一直存在的情意，是情感潛意識地流露。《與朱濟川樂子晉二居士》書中對比修行者與非修行者，云：「南北雲集，僧伽百餘，或團圞坐冰雪堆中，安般希微，兀若枯木；或勇健向昏散場內，身心踊躍，氣奪三軍；或架榾柮燒品字，則本光盎然；或持簽軸剔蠹魚，則義天廓爾。兼之二三知己，東語西話，提唱無生，瓊樹琪葩，萬壑千林，宣揚玄妙，斯時若更得子晉把筆題詩，濟川敲冰煮茗，信當今絕勝，人世希逢。由是卻觀長安車塵馬跡中人，腰背寒酸，眉眼高下，傴僂踧踖，孤露伶俜，即欲聞斯勝事，不啻盲龜值木、滾芥投針，何況得見且身親證入耶？」〔註 76〕字語間對修行者讚揚不絕，頗有舒暢之語氣；對不知修行、沉溺世間者，則充滿著憐憫、可憐與惋惜之情。

第二種類型為思念之情，《與某》書云：「別至清涼，於最幽深處禁足禁語，冰雪封埋，人鳥絕跡，移步即當穴冰雪為竇，日煨榾柮煮燕麥，或焚柏子。瞑目跏趺時，忽身世都遺，證入三昧，甚之忘失旦莫者十恒八九。間遙念諸君子，輪蹄逐逐風塵，雖欲於此三昧中受用，剎那光景，輒不易得矣。」〔註 77〕書中雖描述自己禁足修行之有得，「遙念諸君子」更表露出對友朋的思念之情，以及友朋（「諸君子」）此時能在一起修行體悟的熱切期盼。

第三種類型是報恩之情，道開之報恩念頭，上述部分已有詳細說明。《與曹林師兄》中再次書寫對老和尚的報恩之情，云：「昔黃龍南公住歸宗時，以寺災逮獄，見訊獄者必盡得其情而後已，情弗盡弗已也。情適多，則刑適倍之

〔註 75〕道開：《密藏禪師遺稿》卷下，載《禪門逸書》第八冊，第 63 頁。
〔註 76〕道開：《密藏禪師遺稿》卷下，載《禪門逸書》第八冊，第 49 頁。
〔註 77〕道開：《密藏禪師遺稿》卷下，載《禪門逸書》第八冊，第 72 頁。

矣。不獨此，即黃檗之於臨濟、睦州之於雲門、船子之於夾山、汾陽之於石霜，亦率多爾爾。蓋弗爾，其何以斬截情關，鍛鍊凡聖乎？開不肖每於老和尚鉗錘之下，輒欲盡情放下，覿體承當，如臨濟從大愚歸黃檗相似，俾老和尚無處下手，足報其恩。奈何習氣濃厚，偷情滋多，正眨眼定動，遂已違時失候，甘受沉埋，辜負恩德。由是因循待續，愈出愈奇，致令法令日繁，情弊日生，違背既久，則反恩為怨者有之，狐疑鬼猜者有之，欲進欲退者有之。開不肖正當恁麼時，則庶幾能猛急掀翻，自怨自艾，知恩感泣，此念雖如一髮千鈞，則他日終賴以報恩有在也。」〔註78〕書中寫到對老和尚的感恩之情，同時寫到各種不同複雜的情緒，正是由於報恩之情的存在，將其他各種情緒與情弊壓制住，使得報恩之情更為突出。

第四種類型是自苦之情及對自己興趣宣洩的描述。《復陸五臺大司空》寫到對自己修行悟道上的情感出泄，云：「數日坐病蒲褥，多諸夢想，深自悲切，生死未了。」〔註79〕書中的「深自悲切」描寫自己日常生活苦痛及不能了切禪悟之情緒。《與嘉禾諸文學》書云：「僧道開白衲暗劣，望越北轅，苦為諸大方所羈，碌碌茲土者越歲，崖岸遼絕，不得奉諸先生教。邇聞諸先生以本寺池塘有閡貴學，及縣治連名數十位具揭在縣。夫池開自嘉靖辛酉壬戌間，於寺無與，萬曆七年，崔太尊斷案可稽，貴郡老少貴賤一一可指示，衲一手不能掩其耳目也。自壬戌甲子以來，邑大夫喬遷者相望，諸賢掇巍科取上第者相望，視昔蓋較隆焉。謂隆於昔而獨損於今，必不然矣。說者謂此池係貴學乾方過脈，既爾，則此池之東，從駱家橋稍西而北，鑿斷數十丈，於學尤近，比本寺池塘又甚，捨其近且甚者而察察於方丈之陂塘，是貴教所謂放飯流歠而問無齒決也。衲雖鄙，而本師設教，且專利濟，何敢背祖教以毒諸先生。諸先生縱大壑，當必為吾法護，有如佛所付囑，而先有礙諸先生，是自礙也。嗟嗟！衲土偶人也，雨則歸之土耳，諸先生俱良玉，抱不世才，值此清霽時，且將涵養幽潛，完滿福德，圖不世業，而顧肯造此臃腫事耶？」〔註80〕其心情自書中可見。根據書中的表述，可以大概推論，寺院有一處池塘，縣治里數十位士人認為寺院開掘池塘影響到縣學，道開以此書加以表白。最後一句「衲土偶人也」至結束，顯示出道開相當低落消沉的情緒，亦不似僧教徒隨緣去來之表現。

〔註78〕道開：《密藏禪師遺稿》卷下，載《禪門逸書》第八冊，第46頁。
〔註79〕道開：《密藏禪師遺稿》卷上，載《禪門逸書》第八冊，第21頁。
〔註80〕道開：《密藏禪師遺稿》卷下，載《禪門逸書》第八冊，第62～63頁。

流露出來的情感真切且類型多樣，反映出道開在情感與情緒的表現上確實真實而敏銳，從情感與情緒的本質來看，絲毫不是作偽的虛假應付，是情緒的多感於外在的流露。道開情緒與情感的來源，一方面可能與一生奔走刻藏經事業相關，一方面與其佛教體悟有關。

道開一生為刻藏經事業奔走，大多數書信中都提及到此事，書信中反映出刻藏經事業的艱難，其中的艱難與心酸是可以想像得到的。道開在漫長的刻藏經過程中，所經所歷必然備嘗各種滋味、體會到各種感受，內心中亦必然是五味雜陳。不少僧徒面對艱辛困境時，不管其內心是否有波動，表現於外的往往是平靜與曠達，道開卻不同，並不掩飾自己真實情感的宣露。許多提到刻藏經事的書信中，即使只是對刻藏經事做平常敘述，其中仍能體會中道開內心的情感。某些時刻，道開也認為世俗人情都是因緣，如《與大司空陸五臺》書云：「門下四大調和，不想諸天龍當為護法者，護無庸鄙。念第生死事，早莫難期，門下於世間法亦庶幾矣。願速作歸計，共青山白雲，參究一會，免得臨命終時手忙腳亂。此實丈夫家千生萬劫未了一最大因緣，莫只擬議卜度，過了平生。古人有言，若非徹證，即解會入微，但可鬧熱眼前一場魔病，及一段憎愛境緣現前，便爾忘卻，省得起來受傷多矣。」〔註81〕道開此處亦以佛教視點勸誡陸光祖，在道開看來，世間一切事一切物都是因緣所致，對個人來說應該「速作歸計」，了悟「生死事」，否則必將「起來受傷多矣」。道開此處的表現與態度是平靜的，似乎是能夠平靜對待世俗人情而無情感波動，但最後的「省得起來受傷多矣」仍然不能完全掩飾盡對陸光祖的關心，《與包瑞溪學憲》能夠以佛教義理勸解包學憲，云：「聞門下近日受侮群小，乃固欲與之校白，貧衲竊謂大都事不惟其跡惟其心，不求在人求在我。使在我者，果昭然無愧此中，則彼之來也浮雲、太虛，而我之受也太虛、浮雲，太虛安與浮雲質顯晦哉？使在我者，果有所委曲於其間，則以方便心行方便事，而是侮也，固我所甘心焉者，夫復何校？一校則成吾過矣。」〔註82〕以世事都為浮雲勸解包學憲的「受侮群小」，表現出道開相當曠達得心境，最後「門下多交遊，恐未有以此逆情語告者，貧衲託愛諒口欲含而復吐，惟重負門下愛諒是懼」一句，實際上又是內心情感的發露。兩封書信再次反映出道開與一般僧徒的不同，即使其盡力掩飾情感外露，極力以佛教義理與角度表述內心之情，然而最終仍不能完全控制住；

〔註81〕道開：《密藏禪師遺稿》卷下，載《禪門逸書》第八冊，第55頁。
〔註82〕道開：《密藏禪師遺稿》卷下，載《禪門逸書》第八冊，第60頁。

或許是一生奔走刻藏經事經歷了太多的波折、感受了太多的心酸，情感往往在不經意間或全過程間流露於紙面之上與字語之間，道開在這方面有著與文人士大夫一般的真實而敏銳情感。

世間與萬物的無常變遷，往往給人帶來敏銳的情感感受，情感敏銳者更能感受到世間、萬物、時間等的無常遷流。無常是佛教的重要術語與觀念，亦是文人士大夫經常念念不斷的詞語，在對無常的體驗中，佛教僧徒與文人士大夫有著很大的不同，佛教僧徒往往能從無常深入認識與理解世界的本質，文人士大夫從無常中感受到遷流不居帶來的傷感和慨歎。道開作為佛教僧徒，書信中不斷提及無常，如《與馮開之居士》書云：「別來兩易寒暑，信光陰易度，人命無常，不委足下邇者作何面目。」〔註 83〕敘及四季、時間、人之無常，意在讓馮夢禎在無常中感受或領悟佛教本旨、領悟禪旨，如《與張梅村居士》書云：「別來曾不一瞬，時序忽已迭更，人生幾何，光陰迅疾，想居士信根深厚，慧焰高朗，晨夕之間端能以出世為懷，固無事山僧之喋喋也。」〔註 84〕《與某》書以無常引出曠達之境，云：「足下豪爽揮斤於諸詩酒文章，風流富貴一切世味亦既備嘗，即蕭韓石範盡是鏡象空花、海漚陽焰，瞬息不存，徒增結業。人間樂促，地獄苦長，願足下圖之，此亦信知鼓瑟齊門，然終不敢捨瑟而從人所好也。」〔註 85〕更多時候，道開是以無常來敘寫情感，如《與馮開之居士》書云：「別來如昨，律候載遷，信人命無常，浮生能幾，吾輩於法門中自稱雄傑，而復優游退墮，無異尋常，虛浪沉埋，甘為塗炭，生無所建，立死無所指歸，誠何以仰追先哲取信後昆，而免嘵嘵拔舌之苦乎？」〔註 86〕《與包澹然居士》書云：「別來如昨，時序忽已逾周，信世相空華，人生能幾。想門下信根深厚，慧力堅強，晨夕之間端能以出世為懷，固非世夢塵樊所能昏繫者也。」〔註 87〕《與盧晉明居士》書云：「形聲暌絕，忽焉三載，心光昭緝，猶夫一日。居士學術有源，坐忘無怠，想於道也其庶幾乎。不委何時得覿面悉陳，共質水乳。」〔註 88〕仔細體味「別來如昨」「何時得覿面悉陳，共質水乳」之語，可以清晰感受到其中的情感，對無常的敘論實際上正是對情感表達的鋪墊。因此可以

〔註 83〕道開：《密藏禪師遺稿》卷上，載《禪門逸書》第八冊，第 30 頁。
〔註 84〕道開：《密藏禪師遺稿》卷下，載《禪門逸書》第八冊，第 55 頁。
〔註 85〕道開：《密藏禪師遺稿》卷下，載《禪門逸書》第八冊，第 72 頁。
〔註 86〕道開：《密藏禪師遺稿》卷下，載《禪門逸書》第八冊，第 54 頁。
〔註 87〕道開：《密藏禪師遺稿》卷下，載《禪門逸書》第八冊，第 59 頁。
〔註 88〕道開：《密藏禪師遺稿》卷下，載《禪門逸書》第八冊，第 58 頁。

說，無常的概念、立意及內涵，成為道開表達情感的來源之一，亦是站在文人士大夫的立場對無常進行的闡述。

道開對情感的表達與敘寫，展現出高超手法，並不是說道開使用的辭藻華麗或者磅礴的氣勢等，相反是以最為平常的語言，將情感充盈其中。

上述以道開身上及書信中體現出明顯的文人意識為中心，從其憂國憂君意識、為國為朝廷為皇室祈福活動，宣露出來的敏銳情感等方面，說明道開受到中國文學創作者的主體——文人士大夫的深刻影響，這種影響又通過道開文人化的意識表露出來，既可以視之為文人士大夫意識對道開的影響，同時也可以視之為中國文學影響佛教的一個事例與一種方式。

參考文獻

一、古籍文獻類

1.《四庫全書總目》,《四庫全書》本。

2.《元史》，中華書局 1976 年版。

3.《明史》，中華書局 1974 年版。

4.《明實錄》,上海古籍出版社 1983 年根據中研院歷史語言研究所編輯本影印。

5.《欽定續文獻通考》,《四庫全書》本。

6.《御選元詩》,《四庫全書》本。

7.《御選明詩》,《四庫全書》本。

8.《浙江通志》,《四庫全書》本。

9.《江西通志》,《四庫全書》本。

10.《江南通志》,《四庫全書》本。

11.《御定佩文齋書畫譜》,《四庫全書》本。

12.《御定歷代題畫詩類》,《四庫全書》本。

13.《新安文獻志》,《四庫全書》本。

14.《御定淵鑒類函》,《四庫全書》本。

15.《清河書畫舫》,《四庫全書》本。

16.《御定佩文齋詠物詩選》,《四庫全書》本。

17.《式古堂書畫匯考》,《四庫全書》本。

18.《書畫題跋記》,《四庫全書》本。

19.《明一統志》，《四庫全書》本。
20. 本晳編：《宗門寶積錄》，《續藏經》本。
21. 曹學佺編：《石倉歷代詩選》，《四庫全書》本。
22. 曹去晶：《姑妄言》，中國戲劇出版社 2000 年版。
23. 超永編：《五燈全書》，《續藏經》本。
24. 陳焯編：《宋元詩會》，《四庫全書》本。
25. 陳暐輯：《吳中金石新編》，《四庫全書》本。
26. 陳熙願：《勸修淨土切要》，《續藏經》本。
27. 陳基：《夷白齋稿》，《四庫全書》本。
28. 陳球：《燕山外史》，光緒五年（1879）刻本。
29. 陳田：《明詩紀事》，上海古籍出版社 1993 年版。
30. 成時輯：《靈峰蕅益大師宗論》，《嘉興藏》本。
31. 大訢：《蒲室集》，《四庫全書》本。
32. 大訢：《笑隱訢禪師語錄》附錄，《續藏經》本。
33. 大香：《雲外錄》，《禪門遺書》本。
34. 大佑：《淨土指歸集》，《續藏經》本。
35. 達觀：《紫柏老人集》，北京圖書館出版社 2005 年版。
36. 戴良：《九靈山房集》，《四庫全書》本。
37. 道炤：《漱流集》，《禪門遺書續集》本。
38. 道開：《密藏開禪師遺稿》，《嘉興藏》本。
39. 道霈重編：《永覺元賢禪師廣錄》，《續藏經》本。
40. 道盛集：《晦臺元鏡禪師語錄》，《續藏經》本。
41. 道通錄：《翠崖必禪師語錄》，《嘉興藏》本。
42. 道忞：《布水臺集》，《嘉興藏》本。
43. 德清：《憨山老人夢遊集》，莆田廣化寺影印本。
44. 德清：《八十八祖道影傳贊》，《續藏經》本。
45. 德然：《松隱唯菴然和尚語錄》，《嘉興藏》本。
46. 德清：《道德經解》，華東師範大學出版社 2009 年版。
47. 董穀：《碧里雜存》卷上，《四庫全書存目叢書》本。
48. 董其昌：《畫禪室隨筆》，上海遠東出版社 1999 年版。
49. 都穆：《都穆詩話》，吳文治主編《明詩話全編》本，鳳凰出版社 1997 年版。

50. 都穆：《都公譚纂》，《續修四庫全書》本。
51. 法杲：《雪山草》，《禪門遺書》本。
52. 梵琦：《楚石梵琦禪師語錄》，《續藏經》本。
53. 梵琦：《楚石大師北遊錄》，《禪門遺書續集》本。
54. 方岳：《秋崖集》，《四庫全書》本。
55. 方澤：《冬溪外集》，《禪門遺書》本。
56. 馮夢龍：《馮夢龍全集》，遠方出版社 2005 年版。
57. 馮夢禎：《快雪堂集》，《四庫全書存目叢書》本。
58. 高泉：《一滴草》，《禪門遺書續集》本。
59. 高岱：《鴻猷錄》，《四庫全書存目叢書》本。
60. 高啟：《大全集》，《四庫全書》本。
61. 高啟：《鳧藻集》卷二，《四庫全書》本。
62. 耿天台：《耿天台先生文集》，《四庫全書存目叢書》本。
63. 顧嗣立編：《元詩選》，《四庫全書》本。
64. 顧起綸：《勾漏集》，《四庫全書存目叢書》本。
65. 顧起綸：《國雅品》，《四庫全書存目叢書》本。
66. 顧瑛編：《玉山草堂雅集》，《四庫全書》本。
67. 顧瑛編：《玉山名勝集》，《四庫全書》本。
68. 顧瑛：《可傳集》，《四庫全書》本。
69. 顧瑛：《玉山璞稿》，《四庫全書》本。
70. 顧清：《東江家藏集》，《四庫全書》本。
71. 顧起元：《客座贅語》，中華書局 1987 年版。
72. 顧璘：《息園存稿文》，《四庫全書》本。
73. 谷應泰：《明史紀事本末》，中華書局 2015 年版。
74. 覲通等編：《愚菴和尚語錄》，《續藏經》第 71 冊。
75. 廣貴輯：《蓮邦詩選》，《續藏經》本。
76. 管志道：《孟義訂測》，《四庫全書存目叢書》本。
77. 管志道：《問辨牘．續問辨牘》，《四庫全書存目叢書》本。
78. 管志道：《從先維俗議》，《四庫全書存目叢書》本。
79. 管志道：《覺迷蠡策》，《四庫全書存目叢書補編》本。
80. 歸有光：《震川集》，《四庫全書》本。

81. 海觀：《林樾集》，《禪門遺書續集》本。
82. 洪恩：《雪浪集》，《四庫全書存目叢書》本。
83. 洪恩：《雪浪續集》，《禪門遺書》本。
84. 洪恩：《般若心經說》，《續藏經》本。
85. 弘儲：《南嶽單傳記》，《續藏經》本。
86. 弘瀚彙編、弘裕同集：《無異元來禪師廣錄》，《續藏經》本。
87. 胡仔：《漁隱叢話》，《四庫全書》本。
88. 胡文學輯：《甬上耆舊詩》，《四庫全書》本。
89. 胡應麟：《詩藪》，《續修四庫全書》本。
90. 胡居仁：《居業錄》，《四庫全書》本。
91. 胡居仁：《胡文敬集》，《四庫全書》本。
92. 幻輪編：《釋鑒稽古略續集》，《大正藏》本。
93. 黃虞稷：《千頃堂書目》，《四庫全書》本。
94. 黃宗羲：《黃宗羲全集》，浙江古籍出版社 1985 年版。
95. 黃宗羲：《明儒學案》，中華書局 1985 年版。
96. 黃宗羲：《賜姓始末・隆武紀年》，上海掃葉山房 1927 年鉛印本。
97. 黃輝：《黃太史怡春堂逸稿》，偉文圖書出版社有限公司 1977 年印行。
98. 皇甫汸：《皇甫司勳集》，《四庫全書》本。
99. 惠洪：《冷齋夜話》，大象出版社 2009 年版。
100. 計六奇：《明季南略》，中華書局 2018 年版。
101. 紀蔭編纂：《宗統編年》，《續藏經》本。
102. 雞圓偶集《修西聞見錄》，《續藏經》本。
103. 姜清：《姜氏秘史》，國家圖書館藏清初抄本。
104. 江盈科：《江盈科集》，嶽麓書社 2008 年版。
105. 蔣一葵：《堯山堂外紀》，《四庫全書存目叢書》本。
106. 焦竑：《澹園集》，中華書局 1999 年版。
107. 焦竑：《焦氏筆乘》，中華書局 2008 年版。
108. 焦竑：《老子翼》，華東師範大學出版社 2011 年版。
109. 濟時：《大佛頂如來密因修證了義諸菩薩萬行首楞嚴經正見》，《續藏經》本。
110. 今釋：《遍行唐集》，《禪門遺書續集》本。

111. 淨柱輯：《五燈會元續略》，《續藏經》本。
112. 覺岸：《釋氏稽古略》，《大正藏》本。
113. 寬量：《淨土救生船詩》，《續藏經》本。
114. 克新：《元釋集》，北京圖書館藏本。
115. 克新：《金玉編》，《禪門遺書續集》本。
116. 空谷：《空谷集》，《禪門遺書續集》本。
117. 賴良編：《大雅集》，《四庫全書》本。
118. 來復編：《澹游集》，《續修四庫全書》本。
119. 來復：《蒲菴集》，國家圖書館藏清初抄本。
120. 蘭陵笑笑生：《醒世姻緣傳》，齊魯書社 1993 年版。
121. 藍智：《藍澗集》，《四庫全書》本。
122. 郎瑛：《七修類稿》，《續修四庫全書》本。
123. 李贄：《焚書・續焚書》，中華書局 1975 年版。
124. 李贄：《淨土決》，《續藏經》本。
125. 李龏編：《唐僧弘秀集》，《四庫全書》本。
126. 李東陽：《懷麓堂集》，《四庫全書》本。
127. 李夢陽：《空同集》，《四庫全書》本。
128. 李騰芳：《李宮保湘洲先生集》，《四庫全書存目叢書》本。
129. 梁億：《遵聞錄》，《國朝典故》本。
130. 凌蒙初：《凌蒙初全集》，鳳凰出版社 2010 年版。
131. 劉基：《誠意伯文集》，《四庫全書》本。
132. 劉仔肩編：《雅頌正音》，《四庫全書》本。
133. 劉克莊：《後村集》，《四庫全書》本。
134. 劉秉忠：《藏春集》，《四庫全書》本。
135. 劉聲木：《萇楚齋五筆》，盧江劉氏 1929 鉛印本。
136. 劉侗：《帝京景物略》，上海遠東出版社 1996 年版。
137. 龍文彬：《明會要》，中華書局 1956 年版。
138. 陸以：《冷廬雜識》，《續修四庫全書》本。
139. 羅欽順：《困知記》，中華書局 1990 年版。
140. 羅欽順：《整菴存稿》，《四庫全書》本。
141. 羅汝芳：《羅近溪先生全集》，《四庫全書存目叢書》本。

142. 呂熊：《女仙外史》，齊魯書社 2008 年版。
143. 馬臻：《霞外詩集》，《四庫全書》本。
144. 梅國楨：《梅國楨集》，湖北人民出版社 2006 年版。
145. 妙聲：《東皋錄》，《四庫全書》本。
146. 明河：《補續高僧傳》，《續藏經》本。
147. 明凡錄，丁元公、祁駿佳編：《湛然圓澄禪師語錄》，《續藏經》本。
148. 明法等編：《梓舟船禪師襄陽檀溪語錄》，《嘉興藏》本。
149. 倪瓚：《清閟閣全集》，《四庫全書》本。
150. 倪謙：《倪文僖集》，《四庫全書》本。
151. 念常：《佛祖歷代通載》，《大正藏》本。
152. 聶先輯：《續指月錄》，《續藏經》本。
153. 歐陽守道：《巽齋文集》，《四庫全書》本。
154. 歐陽澈：《歐陽修撰集》，《四庫全書》本。
155. 歐陽詹：《歐陽行周文集》，《四庫全書》本。
156. 蕅益：《蕅益大師全集》，福建莆田廣化寺影印金陵刻經處刻本。
157. 彭大翼：《山堂肆考》，《四庫全書》本。
158. 錢謙益：《列朝詩集》，《續修四庫全書》本。
159. 錢謙益：《列朝詩集小傳》，上海古籍出版社 1983 年版。
160. 錢謙益：《牧齋初學集》，上海古籍出版社 2009 年版。
161. 錢謙益：《楞嚴經疏解蒙鈔》，《續藏經》本。
162. 錢穀：《吳都文粹續集》，《四庫全書》本。
163. 仇遠：《金淵集》，《四庫全書》本。
164. 如愚：《空華集》，《四庫全書存目叢書》本。
165. 如愚：《飲河集》，《四庫全書存目叢書》本。
166. 如愚：《石頭菴集》，《四庫全書存目叢書》本。
167. 如愚：《石頭菴寶善堂詩集》，《禪門遺書》本。
168. 阮閱：《詩話總龜》，《四庫全書》本。
169. 三余氏：《南明野史》，商務印書館 1930 年鉛印本。
170. 僧悦：《堯山藏草》，《禪門遺書》本。
171. 沈季友編：《檇李詩繫》，《四庫全書》本。
172. 沈榜：《宛署雜記》，北京出版社 2018 年版。

173. 沈佳：《明儒言行錄》，《四庫全書》本。
174. 釋英：《白雲集》，《四庫全書》本。
175. 史浩：《尚書講義》，《四庫全書》本。
176. 石成金：《雨花香》，清抄本。
177. 守仁：《夢觀集》，《明別集叢刊》本。
178. 宋濂：《宋濂全集》，浙江古籍出版社 1999 年版。
179. 宋濂：《文憲集》，《四庫全書》本。
180. 宋濂：《宋文憲公護法錄》，《嘉興藏》本。
181. 宋端儀：《立齋閒錄》，《四庫全書》本。
182. 太泉錄：《鼓山為霖和尚餐香錄》，《續藏經》本。
183. 曇英：《曇英集》，《禪門遺書》本。
184. 談遷：《棗林雜俎》，中華書局 2006 年版。
185. 唐樞：《木鐘臺集》，《四庫存目叢書》本。
186. 陶望齡：《歇菴集》，《續修四庫全書》本。
187. 田汝成：《西湖遊覽志》，《四庫全書》本。
188. 田汝成：《西湖遊覽志餘》，《四庫全書》本。
189. 通容集：《五燈嚴統》，《續藏經》本。
190. 通問編、施沛彙集：《續燈存稿》，《續藏經》本。
191. 通門：《懶齋別集》，《禪門遺書》本。
192. 通潤：《楞伽阿跋多羅寶經合轍》，《續藏經》本。
193. 通容：《費隱禪師語錄》，《嘉興藏》本。
194. 屠隆：《屠隆集》，浙江古籍出版社 2012 年版。
195. 屠隆：《白榆集》，《四庫全書存目叢書》本。
196. 王龍溪：《王龍溪全集》，華文書局股份有限公司根據清道光二年刻本影印本。
197. 王陽明：《王陽明全集》，上海古籍出版社 1992 年版。
198. 王燧：《青城山人集》，《四庫全書》本。
199. 王世貞：《弇州四部稿》，《四庫全書》本。
200. 王世貞：《明詩評》，明萬曆四十五年（1617）刻本。
201. 王禕：《王文忠集》，《四庫全書》本。
202. 王偁：《虛舟集》，《四庫全書》本。

203. 王鏊：《姑蘇志》，《四庫全書》本。
204. 王鏊：《震澤紀聞》，清順治三年（1646）刻本。
205. 王謙：《珊瑚木難》，《四庫全書》本。
206. 王行：《半軒集》，《四庫全書》本。
207. 王彝：《王常宗集》，《四庫全書》本。
208. 汪廣洋：《鳳池吟稿》，《四庫全書》本。
209. 魏慶之：《詩人玉屑》，《四庫全書》本。
210. 文琇集：《增集續傳燈錄》，《續藏經》本。
211. 文徵明：《文徵明集》，上海古籍出版社 1987 年版。
212. 吳之鯨：《武林梵刹志》，《四庫全書》本。
213. 吳肅公：《明語林》，《四庫全書存目叢書》本。
214. 無慍：《山菴雜錄》，《續藏經》本。
215. 無念：《黃檗無念禪師復問》，《徑山藏》本。
216. 夏良勝：《中庸衍義》，《四庫全書》本。
217. 夏燮：《明通鑒》，嶽麓書社 1999 年版。
218. 解縉：《文毅集》，《四庫全書》本。
219. 謝肇淛：《五雜俎》，《續修四庫全書》本。
220. 謝應芳：《龜巢稿》，《四庫全書》本。
221. 心泰編：《佛法金湯編》，《續藏經》本。
222. 性統編集：《續燈正統》，《續藏經》本。
223. 徐象梅：《兩浙名賢錄》，《四庫全書存目叢書》本。
224. 徐學聚：《國朝典匯》，《四庫全書存目叢書》本。
225. 徐泰：《詩談》，吳文治主編《明詩話全編》本，鳳凰出版社 1997 年版。
226. 徐伯齡：《蟫精雋》，《四庫全書》本。
227. 徐述夔：《快士傳》，清初刻本。
228. 徐賁：《北郭集》，《四庫全書》本。
229. 徐庸：《南州集》，《四庫全書》。
230. 徐渭：《徐渭集》，中華書局 1983 年版。
231. 顏鈞：《顏鈞集》，中國社會科學出版社 1996 年版。
232. 姚廣孝（道衍）：《姚廣孝全集》，商務印書館 2016 年版。
233. 姚之駰：《元明事類鈔》，《四庫全書》本。

234. 姚勉：《雪坡集》，《四庫全書》本。
235. 楊士奇：《東里文集》，中華書局 1998 年版。
236. 楊士奇：《東里別集》，《四庫全書》本。
237. 楊士奇：《東里詩集》，《四庫全書》本。
238. 楊炯：《盈川集》，《四庫全書》本。
239. 楊維楨：《東維子集》，《四庫全書》本。
240. 楊基《眉菴集》，《四庫全書》本。
241. 楊起元：《太史楊復所先生證學編》，《四庫全書存目叢書》本。
242. 楊起元評注：《維摩經評注》，《續藏經》本。
243. 葉慶炳、邵紅編輯：《明代文學批評資料彙編》，成文出版社有限公司 1979 年版。
244. 佚名：《續佛祖統紀》，《續藏經》本。
245. 尹廷高：《玉井樵唱》，《四庫全書》本。
246. 印光：《增廣印光法師文鈔》《印光法師文鈔續編》《印光法師文鈔三編》，弘化社影印本。
247. 俞憲編：《盛明百家詩》，《明別集叢刊》本。
248. 于敏中等：《欽定天祿琳琅書目》，《四庫全書》本。
249. 于慎行：《穀城山館集》，《四庫全書》本。
250. 《御選語錄》，《續藏經》本。
251. 虞堪：《希澹園詩集》，《四庫全書》本。
252. 元賢輯：《繼燈錄》，《續藏經》本。
253. 元賢述：《淨慈要語》，《續藏經》本。
254. 袁華編：《玉山記遊》，《四庫全書》本。
255. 袁華：《耕學齋詩集》，《四庫全書》本。
256. 袁宗道：《白蘇齋類集》，《續修四庫全書》本、上海古籍出版社 2007 年版。
257. 袁宏道：《袁宏道集箋校》，上海古籍出版社 1981 年版。
258. 袁宏道：《西方合論》，《續藏經》本。
259. 袁中道：《珂雪齋集》，上海古籍出版社 1989 年版。
260. 圓至：《牧潛集》，《四庫全書》本。
261. 查繼佐：《罪惟錄》，《四部叢刊》本。

262. 湛然：《慨古錄》，《續藏經》本。
263. 張宇初：《峴泉集》，《四庫全書》本。
264. 張翥：《蛻菴集》，《四庫全書》本。
265. 張岱：《夜航船》，《續修四庫全書》本。
266. 張岱：《西湖夢尋》，上海古籍出版社 2001 年版。
267. 張師誠：《徑中徑又徑》，《續藏經》本。
268. 趙吉士：《寄園寄所寄》，（上海）大達圖書供應社 1935 年印刷。
269. 趙翼：《趙翼全集》，鳳凰出版社 2009 年版。
270. 昭槤：《嘯亭雜錄》，中華書局 1980 年版。
271. 正勉等：《古今禪藻集》，《四庫全書》本。
272. 鄭方坤：《全閩詩話》，《四庫全書》本。
273. 鄭曉：《今言》，中華書局 1984 年版。
274. 鄭真：《滎陽外史集》，《四庫全書》本。
275. 智舷：《黄葉菴詩稿》，《禪門遺書續集》本。
276. 智旭：《蕅益大師全集》，福建莆田廣化寺影印本。
277. 智旭：《淨土十要》，《續藏經》本、中華書局 2015 年版。
278. 智旭：《佛說阿彌陀經要解便蒙鈔》，《續藏經》本。
279. 周汝登：《周海門先生文錄》，《四庫全書存目叢書》本。
280. 周汝登：《東越證學錄》，《四庫全書存目叢書》本。
281. 朱元璋：《明太祖集》，黄山書社 2014 年版。
282. 朱彝尊：《明詩綜》，中華書局 2007 年版。
283. 朱彝尊：《靜志居詩話》，人民文學出版社 1990 年版。
284. 朱時恩：《佛祖綱目》，《續藏經》本。
285. 朱當㴐：《靖難功臣錄》，明嘉靖二十三年（1544）雲間陸氏儼山書院刻本。
286. 朱琰編：《明人詩鈔續集》卷三，樊桐山房藏板、乾隆庚辰（1760）刻本。
287. 朱熹：《晦菴集》，《四庫全書》本。
288. 朱誠泳：《小鳴稿》，《四庫全書》本。
289. 朱右：《白雲稿》，《四庫全書》本。
290. 朱存理：《趙氏鐵網珊瑚》，《四庫全書》本。
291. 朱國禎：《湧幢小品》，《四庫全書存目叢書》本。

292. 袾宏：《雲棲大師遺稿》，福建莆田廣化寺影印雍正刻本。
293. 袾宏：《竹窗隨筆》，福建莆田廣化寺影印雍正刻本。
294. 袾宏：《蓮池大師全集》，上海古籍出版社 2011 年版。
295. 袾宏：《雲棲淨土匯語》，《續藏經》本。
296. 袾宏：《淨土疑辨》，《大正藏》本。
297. 祝穆：《方輿勝覽》，《四庫全書》本。
298. 祝穆：《古今事文類聚》，《四庫全書》本。
299. 莊廣還輯：《淨土資糧全集》，《續藏經》本。
300. 紫柏：《紫柏老人集》，《續藏經》本。
301. 紫柏：《紫柏尊者別集》，《續藏經》本。
302. 自融撰，性磊補輯：《南宋元明禪林僧寶傳》，《續藏經》本。
303. 宗泐：《全室外集》，《四庫全書》本。
304. 宗謐等編：《南石文琇禪師語錄》，《續藏經》本。
305. 鄒元標：《願學集》，《四庫全書》本。

二、著作類

1. 陳書錄：《明代詩文的演變》，江蘇教育出版社 1996 年版。
2. 陳永革：《晚明佛學的復興與困境》，佛光山法藏文庫 2001 年版。
3. 陳玉女：《明代二十四衙門宦官與北京佛教》，如聞出版社 2001 年版。
4. 陳玉女：《明代的佛教與社會》，北京大學出版社 2011 年版。
5. 陳郁夫編：《明陳白沙先生年譜》，中國臺灣商務印書館 1980 年版。
6. 陳揚炯：《中國淨土宗通史》，江蘇古籍出版社 2000 年版。
7. 陳緣：《釋氏疑年錄》，中華書局 1964 年版。
8. 陳洪：《結緣：文學與宗教——以中國古代文學為中心》，北京師範大學出版社 2009 年版。
9. 程玉瑛：《晚明被遺忘的思想家羅汝芳（近溪）詩文事蹟編年》，廣文書局 1995 年版。
10. 杜松柏：《禪與詩》，中國臺北弘道出版社 1980 年版。
11. 范佳玲：《紫柏大師生平及其思想研究》，法鼓文化事業股份有限公司 2001 年版。
12. 高觀如：《中國佛教文學與美術》，常青樹書坊 1984 年版。

13. 葛兆光：《七世紀至十九世紀中國的知識、思想與信仰》，復旦大學出版社 2000 年版。
14. 龔鵬程：《晚明思潮》，商務印書館 2005 年版。
15. 郭朋：《明清佛教》，福建人民出版社 1982 年版。
16. 韓經太：《理學文化與文學思潮》，中華書局 1997 年版。
17. 何孝榮：《明朝佛教史論稿》，宗教文化出版社 2016 年版。
18. 何孝榮：《明代北京寺廟修建研究》，南開大學出版社 2007 年版。
19. 何孝榮：《明代南京寺院研究》，中國社會科學出版社 2000 年版。
20. 弘學：《中國漢語系佛教文學》，巴蜀書社 2006 年版。
21. 侯外廬等：《中國思想通史》，人民出版社 1995 年版。
22. 侯外廬等：《宋明理學史》，人民出版社 1987 年版。
23. 胡遂：《中國佛學與文學》，嶽麓書社 1998 年版。
24. 黄卓越：《佛教與晚明文學思潮》，東方出版社 1997 年版。
25. 嵇文甫：《晚明思想史論》，東方出版社 1996 年版。
26. 嵇文甫：《左派王學》，民國叢書本。
27. 嵇文甫：《嵇文甫文集》，河南人民出版社 1985 年版。
28. 江燦騰：《晚明佛教改革史》，廣西師範大學 2006 年版。
29. 李聖華：《晚明詩歌研究》，人民文學出版社 2002 年版。
30. 李小榮：《佛教與中國文學散論》，鳳凰出版社 2012 年版。
31. 林其賢：《李卓吾的佛學與世學》，文津出版社 1992 年版。
32. 羅宗強：《明代後期士人心態研究》，南開大學出版社 2006 年版。
33. 馬定波：《中國佛教心性說之研究》，正中書局 1978 年版。
34. 馬焯榮：《中國宗教文學史》，中國社會科學出版社 2014 年版。
35. 麻天祥：《中國禪思想發展史》，湖南教育出版社 1997 年版。
36. 南炳文主編：《佛道秘密宗教與明代社會》，天津古籍出版社 2001 年版。
37. 錢穆：《宋明理學概述》，學生書局 1977 年版。
38. 潘桂明：《中國禪宗思想歷程》，今日中國出版社 1992 年版。
39. 潘桂明：《中國居士佛教史》，中國社會科學出版社 2000 年版。
40. 潘桂明：《中國佛教思想史稿》，江蘇人民出版社 2009 年版。
41. 任宜敏：《中國佛教史》明代卷，人民出版社 2009 年版。
42. 容肇祖：《容肇祖集》，齊魯書社 1989 年版。

43. 釋聖嚴：《明末佛教研究》，宗教文化出版社 2006 年版。
44. 釋聖嚴：《明末中國佛教之研究》，法鼓文化事業股份有限公司 2009 年版。
45. 釋見曄：《明末佛教發展之研究：以晚明四大師為中心》，法鼓文化事業股份有限公司 2007 年版。
46. 釋果祥：《紫柏大師研究》，東初出版社 1990 年版。
47. 孫昌武：《中國佛教文化史》，中華書局 2010 年版。
48. 孫昌武：《佛教與中國文學》，上海人民出版社 1988 年版。
49. 孫昌武：《禪思與詩情》，中華書局 1997 年版。
50. 孫昌武：《中國文學中的維摩與觀音》，高等教育出版社 1996 年版。
51. 孫昌武：《佛教文學十講》，中華書局 2014 年版。
52. 孫昌武：《詩與禪》，東大圖書公司 1994 年版。
53. 覃召文：《禪月詩魂——中國詩僧縱橫談》，三聯書店 1994 年版。
54. 魏道儒：《中國華嚴宗通史》，江蘇古籍出版社 2001 年版。
55. 魏道儒：《世界佛教通史》第五卷《中國漢傳佛教·公元 10 世紀至 19 世紀中葉》，中國社會科學出版社 2015 年版。
56. 魏道儒：《中華佛教史·宋元明清佛教史卷》，山西教育出版社 2013 年版。
57. 吳承學、李光摩編：《晚明文學思潮研究》，湖北教育出版社 2002 年版。
58. 吳言生：《禪宗詩歌境界》，中華書局 2001 年版。
59. 夏清瑕：《憨山大師佛學思想研究》，學林出版社 2007 年版。
60. 謝思煒：《禪宗與中國文學》，中國社會科學出版社 1993 年版。
61. 印順：《中國禪宗史》，江西人民出版社 1999 年版。
62. 張中行：《佛教與中國文學》，北方文藝出版社 2011 年版。
63. 張錫坤等：《禪與中國文學》，吉林文史出版社 1992 年版。
64. 張長弓：《中國僧伽之詩生活》，知識產權出版社 2013 年版。
65. 張曼濤主編：《明清佛教史篇》，北京圖書館出版社 2005 年版。
66. 鄭培凱：《湯顯祖與晚明文化》，允晨文化視野公司 1995 年版）中。
67. 周齊：《明代佛教與政治文化》，人民出版社 2005 年版。
68. 左東嶺：《王學與中晚明士人心態》，人民文學出版社 2000 年版。
69. 左東嶺：《李贄與晚明文學思潮》，天津人民出版社 1997 年版。
70. 周明初：《晚明士人心態及文學個案》，東方出版社 1997 年版。
71. 周群：《儒釋道與晚明文學思潮》，上海書店 2000 年版。

72. 周群：《袁宏道評傳》，南京大學出版社 1999 年版。
73. 周裕鍇：《中國禪宗與詩歌》，上海人民出版 1992 年版。
74. 周裕鍇：《禪宗語言》，浙江人民出版社 1999 年版。

三、國外研究著作

1.〔美〕于君方：《佛教的復興：袾宏與晚明會通思潮》（*The Renewal of Buddhism in China: Chu-Hung and the late Ming Synthesis*），商務印書館 2012 年版。
2.〔加〕卜正民著、陳時龍譯：《明代的社會與國家》，黄山書社 2009 年版。
3.〔加〕卜正民：《為權力祈禱：佛教與晚明士紳社會的形成》（*Praying for Power: Buddhism and the Formation of Gentry Society in Late Ming China*），江蘇人民出版社 2005 年版。
4.〔加〕卜正民：《縱樂的困惑——明代的商業與文化》，三聯書店 2004 年版。
5.〔日〕忽滑骨快天：《中國禪學思想史》，上海古籍出版社 2002 年版。
6.〔日〕荒木見悟：《明代思想研究》，東洋學叢書。
7.〔日〕荒木見悟：《明末宗教研究》，東洋學叢書。
8.〔日〕荒木見悟：《中國心學の鼓動と仏教》，日本福岡中國書店 1995 年版。
9.〔日〕荒木見悟：《近世中國佛教的曙光：雲棲袾宏之研究》，慧明文化 2001 年版。
10.〔日〕荒木見悟：《明末清初的思想與佛教》，上海古籍出版社 2010 年版。
11.〔日〕岡田武彥：《王陽明與明末儒學》，上海古籍出版社 2000 年版。
12.〔日〕中村元主編：《中國佛教發展史》，天華出版事業股份有限公司 1984 年版。
13.〔日〕長谷部幽蹊：《明清佛教史研究序說》，新文豐出版公司 1979 年版。
14.〔日〕長谷部幽蹊：《明清佛教研究資料》，黄檗山萬福寺文華殿 2008 年編。
15.〔日〕長谷部幽蹊：《明清佛教教團史研究》，同朋舍 1993 年版。
16.〔日〕間野潛龍：《明代文化史研究》，同朋舍 1979 年版。
17.〔日〕竺沙雅章：《中國佛教社會史研究》，同朋舍 1982 年版。

18.〔丹麥〕艾術華：《中國寺院》（*Chinese Buddhist Monasteries*），香港中文大學出版社 1967 年版。

四、論文

1. 陳高華：《朱元璋的佛教政策》，《明史研究》第 1 輯，黃山書社 1991 年版。
2. 范佳玲：《紫柏真可禪學思想之研究》，《中華佛學研究》第三輯，1999 年。
3. 郭朋：《明太祖與佛教》，《世界宗教研究》1982 年第 1 期。
4. 谷春俠：《袁華與「鐵崖體」的傳播》，《文學遺產》2011 年第 2 期。
5. 谷春俠：《釋來復主持鳳陽圓通寺始末及交遊考述》，《廈門廣播電視大學學報》2014 年第 2 期。
6. 何孝榮：《試論明太祖的佛教政策》，《世界宗教研究》2007 年第 4 期。
7. 何孝榮：《元末明初名僧宗泐事蹟考》，《江西社會科學》2012 年第 12 期。
8. 賴振寅：《讀宗泐〈望河源並序〉》，《文史知識》2006 年第 2 期。
9. 李聖華：《從方外到方內，味趨大全——明初僧詩述論》，《貴州社會科學》2012 年第 2 期。
10. 李舜臣：《中國佛教文學：研究對象 · 內在理路 · 評價標準》，《學術交流》2014 年第 8 期。
11. 李舜臣：《明初方外詩壇生態論考——以明太祖與詩文僧的關係為中心》，《哈爾濱工業大學學報》2015 年第 3 期。
12. 李舜臣：《明代佛教文學史研究芻議》，《學術交流》2013 年第 2 期。
13. 李舜臣：《明代釋家別集考略》，《學術交流》2015 年第 5 期。
14. 李舜臣：《錢謙益〈列朝詩集〉編選釋氏詩歌考論》，《文學遺產》2015 年第 3 期。
15. 李舜臣：《元代詩僧的地域分布、宗派構成及其對僧詩創作之影響》，《武漢大學學報》2010 年第 5 期。
16. 李舜臣：《釋良琦與玉山雅集考論》，《江西社會科學》2014 年第 8 期。
17. 麻天祥：《季潭宗泐——西行求法的殿軍》，《宗教學研究》2017 年第 1 期。
18. 釋見曄：《明太祖的佛教政策及其因由之探討》，《東方宗教研究》1994 年第 4 期。
19. 孫海橋：《明初高僧宗泐行實新考》，《宗教學研究》2016 年第 4 期。

20. 韋德強：《元代中後期詩僧創作題材論》，《長江大學學報》2012 年第 1 期。
21. 解芳：《詩僧姚廣孝簡論》，《文學評論》2006 年第 5 期。
22. 查清華：《江南僧詩的意趣情感及其文化因緣》，《學術月刊》2012 年第 4 期。
23. 展龍：《元末士大夫雅集交遊述論》，《甘肅社會科學》2012 年第 5 期。
24. 周齊：《試論明太祖的佛教政策》，《世界宗教研究》1998 年第 3 期。
25. 朱鴻：《明太祖與僧道——兼論太祖的宗教政策》，《師大歷史學報》1990 年第 18 期。
26. 朱家英、張晴晴：《詩僧來復見心生平及文學創作考述》，《山西師大學報》2015 年第 1 期。
27. 左東嶺：《玉山雅集與元明之際文人生命方式及其詩學意義》，《文學遺產》2009 年第 3 期。
28. 〔日〕龍池清：《明の太祖の仏教政策》，《仏教思想講座》1939 年第 8 輯。

後　記

本書為 2014 年獲批的國家社科基金項目「明代佛教文學研究」結項稿，由於涉及的文獻眾多且分散，內容寫作量大，自 2014 年立項之後開始撰寫，於 2020 年 3 月完成，歷時六年。結項之後，又以三年的時間進行修改。

本書以明代僧徒的文學創作與文學觀念為研究對象。整個書稿，實際上可以分為六大部分內容：第一部分即「前言」，主要包含明代佛教研究學術史、明代佛教發展史、明代詩僧和僧詩研究現狀、佛教與明代文學關係研究史四個內容。第二部分即第一章，討論明代佛教文學生存發展的政治背景與思想背景。第三部分是對明代佛教文獻及作者小傳進行梳理。第四部分是按照分類，以專題的形式對明代佛教文學進行論述，共有四章內容。第五部分是以人物個案為中心，對明代佛教文學進行深入論述與分析。第六部分儘管仍是以密藏道開為中心的個案研究，目的卻是說明中國文學對佛教的反影響。六部分構成的主體，使本書看上去有較強的系統性。

本書的相關內容及事項說明，已在《前言》中提及。最後我想說明一下本書存在的兩點不足。

首先，本書 78 餘萬字，內容看上去非常龐大，結構也儘量編排合理，但問題仍然不少。比如：一，在整體敘述時，按照義理詩、淨土詩、寫景詩等來安排，是否能夠全面反映出明代佛教文學的整體；這些標題都是本人自己所擬，是否完全恰當貼切，都是可以討論的。二，第五部分按照人物來具體論述時，雖然是盡力根據作品本身、評論者對作品的評論來選定寫作的人物，但選定的人物是否就一定比沒有納入寫作的人物更有代表性，同樣是仁者見仁、智者見智的問題。三，選定的人物，主要分布於明前期與明後期，明中期只選定一名僧徒創作者，雖與明代佛教文學創作的實際情況相符，但在一定程度上仍然是對明中期佛教文學創作的關注不夠。

其次，本書各章節的篇幅不均衡。各章篇幅的長短，是根據內容的多寡決定的，內容多的篇幅自然就長，內容少的，篇幅自然相對就短一些。但是有些章的篇幅將近六萬字，有些章的篇幅不到三萬字，二者相差確實有些大，給閱讀帶來一些不便。

本書的寫作經歷將近六年的時間，時間不可謂不充分，但由於研究能力和水平的限制，使本課題的研究與本書的撰寫存在上述不足，即便一直在努力改正與修訂，還是不能完全消除。對文獻的標點、解讀與使用上，肯定也存在著不少錯誤的地方，這一點尤其使我感到羞愧。本書存在的以上問題，完全是因為本人能力和水平不夠造成的，除此之外沒有任何其他的藉口。